THEORY OF
PARADISE

VOL. 3

낙원의 이론 3

ⓒ정선우 2019

초판1쇄 인쇄	2019년 7월 1일
초판6쇄 발행	2024년 2월 20일
지은이	정선우
펴낸이	박대일
편집	이문영 · 임유리 · 박지해 · 이지영 · 김하랑 · 임지원
교정	박준용
마케팅	임유미 · 백소연
표지디자인	이매진
내지디자인	박현주
펴낸곳	파란미디어
출판등록	2004년 9월 14일 제313-2004-00214호
주소	03992 서울시 마포구 동교로23길 14 국제빌딩 6층
전화	02.3141.5589 영업부 070.4616.2012 편집부
팩스	02.6499.5589
전자우편	paranbook@gmail.com
카페	http://cafe.naver.com/paranmedia
인스타그램	@paranmedia
ISBN	978-89-6371-668-8(04810)
	978-89-6371-665-7(전4권)

* 이 책의 판권은 지은이와 파란미디어에 있습니다.
  이 책 내용의 전부 또는 일부를 재사용하려면 반드시 양측의 서면 동의를 받아야 합니다.
* 잘못된 책은 구입하신 서점에서 바꾸어 드립니다.

VOL. 3

낙원의
이론

THEORY OF PARADISE

정선우 장편소설

파란

차
례

006. 고착

서재희가 커튼을 걷고 창을 열었다. 어두운 정적 사이로 오전의 새파란 볕이 쏟아졌다. 정윤환은 서재희가 운을 떼기 전까지, 이불 위로 그림자 진 창틀의 무늬를 헤아렸다.

"내 도움을 받고 싶다면, 넌 전부 말해야 해."

서재희는 한 손을 교복 바지 주머니에 반쯤 꽂아 넣고 서 있었다. 늘 첫 번째 단추를 꼭 가리던 넥타이는 피로에 느슨하게 끌러져 있었다. 볕이 미끄러지는 낯이 지쳐 창백했다. 그는 아마 한숨도 자지 못했을 것이다. 정윤환은 악몽과 통증이 뒤엉키던 새벽 내내 서재희의 가지런한 기척을 느꼈다. 식은땀을 닦아 내거나 이불을 고쳐 덮어 주는, 조심스러우나 건조한 손길.

"나는 내가 생각해 둔 마지막이 있어. 널 도와주려면 난 빙 둘러 돌아가야 하고, 그건 내게 큰 부담이야. 네가 전부 털어놓고 날 이해시키면, 그때 도움을 줄지 말지 결정하겠어."

정윤환은 마른침을 삼켰다.

"나는……."

어디서부터 말해야 할까.

순간순간 최선의 선택을 했다고 믿었다. 그러나 지금 와서 돌이켜보면, 어떤 선택부터 잘못되었는지조차 알 수 없었다. 갈 곳 잃은 분노는 자꾸만 내부를 범람하고 과거를 거슬러 올라가, 애초에 태어나지 말았어야 했을까, 그런 결론까지 비틀어 내곤 했으니.

정윤환은 서재희의 반듯한 시선을 옆얼굴로 받아 내면서, 필사적으로 지난날을 되짚었다. 다 내려놓고 시들시들 흘려보내던 최근부터, 폭풍에 휩쓸리듯 정신없이 나부끼던 군 생활, 어리석어 무난하게 행복했던 어린 날까지. 정윤환은 한참 만에 가닥을 잡았다. 불행의 시작이 아니라, 불행이 드러난 시점이었다.

"내가 군에 들어갔을 때 사촌 형이 죽었어."

"8년 전."

서재희의 차분하게 빠른 계산에, 도리어 당황한 것은 정윤환이었다.

"어? 어어……, 그쯤? 어떻게 알아? 뉴스에 보도됐었나? 아냐, 군에서 묻었을 텐데……."

"그때 네가 나한테 전화했었어."

서재희의 담담한 대구에 정윤환은 숨을 삼켰다. 없는 기억이었다. 당시 둘은 연락을 끊은 지 오래였다.

"내가 그랬나?"

"기억 못 할 거야. 완전히 취해서 혀가 다 꼬여 있던데. 조금 놀랐어. 너 술이니 약물이니 절대 손 안 댔잖아, 그때는."

서재희가 마지막 말에 힘을 주었다. 정윤환은 가슴이 덜컹했다. 군의 통신은 도청되고 있었다. 혹시 내가 입이라도 잘못 놀렸다면.

"……내가 뭐랬는데?"

"형이 자살했다고 했어. 너무 무섭다고. 나보고 절대 군에 들어오지 말라고 했어. 그게 끝이야."

목부터 확 달아올랐다. 정윤환은 서재희의 시선을 피해 애꿎은 반대편을 바라보았다. 유은우의 침대는 텅 비어 있었다.

"우리 그때 좀 서툴렀지."

서재희의 목소리가 한 톤 따스했다. 정윤환은 다시 그를 바라보았다. 서재희는 정윤환을 보고 있지 않았다. 그는 눈을 반쯤 내리깔고 시선을 아래 어딘가로 향하고 있었다. 드리워진 속눈썹에 서늘한 빛이 맺혀 있었고, 아주 먼 곳을 바라보는 듯 까만 동공이 아득했다. 그가 천천히 입을 열었다.

"나도 네게 기대고 싶었는데. 우리 다시 만났던 날. 학교 운동장에서. 눈이 왔잖아. 몸도 춥고 마음도 춥고 그랬어. 내 곁에 아무도 없어서 힘들었어. 나도 널 다시 만나 좋았는데. 하지만 반가움과는 별개로 내가 얼마나 힘든지에 대해서는 말할 수 없었어. 그게 어른이라고 생각했으니까. 그때 내가 말을 삼켰던 것처럼, 너도 술의 힘을 빌려 정신없이 전화하고 잊어버렸던 거야. 특별히 네가 실수했다고 생각하지 않아."

서재희는 잠시 말을 멈추었다.

"우리가 서로 솔직하게 털어놓고 위안을 구했다면 지금 상황이 좀 달라졌을까 가끔 생각해. 그러다가도 고작 그런 것으로 무엇이 그리 크게 달라졌을까 싶어 차갑게 식어 버려."

서재희가 단정하게 눈꺼풀을 들어 올렸다. 오롯이 드러난 동공이 깨끗하게 정윤환을 향했다.

"우리가 처음 만났을 때 기억해? 나는 정말로 아무것도 몰랐어. 처음엔 내가 무지했다고 생각했어. 내게 죄가 있다면 몰랐던 것이 죄라고. 하지만 다시 생각해 보면 내 죄는 무지가 아니었어. 무관심이었던 거야. 그때 뉴스를 보는 것에 그치지 않고 고민했더라면, 정치판 돌아가는 상황을 크게 크게만 읽었어도, 나는 절대로 연합대회에 나가지 않았을 거야. 몸 사리고 시골에 처박혀 있었겠지. 어쩌면 실력이 모자라는 척 가장하면서 기초학교를 그만두었을지도 몰라. 다시는 총을 잡지 않았을지도 모르지."

우우웅. 진동이 울렸다. 서재희가 이프를 누를 때 정윤환은 본의 아니게 발신자를 스쳐봤다. 차예원. 서재희가 표정 없이 이프를 종료시켰다.

"부질없네. 다 소용없는 일이야. 결국 이렇게 되어 버렸으니. 나 어제 새벽에 303호에 있었어. 백정명 의원한테 백일서 남은 조각을 돌려주려고. 다른 시체에서 혀 빼다가 바꿔치기했는데 서툴러서 피도 많이 튀고 시간도 지체하는 바람에, 하필이면 은우랑 마주쳤어."

정윤환은 가만히 듣고 있다 잠시 후에야 흠칫했다. 다급히
되물었다.

"유은우? 걔가 거길 왜 가?"

"글쎄. 병원 돌아다니다가 303호가 수상하다고 생각했나 봐."

"너 문도 안 잠그고 그 짓을 했어?"

"네 배지로 열고 들어왔던데."

정윤환은 바로 몸을 틀어 서랍을 열었다. 총만 없어진 게 아
니었다. 배지도 없었다. 헛웃음이 나왔다. 정신 놓고 뻗어 있는
틈에 쏙쏙 다 빼 갔네. 정윤환은 사납게 머리를 쓸어 넘겼다.

"내 총 어디 있어?"

서재희가 턱짓으로 건너편을 가리켰다. 정윤환은 고개를 홱
돌려 유은우의 침대 너머 서랍을 보았다.

"은우가 네 총 빼다가 자기 서랍에 넣어 놨더라."

의기양양하게 서랍을 열고 총이며 배지며 챙겨 가는 유은우
의 모습이 눈에 선했다. 이프는 또 뭘 어쨌기에 저렇게 배터리
가 달랑 분리되었는지 모를 일이었다. 정윤환은 거칠게 서랍을
닫았다. 그러고 보면 유은우가 자신의 목을 조르지 않은 것만
해도 다행이었다.

"유은우가 어디까지 봤어?"

"다행히 작업 자체를 본 건 아닌데. 마무리하고 씻고 나오는
데 정통으로 마주쳤어."

서재희가 손을 들더니 제 가지런한 손톱을 살폈다. 정윤환

은, 서재희의 손끝이 핏기 하나 없이 말끔하나 유난히 까칠하게 터 있음을 알아보았다.

"유은우가 아무 말도 안 해? 그 꼴 다 보고도? 시체 보관해 놓은 것도 고스란히 다 봤을 거 아냐."

"사정이 있을 거라고 생각한대."

"……."

정윤환은 느리게 호흡했다. 정말이지 서재희가 부러워 견딜 수가 없었다. 대체 어떻게 하면 그런 공간 속에 그런 몰골로 있음에도 불구하고, 타인이 아무것도 묻지 않고 온전히 넘어갈 수 있단 말인가. 만약에 서재희가 아닌 내가 있었더라도 유은우가 그렇게 말했을 것인가. 절대 그럴 리 없었다. 지금도 치를 떨며 싫어하는데, 공포심만 더 조장하겠지. 자초한 결과임에도, 심장 한구석이 밟히듯 꾹 짓눌렸다.

서재희가 조용히 말했다.

"나도 네가 사정이 있었을 거라고 생각해. 내게 털어놔. 내 기준에 합당하다면 기꺼이 널 돕고 싶어. 물론 내가 준비한 마지막이 달라지지 않는 선에서."

정윤환은 숨을 가다듬었다.

"형이 죽기 전에 나한테 메모리를 부탁했어. 나한테 가지고 있다가, 혹시 자기가 잘못되면 이수연에게 전달해 주라고 하기에 당시엔 별것 아니라 여기고 그냥 받아 두었어. 귀찮다고 입씨름하기 뭐해서."

"이수연이라면 그때 해체되었던 팀원 말하는 거지. 야간 탐색 중 실종된."

"……네가 모르는 게 있기나 해? 너 지금 몰라서 나보고 말하라는 게 아니고 그냥 확인 사살 차 묻고 있는 거 아니야?"

"겉으로 드러난 사실만 말하는 거야. 그런 건 조금만 뒤지면 금방 손에 넣을 수 있어. 야간 탐색 일정이나 실종자 명단 같은 건."

"……그래, 아무튼. 형이 그렇게 되니까 꺼림칙했어. 자살할 사람이 아닌데 자살했다고 하니까. 타살 같았어. 메모리를 봤는데, 형이 시체 더미로부터 여자애 하나를 끌어내더라고. 숨이 붙어 있었고. 손목에 라벨. 유은우. 10세. 동조율 100."

서재희가 숨을 들이켰다. 그가 손을 들어 눈가를 덮었다. 이를 악다무는지, 턱에 빳빳하게 힘이 들어갔다. 그토록 감정에 팽팽한 서재희는 처음 보아, 정윤환은 그만 등골이 서늘했다.

예전에 서재희와 둘이 나란히 앉아서, 저만치 온실에서 수업을 듣는 유은우를 건너다본 적이 있었다. 서재희의 눈빛이 한없이 부드러워 덜컥 겁이 났다. 서재희야 셔츠 위로 넥타이를 매듯 늘 서글서글한 미소를 고정하고 있긴 했지만, 그땐 확연히 달랐다. 서재희 본인조차 깨닫지 못하는, 속에서 그대로 넘쳐흐르는 따뜻함으로 완전히 긴장이 풀어져 생경했다.

다른 사람이 사랑에 빠진 모습은 이토록 쉽게 알아채는데, 내 마음만큼은 어려웠다. 캐묻고 싶은 충동에 휩싸였다. 지난날 자신에게 수없이 물어 왔듯, 서재희에게도 묻고 싶었다. 너도 유은우를 보고 있으면 어찌할 바를 모르겠냐고. 자꾸만 너 자신이 흐려져서 힘드냐고. 그러나 답을 듣는 것이 두려워, 질문은 겨우 기어 나왔다.

'혹시나 해서 물어보는데, 너 유은우 좋아하냐?'

서재희는 어이가 없다는 듯 가볍게 웃었다. 직후, 결코 아니라는 대답이 똑똑히 돌아왔다. 남 좋아할 만큼의 여유는 없다고 했다. 마음이 놓였다. 서재희니까 알아서 자제하겠지. 끊어 내지 못하고 지저분하게 질척거리는 나와는 다르겠지. 깨끗하게 걷어 내고 싹 비워 내어 햇살과 바람에 건조하게 말리는 것은 서재희 전문 분야 아니던가. 믿었다. 죄지은 내가 가지진 못하더라도, 깨끗한 남이 탐하는 시선조차 못 견디겠어서.

그랬는데. 네가 네 입으로 그렇게 말해 놓고. 사람 안심시켜 놓고.

안 좋아한다고 했잖아.

속이 뒤틀렸다. 제 눈을 가리고 솟구치는 감정을 꾹 잡아 누르는 서재희 앞에서, 정윤환은 삽시간에 분이 치밀었다. 화를 낼 자격도 없었고, 화를 낼 이유도 없었다. 그럼에도 눈 뒤집히기 일보 직전이었다. 거칠게 불렀다.

"야, 서재희……."

서재희가 눈을 덮었던 손으로 턱까지 쓸어내리더니 창백한 낯을 들었다. 정윤환은 집요하게 서재희의 눈을 바라보았다. 까만 눈동자는 이미 가라앉아 아무것도 보이지 않았다. 서재희가 단정하게 말했다.

"계속 말해."

"너 방금 뭐야?"

"하던 얘기 계속해."

"너 설마……."

"도와 달라며? 내가 뭐가 아쉬워서 네게 설명해야 하지? 다 털어놔야 하는 건 네 쪽이야. 더 이상 할 말 없으면 간다."

정윤환은 이를 악물었다. 서재희는 정윤환을 물끄러미 바라보다가 이윽고 옅게 한숨을 쉬더니 돌아섰다. 뚜벅뚜벅 병실을 가로지르는 서재희의 등 뒤에 대고, 정윤환이 내뱉듯 말했다.

"도시연합군과 반란군 넘나들면서 유은우 내가 데리고 있었어."

서재희가 멈춰 섰다. 이윽고 돌아선 그는 더없이 차분했으나, 눈이 날카로웠다. 살갗을 벼리는 시선을 견디면서 정윤환은 입을 열었다.

"임유현이 정성민의 죽음을 미끼로 날 협박했어. 반란군이 흰 칼날 프로젝트를 수행하고 있으니, 그 정보를 빼 옴으로써 결백과 충성을 증명하라고 했어. 난 계획적으로 반란군으로 스며들었고, 거기서 신뢰를 얻고 본부로 들어가자마자 유은우를 담당했어."

공급기의 실린더에서 거품이 부글거렸다.

"임유현이 총사령관이고 차인호가 그의 직속 부하였을 때. 당시 차인호는 반란군 전 수장 유태헌을 죽였어. 그의 아내도 죽였지. 태어난 지 얼마 안 된 그의 딸도 죽였어. 그 공적으로 임유현의 신임을 받아 군복을 벗고 정계로 뛰어들었다고, 그렇게 알려져 있지. 하지만 차인호는 직접 손대지 않았어. 그러니까 내 말은, 차인호는 유태헌과 그의 아내 이가연은 살해했지만, 그의 딸 유은우를 죽이는 데엔 실패했다는 말이야."

서재희가 표정 없이 물었다.

"이유는?"

"군에선 미신이 많이 돌아. 어린아이를 죽이면 제 자식이 요절한다는 말도 제법 퍼져 있지. 당시 차인호는 아내가 죽고 네 살배기 딸뿐이었어. 차예원. 딸까지 뺏길까 겁이 나서 임유현에게 굽히고 들어간 차인호였으니 그런 사소한 미신도 최대한 피하고 싶었겠지. 임유현은 제 부하를 시켜서 강보에 싸인 어린 유은우를 폐건물에 버려두고 건물을 통째로 폭파시키고 떠났어. 몇 시간 뒤 반란군이 폐허를 뒤져 빈사 상태인 유은우를 찾아냈지."

"어떻게 안 죽고 살았어?"

"온디딤이 같이 있었대. 그게 유은우를 보호한 거야. 유태헌이 죽기 전에 유은우의 강보 사이에 자신의 시계를 끼워 두었던 것 같아. 서재희 너도 다루니 알겠지만 온디딤은 감정의 영향을 많이 받아. 당시 유태헌의 심정이 어땠을지 생각하면 답은 쉬워. 아내가 눈앞에서 죽고, 홀로 군에게 쫓기고, 심각한 부상을 입었으며, 품에는 어린 딸이 있었어."

서재희는 여전히 무감했다. 그러나 정윤환은 그를 마주 보기 어려워, 시선을 떨어뜨렸다. 이불 위로 늘어뜨린 제 손에 햇살이 맑겠다.

"그날 반란군은 강인한 지도자와 명민한 연구사를 동시에 잃었지. 하지만 그들에게는 유은우가 남았어. 그런데 이상하게도, 부모를 잃고 혼자 남은 유은우에게서 이상한 징후가 나타나기 시작해. 자꾸 주위의 물건들이 바닥으로 툭툭 떨어지거나 위치가 바뀌었지. 여덟 살 전후의 동조자에게 나타나는 현상이, 눈도 제대로 못 뜨는 갓난아이에게서 발현된 거야. 반란군은 유은우의 동조율을 측정했고, 100이라는 놀라운 결과를 얻었지. 반란군이 유은우를 여덟 살까지 고이 길러다가 흰 칼날 프로젝트의 실험체로 쓰기 위해 기계를 삽입한 건, 어찌 보면 당연한 수순이었어."

정윤환은 제 손바닥을 뒤집어 보았다. 흉 하나 없는 미끈한 손. 타고난 재능.

"하지만 유은우는 설계 난독증이었고, 프로그램은 제대로 작동하지 못하고 오류를 일으켰어. 그들은 실망했고 유은우를 버렸어. 정확히는 도시연합에 돈을 받고 팔았지. 도시연합은 난민들에게서 강탈한 어린 동조자와 반란군에게서 헐값에 산 실험체를 수송선에 실어 도시 내로 진입하다가 전례 없던 일을 겪었어. 반란군의 일부가 상부 지시 없이 자체 판단 하에 수송선을 급습한 거야. 우리 형도 그 주동자 중 하나였는데, 반란군 아랫사람들은 윗사람들이 도시연합과 한통속인지 꿈에도 몰랐으니 상황이 꼬인 거지. 그건 수송선을 움직이던 인신매매상도 마찬가지라, 그들은 반란군에게 자원을 빼앗길 순 없다는 생각에, 동조자가 실려 있던 칸에 가스를 살포하고 도망쳤어. 유은우가 끈질기게도 살아남은 걸 우리 형이 발견하고 반란군으로 데려간 거고."

"가져다가 고쳐 쓰려고?"

서재희가 고저 없는 톤으로 물었다.

"아냐, 형은⋯⋯."

정윤환은 고개를 저었다. 그러나 더 이상 말을 잇기 힘들었다. 많은 말마디가 목에 걸려 혀로 굴러 나오지 못하고 스러졌다.

반란군에 속해 있다고 해서, 모두가 정성민을 닮은 것은 아니었다. 그는 그토록 헌신하던 반란군에서 요직을 차지하지도 못했으며 결국 내부고발로 반란군 동료에 의해 목숨을 잃었다. 그 과정에서 도시연합군의 손에 자살로 가장되었지만, 쉽게 볼 수 없는 사람이었다. 메모의 문장은 똑똑했으며, 행간은 따뜻했다.

그가 남긴 메모는 정윤환의 신념이 되었다. 기성품이나 다름없던 세계를 전부 허물고, 지반부터 제 색깔로 다시 다져 가는 계기가 되었다. 무지에 대한 반성과 형에 대한 애도였다. 형은 죽었지만, 그의 죽음으로 인해 정윤환은 그와 대화할 수 있었다. 형이 죽고 나서 한참이 지나서야 정윤환은 그를 추모하기 시작했다.

때때로 정윤환은 제 소속이 헷갈렸다. 유은우가 살아 있는지 죽어 있는지 헷갈리는 것처럼.

도시연합군과 반란군을 교차하기 시작하고 얼마 지나지 않아, 두 집단이 놀라울 정도로 닮았음을 알게 되었다. 어디에나

선한 사람이 있었고, 어디에나 악한 사람이 있었다. 선과 악을 반듯하게 갈라놓을 수 있었다면 차라리 마음 편했을지도 모른다. 그러나 정윤환은, 선한 이의 발끝에서 짙은 그림자가 뻗어나오는 것을 목격했고, 악한 자의 손에서 생명이 되살아나는 것도 경험했다.

의지와 욕망이 뒤엉켜 이미 구별할 수 없는 가운데, 영원한 진리로 확신할 수 있는 것은 어디에도 없었다.

어떻게든 유은우를 살리기 위해, 도시연합군에 오래도록 충성을 바치고 퇴직한 연구원을 사로잡아 총구를 들이밀며 연구 결과를 털어놔라 종용할 때도 그랬다. 이웃 할아버지처럼 인상이 선한 그는 자신이 무슨 짓을 했는지 정확히 알지 못했다. 도시연합은 거대한 악을 아주 잘게 쪼개어 사회 구성원들이 나눠 수행하도록 했다. 전체를 볼 수 있는 안목은 드물었다. 그들은 자신이 해내는 소소한 업무가 모이고 쌓여 결국 거대한 악을 향해 나아갈 줄은 꿈에도 몰랐을 것이다. 그 연구원은 평범한 가정의 가장이었고, 자신이 야근을 불사하며 성실히 수행한 실험들이 오직 부상당한 상이군인의 재활에 쓰이리라 믿고 있었다. 심지어 그는 유은우의 존재조차 몰랐다. 유은우는 차트에 가상의 수치로 표시되어 있었다. 마치 사람이 아닌 것처럼.

"형은 유은우를 살려내서 언론의 전면에 내세우려고 했어. 정확히는 유은우를 시작으로 사해를 방랑하는 난민들의 인권을 제대로 세우고자 했어. 도시연합은 물론이고 반란군에게도 급진적인 사상이라 물론 환대를 받지 못했지. 솔직히 말하자면

어느 누구에게도 당장의 이득이 없는 주장이었어. 도시연합은
난민의 인권이 바닥이어야 어린 동조자를 가로채기 쉬웠을 테
고, 반란군 또한 난민 출신 동조자를 잡아다가 흰 칼날 프로젝
트에 투입했으며, 그마저도 실패하면 추려서 도시연합에 팔거
나 분쇄기에 갈아 실험 원료로 썼어. 동조자는 인류에게 엄청
난 자원이지. 죽었든 살았든 마찬가지야. 형은 자신의 의견을
묵살하는 반란군에 회의를 느꼈던 것 같아. 그는 본격적으로
도시연합 내부 언론과 접촉을 시도했어. 다들 쉬쉬하는 가운데
반란군 수뇌부까지 그 소리가 들어갔고, 바로 제거되었지. 서
재희 너도 알겠지만 반란군의 배후엔…….”

“임유현.”

서재희가 팔짱을 낀 채 조용히 덧붙였다.

“친애하는 우리 교장 선생님이시지. 바쁘시겠어. 도시 안팎
관리하시느라. 그럼 그 도시연합의 치부가 담겼다는 메모리는,
결국 돌고 돌아 김서혁의 손에 들어갔구나. 그래서 피바람 한
번 불지 않고 매끄럽게 총사령관으로 올라간 것이고. 임유현은
덕분에 교장으로 부임해서 새싹 동조자들을 체에 거르고 걸러
사회 곳곳에 배치하게 되었고.”

정윤환은 길게 한숨을 쉬었다. 그가 말했다.

“임유현이 말한 흰 칼날 프로젝트는 미완성이었어. 솔직히
말하면 애초에 완성이란 게 불가능해 보였지. 어디서부터 손대
야 할지 모를 정도로 엉망진창으로 엉켜 있어서 아예 처음부터
뼈대를 다시 세워야 할 것 같았어. 나는 유은우를 모델로 처음

부터 끝까지 설계를 짜서, 유은우와 함께 임유현에게 갖다 바치고 그에게서 벗어나려 했어. 그렇게 작업을 시작했고, 내가 성과를 제때 보고하지 않는 바람에, 반란군 측에서 다시 한번 유은우를 버렸어."

　지난한 나날이었다. 유은우는 자주 발작했으며, 정윤환은 매일 그녀의 여린 팔다리를 붙잡고 경련이 지나가기를 기도했다. 일부러 눈을 감고 유은우를 보지 않으려 노력했다. 그럼에도 불구하고 자제력이 느슨해지는 새벽엔 저도 모르게 유은우를 찾았다. 품에 꼭 끌어안고 보드라운 머리에 뺨을 붙이면 잠이 깊게 달았다. 그러나 아침에 깨어나 피로가 걷히면 자신이 치가 떨리게 혐오스러웠다. 이게 대체 뭐 하는 짓인가. 백번 생각해도 비정상이었다. 내가 미쳐도 단단히 미쳤구나. 이를 악물고 설계에 박차를 가했다. 여기도 저기도 모두 임유현의 손아귀라면, 최대한 빨리 반란군과 연을 끊고 군에 마음을 붙이겠다. 그것만이 유일한 목표였다.
　그러나 감추기도 전에 속이 비어져 나왔다. 정윤환이 유은우를 특별하게 여긴다는 소문은 금세 반란군을 휩쓸었다. 정윤환은 어디든 적이 많았다. 반란군이라고 정윤환의 안하무인한 태도에 아량이 넓진 않았으니. 하루는 정찰을 핑계 삼아 도시연합군 모함에서 외따로 떨어져 반란군 본부에 들르니, 실험실 문이 빠끔 열려 있었다. 늘 유은우를 눕혀 놓았던 긴 소파에는 얇은 이불만 젖혀져 있었다.

"내다 버리랬어. 김승훈 연구사님이."

뒤에서 강진욱이 눈을 조금 찌푸리고 덧붙였다.

"다른 연구실 사람들이 네가 좀 이상하다고 수차례 의견을 낸 모양이더라고. 네가 정말 될 만한 실험체는 할당받으려 하지도 않고 너무 하나에만 감정을 쏟아붓는다고. 어차피 그거 설계 난독증이잖아. 너도 딱히 그걸로 성과를 내는 것 같지 않아서, 너 없는 동안 김승훈 연구사님이 처분하라고 했······."

강진욱의 멱살을 틀어쥐고 거칠게 흔들었다.

"너 미쳤어? 내가 손대지 말라고 했잖아! 내가 연구 수행하고 있다고 말했잖아!"

"나도 너한테 물어보고 처리하자고 계속 말씀드렸는데, 그렇게 밀어붙이기엔 네가 결과물을 하나도 안 내어 놨잖아! 거기다 다른 연구원들이 워낙 강력하게······."

"유은우 지금 어디 있어?"

강진욱이 정윤환의 손을 쳐 냈다.

"폐기 처분실."

정윤환은 다급히 제복 코트 안주머니에 손을 넣었다. 메모리 두 개가 만져졌다. 정윤환이 여태 유은우를 상대로 써 내려간 모든 설계가 쓰인 직사각형 하나와, 눈속임으로 기본 얼개만 짜 둔 타원형 하나. 정윤환은 타원형 메모리를 집어서 강진욱에게 던졌다.

"김승훈 연구사한테 갖다 바쳐. 내가 여태 보고만 안 했을 뿐이지, 유은우 상대로 착실하게 진행되고 있다고. 다시는 내 것에 몰래 손대지 말라고 똑똑히 전해."

막 돌아서는데, 강진욱에게 팔을 잡혔다. 그가 벌겋게 달아오른 제 목을 문지르면서 낮게 말했다.

"정윤환, 가서 데려오는 건 좋은데, 네 감정이나 추스르고 가. 동네방네 소문 다 내지 말고. 네가 그렇게 티 내니까 나도 감싸는 데 한계가 있단 말이야."

강진욱의 손을 뿌리쳤다. 정신없이 지하 6층의 폐기 처분실로 달려갔다. 들어서기도 전에 피 냄새가 났다. 분쇄기에 전원이 들어가 있었으나 아직 돌아가지는 않고 있었다. 유은우는 바닥에 아무렇게나 널브러져 있었는데, 폐기 처분실의 약품 냄새로 숨이 가물가물 넘어가기 직전이었다. 그 주변으로 평소 시비 붙었던 연구원 몇이 빙 둘러서 있었다. 유은우가 막 해코지 당하려는 것을 목도하자마자 피가 거꾸로 솟았다.

미친놈들이 더러 실험체 가지고 논다는 소문은 들었지만…….

그러나 정윤환은 여유롭게 입꼬리를 끌어당겼다.

정윤환은 도시연합군에서도 반란군에서도 즉각 처형되어도 할 말이 없는 입장이었다. 그가 살아남은 이유는, 오로지 가공할 만한 설계 실력, 그리고 약간의 운, 그뿐이었다. 맨발로 칼날 위를 걷는 상황에서, 유은우가 약점이 되어선 안 되었다. 그것은 정윤환과 유은우, 둘 모두에게 좋지 않았다.

"재활용도 안 되는 폐품 가지고 뭐 하나? 물론 내 손에서 새롭게 태어날 참이다만. 너희 취향도 참……."

혀를 쯧쯧 차고는 안쓰럽다는 시선으로 불청객들을 한번 쓱 훑어보았다.

"망가뜨리지 않는 선에서 즐기든지 말든지 알아서 해. 대신
에……."

정윤환은 일부러 유은우는 보지 않으려고 노력했다.

"……재미 보고 나면 내 연구실에 원래대로 가져다 놔. 흰 칼
날 프로젝트에 차질 생기면 너희 다 죽여 버릴 줄 알아. 혹시
실패라도 해서 김승훈 연구사님께 해명해야 할 때가 오면 은근
슬쩍 너희들 이름 갖다 댈 테니까."

정윤환의 예기치 못한 등장에 물러섰던 무리 중의 누군가가
앞으로 나섰다.

"네놈이야말로 실험체에 집착이나 하지 마! 그놈의 설계 실
력만 믿고 도시연합군 소속을 반란군 핵심으로 들여놨더니 성
과는 하나도 없고. 네놈이 우리 정보를 그쪽으로 나르지 않는
다는 보장이라도 있어?"

"증거 있어?"

정윤환이 왼손으로 제복 코트를 젖혔다. 연구원들이 다급히
총을 뽑았다. 그러나 정윤환은 홀스터의 총에 손만 얹었다. 뽑
지 않았다.

"내가 이쪽 정보를 연합군으로 흘린다는 증거 있냐고."

"……."

"내가 마음에 안 들면 안 든다고 말을 하시지요. 아니면 손이
라도 빠르든가. 내가 오기 전에 아예 분쇄기에 넣어서 싹 돌려
놨으면, 나도 김승훈 연구사님께 증명할 매체가 없어서 한바탕

깨지고, 그걸 지켜보는 너희는 또 얼마나 짜릿했겠어? 추잡하게 시간을 질질 끄니까……."

정윤환이 턱짓으로 유은우를 가리켰다.

"……내가 김승훈 연구사님께 보고서를 올리고 왔는데도 실험체가 멀쩡하잖아. 안 그래?"

팽팽한 적막이 이어졌다. 순간, 분쇄기의 전원이 뚝 꺼졌다. 정윤환은 어깨를 으쓱했다.

"연구사님이 내 보고서가 썩 마음에 드셨나 보다. 중앙에서 제어한 모양인데? 그럼 어떡할래? 유은우 데리고 노는 게 목적이면 내 연구실에 잘 가져다 놓고. 자리 비켜 줘?"

해사하게 웃으며 말했으나, 혹여나 이 이상 부딪히게 되어 자신의 감정이 드러날까 등골로는 긴장이 줄줄 흘렀다. 이윽고 연구원들은 의심스러운 눈초리로, 그러나 유은우는 건들지 않고 나가 버렸다. 문이 쾅 닫히자마자 정윤환은 숨을 삼키며 유은우의 옆에 무릎을 꿇고 앉았다.

처음에는 손대는 것도 서툴렀으나 이제는 너무나 익숙했다. 두 손으로 유은우의 등과 무릎 뒤를 받치며 가볍게 안아 들었다. 등으로 폐기 처분실 문을 밀어서 열고 나왔다. 복도를 걸었다. 그러다 멈춰 섰다.

평소 얕은 기침이나 옹알이, 뒤집기 정도만 드물게 하던 유은우가 그날따라 이상했다. 정윤환의 제복 셔츠를 꼭 잡아당긴 채, 그녀는 자꾸만 몸을 뒤척였다. 정윤환은 가만히 유은우의 얼굴을 들여다보았다. 눈가가 발개져 있었다. 복도 형광등 불빛이 그 눈 밑에 고여 어슴푸레 반짝였다.

눈물.

가슴이 쿵 떨어졌다. 정윤환은 다리에 힘이 풀리는 바람에 하마터면 유은우를 놓칠 뻔했다. 가까스로 유은우를 고쳐 안았다. 품에서 흔들리면서 유은우의 눈가에서 눈물이 또륵 굴러 나왔다. 유은우의 뺨과 맞닿아 있던 정윤환의 까만 제복이 동그랗게 젖었다.

고개를 들었다. 복도의 창문에 자신의 모습이 비춰 보였다.

도시연합군의 새카만 제복을 입고, 반란군 본부 복도에 서서, 자신의 손으로 파헤칠 실험체를 소중하게 안고 있는, 오만함과 두려움으로 뒤범벅된 피로한 청년이 있었다. 기시감이 날카로이 내리꽂히며, 자신의 모습 위로 형이 겹쳐 보였다. 언젠가 메모리에서 봤던, 땀과 오물에 찌든 더럽고 지친 몰골로 기어코 유은우를 건져내 안던 정성민이 거기 있었다.

도저히 못 하겠다.

정윤환의 눈에서 눈물이 뚝 떨어져, 유은우의 뺨을 타고 흘렀다.

너만은 내가 반드시 구해 줄게.

사랑은 아니라 믿었다. 나 하나 숨통 트이기 위한, 일종의 타협이라 여겼다. 이 지옥에서도 내 인간성은 그래도 말살되지 않았다는. 내가 형처럼 개혁에 앞장서지는 못하지만, 그래도 최소한 침묵하지는 않았다는. 그래도 뭔가 하고 있다는.

정윤환이 유은우를 감정적으로 특별하게 여긴다는 모호한

소문은, 며칠 만에, 정윤환이 유은우를 그저 중요한 실험체로 여기고 있으며 흰 칼날 프로젝트의 초안을 완성해 김승훈 연구사의 승인까지 받았다는 꽤 구체적이고 살벌한 경고로 탈바꿈했다.

그 사건 이후, 정윤환은 다른 사람들 앞에서 자주 유은우를 비하했다. 실험체를 도구로 여기는 데에 익숙한 다른 연구원들조차 눈을 찌푸릴 정도의 천박한 단어를 일부러 골라 썼다. 내게 유은우는 아무것도 아니다. 그러니 내게 악감정을 품고 유은우를 해치더라도 나는 그 어떤 타격도 받지 않을 것이며, 오히려 반란군에게 좋지 않은 결과만 가져다줄 뿐이다. 반복했다.

그러나 해가 지면 연구실 문을 단단히 걸어 잠그고 유은우와 꼭 붙어서 잤다. 무사하여 다행이다 그리 여겼다. 해가 뜨면 내 손으로 널 또 헤집어야 하건만, 그래도.

정윤환은 며칠 동안 유은우와 관련된 자료를 없애는 데 공을 들였다. 그는 우선, 임유현에게 제출할 목적이었던, 유은우에게 초점이 맞춰진 직사각형 메모리를 쓰레기통에 버린 뒤에, 부식되어 못 쓰게 되도록 그 위로 소금물을 부어 버렸다. 그동안 출력해 두었던 자료는 밤낮으로 파쇄기에 갈아 댔다. 어마어마한 양에 파쇄기가 과열되어 고장 나자, 빈 상자에 자료들을 잔뜩 쌓아 두고, 총으로 분해 설계를 걸어 전부 찢어발겼다.

컴퓨터의 파일도 정리했다. 굵직한 설계들은 남겨 두었다. 유은우에 대한 연구가 이리 잘 진행되고 있다고 김승훈 연구사에게 정기적으로 제출할 목적이었다. 그 외의 정교한 세부 설계는 싹 삭제시켰다.

막상 사기치겠다고 마음먹고 나니, 임유현에게 올릴 설계는 오히려 간단했다. 김승훈에게 받았던, 전임자들이 답도 없이 복잡하게 꼬아 놓은 흰 칼날 프로젝트에, 정윤환 또한 설계를 묶고 잡아 돌려 더욱 알아보기 어렵게 만들어 놓았다. 풀려면 한참 걸릴 것이며, 이대로 쓰면 필시 중간에 오작동을 일으킬 게 분명했다. 하지만 그는 최선을 다하지 않기로 했다. 임유현이 왜 실패작을 가져다주었냐 물으면, 어디서 오작동이 났는지 알아보겠다며 능구렁이처럼 넘기며 시간을 벌기로 했다. 정윤환은 운이 아닌, 자신의 설계 실력을 믿었다. 임유현은 날 벼랑 끝까지 몰아붙일 수는 있어도, 결코 밀어 떨어뜨리지는 못할 것이다. 그도 내 설계 실력이 아까울 테니까.

그러나 유은우 몸에 삽입된 기계를 제거하는 건 혼자서 쉽지 않은 일이었다. 정교한 설계로 기계를 멈추는 것이야 정윤환도 자신 있었으나 그것만으로 해결되지는 않았다. 용의 뼈를 기반으로 만들어진 차갑고 흰 기계들은 이미 내장에 뿌리를 내린 지 오래였다. 그것들을 완전히 떼어 내는 데는 최신 설비와 세심한 손재주를 갖춘 노련한 전문가가 필요했다. 정윤환은 유은우를 빼돌린 후에, 제1도시 중앙병원장인 자신의 친아버지에게 부탁하리라 마음먹었다. 그것이 여의치 않다면 제5유적지 근처의 소문난 불법 정화 장치 삽입자에게 데려갈 각오도 했다. 일단 빼내는 것이 급선무였다.

그러나 밤을 지새우던 어느 날, 정윤환은 소금물이라고 믿었던 작은 유리병의 맑은 액체가 실은 메모리 보존액임을 알게 되었다. 심장이 내려앉았다. 황급히 쓰레기통을 뒤졌다. 청소부가 어제 비워 갔는지, 그제 비워 갔는지 정확히 기억도 나지 않았다.

"유은우가 반란군에 의해 재차 버려지고, 그래서?"

서재희가 물었다. 정윤환은 창백하게 말했다.

"내가 다시 주워 왔어."

"네가? 왜?"

정윤환은 잠시 입을 다물었다. '유은우만은 꼭 구해 주고 싶어서.'라는 대답은 위선 같았다. 위선이 아니라면, 유은우를 좋아한다는 파렴치한 고백이 될 것 같았다. 그 어떤 것도 자격이 없어, 건조하게 대답했다.

"……임유현에게 바칠 흰 칼날 프로젝트를 완성해야 했으니까."

"그래서. 완성했어?"

"대강. 하지만 임유현에게 가져다주지는 못했어. 연구원 하나가 내 보고서를 상부에 보고해 버렸어. 따라서 유은우도 내 소관을 떠났고. 내가 반란군에 항상 붙어 있을 수 없으니까, 그들은 내 설계만 보고 그대로 진행하면 할 수 있을 거라 믿었던 모양이야."

젖은 채 버려져 있는 메모리를 의심스럽게 생각한 강진욱이 그것을 몰래 주워 김승훈 연구사에게 제출했고, 메모리 안의 설계는 곧 깨끗하게 출력되어 한세연 연구관의 책상에 놓였으며, 삽시간에 반란군의 새로운 목표로 등극했다. 그들은 정윤환에게서 유은우를 앗아 가고, 핵심 연구진에서 정윤환을 제외시켰다. 감정에 휘둘린다는 것이 이유였다.

유은우가 끌려가고 텅 빈 연구실을 보면서 정윤환은 속으로 칼을 갈았다. 강진욱이 유은우를 앗아 가며 제시한 꿈은 솔깃했으나, 그래도 유은우만은 도구로 쓰고 싶지 않았다. 정윤환은 새벽을 틈타 한세연의 연구실로 숨어들었다. 묵혀 놨던 설계 솜씨를 한껏 발휘하여, 유은우를 둘러싼 몇 겹의 고급 보안을 소리 없이 해제했다. 어두컴컴한 연구실 구석에 웅크리고 앉아, 유은우와 연결된 노트북을 두드렸다. 잘 벼려진 유은우를 앞세워 도시연합군의 중앙을 치겠다는 역겨운 루트를 전부 삭제시켰다. 새카맣게 빈 모니터 앞에서 정윤환은 한 차례 손을 뚜두둑 꺾고 나서, 본격적으로 정교한 도주 시스템을 입력했다.

수없이 상상한 루트를 직접 그려 넣었다. 이곳 제3유적지의 1구역부터 12구역까지 일직선으로 쭉 내달린 다음, 12구역 끝의 부속 정찰기 안에 숨어들기까지. 며칠 전에 도시연합군의 관리 시스템에 들어가 아무도 신경 안 쓸 것 같은 낡은 부속 정찰기를 하나 빼돌려 그곳에 착륙시켜 두었다. 외관은 금방이라도 삭아 없어지기 직전이었으나, 엔진이며 콘솔이며 운항에는 문제가 없도록 정비했다. 일단 유은우를 그곳에 숨겨 놓고, 나중에 실어 나를 계획이었다.

속도도 속도였지만, 정윤환은 회피 패턴에 특히 공을 들였다. 혹시 유은우가 도주 중에 사람을 마주치더라도 맞붙지 않고 매끄럽게 피했으면 했다. 싸움으로 도주가 지체되거나 상대가 아군을 불러 판이 커지지 않길 바라면서.

"나는 유은우를 빼돌리고 싶었어."

정윤환이 다 쉬어 갈라진 목소리로 말했다. 서재희가 관자놀이를 꾹 짚었다.

"왜? 임유현에게 가져다주려고?"

정윤환은 긍정도 부정도 하지 않았다.

"몰래 도주 시스템을 입력해 두고 빠져나왔어. 나오는 길에 일부러 지상의 폐건물 서넛을 연달아 폭격했어. 주의를 그쪽으로 돌리고 싶었거든. 마주치는 사람 하나 없이 일이 잘 풀리는구나 그렇게 생각했어. 일단 도시연합군의 모함으로 돌아가 김서혁에게 얼굴도장 한번 박아 두고 어두워지면 다시 가서 유은우와 만나야겠다고. 왔다 갔다 박쥐 짓 하기에 동선이 편했지. 당시 김서혁은 제3유적지에 반란군의 본부가 있지 않을까 의심하고 있어서 그쪽에 모함을 두고 있었으니까. 쉬워 보였어. 그때까지만 해도."

인터컴이 켜진 것은 그때였다. 잡음이 지글거렸다. 불길함이 엄습했다. 정윤환은 눈앞에는 도시연합군 모함을, 등 뒤에는 지하의 반란군 본부를 두고 채널을 조정했다. 손이 떨렸다. 소리가 또렷해졌다. 귀가 폭발음으로 먹먹했다.

— ……야, 정윤환! 네가 그랬지! 너 미쳤어? 돌았냐고!

강진욱의 비명이 날카롭게 찢어졌다. 누군가 흐느끼는 소리가 났다. 또 연이은 폭발음.

— 실험체 네가 풀어 줬어? 탈출시키려면 곱게 내보낼 것이
지 이게 대체 뭐 하는 짓이야?

가슴이 쿵 내려앉았다.

"……뭐?"

— 끝까지 모르는 척할 거야? 미친 새끼, 도시연합군을 흰 칼
날 프로젝트에 받아 주는 게 아니었는데!

정윤환은 멍하니 뒤돌았다.

쾅!

이번에는 인터컴이 아닌, 눈앞에서 폭발이 터졌다. 온통 회
색으로 고요하던 폐허가 땅 내부로부터 폭발했다. 땅이 흔들려
정윤환은 급히 옆의 폐건물을 짚어 몸을 지탱했다.

맙소사. 조용히 몸만 빼내도록 설계했는데, 대체 이게 무
슨…….

"강진욱! 상황을 말해!"

— 실험체가 풀려나서 닥치는 대로 부수고 있어! 몇 초 만에
본부의 절반이 죽었다고! 사람만 쏙쏙 골라 죽이는 게 아주 악
질이야! 너 빨리 와! 네가 어떻게 좀 해 봐! 한세연 연구관님이
온디딤을 써서 겨우 붙잡아 뒀어! 네가 와서 설계 무효화를 시
키든가, 이 괴물 끌어안고 같이 나가 죽든가 빨리 결정해! 오래
못 버텨, 연구관님 부상 입었어!

손이 덜덜 떨렸다. 인터컴에서 삐삐 소리가 났다. 채널을 변
경했다.

— 정윤환, 어디지?

김서혁. 정윤환은 애써 호흡을 가누었다.

"대장, 저 지금 3구역 정찰 중입니다."

— 폭발 현장인가? 네가 맡아. 서포터는······.

"필요 없습니다. 1구역부터 12구역까지 저 혼자 뛰겠습니다."

— 5분 간격으로 보고해.

"네."

지하로 들어가는 본통로는 완전히 내려앉아 있었다. 몇 명이나 죽었을지 감히 가늠하기도 어려웠다. 정윤환은 평소 온의 흐름이 날카롭고 통로가 좁아 잘 쓰지 않는 보조 입구로 진입했다. 연구실은 초토화되어 있었다. 전기가 끊겨 어두웠다.

"윤환이 왔니?"

한세연 연구관은 그토록 사용하길 꺼리던 만년필을 쥐고 있었다. 그 팔이 온통 피투성이였다. 낯이 익숙한 반란군 간부 몇이 죽은 나무처럼 둘러싼 중앙에, 유은우가 포박되어 널브러져 있었다. 정윤환이 애달프게 보듬어 온 유은우의 가냘픈 팔다리가, 잉크로 빚어 만든 듯 까만 줄에 칭칭 감겨 있었다. 그러나 다친 곳은 없어 보였다. 수백을 삽시간에 죽인 실험체라고는 믿기지 않을 정도로 멀쩡해 보였다. 그간 인형처럼 까맣기만 하던 눈망울이 정윤환을 직시했다. 적의였다.

내가 직접 설계했는데.

정윤환은 공포감에 사로잡혔다. 유은우의 주위로 희고 정교한 설계가 물에 풀린 물감처럼 번져 나왔다. 정윤환은, 여태 살면서 가장 공을 들여 주입한 설계가 유은우의 압도적인 동조율에 망가져 새어 나오는 것을 텅 비어 바라보았다.

내 설계는 단 한 번도 실패한 적이 없는데.

유은우가 사납게 몸을 뒤틀었다. 한세연 연구관이 만년필로 허공을 그었다. 유은우의 손목에 포박이 더해지고 한세연의 어깨가 다시 한번 찢어졌다.

"윤환아, 너 때문에 많은 사람이 죽었구나. 지하가 무너져 본부가 김서혁에게 발각되었으니, 우리도 어쩌면…….."

한세연이 만년필로 공중을 짚었다가 빠르게 끌어당겼다.

그 손짓에 따라 유은우가 거칠게 끌려와, 정윤환의 군화에 부딪히고 멈추었다.

"너도 세상을 바꾸고 싶다고 했지. 우리가 임유현의 꼭두각시가 아닌, 반란군의 새로운 세력이라는 것은, 너도 강진욱 연구원에게 들어서 알고 있을 거야. 너와 함께 계속 가고 싶어. 우린 네가 필요하다. 하지만 지금의 너는 너무나 불안하여 서로 상처만 줄 뿐이지. 네 손으로 끝내렴. 네가 우리 편이라는 걸 보여 다오."

정윤환은 고개를 들었다. 강진욱, 김승훈을 비롯한 반란군 간부들이 모두 자신을 보고 있었다. 그 뒤로는 시체들이 널브러져 있었다. 짙은 피비린내와 어디선가 울려 대는 폭발음으로 어지러웠다.

정윤환은 인터컴을 눌렀다.

"정윤환. 1구역부터 12구역, 전원 사살. 제5유적지 개발보고서 포함 기밀문서 다량 확보."

다시 인터컴을 눌러 꺼 버렸다. 정윤환은 총을 뽑아 유은우를 겨누며 말했다.

"12구역 끝에 부속 정찰기가 있습니다. 탑승하시고 5구역을 정확히 등지면서 도주하세요. 그쪽으로는 추적선 안 걸리게 하겠습니다. 덤프트럭처럼 큰 폐기물이 많은 곳은 절대 접근하지 마십시오. 김서혁은 매개체를 이용해 타격하는 것에 강합니다. 실험체는……."

정윤환은 총을 고쳐 쥐었다.

"……제가 마무리 짓겠습니다."

공급기가 깜박거렸다. 서재희가 다가와 공급기의 실린더를 갈아 끼웠다.

"나는 실패했어. 대단하게 실패했지. 유은우가 반란군의 절반을 살해했고, 남은 절반은 도시연합에서 끝장냈어. 서재희 너도 들어서 알 거야. 대대적으로 보도되었으니까."

서재희가 조용히 읊었다.

"제3유적지 반란군 본부 적출. 살인병기 획득. 김서혁의 가장 눈부신 업적이지."

"그때 내가 빼돌린 반란군 간부들이 있어. 임유현의 세력에 반하는 자들이야. 진실로 반란군이라고 말할 수 있는. 특히 한세연 연구관. 그 사람은 절대로 죽어선 안 돼. 김서혁이 손 못 대게 네가 좀 도와줘."

"한세연? 용 연구소 수석 연구관?"

"동시에 반란군 수장이야."

서재희가 허탈하게 미소 지었다.

"반란군 수장이 대체 누군가, 수년을 뒤져도 안 나오더니. 네 비호를 받고 있었네. 제1도시 출신 최고 기득권의 자녀가 정예군 제복을 입고 임유현과 김서혁의 정보망을 한 번에 취해 손수 반란군에 흘려 넣었으니…….."

허공에 늘어뜨려져 있던 서재희의 손끝에 힘이 설핏 들어갔다.

"……손에 안 잡힐 수밖에."

"한세연 연구관이 반란군 꼭대기를 지키고 있어서 이나마 도시연합을 견제할 수 있었어. 다른 사람으로 교체되면 반란군은 정말로 도시연합의 일부가 되고 말아. 한세연 연구관은 용 연구소에서 요직을 맡고 있어서 누구보다 용에 대해 잘 알고, 끊임없이 도시연합으로부터 반란군을 독립시켜 보려고 애쓰는 유일한 사람이야."

서재희가 천천히 눈을 깜박였다.

"정윤환, 김서혁이 널 마음대로 써먹기 위해서 한세연을 미끼 삼아 살려 둔 것은, 그 사람이 정말로 별 볼 일 없기 때문이 아닐까? 유태헌 수장이 사망하고 나서 반란군은 급격히 도시연합에 빌붙기 시작했어."

"서재희 네가 예전에 내게 말했지. 반란군이 아무리 도시연합과 타협했다 하더라도 고유의 색을 잃지 않은 이들이 있을 거라고."

서재희가 손끝으로 이마를 문질렀다. 낯이 메말랐다.

"무슨 뜻인지 충분히 알겠어. 어떤 집단의 리더든 허용된 권한만큼이나 제약을 감수해야 한다는 거지? 한세연 연구관이 반란군 고유의 명맥을 잇기 위해서 어느 정도 타협을 하고 있음을 고려해야 한다는 건 나도 인정해. 그런데 문제는, 내 눈엔 그 타협만 보인다는 거야. 그들의 진짜 목적이 뭐지? 그 어떤 문헌에서도 반란군이 처음 만들어진 계기는 나오질 않아. 그저 도시 안으로 들어오지 못한 사람들이 반발하여 조직되었다고만 하지."

"다들 원하는 것은 같아. 새로운 용의 성체. 잃어버린 용의 심장."

정윤환은 천천히 말을 이었다.

"그러나 수단이 같을 뿐 목표가 다르지. 도시연합은 도시 확장을 꿈꿔. 반란군은 난민을 수용할 신도시 건설을 꿈꾸지. 임유현 또한 제 입맛에 맞는 도시를 염원하고 있어. 그러나 한세연을 비롯한 소수 반란군의 목적은, 최초 반란군의 목적은, 어떤 특정 도시의 건설이 아니야. 그들이 원하는 건……."

유은우와 맞바꾼 단 하나의 꿈을, 정윤환은 이어 말했다.

"……도시의 붕괴."

서재희가 다가왔다. 그는 정윤환의 침대에 걸터앉았다. 가까이 마주한 서재희의 까만 눈동자가 옅게 일렁였다. 깊어 잔잔한 바다에서 고래의 매끈한 등이 설핏 드러났다가 사라지듯이. 서재희가 나직이 말했다.

"나하고 뜻이 일치하네. 난 낙원의 이론을 망가뜨리고 싶으니까. 도시가 붕괴되면 낙원의 이론도 파괴되겠지."

정윤환은 서재희의 열띤 목소리에서, 어쩔 수 없는 추위를 느꼈다. 서재희가 이어 속삭였다.

"왜 내게 여태 말하지 않은 거야? 기꺼이 도왔을 텐데."

"왜 말하지 않았냐고?"

정윤환이 힘없이 반문했다.

"목적은 같을지 몰라도 목표가 다르기 때문이지. 우리는 인류에게 희망을 봐. 서재희 너와는 다르지. 내가 지금 이렇게까지 궁지에 몰리지만 않았어도 네게 부탁하지 않았을 거야. 궁극적인 목표가 다르면, 작은 목적을 함께 달성해 나가더라도 조금씩 방향이 틀어질 테니까."

서재희가 정윤환의 바로 옆으로 손을 디디며 체중을 실었다. 정윤환은 침대가 약간 아래로 꺼지는 것을 느꼈다. 서재희가 조용히 말했다.

"어쨌든 넌 지금 내 도움이 필요하지. 그래서 그 목표가 뭔데?"

"도시연합에서 은폐한 진실이 있어. 그들은 제국시대 말기에 중앙산단이 폭발하면서 온이 오염되었고, 오염도가 너무나 심각해 돌이킬 도리가 없다고 말하지. 하지만 그건 사실이 아니야. 용 성체 딱 한 마리만 있어도 사해의 온 전부가 정화되고도 남아."

정윤환은 서재희의 까만 눈에 비치는 자신을 보았다. 말을 이었다.

"우리의 목표는 성체가 된 용을 사해에 자유로이 풀어놓는 거야. 그럼 자연스럽게 사해와 도시의 경계가 없어지겠지. 모든 인간이 자유롭게 대지를 누비며 살게 될 거야. 빠르면 우리 대에서, 늦으면 후손들이. 우리가 먼 옛날 제국시대에 그랬던 것처럼."

"이미 사해에 용이 출현했어. 정윤환 네 말대로 단순히 용을 사해에 풀어놓기만 해도 온이 정화된다면, 그럼 도시연합은 왜 굳이 용을 사로잡아 도시를 건설하려는 거지? 그냥 내버려두면 될 텐데……."

서재희의 숨이 느려졌다. 그가 미간을 좁히며 중얼거렸다.

"불사라 믿었던 용이 죽어 가고, 온이 정화되는 데에 시간이 오래 걸려서?"

정윤환이 고개를 끄덕였다.

"맞아. 용의 심장박동이 확연히 느려지고 있다는 건 우리 손으로 몇 년간이나 직접 측정했으니, 너도 용이 불사가 아니라는 건 믿을 수 있지? 그리고 아무리 성체가 된 용이라도 1000년간 오염되어 있던 온을 눈 깜짝할 사이에 깨끗이 만들 수는 없어. 얼마나 걸릴지 전혀 알 수 없다는 게 문제야. 만약에 사해의 용이 온을 정화시켜 줄 거라고 마냥 기다리다가 도시의 용이 먼저 죽어 버리면? 그러면 도시의 시민들은 하루아침에 오염된 온에 노출될 거야. 인류의 대부분이 한날한시에 죽을 수도 있어. 난민들처럼 정화 장치를 삽입하면 목숨이야 잇겠지만, 지금 도시연합은 그런 재난에 대한 비상책을 하나도 마련해 놓지 않았잖아. 그들은 무조건 용을 사로잡아 도시를 보강할 수 있다고 자신하니까."

서재희는 말이 없었다.

"우리는 시민들에게 알려야 해. 더 이상의 도시 건설은 없을 거라는 여론을 이끌어내야 해. 우리는 도시의 붕괴에 대비함으로써 용에게 온을 정화할 충분한 시간을 주어야 해. 사해에 용의 성체가 나타난 건 인류가 해낸 업적이 아니야. 아무도 모르게 어느 날 나타났어. 용 연구소에서 그렇게 애를 쓰는데도 인류는 여전히 용을 통제하지 못해. 복권 기다리듯이 용의 성체가 나올 때마다 도시를 확장하고 보강하면서 언제까지 버틸 수 있을 것 같아? 도시가 건설되고 1000년이 지났고, 그때 쓰인 용은 점차 죽어 가고 있어. 새로 도시를 건설한다고 해도 인류에게 보장되는 시간은 또 1000년 남짓뿐이야. 최근에 내가 심장 박동을 측정했을 때는 일시적으로 멎기까지 했었어. 도시의 수명도 얼마 안 남았어. 그리고 도시연합도 그 사실을 알아. 그래서 필사적으로 사해의 용을 사로잡으려고 하는 거고."

서재희가 눈을 느리게 깜박였다. 희끗하던 열기는 사라지고 없었다. 무감한 그가 두려워, 정윤환은 손을 내밀어 서재희의 소매를 잡았다.

조금 더 일찍 말했어야 했다. 여름밤, 너를 재단하지 않고 털어났어야 했어. 디디는 걸음마다 후회뿐이라, 정윤환은 서재희를 잡은 손에 힘을 주었다. 지금이라도. 말이 빨라졌다.

"지금 현장에서 한세연 연구관이 포획팀을 지휘하고 있어.

연구관님 말로는, 용 근처 온 오염도를 측정하면 그 수치가 때때로 급격히 하락하는 걸로 봐서 어쩌면 인류가 인내할 만한 시간 내에 온의 정화가 가능할지도 모르겠다고 하셨어⋯⋯."

"그럼 한세연은 포획팀을 지휘하는 척하면서 동시에 포획이 어렵도록 막고 있겠네. 그녀로서는 어떻게든 용을 조금이라도 더 오래 사해에 머물게 하고 싶을 테니까. 이번에 도시연합에게 빼앗기면 언제 또 용의 성체가 나타날지 모르는 일이니."

"한세연 연구관마저 죽으면 이 세력은 와해되고 말아. 도시연합이고 반란군이고 그냥 의미 없는 큰 덩어리가 될 뿐이야. 그렇게 그냥 흘러가는 거야. 아무런 변화도 반성도 없이."

"그럼 낙원의 이론은?"

서재희가 차분히 물었다. 갑작스러워, 정윤환은 대답하지 못했다. 서재희가 재차 물었다.

"네가 따르는 한세연의 목표에 낙원의 이론은 필요 없어 보여. 안 그래? 그녀는 낙원의 이론에 대해 어떤 입장이지?"

그때였다. 복도에서 다급한 발소리가 들리더니 가까워졌다. 서재희가 침착하게 자리에서 일어섰다. 노크도 없이 문이 벌컥 열렸다.

"재희야!"

차예원이었다. 그녀가 희게 질린 얼굴로 왈칵 울음을 터뜨렸다. 큼지막한 눈에서 굵은 눈물방울이 뺨을 타고 뚝뚝 흘러내렸다.

"왜 전화 안 받아? 왜? 어젠 왜 기숙사 안 들어갔어? 내가 얼마나 기다렸는데! 전화라도 받아 주지, 전화라도……."

차예원이 서재희의 가슴에 머리를 기대며 무너졌다. 보는 눈이 많았다면 차예원의 눈물을 닦아 줬을 것을, 서재희는 미간을 좁히며 뒤로 몇 걸음 물러섰다. 차예원은 거의 넘어지려다가 벽을 짚으며 겨우 몸을 지탱했다.

"무슨 일이야?"

서재희가 침착하게 물었다. 차예원이 핏기 없이 새파란 입술을 꾹 깨물었다.

"어제 아빠한테서 전화 왔어. 약혼은 없던 거로 하자고. 당장 헤어지는 거로 소문내라고."

서재희는 아무 말 없이 차예원을 바라보기만 했다. 차예원은 숨을 고르려고 애썼으나 제대로 되지 않는 것 같았다. 무표정한 서재희 앞에서 차예원은 결국 다시 눈물을 터뜨렸다.

"김서혁 총사령관이 어제 새벽에 위원회에 가서 재희 네 자료 열람을 요청했나 봐. 왜 아직까지 관리자로 등록하지도 않은 학생을 여태 후보로만 두고 있냐고 이의를 제기했대. 그러고 나서 바로 우리 학교로 와서 교장 선생님도 만났었대. 그 새벽에. 아빠가, 분위기가 심상치 않으니까 재희 널 통해서 상황 좀 빨리 파악해 달랬는데, 네가 어제 새벽부터 전화도 안 받고 기숙사에도 없고……."

정윤환은 이불을 꾹 그러쥔 손아귀에 땀이 서리는 것을 느꼈다. 뒤가 서늘했다.

임유현이 차인호와의 동맹을 끊고 김서혁에게 붙었나? 설

마. 아니야. 그럴 리가. 임유현이 서재희까지 버리면서 김서혁에게 갈 만한……. 아니, 잠깐만. 김서혁에게 그만한 새로운 패가 생겼다면? 확실히 서재희는 임유현의 입맛에 딱 맞게 굴지는 않았다. 오히려 까다로운 존재였다.

서재희가 표정 변화도 없이 물었다.

"교장 선생님은?"

"아빠가 몇 번이나 전화를 걸었는데 교장 선생님께서 전화를 아예 안 받으신대. 나도 오늘 집무시간 되자마자 교장실에 갔는데 잠겨 있어서 만나 뵙지도 못했어. 전화도 안 받으시고. 상황이 이상하게 돌아가고 있어. 그러게 내가 몇 번이나 말했잖아. 재희야, 제발 몸 사리라고. 관리자로 등록하라고. 거기다가 방금 다른 의원분께도 전화 왔는데……."

차예원의 입술이 파르르 떨렸다.

"……김서혁 총사령관이 방금 전에 위원회에 안건을 상정했대. 널 낙원의 이론 후보 자리에서 탈락시키겠다는."

서재희가 눈을 꾹 내리감았다. 정윤환이 날카롭게 물었다.

"그럼 김서혁은 그 자리에 누구를 앉히겠대?"

차예원이 울음을 삼키며 대답했다.

"유은우."

유은우는 기계적으로 걸었다. 속이 끓고 있었으나 이상하게 머리는 차갑게 식어 있었다. 온몸의 열기가 배 속으로 몰려 그런지도 모른다. 유은우는 납작한 돌이 깔린 교정을 가로지르면서 몇 번이나 오른손을 풀었다. 시계가 날카롭게 달각거렸다.

병원 입구에 낯익은 여학생이 서성거리고 있었다. 차예원이었다. 그녀는 누군가와 통화를 하고 있었다. 입을 막은 손등은 창백하게 질려 와들와들 떨고 있었고 쉴 새 없이 눈물이 흘러내리는 뺨은 까칠까칠하게 터 있었다. 유은우는 그녀를 힐끗 본 뒤에, 병원으로 들어갔다. 엘리베이터를 잡아타고 5층을 눌렀다. 간호사 몇이 알은체를 했다. 유은우는 입꼬리를 끌어당기며 인사했다.

병실로 들어섰다. 정윤환은 침대에서 일어나 앉아 있었고, 서재희는 창가 쪽에 기대어 서 있었다. 유은우는 자신이 감정을 잘 추슬렀다고 자신했지만, 서재희는 그렇게 생각하지 않는 것 같았다. 그는 미간을 좁히더니 곧장 다가왔다.

"은우 왜 그래? 무슨 일 있어?"

유은우의 걸음이 더 빨랐다. 성큼성큼 병실을 가로질러 정윤환에게 갔다. 정윤환은 쿠션에 기댄 편한 자세로 앉아 있다가, 유은우가 가까이 오는 것을 보고 떨떠름하게 허리를 세워 자세를 고쳤다.

"너 나한테 할 말 없냐?"

유은우가 꽉 잠긴 목소리로 물었다. 정윤환은 입을 잠깐 벌렸다가 꾹 다물었다가 딱딱하게 대답했다.

"없는데."

유은우는 주머니에서 사진을 꺼내 던졌다. 사진은 유은우의 가족이 찍힌 면을 앞으로 향하며, 정윤환의 손 근처로 툭 떨어졌다. 사진을 확인한 정윤환의 눈가가 바싹 얼어붙었다. 유은우는 정윤환의 멱살을 틀어쥐었다.

"야, 이 개새끼야. 모른 척 숨기니까 좋았냐? 사람 바보 만드는 게 재밌어? 무슨 일 있었는지 말해!"

유은우는 10여 분 전부터 이를 박박 갈며 걸어왔으며, 정윤환은 이런 사태를 미처 예상하지 못했기 때문에, 유은우는 쉽게 정윤환을 끌어낸 다음, 다시 침대로 패대기칠 수 있었다. 기숙사에서 병원까지 걸어오며 수없이 반복한 그림 그대로였다. 공급기의 경고음이 울리기 시작하고, 치료기의 그래프가 급격히 오르내렸으나 정윤환은 정신을 놓지 않았다. 그러나 거칠게 기침했고, 그마저도 유은우가 목을 조르기 시작하며 숨넘어가는 소리로 바뀌었다.

"은우야, 그만해. 그만!"

서재희가 유은우를 부드럽게 끌어안고 강하게 당겼다. 유은우는 정윤환을 향한 분노가 누그러져서가 아니라, 단순히 눈물이 앞을 가려 호흡이 어려워졌기 때문에 서재희의 손길대로 당겨졌다. 유은우는 자신의 허리를 단단히 감은 서재희의 손을 밀어내려 애쓰며 눈물을 뚝뚝 흘렸다.

"왜 그랬어, 왜! 나한테 왜 그랬어? 말해! 전부 다 말해! 한 번만 더 거짓말하고 숨기면, 내가 너 죽여 버릴 거야!"

정윤환이 가슴을 틀어쥐고 숨을 몰아쉬었다. 그와 연결된 공급기가 사납게 울어 댔다. 유은우는 서재희에게 붙잡힌 상태에서 발로 공급기를 걷어찼다. 공급기가 벽에 거칠게 부딪히면서 전원이 뚝 꺼지고 요란하던 경고음도 멎었다.

"은우야, 제발!"

서재희가 강하게 유은우를 돌려 안았다. 유은우는 서재희의 가슴에 이마를 대고 정신없이 울었다. 서재희가 가만가만 등을 쓸어내리는 느낌이 났다. 가끔 큰 손이 조심스럽게 다가와 눈물을 걷어 가기도 했다.

등 뒤에선 때때로 정윤환이 울음을 삼키는 소리가 들렸다. 정윤환은 어떤 변명도 하지 않았다. 침묵이 버거웠다.

뭐 하는 거야. 왜 그러는 거야. 제 입으로 날 죽인다고 그렇게 당당하더니, 왜 네가 죽을 것처럼 그러는 거야. 네가 피해자인 것처럼 대체 왜 그래.

유은우는 서재희의 품으로 파고들었다. 깊이깊이 숨을 들이마셨다. 섬유유연제의 푸릇한 냄새 사이로, 이제는 핏기가 서려 있음을 알았지만 그래도 꼭 매달렸다.

유은우의 울음이 잦아들고 정윤환의 호흡이 진정될 무렵, 어디선가 진동이 울렸다. 서재희가 몸을 움직여 인터컴을 꺼내는 기척이 났다. 이내 그의 몸이 경직되었다.

"예, 교수님. 서재희입니다."

— 재희야, 마음 단단히 먹고 들어.

인터컴 저편에서의 음성은 발음이 분명하고 톤이 깊게 울려 유은우에게까지 똑똑히 들렸다. 어쩌면 정윤환한테까지 들릴

것 같기도 했다.

— 부모님께서 돌아가셨다.

유은우를 끌어안은 서재희의 손에서 힘이 풀렸다. 유은우는 잠시 그가 숨을 멈췄다고 생각했다. 호흡이 거의 없었다. 유은우는 그의 품에서 빠져나와 얼굴을 봐야겠다고 생각했다. 반면에 그가 어떤 표정을 짓고 있을지 두려워 꼼짝도 할 수 없었다. 순간 서재희의 손에 힘이 꽉 들어갔다. 유은우는 그대로 꼭 끌어 안겨졌다. 서재희가 낮게 물었다.

"어머니, 아버지, 두 분 다 입원해 계십니다. 어느 분…….."

— 두 분이 동시에 임종하셨어.

서재희는 잠시 말이 없었다. 인터컴 너머에서 '재희야.' 하고 걱정스럽게 부르는 소리가 여러 번 난 뒤에야, 그가 입을 열었다. 목소리는 깨끗하게 담담했다.

"교수님, 그동안 감사했습니다. 저희 부모님 신경 써서 체크해 주시고, 제 안락사 신청서에 소견서도 써 주셔서 얼마나 큰 힘이 되었는지 모릅니다. 그런데 교수님, 하필이면 왜 동시에 돌아가셨나요? 이게 그렇게 흔한 일입니까? 저는…….."

서재희는 잠시 말을 멈추었다.

"제가 합법적으로 제출한 안락사 신청서는 이유도 없이 수차례 반려당하며 몇 년이 흘렀고, 그동안 부모님의 상태는 신기할 정도로 한 치의 변화도 없으셨는데, 오늘은 무슨 특별한 날인가 봅니다. 사람 죽이기 좋은 날인가요?"

— 재희야, 가망이 없으셨어. 동시에 돌아가신 건 식물인간

상태에서 같은 공급기를 쓰며 생체리듬이 연동되었기 때문이야. 물론 드문 경우지. 하지만 아예 없다고는 할 수 없어.

"저도 교수님 입장에 대해서 알고 있습니다. 그럼에도 쭉 힘 닿는 데까지 도와주신 것에는 진심으로 감사드려요. 부탁 하나만 더 드릴게요. 시신 보존해 주세요. 어차피 동조자도 아니니 쓸모없지 않습니까. 완전하게 태워 하얀 재로 나오는 것까지 제 눈으로 똑똑히 지켜보고 싶습니다."

— 교장 선생님 오후 4시에 진료 예약하셨어. 혈압 때문이라고 말은 하는데…….

"그 전에 가겠습니다."

전화가 끊어졌다.

서재희에게 안겨 있어서인지, 유은우는 마치 그의 일부가 된 것 같았다. 빨라지는 심장박동, 빳빳하게 긴장한 피부, 불거진 핏줄, 불규칙한 호흡. 오랜 시간 겹겹이 쌓이며 딱딱하게 굳어진 슬픔은, 이미 형태가 뭉개져 있었다.

"임유현이 널 버린 거야."

정윤환의 낮은 한마디에 숨이 탁 막혀, 유은우는 고개를 들어 그를 보았다. 정윤환은 핏발 선 눈으로 뚫어져라 서재희를 보고 있었다. 그가 버석하게 마른 목소리로 말했다.

"김서혁이 유은우라는 새로운 패를 내세워 임유현과 손잡은 거야."

서재희는 말이 없었다.

유은우는 그만 가슴이 덜컹 내려앉았다. 앞뒤 맥락을 짚기 힘들었지만, 상황이 좋지 않다는 것만은 확실했다. 유은우는 뒷걸음질로 물러서서, 서재희와 정윤환을 동시에 시야에 담았다. 분위기를 조망할 필요가 있었다. 정윤환은 침대에 일어나 앉아 있었고, 핏기가 다 빠져서 창백했다. 서재희는 침대 옆 간이 의자에 앉아 이마로 손을 짚은 채 아래를 보고 있었는데, 낯이 희게 질려 있었다.

서재희가 조용히 말했다.

"······아니야."

정윤환의 목덜미에 핏줄이 굵게 도드라졌다.

"김서혁이 간밤에 여기 쳐들어와서 한 짓을 봐. 느슨해진 내 목줄을 바짝 고쳐 쥐고, 버리기엔 아깝고 취하기엔 위험했던 유은우의 가능성을 확인했어. 거기다가, 예의 바르게 까다로운 네가 임유현의 사람임에도 위원회의 신뢰를 얻지 못한다는 걸 확인 사살했고. 김서혁이 거추장스러운 망토에 손톱만 한 배지까지 전부 갖추고 온 거 너도 봤지? 아주 작정하고 온 거야. 너는 김서혁이 어떤 사람인지 몰라. 그 사람은 한 번에 두세 가지 일을 해. 한번 방향만 잡으면 상대가 정신을 못 차릴 정도로 빠르게 몰아붙여. 분명히 새벽에 여기서 나가자마자 교장실에 들렀을 테고, 임유현의 확답을 받자마자 위원회로 넘어갔겠지."

서재희가 이마를 느리게 문지르다가 문득 고개를 들었다. 무언가를 필사적으로 되짚듯, 새까만 동공이 초점을 잃고 허공을 더듬었다. 머리가 팽팽 돌아가는 소리가 들리는 것 같았다. 이윽고 서재희가 숨을 토하듯 말했다.

"아니야. 버린 게 아니야. 그럴 리 없어. 동조자라면 시체도 아까워 벌벌 떠는 도시연합이 날 버린다고? 내 재능엔 변함이 없는데? 있을 수 없는 일이야……. 내가 지금 뭘 놓치고 있는 거지? 뭐가 빠졌지?"

"임유현은 말 안 듣는 널 버리고, 시민권도 없어 다루기 쉬운 유은우를 가진 김서혁에게 붙은 거야. 김서혁이 치고 올라오는 동안 차인호는 성과가 거의 없었어. 게다가 임유현은 너 때문에 늘 차인호 앞에서 면목없어 했어. 네가 입장을 확실히 하지 않고 미뤄 대니 초조했겠지……."

정윤환이 갈라진 목소리로 이어 말했다.

"이제 다 끝났어. 그렇게 발버둥 쳤는데 이따위 결말이라니……."

"아니야, 정윤환. 아니라고. 나 생각 좀 하게 조용히 좀……."

"곧 나한테 지시 떨어질 거야. 널 제거하라고. 그러게 내가 비싸게 굴지 말고 후보자로 등록하라고 누누이 말했잖아. 이제 어떻게 할 거야? 서재희 넌 내 손으로 처리해야 할 테고, 유은우는 꼼짝없이 관리자로 등록될 거야."

"조용히 해!"

서재희가 날카롭게 소리쳤다. 정윤환은 이를 악다물었다. 서재희가 두 손에 머리를 파묻으며 중얼거렸다.

"제발. 조용히. 나 지금 생각하고 있다고. 생각하고 있으니까……."

서재희가 머리를 감싸 쥐었던 손을 느리게 움직여 제 얼굴을 완전히 덮어 내렸다. 그가 그대로 고개를 숙이자 반듯한 교복 재킷 아래로 등줄기가 팽팽해졌다. 읽기 힘든 표정마저 가려졌다.

정윤환은 서재희에게서 시선을 거두고, 침대 위에 떨어져 있는 사진을 보았다. 그의 눈가로 발갛게 열이 올라 있었다. 화가 난 것 같기도 하고, 아닌 것 같기도 했다. 정윤환이 고개를 들어 유은우를 똑바로 바라보았다. 그간 수없이 마주 보았음에도 유은우는, 왠지 지금에야 그가 자신을 진짜로 보고 있다고 느꼈다.

"넌 전 반란군 수장의 딸이야. 네 부모가 죽고 나서 반란군은 네 동조율이 100이라는 걸 알게 돼. 반란군은 널 데리고 흰 칼날 프로젝트를 시도하기로 했어."

유은우는 머리를 차갑게 유지하려 애썼다. 끓어오르는 혼란을 삼키며, 찬찬히 정윤환을 살폈다. 그러나 그에게 뚜렷한 감정은 보이지 않았다. 오히려 복잡한 감정들이 휩쓸고 지나간 폐허처럼, 그저 낡고 지쳐 보였다.

"넌 설계 난독증이었고 실험은 실패했어. 반란군은 널 돈을 받고 팔기도 하고 다시 건져 오기도 했는데, 결국 마지막엔 내게 맡겨졌어. 그들이 진지하게 어떤 성과를 바라고 널 내게 준 건 결코 아니었고, 그냥 실패작이니 가볍게 손이나 풀라는 식이었어. 나도 그러려고 했어, 처음엔."

유은우는 속눈썹 한 가닥이라도 떨지 않으려 애썼지만 잘 되고 있는지 자신이 없었다. 먼저 시선을 피한 쪽은 정윤환이었다. 그는 눈을 내리깔며 숨을 뱉었다.

"흰 칼날 프로젝트는 엉망으로 꼬여 있었어. 난 널 모델로 삼아서 프로젝트를 처음부터 다시 짰어. 그 보고서는 상부로 올라갔고, 너도 더 이상 내 소관이 아니게 됐어. 그리고 김서혁이 반란군 본부를 급습했고. 그 뒤는 네가 아는 그대로야."

"……그럼 그걸 왜 네가 가지고 있어? 인형에다 고이 넣어서."

"네가 찍혀 있어서."

짧은 대답이었다. 나직하고, 이상하게 무거운.

유은우는 도무지 이해할 수 없었다. 수표도 하찮게 굴러다니는 어수선한 방구석에 희한하게 사진만 꼭꼭 감춰 둔 이유를 물었더니, 그저 내가 찍혀 있어 그랬단다. 고작. 그리 사소한 것이 이유로 충분하기 위해서는, 보통 다른 것들이 선행되어야 하지 않나? 충분히 깊은 감정이 밑바탕이 되어야 성립하는 대답을, 지금 정윤환이 하고 있었다.

"그게……."

무슨 말이냐고 물어야 했다. 그러나 질문은 입 안에서 허물어져, 유은우는 입술만 달싹거렸다. 정윤환이 거칠게 튼 손으로 침대 시트를 움켜잡는 것이 보였다. 그 낯이 납빛이었다. 그가 아랫입술을 지그시 깨물었다가 놓더니 작게 말했다.

"나한테는 그냥 네 사진이었어. 그뿐이야."

정윤환의 시선은 여전히 유은우를 비껴가고 있었다.

시계가 달칵거렸다. 유은우는 흠칫 놀라 오른손을 내려다보았다. 약간 들떴다가 사르르 가라앉는 시계판 너머로 손등에 선명한 흉터가 보였다. 정윤환이 걷어찬 흔적이었다. 아물기까지 얼마나 오랜 시간이 걸렸는지.

유은우는 한 차례 입술을 축이고 성큼성큼 걸어가 정윤환의 멱살을 잡아챘다.

"무슨 뜻인지 똑바로 말해."

정윤환은 즉각 유은우의 손을 쳐 냈다. 눈빛이 사나웠다.

"나도 몰라. 모르겠어. 사진 한 장 가지고 있는 게 뭐가 어때서? 그냥 가지고 있을 수도 있지. 꼭 이유가 필요해? 내가 뭘 그렇게 잘못했어?"

"진짜 열 받게 하네. 야, 내가 언제 잘잘못 따졌냐? 왜 가지고 있냐고 묻고 있잖아! 이유를 말하라고!"

"이유 없어. 그냥 가지고 있었어. 그것도 후회해. 돌려주면 되잖아!"

"장난해? 나한테 주면 없던 일 되냐? 켕기는 게 있으니까 가지고 있었겠지. 넌 이유도 없이 남의 사진을 이중삼중으로 꼭꼭 숨겨 두냐? 생각할수록 소름 끼치니까 빨리 대답 안 해? 없으면 지어내서라도 말하라고!"

"뭐? 소름 끼쳐?"

정윤환이 되물었다. 그는 이를 악물더니 오른팔과 왼쪽 허벅지에서 차례로 치료기를 떼어 내어 바닥으로 팽개쳤다. 캉, 치료기가 바닥에 부딪히며 날카로운 소리를 냈다. 정윤환은 조금 비틀거리기는 했지만, 침대에서 내려와 유은우와 똑바로 마주 섰다. 그가 이를 바득 갈았다.

"나 없었으면 유은우 넌 지금 이 자리에 있지도 못해. 알아?"

"몰라! 모르니까 말하라고! 언제는 죽인다며? 근데 사진은 왜 가지고 있어? 너야말로 왜 사람 헷갈리게 해? 하나만 하라고, 하나만!"

"나도 그러고 싶어! 쭉 살리고 싶었지만 여의치 않았어. 상황이 끔찍했다고! 난 내가 할 수 있는 한 언제나 네게 최선을 다했어! 언제나! 그리고 지금도 마찬가지야! 사진은, 사진은, 따로 이유가 있어서 가지고 있었던 건 절대로 아니야. 그냥 단지……."

정윤환의 입술이 파르르 떨렸다. 꽉 주먹 쥔 두 손도. 그는 얼굴이 일그러질 정도로 눈을 꽉 감았다가 떴다.

"……버릴 수가 없었어."

정윤환은 거칠게 숨을 몰아쉬었다. 흰 이마에 땀이 솟아 옅은 색 머리칼이 달라붙어 있었다. 눈은 핏발이 서 벌겠다. 그는 팔을 들더니 환자복 소매로 제 이마와 눈가를 아이처럼 문질렀다. 호흡이 한결 누그러진다 싶더니, 정윤환은 침을 삼키고 유은우를 노려보았다. 그가 토하듯 말했다.

"이제야 속이 시원해? 말하고 싶지 않다고 했잖아. 이유가 없다고 했잖아. 이렇게 사람 밑바닥까지 긁어내야겠어? 난 네게 아무것도 기대하지 않아. 과거를 설명하고 싶지도 않고, 내 죄에 변명할 생각도 없어. 용서를 구하고 싶지도 않고, 이해받고 싶지도 않아. 다시 돌아간대도 똑같은 선택을 할 테니까. 네 앞에 서 있으면 나 자신이 정말로 싫어져. 그러니까 너도 그냥

나 싫어하면 되잖아. 정윤환 쟨 그냥 미친놈이구나, 그렇게 생
각하고 넘기라고. 왜 자꾸 이유를 캐묻고 지랄이야, 나도 모르
는데! 나를 변호할 만한 것들은, 불행에 얽히고설켜서 이제 제
대로 기억도 안 난단 말이야!"

"왜 네가 화를 내?"

유은우가 차갑게 뱉었다. 정윤환은 대답하지 않았다. 그는
그저 열 오른 숨을 씨근덕댔다. 유은우는 정윤환을 정면으로
마주 보며 날카롭게 말했다.

"내가 여기 입학하기도 전부터 줄곧 날 죽이려고 해 놓고, 사
진은 꼭꼭 감춰 뒀단 말이지. 왜 사진을 가지고 있었는지 대답
하기가 그렇게 질색할 정도로 힘들면, 질문을 바꿔 볼까? 너한
테 난 뭐야?"

정윤환의 입술이 약간 벌어졌다. 옅은 갈색 눈동자가 흔들린
다 싶더니, 그는 고개를 돌리며 손으로 눈가를 덮었다. 이쯤 되
자 유은우는 정말로 화가 치밀었다.

"언제부터 이 질문이 너한테 그렇게 어려웠어? 폐품이니 쓰
레기니, 멋대로 불러 댄 건 너잖아. 안 그래?"

우우웅. 진동이 울렸다. 유은우는 이프를 확인했다. 익숙한
번호. 김서혁이었다. 유은우는 홀스터에서 인터컴을 빼 귀에 꽂
았다.

"왜?"

— 전화 받는 태도가 그게 뭐야. 다시 걸 테니 똑바로 받아.

전화가 뚝 끊어졌다가, 즉각 웅웅 진동이 울렸다.

"네, 대장."

— 메신저로 초대장 보냈다. 확인하고 정윤환이랑 같이 와. 잘 갖춰 입어야 해. 중요한 자리니까.

"어딘데?"

— 정윤환이 잘 알아.

유은우는 눈을 굴려 옆을 보았다. 정윤환은 이프로 메신저를 확인하고 있었다.

"알겠어."

— 정윤환 말 잘 들어. 싸우지 말고.

"노력해 볼게."

— 유은우.

김서혁의 호명이 유독 무거워, 유은우는 본능적으로 숨을 죽였다.

— 중요한 자리다.

유은우는 대답 없이 천천히 눈을 들었다. 정윤환과 서재희가 뚫어져라 자신을, 정확히는 자신과 통화하고 있는 김서혁을 응시하고 있었다.

— 판이 바뀔 거다. 각오하고 오도록.

전화가 끊어졌다. 유은우는 메신저를 열었다.

[도시연합 1030주년 기념 연회.

3월 22일 오후 7시.

제1도시 도시연합본부 중앙홀.]

유은우는 눈을 찡그렸다. 그리고 다시 한번 날짜를 확인했다. 3월 22일.

연합기념일은 4월 1일이었다. 기념 연회가 언제부터 이렇게 앞당겨도 되는 행사였나. 이건 마치 생일 전 주에 생일 파티를 하는 꼴이었다.

그때였다. 무언가가 훅 날아왔다. 유은우는 반사적으로 물러섰다. 정윤환은 고개도 제대로 들지 않았지만, 공중에서 가볍게 그것을 낚아챘다. 총이었다.

"상황 정리할까."

서재희가 말했다. 그는 유은우의 침대 옆 서랍을 닫고는 이어 말했다.

"임유현은 날 버린 게 아니야."

서재희는 천천히 걸음을 옮겼다.

"작년 이맘때쯤 도시연합 기록물실에서 내가 위원회 명단을 빼 왔어. 열세 명으로 구성된 진짜 위원회 명단. 그때 난 걸렸는데도 제거되지 않았어. 왜냐? 내 재능이 아까워서. 다른 사람이었으면 목이 날아가고도 남았을 짓을 저질렀는데도 그들은 날 못 건드렸어. 임유현이 막아 줬으니까. 그는 내게 많은 것을 투자했어. 돈, 시간, 인맥, 인내심. 그는 절대로 쉽게 나 못 버려. 그리고 날 가지고 싶어 하는 건 김서혁도 마찬가지야. 세상 사람 모두가 날 가지고 싶어 하니 대수로울 것도 없어."

서재희는 병실을 가로질렀다. 그는 말을 하면서 동시에 생각을 정리하는지, 완전히 집중하고 있었다.

"나는 여러 번이나 안락사 신청서를 제출했어. 물론 임유현도 그 사실을 알고 있지. 나는 부모님께서 돌아가시길 바랐지만, 그러질 못한다면 최소한 인간 이하의 취급은 받지 않았으면 했어. 아무리 의식이 없더라도. 그래서 교장의 비위에 최대한 맞추었던 거고. 하지만 임유현은 불안했을 거야. 나는 지쳐 있었고, 부모님을 뵈러 병원에 가는 횟수를 꾸준히 줄여 왔으니까. 혹여나 내가 완전히 부모님을 포기하고 자신을 배신할까 봐 속이 탔겠지. 그가 보기에 부모님은 효과적인 인질이 아니었어. 그는 대체품을 찾고 싶었을 거야. 그래서 김서혁의 제안이 구미에 맞았던 거고."

서재희는 창가에서 걸음을 멈추었다. 그는 몸을 돌려 창가에 몸을 기대었다. 불과 몇 시간 전 김서혁이 머물렀던 지점이었다. 서재희는 당시 김서혁의 자세를 그대로 재현하며, 병실 한쪽 구석을 바라보았다. 김서혁이 방문했을 때, 서재희와 유은우가 함께 서 있었던 위치였다.

"내가 어제 김서혁 앞에서 실수했어. 은우를 너무 대놓고 감쌌어. 내가 은우를 좋아한다는 걸 김서혁이 눈치챈 것 같아. 김서혁은 우리 관계를 떠보고, 바로 임유현에게 갔을 거야."

서재희의 시선이 흐릿했다. 김서혁의 입장이 되어 상황을 짚어 내느라 정신이 다른 곳에 가 있는 것 같았다. 그가 고저 없는 목소리로 말을 이었다.

"임유현 당신이 서재희를 손에 넣었으나 통제하지 못해 애를 먹고 있다는 사실을 나 김서혁은 알고 있다. 서재희는 내가 가지고 있는 전리품, 즉 유은우를 좋아하고 있다. 그러니 유은우가 후보 자리에 오르고 관리자로 등록한다면, 서재희는 유은우를 위해서라도 다른 마음을 먹지 못할 것이다. 나는 유은우를 통제할 것이고, 유은우의 동선을 따라 서재희가 움직일 것이다. 그러니 나와 손을 잡으면, 우리는 둘을 모두 가질 수 있다. 그편이, 차인호와의 소득 없는 동맹보다 당신에게 이득이며, 비로소 당신은 서재희를 입맛대로 휘두를 수 있을 것이다."

서재희의 눈이 광채로 반들거렸다. 그러나 이어지는 목소리는 지극히 차분했다.

"임유현은 나를 버리지 않았어. 나의 새로운 약점을 찾아냈을 뿐이지. 부모님을 살해한 것은 내게 경고의 의미일 뿐이야."

유은우는 배를 꾹 움켜쥐었다. 내장이 뒤틀리는 것 같았다. 그토록 염려했는데. 자꾸만 넘치는 마음을 눌러 꼭꼭 묻어 두었다. 거리를 두려 했었다. 소중한 사람이라 나 때문에 길을 잃지 않았으면 하고. 그렇게 바랐는데.

서재희가 성큼성큼 다가오는 기척이 났다. 그가 서늘한 손으로 유은우의 머리카락을 부드럽게 쓸어 넘겼다. 그가 가만가만 말했다.

"죄책감 같은 거 갖지 마. 이건 순전히 내 실수야. 내가 생각이 짧았어. 그리고 이런 식이 아니더라도 언젠가는 겪었을 일이야. 네 탓이 아니야."

"이제 와서 후보를 바꾼다고?"

정윤환이 내뱉듯 이어 말했다.

"차인호가 가만있지 않을 거야. 위원회는 또 어떻고? 도시 출신도 아닌 유은우를 후보로 세운다는 게 말이 돼? 여태 시민 권도 주지 않았어. 그런데 낙원의 이론에 손댈 권한을 준다고?"

"정윤환, 난민 혐오는 차인호의 견해야. 임유현의 노선이 아 니라. 임유현은 난민이든 시민이든 가리지 않고 묶어서 더 뛰 어난 인간을 가려내려고 해. 그가 김서혁에게 동의한 것은, 유 은우가 자신의 리스트에 넣을 만했다는 뜻이야. 여태 김서혁이 올린 안건은 백이면 백 부결되었지만 이번은 달라. 과반수 원 안 가결되어 일사천리로 진행될걸."

서재희는 유은우에게서 손을 거두고 제 이마를 문질렀다. 그 는 턱을 매만지며 다시 병실을 왔다 갔다 돌아다녔다. 그러다 우뚝 멈춰 섰다. 그가 입을 열었다.

"임유현의 손아귀에 걸려들었을 때, 나는 정말 어렸었지. 상 황판단이 서툴렀고, 결단을 두려워했고, 고통에 몸을 사렸어. 하지만 지금은 달라."

서재희가 정윤환을 바라보았다.

"정윤환 넌 항상 나랑 팀 하고 싶어 했지? 나는 매번 거절했 었고. 이제 내가 팀 제안을 할까 하는데. 셋이서 팀 한번 만들 까. 역대 최고라고 평가되는 설계 천재에, 동조율 100의 타격자 에, 그리고 나에 대해 어필하자면……."

서재희가 장난스럽게 제 가슴에 손을 가져다 댔다.

"……팀전 승률 98%. 덧붙이자면 2%는 기초학교 다니던 시 절, 시골 촌구석에서 다 알고 지내는데 너무 나만 이기니까 이 웃에게 미안해서 설렁설렁 봐준 몇 판이야. 일부러 지는 것도 힘들더라. 참고로 나는 여태까지 단 한 번도 팀원이 죽게 내버려둔 적이 없어. 보통은 내 팀에 서로 들어오려고 하는데. 어때? 난 굉장히 든든하게 느껴지는데."

서재희는 확신에 차 있었다. 목소리는 크고 듣기 좋았다. 그러나 유은우는 자꾸만 뒤가 서늘했다. 그 저주 같은 예언. 유은우가 막 입을 열려는데, 정윤환이 먼저 내뱉었다. 목소리가 날이 서 예리했다.

"잠깐만. 서재희, 우리 지금 예언의 한가운데 있는 거 아니야?"

서재희가 매끄럽게 웃었다.

"나도 알아. 하나가 둘의 지지를 받아 셋을 최악으로 끌어야만 비로소 용의 죽음으로 도래할 것이다. 지금 너희 둘이 나를 리더로 삼게 되면 예언과 딱 맞아떨어지지. 우리가 최악으로 치달을까 봐 두려운 거지?"

서재희가 목소리에 부드럽게 힘을 더했다. 발음은 명확했고, 끝맺음이 확실했다.

"나는 선택할 수 있어. 지금 내가 원한다면 당장 여기서 창문을 열고 뛰어내릴 수도 있고, 임유현에게 달려가 무릎 꿇고 빌 수도 있어. 하지만 난 너희 둘을 선택했고, 이건 예언과는 별개로 나의 의지야. 지금부터 예언은 신경 쓰지 마. 시가 평론가에 따라 다르게 해석되듯, 낙원의 이론도 마찬가지야. 그저 도구로 쓰일 뿐이야. 우리에게 예언은 아무 효력도 없어. 곰팡내 풀풀 풍기는 악담 따위, 온 세상 사람이 믿어도, 우리가 뒤집을 수 있다는 것 내가 똑똑히 증명해 보일 테니까."

서재희는 손을 들어 제 관자놀이를 지그시 눌렀다.

"나는 정윤환의 바람대로, 김서혁이 한세연 연구관을 해치지 않도록 막을 거야. 또, 은우가 낙원의 이론 관리자가 되지 않고도 인권을 보장받을 수 있도록 할 거야."

서재희가 말을 이었다.

"그런데 은우가 관리자로 등록되지 않으려면 어떻게 해야 할까? 아주 간단해. 낙원의 이론을 부수면 되지."

서재희의 낯이 상기되었다. 그는 넥타이를 느슨하게 끄르며 말을 계속했다.

"그리고 김서혁이 잡았다고 생각하는 나의 약점은 없던 일로 해야겠지. 내가 은우를 좋아한다는 것은, 그저 김서혁의 생각일 뿐이야. 아직까지 그 어떤 증거도 없어. 공식적으로 나는 차예원과 약혼한 사이야. 임유현은 곧 손으로 만져지는 실질적인 증거도 없이 김서혁의 말만 믿고 내 부모님을 살해한 것을 뼈저리게 후회하게 되겠지."

유은우는 고개를 저었다.

"선배, 대장은 정말 눈치가 빨라서 그렇게 쉽게 속지는 않을 거예요."

서재희가 부드럽게 미소 지었다.

"수고롭게 김서혁을 노릴 필요 없어. 우린 그저 여론만 신경 쓰면 돼. 가령 너랑 정윤환이 붙어만 있어도 커플로 엮어 대는 온하나비가 아주 도움이 될 것 같은데. 김서혁 빼고 나머지를 속이면 돼. 아무리 김서혁이라도 여론을 무시할 수는 없기 때문이지. 아주 쉬운 일이야. 그리고 나는……."

서재희가 차분하게 말했다.

"……지금부터 차인호에게 붙을 거야. 그래야 균형이 맞지 않겠어?"

정윤환은 말이 없었다. 그는 질린 낯으로 서재희를 빤히 보고 있었다. 서재희는 그런 정윤환을 말끄러미 보다가 배려하듯 눈으로 웃었다. 유은우는, 이런 상황에서도 서재희가 웃을 수 있다는 것이, 혹은 웃는 척할 수 있다는 것이 안타까웠다.

서재희가 따뜻하게 말했다.

"걱정할 것 없어. 다 잘될 거야."

"내가……."

정윤환의 목소리가 탁하게 갈라졌다. 그는 목을 가다듬고 다시 말했다.

"내가 뭘 해야 해?"

서재희가 약하게 웃었다.

"정윤환, 내가 여태 단 한 번이라도 팀원들한테 무언가를 강요하는 거 본 적 있어?"

서재희가 부드럽게 이어 말했다.

"너 하고 싶은 대로 해. 여태 그렇게 못 했잖아. 너 같은 설계 천재를 같은 팀원으로 모신 것만도 영광인데 지시까지 내릴 순 없지. 내가 너 훨훨 날 수 있게 공간도 마련해 줄게. 학교를 중립지대로 설정해 두면 움직이기 좋을 것 같아."

"……어?"

정윤환이 뒤늦게 당황해했다. 서재희는 이프로 시간을 확인했다. 그가 지극히 담담하게 말했다.

"그럼 나는 이만 가 볼게. 임유현보다 빨리 병원에 도착해야 해서."

"잠깐, 잠깐!"

정윤환이 다급히 불러 세웠다. 서재희가 문손잡이를 잡다가 빙글 돌아섰다.

"장례식은……."

정윤환이 어색하게 말꼬리를 흐렸다. 서재희가 매끈하게 웃었다.

"따로 치를 게 뭐 있겠어. 고향에 폭격 떨어지던 그날이 장례식이었지. 내가 알아서 할게. 그래도 물어봐 줘서 고마워."

문이 단정히 닫혔다.

김서혁은 중요한 자리라고 했다. 판이 바뀔 거라고. 각오하라고. 유은우가 알기로 김서혁이 무언가를 재차 강조하는 일은 매우 드물었다. 그러니 신중해야 했다. 무엇이든. 그래서 정윤환이 옷을 고르러 가야 한다고 말했을 때, 유은우는 두말 않고 즉각 따랐다. 복식에 관해서라면 정윤환이 저보다 백배 나았으니까.

"닮았지?"

점원이 다른 점원의 팔을 툭 쳤다. 둘은 매장 벽에 설치된 스크린과 정윤환을 번갈아 바라보며 속닥이고 있었다. 유은우도 옷을 고르다 말고 스크린을 보았다. 화장품 광고가 한창이었다. 깜짝 놀랄 정도로 이목구비가 화려한 중년 여성이 스크린 밖으로 우아하게 시선을 던지고 있었다. 유은우는 눈을 가늘게 떴다. 어디서 많이 본 것 같은데. 힐끔 정윤환을 건너다보았다. 그는 행거를 뒤적여 옷을 꺼내 쓱 살펴보고는 진열대에 툭툭 걸쳐 놓기를 반복하고 있었다. 이브닝드레스. 실크 셔츠. 길게 떨어지는 재킷. 짤막한 원피스. 전부 회색이나 검은색으로 칙칙했다. 정윤환은 가끔 부상당한 팔을 짚으며 미간을 좁히기도 했다. 후드를 뒤집어써 그늘이 졌음에도 이마에서 콧날까지 이어지는 선이 또렷했다.

"진짜네. 눈이 아주 판박이야. 입은 주신희보다 더 예쁜 것 같기도 하고. 역시 소문이 맞나 보네. 어릴 때야 몰랐다 하더라도 크니까 얼굴이 그 증거야. 본인은 알까?"

"당연히 알겠지. 자기도 거울 보고 살 텐데 얼굴만 봐도 답이 나오잖아. 인터넷에 말이 얼마나 많은데. 주신희랑 정윤환 둘을 비교해 놓은 사진도 있어. 실제로 보니까 더 닮은 것 같아."

"근데 주신희는 좀 그렇겠다. 동조자를 둘이나 낳았는데 하나를 형님한테 뺏긴 데다가 하필이면 그 애가 설계 천재일 줄 누가 알았겠어……."

"맞아. 아들이 하나 더 있었지? 걔도 한 인물 했어."

"정성민이었나. 그쪽은 아빠를 닮아서 순하게 잘생긴 느낌이었는데. 실종됐었지, 아마?"

"그래? 난 군에서 자살했다고 들었는데…….."

탕, 하고 큰 소리가 났다. 점원들이 대화를 삼키며 자세를 바로 했다. 유은우는 행거에서 옷걸이를 잡아 빼던 자세 그대로 고개를 들어 소리가 난 쪽을 보았다. 정윤환이 진열대에 막 구두를 내려놓고 있었다. 구두 굽이 진열대 유리를 찍으며 큰 소리를 낸 것 같았다. 정윤환이 유은우를 보더니 이리 오라고 턱 짓했다. 유은우는 옷걸이를 내려놓고 정윤환 옆으로 다가갔다.

"뭐가 마음에 들어? 골라 봐. 너도 짐작하겠지만 너무 편한 건 안 돼. 격식 있는 자리라……. 와, 진짜 몸 너무 안 좋은데."

정윤환은 눈을 찡그리더니 옆의 의자에 앉았다. '딱 30분이라도 재활받고 나올 걸 그랬나. 아니면 모양 좀 빠지더라도 공급기 끌고 올 걸 그랬나. 아니야, 어떻게 그 큰 치료기를 두 개나 몸뚱이에 매달고 쇼핑을 하겠어. 창피하게. 차라리 죽는 게 나아.' 혼잣말을 중얼거리는 정윤환 옆에서, 유은우는 그가 골라 툭툭 나열해 놓은 옷들을 건성으로 훑어보았다. 전부 회색 아니면 까만색이었다.

"다른 색깔 없어?"

"우리 놀러 가는 거 아니다. 불평불만 하지 마. 김서혁 라인을 탄다는 아주 중대한 뜻이 담긴 내 안목이라고. 도시연합군 제복하고 비슷한 느낌을 내야 해."

정윤환은 핼쑥한 낯으로 의자에서 몸을 일으키고, 회색 이브닝드레스를 옷걸이째 집어 들어 유은우 턱밑에 가져다 댔다.

그는 조금 물러서서 유은우를 아래위로 살폈다.

"옷 색깔이나 브로치 위치 따위로 편 가르는 게 유치해 보여도 어쩔 수 없어. 도시연합 주최 행사는 원래 다 이래. 네 편 내편 가르고 견제하는. 이거 예쁜데? 사이즈도 얼추 맞아서 수선할 필요도 없겠고."

유은우는 물끄러미 드레스를 바라보았다. 허리가 잘록했다.

"작을 것 같아."

"내가 네 사이즈도 모를까 봐. 가서 입어 봐."

정윤환이 스스럼없이 대답했다. 그가 건네는 드레스를 유은우는 잠자코 받아 들었다.

정윤환이 이렇게 옷을 골라 주는 게 정말 처음일까 의문이 들었다. 서재희와 들여다본 과거에서, 정윤환은 유은우를 끌어안고 잠들어 있었다. 당시 대화로 추측해 보건대 그것은 아마도 빈번한 일이었을 것이다. 유은우는 입술을 짓씹으면서 정윤환을 물끄러미 응시했다. 정윤환은 이제 남성복 쪽을 보고 있었는데, 유은우의 옷을 고르는 만큼의 정성은 없어 보였다. 그는 대충 몇 가지를 골라 들었다. 유은우는 옷걸이로 정윤환의 어깨를 툭 쳤다.

"야, 근데 너 옛날에……."

"너 왜 반말하냐."

정윤환이 골라 들었던 넥타이를 집어 던지면서 유은우를 돌아보았다. 어이가 없는 표정으로 그가 재차 말했다.

"너 몇 살이야?"

"스물둘."

"나는?"

"몰라."

유은우의 성의 없는 대답에 정윤환이 정색을 했다. 한 대 맞을 것 같은 분위기라, 유은우는 그의 반반한 낯을 뜯어보며 생각이란 걸 해 보았다. 외모는 유은우 또래라 해도 믿을 것처럼 화사하여, 가늠이 어려웠다. 기억을 더듬었다. 서재희가 스물다섯이고 정윤환이 그보다 형이라고 했으니까…….

"스물여섯?"

"여덟. 너랑 내가 지금 한두 살도 아니고 여섯 살 차이인데 반말 찍찍하는 건 아니지 않냐? 정 반말이 하고 싶으면 앞에 오빠라고 붙이고, 오빠 소리 하기 싫으면 존댓말 써. 아니면 나 대답 안 할 거야."

"……뭐?"

기가 막혀 대답도 한 박자 늦게 나왔다. 유은우가 입만 벙긋거리자, 정윤환은 씩 입꼬리를 끌어당겼다. 화장품 광고의 여배우처럼 눈이 예쁘게 가늘어졌다. 몸이 정상이 아닌지라 안색이 창백한데도 웃는 낯이 화려했다. 그러더니 정윤환은 유은우의 어깨 너머를 보며 점원을 부르고, 유은우가 들고 있는 드레스를 가리켰다.

"이 드레스하고 색깔이랑 재질 비슷한 느낌으로 셔츠 보여주시고……."

그 뒤로는 정윤환의 목소리가 들리지 않았다. 유은우는 오도

카니 서서, 막 매장 문을 열고 들어서는 차예원을 바라보았다. 그녀는 눈이 퉁퉁 부어 있었고, 활력이 없었으며, 유은우를 보고도 별다른 내색 없이 바로 점원의 안내를 받았다. 그 뒤로 서재희가 뚜벅뚜벅 걸어 들어왔다. 시선이 잠시 마주쳤다. 서재희는 매끄럽게 미소 짓고는 유은우를 스쳐 지나갔다. 그는 교복 위로 까만 코트를 걸치고 있었는데, 반듯한 깃에 희게 반짝이는 작은 꽃 모양의 금속 배지가 달려 있었다.

혼자서 부모님 보내 드리고 왔구나.

유은우는 잠시 숨을 쉴 수가 없었다. 목구멍부터 뜨거운 기운이 치밀어 코까지 아려 왔다.

차예원이 점원의 안내를 받아 찬찬히 옷을 고르는 사이, 서재희는 눈으로만 매장을 훑어보고 바로 몇 가지를 딱딱 골라잡았다. 점원이 함께 들어가 봐 주겠다는 것을 한사코 사양하고 서재희는 매장 안쪽에 따로 마련된 피팅룸으로 안내되었다. 유은우는 서재희가 사라진 쪽을 뚫어져라 보며 팔꿈치로 정윤환의 등을 툭 쳤다.

"야, 나 이거 입어 보고 올게."

"반말하지 말라고…….."

"어, 미안."

유은우는 얼른 피팅룸 쪽으로 달려갔다. 점원이 거들어 주겠다는 것을 완강한 도리질로 물리치고, 매장 안쪽으로 종종 뛰어갔다. 양쪽으로 나열된 피팅룸 중 하나가 막 문이 닫히려는 것을 다급히 밀고 들어갔다.

"어? 은우…….."

막 셔츠 윗 단추를 끄르던 서재희가 눈을 동그랗게 떴다. 유은우는 등 뒤로 문을 닫아걸었다. 서재희는 유은우가 들고 있는 드레스를 바라보았다. 그가 당황한 기색으로, 그러나 따뜻하게 말했다.

"예쁘다. 그런데 그런 옷은 혼자서 입기 힘들 텐데. 점원 도움을 받는 게 어때?"

유은우는 드레스를 벽에 걸었다. 그리고 서재희를 세차게 끌어안았다.

서재희의 몸이 빳빳하게 경직되었다. 심장박동이 빨라지는 것이 느껴졌다. 서재희는 잠시 얼어붙은 것처럼 그리 어색하게 서 있었다.

그러더니 곧 무너져 내렸다. 체구가 한참 차이가 났기에 실제로는 서재희가 유은우를 끌어안는 모양새였지만, 유은우는 왠지 서재희가 자신의 품으로 완전히 안겨 온다는 느낌을 받았다. 유은우는 서재희의 체중에 밀려 중심을 잃지 않기 위해 벽에 등을 단단히 붙이고 다리를 똑바로 세웠다. 부상당한 정강이로부터 찌르르 통증이 올라왔으나 이를 악물고 참았다. 서재희가 겪는 아픔에 비하면 이쯤이야 아무것도 아니었다.

"괜찮다고 생각했어. 생각보다 아프지 않다고. 무뎌져서 다행이라고. 그런데 그게 아니었나 봐."

서재희가 나직하게 말을 이었다.

"단지 조금 미뤄졌던 거야."

유은우는 있는 힘껏 그의 몸무게를 받아 내며 조심스레 손을 들었다. 천천히 서재희의 단단한 등을 어루만졌다. 황량한 사해에 풀 한 포기 심는 듯 막연했다. 그러나 달리 할 수 있는 위로가 없었다. 유은우는 한겨울 벌판에 서서 혼자 입김을 불어 봄을 불러오려 애쓰는 것처럼 말없이 서재희의 등을 쓸어내리고 또 쓸어내렸다.

유은우는 서재희가 아주 조금이라도 울었으면 하고 바랐다. 눈물이 부질없다 하여도 한 방울이라도 흘러나오기를. 그는 이미 너무나 많이 고여 있었으니까. 그러나 서재희는 끝까지 울지 않았다.

007. 장악

유은우는 드레스를 걷어들고 접견실을 종종걸음으로 가로질 렀다. 한쪽 벽면에 자리한 거울에 제 모습을 비춰 보았다. 깃털 과 금속이 섬세하게 어우러진 새까만 장식이 머리칼과 섞여 들 어 매끄럽게 윤이 났다. 드러난 쇄골과 어깨로, 잘 손질된 머리 카락이 부드럽게 굴곡지며 흩어졌다. 상체가 꼭 달라붙는 회색 드레스는 허리를 기점으로 꽃송이처럼 부풀어 있었다.

유은우는 손을 들어 머리칼을 천천히 쓸어 넘겼다. 여린 목 선이 드러났다. 총을 반납하면서 받은 행사용 인터컴을 느리게 왼쪽 귀에 꽂았다. 허리를 꼿꼿이 세우고 똑바로 서서 거울 속 의 자신을 정면으로 응시했다.

이런 차림은 오랜만이네.

김서혁을 따라 온갖 행사에 참석하던 때가 있었다. 깨진 유리 조각이 다각도로 빛을 반사하듯, 유은우의 굴곡진 삶 전반이 살뜰히 활용되었다. 그녀는 반란군의 비도덕적이고 잔인한 실험의 희생자였으며, 동시에 자비롭고 강력한 도시연합군에게 삶을 빚진 유망한 동조자이기도 했다. 유은우는, 김서혁이 숙청까지 감내하며 바로 세우려고 한 도시연합군의 새로운 이념을 상징했다. 모든 전략에서 반란군을 비스듬히 우회하여 비판을 받는 임유현과 달리, 김서혁은 반란군과 정면으로 맞서며 그들의 전멸을 주장했다. 물론 위원회의 압박이 심해지면 김서혁도 잠시 임유현의 노선을 따르기도 했다. 그럴 때면 김서혁은 방관자의 입장을 취하며 불편한 기색을 비쳤다. 유은우를 처음 데리고 나갔던 전투 때처럼.

사실 유은우도 처음에는 그런 내막까지는 미처 잡아내지 못했지만, 행사에 참석하여 귀를 기울이기 시작하면서 그 모든 것들을 빠르게 흡수해 냈다. 유은우에게 까다로운 요구가 없었기에 가능했다. 유은우는 그저 김서혁 측근의 가까이, 그러니까 소연주의 옆이나 이선규의 뒤쪽에 가만히 서 있기만 하면 되었다. 말은 최대한 아끼고 간혹 질문을 받으면 그냥 밝게 웃어 보였다. 초반에 어떤 연회에서 낯선 누군가 안부를 묻는 것에 유은우가 그만 군 기밀을 술술 말해 버려, 김서혁이 기함하며 함구령을 내렸기 때문에 달리 할 일이 없었다. 그 나이에 걸맞은 사회 경험 하나 없이 바로 군에서 걸음마를 떼고 있으니, 어디서 어디까지가 기밀인지 일상인지 그 선을 긋는 것이 어려워 당연한 결과였다.

유은우는 낯선 환경 속에서 대체로 주눅이 들어 있곤 했는데, 그나마 그 따분한 시간을 버틸 수 있었던 건 다름 아닌 음식 구경이었다. 평소 접하기 어려운 고급 요리와 예쁜 디저트를 보고 있으면 딱딱한 군대와는 정반대 세상을 보는 것 같아 신기하고 좋았다. 그래도 욕심 부리는 법 없이 가까이 놓여 있는 것만 조심조심 먹었다. 드레스가 배와 허리를 단단히 조이고 있었기 때문에 애초에 많이 먹지도 못했다. 멀리 떨어져 있는 것은 먹고 싶어도 참았다. 괜히 눈에 띄는 행동을 했다간 김서혁 라인 전체가 망신을 당할지도 모르니까.

그때 거북이멜론빵도 처음 만났다. 초록색 등딱지를 하고 초코 눈알이 콕콕 박혀 있는 그 심하게 귀여운 빵은, 3단 트레이의 가장 위에 빙 둘러져 놓여 있었다. 총 다섯 마리였다. 저만치 떨어져 있어 침만 삼키며 바라보는데, 이상하게 사람들은 손을 거의 대지 않았다. 거북이멜론빵은 연회가 끝날 때까지 다섯 마리 그대로 목숨을 유지했다.

나중에 김서혁의 뒤를 따라 퇴장을 할 때 유은우는 드레스 자락 아래로 발돋움을 하고 이선규의 귀에다 대고 소곤소곤 물었다.

'저거 귀여운데 사람들이 왜 안 먹어?'

이선규는 흘깃 유은우가 가리키는 쪽을 보더니 대수롭잖게 대답했다.

'저거 처음 나왔을 때는 사람들 줄 서서 사 먹고 그랬는데 지금은 시들시들해. 체인점에 가면 언제든지 사 먹을 수 있는데 굳이 여기까지 와서 저걸 먹겠냐. 다른 맛있는 게 얼마나 많은데. 네가 아직 잘 모르는 모양인데, 빵은 못생긴 게 맛있어. 저렇게 겉모습만 그럴싸한 건 달기만 하고 맛도 없다고. 아직도 저런 게 들어오는 걸 보니까 빵 브랜드에서 협찬이라도 하는 모양인데…….'

'그러니까 여기서만 볼 수 있는 특별한 건 아니다 이 말이지? 길거리에서 저런 걸 막 팔아? 아무나 그냥 사 먹으면 돼?'

'어……, 보통은 그렇지. 그렇게 대단한 건 아니야.'

'좋겠다.'

유은우가 진심을 담아 말했다. 이선규가 묘하게 불편한 표정을 지었다.

'저런 싸구려 빵 같은 거 부러워할 거 없어. 사람들이 부러워하는 건 너야. 저 시선들을 보고도 모르겠어?'

'나도 그냥 길거리 막 다니면서 저런 거 아무렇지도 않게 막 사 먹고 그러고 싶다.'

'……그러고 싶으면 열심히 해. 설계 난독증도 치료 사례가 있긴 있어.'

다른 사람들은 노력 없이 당연하게 누리는 것을, 나는 왜 아등바등 애써야만 가질 수 있어? 비동조자로 태어나도 평범하게 잘살잖아. 왜 내가 스스로 선택하지도 못한 태생 그 자체 때문에 그런 전제를 가져야 해? 뭔가 잘못된 것 같지 않아? 억울한 말마디들이 목구멍까지 치밀었으나 삼켰다. 말로 뱉으면 어리광이 될 터였다.

그때 너무 얌전하게 굴었어. 어차피 쫓겨날 줄 알았으면 먹는 거나 마음대로 먹을걸.

김서혁의 눈에 들기 위해 부단히 애를 쓰던 시절을 돌이키면 입이 썼다. 유은우는 손끝으로 머리 장식의 까만 깃털을 쓰다듬다가 거울을 통해 어깨 너머를 보았다. 정윤환이 뚜벅뚜벅 걸어 들어오는 것이 보였다. 그는 늘 부스스해 병아리 솜털 같던 머리칼에 컬을 넣어 정돈해 마치 다른 사람처럼 보였다. 그답지 않게 세밀히 갖춰 입은 차림은, 정장인 듯 제복인 듯 의도적으로 경계가 흐려져 있었다. 마치 도시연합군 제복을 단순화한 후에 검은색과 회색을 반전시킨 것처럼 보였다. 옷깃에서 까맣게 반짝이는 부토니에는 깃털과 금속이 어우러져, 유은우의 머리 장식과 세트처럼 보였다.

접견실 곳곳에서 대기하고 있는 사람들의 시선을 아무렇지도 않게 매달고, 정윤환은 친근한 태도로 유은우의 어깨에 손을 올렸다. 유은우는 거울을 통해 그와 마주 보았다. 그가 싱긋 웃으며 유은우의 귓가로 고개를 숙였다. 목소리가 나른하게 스몄다.

"김서혁 지금 막 도착했대. 모함 착륙시키고 있다니까 조금 기다렸다가 맞춰 나가자."

그러더니 정윤환이 유은우의 오른쪽 손목을 빤히 보았다.

"시계 빼자. 너무 튀어."

유은우는 주위의 시선을 의식하며 적당히 웃었다.

"싫어. 누구 좋으라고. 총도 다 뺏긴 마당에."

도시연합 입구에서 이미 무기를 반납했다. 유은우는 페이크 총에, 혹시 몰라서 가지고 온 진짜 총까지, 두 개 모두 명찰을 붙여 직원에게 내놓았다. 정윤환도 마찬가지였다. 참석자 등록부에 서명하는데 긴장으로 손에 땀이 났다. 총이 사라지면 동조자와 비동조자의 구분은 의미가 없어진다. 표면적으로. 그 공백엔 다른 기준이 비집고 들어올 터였다. 정치적인 견해, 신뢰로 이어진 인맥, 명예나 경제력 따위의 동조자가 쌓아 올린 또 다른 권력의 형태였다.

정윤환이 뒤에서 유은우를 끌어안았다. 유은우의 오른쪽 머리에 왼뺨을 비스듬히 붙이며 그가 낮게 말했다.

"지금 네 드레스에 그게 어울린다고 생각해? 폭발물이라도 숨겨 둔 거라고 십중팔구 의심할 텐데?"

유은우의 손목시계가 달각거리더니 시계판을 비롯한 부품들이 나른하게 떠올랐다. 그것들은 날카롭게 번득이면서, 빗물처럼 빠르게 손목을 미끄러지고 드레스 주름 사이로 스며들었다.

"아."

정윤환이 낮게 감탄했다. 틈을 놓치지 않고 유은우는 똑똑히 말해 두었다.

"봤냐? 내가 이 정도야. 앞으로 나 괴롭히지 마라. 끝장을 내 줄 테니까."

동그래졌던 정윤환의 눈이 스륵 가늘어졌다. 그가 피식 웃었다.

"무서워 죽겠네."

그러더니 가볍게 한숨을 쉬었다.

"진짜 안 좋긴 하다, 몸이. 그럼 연회장에서 쿠데타라도 터지면 유은우 네가 나 보호해 주나? 나 총도 없고 환자잖아. 사회적 약자라고."

"네 몸은 네가 챙겨. 짜증 나게 하지 말고."

"너 말 예쁘게 안 해?"

"너한테 그런 말 듣고 싶진 않은데."

"너무하네. 서재희 말 못 들었어? 우린 팀이잖아. 서재희는 날 돕고. 나는 널 돕고. 협조해야지?"

정윤환이 스스럼없이 유은우의 머리칼을 손가락으로 한 차례 감았다가 풀었다. 정윤환이 거울을 통해 유은우와 눈을 마주치며 해사하게 미소 지었다.

"그럼 난 너 도와주러 다녀와야겠다. 시곗줄 가릴 리본 끈이나 그런 거라도 찾아와야지. 그 상태로는 보기 싫어서 안 돼. 간 김에 우리 총도 좀 빼 오고. 어디 가지 말고 여기 가만히 있어. 곧 나가야 돼."

정윤환은 돌아서서 몇 걸음 걸어가다가 다시 돌아왔다. 양손으로 유은우의 양 뺨을 덮어 감싸더니 장난스럽게 도리도리 흔들면서 '어디 가지 말라고 했다.'라고 단단히 덧붙이고 접견실을 나갔다.

그가 나가자 안 그래도 조용하던 접견실은 이제 숨소리도 조심스러울 지경이었다. 유은우를 제하고 열 명이 될까 말까 한 인원은 앉거나 서서 입장 허가가 떨어지길 기다리고 있었는데, 하나같이 시선은 다른 곳에 두면서도 묘하게 이쪽으로 집중하고 있는 분위기였다.

그 어색한 공기에 숨이 막힐 무렵, 갑자기 문이 벌컥 열렸다. 짙은 푸른색 자락이 쏟아지듯 들어왔다. 차예원이었다. 어찌나 급하게 뛰어왔는지 촘촘한 레이스로 덮인 가슴이 가쁘게 오르락내리락했고, 긴 머리칼을 우아하게 틀어 올려 매끈하게 드러난 목덜미엔 땀이 서려 있었다. 차예원은 문을 활짝 열어젖힌 채 빠르게 접견실을 훑어 내리다가 유은우와 시선이 마주치자마자 황급히 뛰어왔다. 그 기세에 유은우는 저도 모르게 몇 걸음 물러서다가 벽에 등이 닿아 멈춰 섰다. 차예원이 손을 내밀어 유은우의 손을 덥석 붙잡았다.

"은우야!"

차예원의 손이 어찌나 찬지 유은우는 팔뚝으로 소름이 오소소 돋아났다. 가까이서 마주한 차예원은 여전히 청초하게 예뻤지만, 입술 끝이 발갛게 터져 있었고 눈가엔 물기가 어른거렸다. 그리고 전신을 떨고 있었다.

"너 왜 내 전화 안 받아?"

"전에 선배가 저 때린 날, 수신 차단했어요."

"……내가 널 얼마나 찾아다닌 줄 아니? 윤환이랑 같이 오겠다 싶긴 했는데 걔도 내 전화 안 받아서. 그런데 네가 왜 여기 있어? 초대장 안 받았니? 여긴 초대장 없는 사람들이 파트너 기다리는 곳이야. 설마 했는데 여기 있을 줄이야……."

"초대장 문자로 받긴 받았는데 바로 입장이 안 된대요. 김서혁 총사령관님께서 동행해 주셔야지 들어갈 수 있다고 해서.

제가 지금 시민등록번호도 없고 단순 전리품이라."

"재희가 아무 말 안 해?"

서재희? 오한이 들었다. 유은우는 차예원의 마른 손아귀에서 천천히 자신의 손을 빼냈다. 여태까지의 차예원과는 확연히 달랐다. 거의 정신이 나가 있는 것 같았다. 유은우는 병원 앞에서 눈물범벅으로 통화하던 차예원을 떠올렸다. 볼이 하얗게 터서 까칠하던.

유은우의 손끝이 스륵 빠져나가자마자, 차예원은 즉시 유은우의 두 손을 다시 그러쥐었다. 그녀가 다급히 물었다.

"재희가 너한테 뭐 말한 거 없어?"

불길한 와중에도 유은우는 서재희와 나눴던 대화를 최근부터 빠르게 되짚었다. 유감스럽게도 차예원 앞에서 입 밖으로 내놓을 만한 것은 단 한마디도 없었다. 어쩔 수 없이 되물었다.

"무슨 일 있어요?"

차예원은 커다란 눈으로 말없이 유은우를 빤히 보았다. 그녀의 시선이 집요하게 유은우의 눈가 언저리를 더듬었다. 유은우는 더는 참을 수가 없어 손을 뿌리쳤다. 차예원이 휘청거렸다. 유은우의 회색 드레스와 차예원의 짙푸른 드레스 자락이 크게 나부끼며 뒤섞였다. 유은우는 물러서려다가 차예원의 손아귀에 손목을 꽉 붙잡히고 곧바로 당겨졌다.

"잠깐 나와."

잡아끌렸다. 유은우는 시계 침을 날카롭게 벼려 차예원의 드레스 자락 끝부분을 베어냄으로써 그녀가 허둥지둥 자리를 뜨게 하는 것을 상상하다가, 그녀가 뱉은 서재희 이름 석 자를 생각하고는 못 이기는 척 접견실을 나왔다. 복도는 밝았고 아무도 없었다. 차예원은 고개를 들어 복도 위쪽을 꼼꼼히 살폈다. CCTV가 있는지 확인하는 것 같았다. 차예원은 모퉁이를 돌아 창가로 유은우를 밀어붙이고는 더욱 가까이 다가왔다. 서로의 숨이 닿을 만한 거리에서 유은우는 차예원이 울고 있음을 깨달았다.

"은우야, 너 혹시 나한테 바라는 거 있니?"

"뺨 때릴 땐 언제고 갑자기 왜 이래요?"

"뭐든 말해 봐."

"왜요? 거래라도 하려고요?"

"네가 원하는 게 있다면 내가 들어줄게. 너도 알지? 나 돈 많은 거. 대부분의 고민은 돈으로 해결할 수 있어. 시민권 갖고 싶니? 그거 내가 줄 수 있어. 말해 봐. 뭐든지. 사양하지 말고."

"시민권이요? 대체 저한테 뭘 요구하려고 시민권까지 얘기해요?"

"내가 너한테 하려는 부탁, 너한테는 별거 아니겠지만, 나한테는 정말 목숨만큼 중요해. 나 지금 입구에서 총 반납하고 와서 서약 설계 같은 거 걸지는 못하지만, 네가 원하는 것 내가 반드시 들어줄게."

유은우는 차예원을 빤히 바라보았다. 차예원은 미소를 지으려는 것 같았으나 터져 나오려는 울음으로 입가가 자꾸만 떨리며 허물어졌다. 유은우는 차예원에게서 비어져 나오는 감정으로부터 떨어지려고 애쓰며 재빠르게 머리를 굴렸다. 차예원이 무엇을 부탁하든, 유은우는 웬만하면 들어줄 생각이 없었다. 그러나 차예원이 기꺼이 아량을 베푼다는데, 이 기회를 헛되이 흘려보낸다면 후에 아까워 죽을지도 모른다. 그럼 무엇을 말할까.

차예원은 시민권을 자신의 패로 들이밀었다. 그러나 그것은 지금 당장 얻기 힘들었다. 시민증이 나오기까지 걸리는 시간만큼, 유은우는 차예원의 손에 휘둘릴 게 뻔했다. 게다가 차예원이 정말로 시민권을 발급해 줄 수 있는지 그 또한 불확실했다.

차예원이 무너져 흔들리는 틈을 이용해서 지금 당장 빼낼 수 있는 정보를 요구해야 했다. 일단 받고, 차예원이 후에 제시하는 부탁은 무시하면 그만이라고 생각했다.

"낙원의 이론이 뭐예요?"

차예원의 낯에서 핏기가 싹 빠졌다. 어찌나 창백한지 푸르스름하기까지 했다. 차예원은 잠시 입술을 짓씹었다. 이미 터진 입술 끝에 피가 맺혔다. 차예원이 꺼질 듯 가냘픈 목소리로 말했다.

"……범위가 너무 넓어."

"애들 사이에 소문으로 떠도는 예언도 낙원의 이론이고, 학생회실 밑에서 본 자료도 낙원의 이론이었어요. 동일한 건지 별개인지부터 시작해서 선배가 아는 만큼 저도 알고 싶어요."

차예원은 고개를 떨어뜨린 채 숨을 골랐다.

"나는 낙원의 이론을 배웠어. 공부했지. 정확히는 우리 아버지께서 내게 가르쳐 주셨어. 그래서 난 진짜 후보들이 낙원의 이론에 어떻게 접근하는지 사실 잘 몰라. 아버지 말로는, 그들은 삶을 선택하면서 필연적으로 낙원의 이론에 가까워진다고 했어. 원하든 원하지 않든."

차예원은 몸을 부르르 떨었다.

"재희나 윤환이는 겪으면서 알게 되었지. 하지만 나는 알고 겪었어. 그건 아주 큰 차이가 있지. 아버지가 아니었다면 나는 아마 겪고도 모르거나, 모르고 겪었겠지. 낙원의 이론을 학문으로 접근할 수 있었던 건 나의 아버지가 권력의 정점에 있었기에 누릴 수 있었던 명백한 특권이었어. 그때는 우쭐했지. 모든 게 다 이렇게 쉽게 손에 들어오겠구나. 세상이 가소로웠어. 그런데 지금 널 부러워하고 있다니 우습지."

유은우의 어깨를 꼭 붙잡은 차예원의 손이 가늘게 떨렸다.

"제국시대 말기, 중앙 산업단지가 폭발하던 날 인류는 모든 걸 잃었어. 용의 사체로 도시를 건설했지만 모든 인간을 다 수용할 수는 없지. 정부는 도시 거주 승인 명단을 비밀리에 만들어. 이 과정에서 낙원의 이론이 활용돼."

차예원이 마른침을 삼키고는 이어 말했다.

"낙원의 이론은 인간들의 행동 패턴을 축적, 분류, 분석하여 결과를 도출해 내는 시스템이야. 그 자체로는 방대한 데이터베이스에 불과하지만, 관리자의 의도에 따라 특정 기준에 맞는 케이스를 선별할 수 있어. 작게는 1년 이내에 직장을 그만둘 확률, 40대에 조기 축구를 시작할 확률부터 시작해서, 크게는 살인을 할 확률, 사회에 변혁을 가져올 확률까지. 정부는 신생 아나 다름없는 도시를 성공적으로 이끌기 위해, 새로운 시대에 튀지 않고 잘 적응하며 동시에 각 분야에 뛰어나기까지 한 인간을 빠른 시간 내에 정확하게 골라내야 했어."

유은우는 폭포수 아래에 있는 것처럼 차예원의 쏟아지는 말마디를 맞았다.

"정부는 낙원의 이론을 통해 도시 거주를 허락할 인간을 선별했어. 폐쇄되고 낯선 환경에도 잘 적응할 인간, 극도의 스트레스를 받아도 돌발적인 범법 행위를 저지르지 않을 인간, 사회 시스템을 신뢰하며 현상 유지에 헌신적으로 봉사할 인간, 상명하복에 충실할 인간, 그리고 현 체제에 반기를 들지 않을 보수적인 인간. 아무리 뛰어난 전문가라도, 틀에서 벗어나 판을 뒤집을 가능성이 있는 자는 제외시켰지. 물론 당시 정부 관계자는 낙원의 이론과 상관없이 전부 도시 거주 확정이었어."

"제국시대에도 낙원의 이론 시스템을 활용했었나요?"

"공공연히 활용되었지. 지도자를 선출할 때, 교사를 임용할 때, 혼인 신고할 때, 정부뿐만 아니라 개인조차 가까운 센터에서 낙원의 이론을 돌려 볼 수 있었어. 다양한 분야에서 적극 활용되었지. 하지만 곧 금지되었어."

"왜요?"

"사랑하는 가족, 연인이 낙원의 이론에 의해 원하는 직장에 들어가지 못하거나 결혼이 어려워지는 등 인간의 모든 행동에 제약이 걸렸기 때문이야. 말 그대로 확률인데, 기정사실화되어 버리니까. 대대적인 시위가 일어나자 제국은 낙원의 이론을 모든 법안에서 제외시킬 뿐 아니라, 완전히 폐기해 버리겠다고 했어. 하지만 거짓말이었지. 정부는 데이터를 몰래 간직하고 있었어. 그리고 용으로 도시 건설에 착수하자마자, 거주를 허락할 인간들의 명단을 낙원의 이론을 통해 추출했지. 하지만 거기서 끝낼 수 없었어. 인간은 계속 태어났고 도시는 유지해야 했으니까. 지금도 낙원의 이론을 활용하고 있어. 다만, 은폐되어 있지. 공식적으로 드러내면 제국시대 때처럼 시민들이 반발할 테니까. 그때는 낙원의 이론을 폐지하고도 사회가 굴러갔을지 몰라도, 지금은 아니야. 상황이 달라."

차예원이 고개를 젓더니 말을 이었다.

"처음 인류가 도시에 들어왔을 땐 완전히 빈손이었어. 자유롭게 숨 쉬며 밟을 수 있는 대지의 면적은 말도 안 되게 줄어 버렸고, 빛나는 기술들은 사해에 묻혀 버렸고, 바다는 멀어지고 강은 말라붙고 식물은 시들었으며 동물은 뒤틀렸어. 그래도 도시연합에게 남은 자원이 딱 하나 있긴 했어. 동조자."

차예원의 목소리가 낮아져 유은우는 더욱 귀를 기울여야 했다.

"처음엔 좋은 의도였어. 사실 많은 악이 선에서 출발하지. 그들은 동조자를 관리하려고 했어. 자원을 관리하는 것처럼. 제국시대에는 낙원의 이론이 보조 수단에 불과했지. 그때는 모든 것이 풍족했으니까. 하지만 도시연합은 빈털터리였어. 초라한 그들에게 낙원의 이론은 근간이 되었지. 그들은 마지막 남은 자원을 효과적으로 융통할, 검증된 기준이 필요했거든. 인류가 멸하지 않기 위한 최선의 선택이었어."

"동조자를 관리한다는 게 정확히 무슨?"

"사회에 해악을 끼칠 수 있는 불량품을 걸러 낸다고 생각하면 쉬워. 여덟 개의 도시는 연합 초기에 연약하고 위태로웠어. 강력한 동조자들이 패를 갈라 싸우거나 비동조자를 지배하려고 하면, 애써 세운 도시가 무너지고 인류가 자멸할 수도 있었지. 그런 위험천만한 싹이 보이는 동조자를, 아주 어릴 때부터 지켜보다가 여물기 전에 제거하는 거야."

"그게 가능해요? 겪어 보지도 않고 이 사람의 미래는 이럴 것이라고 예측하는 이른 판단이?"

"가능해. 낙원의 이론은 아주 오랫동안 쌓아 온 데이터베이스를 기반으로 한 체계적인 시스템이야. 오차는 거의 없어. 지금도 도시연합 지하에선 끊임없이 데이터가 수집되고 있으니까 앞으로 더 완벽해질 거야."

"수집……?"

"이프, 인터컴, 인터넷, CCTV 등의 기록이 남아. 동조자라면 특히 총으로 수집하는 정보가 커. 타격이 가해진 위치, 장소, 설계가 깔리는 방식, 방아쇠를 당기기까지 망설이는 시간, 몇 번을 연사했는지, 타격을 가하는 순간 근육이 어느 정도 긴장했는지, 물러섰는지 나아갔는지, 효율과 안전 중 무엇을 더 중요시하는지, 전부. 그 사람이 총을 사용하는 방식에 그 사람의 성향이 드러나고 미래가 가늠돼. 그리고 부모로부터 물려받은 고정된 유전자. 시스템에 유전자를 넣고 돌리면 그간의 행동 패턴과 함께 분석되어 최종 등급이 매겨져.”

‘온디딤을 쓰면, 도시연합 눈을 피할 수 있으니까.’

전시실에서, 서재희가 그렇게 말했었다.

“처음 들으면 비인간적으로 느껴지겠지. 하지만 굉장히 효율적이고 부작용이 적어. 그 증거로 지금 도시연합을 봐. 그 강력한 동조자들이 사회에 녹아들어 착실히 제 의무를 다하고 있어. 소수의 동조자와 다수의 비동조자가 폐쇄적인 공간에 뒤섞여 있는데 사회가 이만큼이나 정상적으로 굴러간다는 건 쉽지 않아.”

“정상적으로.”

유은우는 그 낯선 단어를 입속으로 발음해 보았다. 뜻을 모르는 것도 아닌데 생경하여 입에 붙질 않았다.

“그리고 예언.”

차예원이 빠르게 속삭였다.

“낙원의 이론은 하나만을 지칭하지는 않아. 제국시대 때 입에서 입으로 전해지던 예언이 최초였고, 어떤 학자가 데이터베이스를 구축하면서 그 위험성을 부각시키기 위해 예언의 제목을 따다 붙였어. 그 데이터베이스를 기반으로 만들어진 시스템이, 네가 지금 말하는 낙원의 이론이라 보면 돼. 그 시스템으로 현재 도시연합의 모든 체제가 유지되는 거고. 이미 굳어져서 바꿀 수도 없어. 역대 후보들이 그저 후보에만 머무른 데엔 다 이유가 있는 법이야.”

차예원의 눈에는 여전히 눈물이 어려 있었지만 목소리는 확고했다.

"윤환이를 봐. 오랜 시간 희생을 치르면서 견고하게 만든 체제를, 개인적인 판단으로 옳지 않다며 들쑤시니까 의미 없는 사상자가 생기잖아. 1학년 때 걔가 팀을 억지로 끌고 나가는 바람에 팀원이 전멸했어. 당시 사망자 중엔 시스템상에서 제거 대상이 아닌 학생들도 다수 있었고. 무사히 졸업했다면 사회에서 요직을 담당했을 거야."

"도시연합에서 시스템으로 판단해 제거하는 동조자들도 피해자 아닌가요?"

"그건 필수 불가결한 요소야. 필요악 같은."

유은우는 자꾸만 익사하는 기분이 들었다.

"지금 선배가 말하는 논리라면, 정윤환은 제거되어야 하는 거 아닌가요? 체제에 반하고 불필요한 희생을 만들었다고 주장한다면, 정윤환이야말로 시스템에서 걸러 내야 하는 게 아닌가……."

"제거 대상과 후보는 한 끗 차이야."

차예원이 속삭였다.

"애초에 혁명을 꿈꾼다는 자체가 혁명을 도모할 수 있는 힘이 있다는 거지. 그런 힘은 보통 머리가 비상하거나, 판에 예민하거나, 정보력이 출중하거나, 어찌 됐든 그만한 능력이 있어야 나오는 거야. 당연히 인재가 집중된 도시연합 중앙학교에서 제거 대상자가 빈번하게 발생할 수밖에 없어. 하지만 그렇다고 감지하는 족족 다 죽일 순 없잖아. 인재란 인재를 다 죽이면 앞으로 도시는 누가 이끌겠어? 혁명의 싹은 보이지만 그래도 아직 여릴 때 밟아서 굴복시키면 기득권으로 편입시킬 수 있어. 처음에 의지를 꺾기 힘들어서 그렇지, 한번 굽힌 사람들은 더없이 충직해져. 그 대표적인 예가 낙원의 이론 후보야. 그런 말도 있잖아. 경찰이랑 조폭은 사주가 비슷하다는."

유은우는 숨을 토했다.

"시스템에 의존해서 사람을 기만하는 일이에요. 꼭 그렇게 해야만 하는지, 저는……."

"쉿."

차예원이 주의를 주는 바람에 유은우는 입을 다물었다. 스산한 기운이 느껴졌다. 유은우는 그제야, 차예원의 짙푸른 드레스 자락 아래로 검은 연기가 스멀스멀 기어 나오고 있음을 알아챘다. 그 검은 그림자는 유은우를 위협하는 대신, 바닥으로 매끄럽게 퍼지면서 복도 모퉁이를 돌았다.

"김서혁이야. 널 찾고 있어."

차예원의 숨이 가빠졌다. 그녀는 기도하듯 유은우의 두 손을 다시금 그러모으더니 꼭 쥐었다.

"은우야, 너 재희 지갑 본 적 있어? 남들이 가족사진 따위를 넣고 다니는 칸에 재희가 뭘 넣고 다니는지 알아?"

유은우는 고개를 저었다. 불안감에 가슴이 쿵쿵 뛰었다.

차예원의 설명이 진실인지 여부를 떠나서 어쨌든 그녀는 낙원의 이론을 정면으로 언급했다. 게다가 차예원은 아직 자신의 요구를 드러내지도 않았고, 유은우에게 확답을 듣지도 못한 불리한 입장이었다. 그럼에도 불구하고 자신의 패를 먼저 꺼내 보인 것은 차예원이 그만큼 절박함을 뜻했다.

"난 봤어. 아까 매장에서 옷 계산할 때. 재희가 잠깐 지갑을 카운터에 놓아두고 통화하러 가기에 내 사진 넣어 두려고 살짝 봤어."

차예원이 지나치게 자신을 숙이는 이 상황에서, 자꾸만 서재희가 언급되고 있었다. 유은우는 부디 그녀의 부탁이 서재희 근처에 얼씬도 하지 말라는 일차원적인 협박이었으면 하고 바랐다. 그러나 차예원은 지나치게 떨고 있었다.

"재희는 약 같은 거 절대 안 해. 감기약도 안 먹어. 그 흔한 비타민도. 내가 알아."

느닷없는 약 이야기에 유은우는 그만 가슴이 덜컹했다.

"재희는 어항 같지. 까만 어항. 속이 보이지 않아. 가끔 물이 튀고 거품이 보글거려서 안에 물고기가 산다는 것만 간신히 알 수 있어. 어떻게든 키워 보려고 먹이도 뿌리고 물도 갈고 수초도 넣어. 그렇게 관여하면서도 겁이 나. 보이지 않으니까. 내가 하는 행동 때문에 오히려 물고기가 다 죽어 버리는 건 아닌가. 그런데도 멈출 수가 없어. 답답하고 괴로운데 놓을 수가 없어. 일방적으로 좋아하는 거, 제 살 깎아 먹듯 힘든 일이야. 제일 지쳐 있는 것도 나고, 제일 손해 보는 것도 나야. 가지지 못한다면 차라리 망가졌으면 좋겠다고 생각했던 때도 있었어. 그런데 이젠 그러지도 못해. 너무 오랫동안 좋아해 와서. 재희가 잘못된다는 거 상상만 해도 무서워져서."

유은우의 손을 감싼 차예원의 손아귀에 힘이 바짝 들어갔다.

"재희가 나한테 그러더라. 임유현이 김서혁에게 붙었으니 우리 아버지는 이제 혼자라고. 그리고 자신 또한 위험해진 건 매한가지라고. 그러니 임유현을 배신하고 이쪽으로 완전히 넘어오겠다고. 그러나 날 좋아할 일은 없을 거고, 겉으로 다정한 것에 계속 마음 쓰면 힘들 테니 미리 말해 둔다고. 이유야 뻔하지. 재희는 너를 좋아하는 거야. 나도 그 정도 눈치는 있다고. 자존심 상하지. 가끔은 죽여 버리고 싶어. 동시에 절대 죽지 않았으면 해."

차예원의 뺨을 타고 눈물이 후드득 떨어졌다. 그녀는 숨을 몇 번 고르더니 필사적으로 말했다.

"은우 네가 재희한테 자살하지 말라고 좀 해 줘. 죽지 말라고. 살아만 달라고. 제발 좀 말려 줘. 내가 이렇게 부탁할게. 네가 말하면 재희도 들을 거야……."

유은우는 현기증을 느꼈다. 차예원의 말마디가 귓바퀴에서 왱왱 맴돌았다. 차예원이 재차 말했다.

"그 사람 죽게 내버려둘 수 없어."

"이유가 있을 거예요."

저도 모르게 그런 말이 튀어 나갔다.

"분명 이유가 있을 거예요. 만약에 서재희 선배가 자살을 계획하고 있다면, 그게 그 사람에게 가장 최선의 선택이기 때문일 거예요. 억지로 막는다면 더 끔찍해질 수도 있어요. 본인이 결정하도록 믿어야 한다고 생각해요."

"은우 너도 재희 좋아하는구나."

유은우는 흠칫했다. 피가 식는 것 같았다. 차예원이 발갛게 부은 눈으로 날카롭게 말했다.

"네가 재희한테 전혀 마음이 없다면, 이런 부탁쯤이야 알겠다고 대답하고 적당한 기회를 봐서 자살하지 말라고 말 한마디 전하면 끝날 일이지. 너도 그 사람 좋아하는 거지? 그래서 그런 대답이 나오는 거지. 전적으로 믿는다 이건가? 그 사람 선택이 잘못되었더라도?"

유은우는 호흡을 가다듬었다. 더 이상 서재희를 안 좋아한다고 우기는 것에도 한계가 있었다.

"잘못된 선택인지 아닌지는 제가 객관적으로 판단할 수 없어요. 단지 서재희 선배가 나약하여 실수로 내린 결정은 아닐 것이다. 그럴 사람이 아니니까. 그렇게 믿는 것뿐이에요."

차예원의 입술이 파르르 떨렸다. 물안개처럼 피어오르던 검은 연기가 차예원의 오른손으로 모여들더니 뱀처럼 빚어졌다. 유은우 또한 드레스 자락을 따라 시계 침을 미끄러뜨려 바닥을 기게 한 다음, 정확히 차예원의 뒷덜미에 놓았다. 차예원이 차갑게 말했다.

"내가 낙원의 이론에 대해 설명했으니까 너도 내 요구를 들어줘야지. 입만 싹 닦고 끝내시겠다?"

"선배가 먼저 본인 요구를 말했다면 저도 선배 설명 굳이 듣지 않았을 겁니다. 본의 아니게 저만 이득을 보긴 했지만, 그래도 선배 부탁 못 들어줘요. 더군다나 본인 욕심으로 남의 인생을 멋대로 휘두르려는 그런 부탁은."

"사랑하는 사람 죽지 않았으면 하는 게 그렇게 나쁜 거야?"

"그건 선배 방식이고."

유은우가 차갑게 대답했다. 검은 뱀이 뾰족한 주둥이를 올리며 솟아났다. 정수리를 노리며 한들거리는 그것을, 유은우는 눈 하나 깜짝하지 않고 지켜보았다. 시계 침을 한 뼘 크기로 쑥 늘렸다. 그 끝으로 아주 살짝 차예원의 뒷덜미를 그어 내렸다. 차예원의 동공이 커졌다. 유은우는 조용히 충고했다.

"뒤 조심해요."

차예원은 차마 뒤를 돌아보지 못했다. 그저 숨도 크게 쉬지 못하고 바짝 얼어붙어 있었다. 마치 칼날과 맞닿은 기분일 거라 예상하며, 유은우는 쓰게 웃었다.

"피차 의견이 맞지 않는 것뿐이니 여기까지만 하죠. 지켜보는 사람도 있는데."

유은우가 왼쪽으로 턱짓했다. 차예원은 고개는 차마 움직이지 못하고 눈만 굴려 옆을 보았다.

"우리 애기 데려가도 돼?"

정윤환이 가볍게 말했다. 그는 총을 꺼내 겨누고 있었다. 총구는 차예원의 뒷덜미를, 정확히는 유은우의 시계 침과 맞닿은 지점을 향하고 있었다. 차예원은 눈을 내리깔았다가 손을 한 차례 휘저었다. 검은 뱀이 삽시간에 자취를 감추는 것을 확인하고 유은우는 시계 침을 드레스 자락 사이로 도로 불러들였다. 그와 동시에 정윤환도 총을 거두고 재킷 안쪽으로 집어넣었다. 차예원이 입술을 깨물었다. 눈가가 발갰으나 더 이상 눈물은 없었다. 그녀가 내뱉듯 말했다.

"뒤에서 공격하다니 치사하네. 윤환이 네 방식은 아니잖아?"

"남이사."

"총은 반입 금지야."

"어쩌라고. 너 같은 것들 때문에 내가 법을 어기잖아. 그건 그렇고……."

정윤환이 해맑게 웃었다.

"……그렇게 혼자 여기 계속 있어도 돼? 김서혁이 유은우 찾는다고 난리 났는데, 너랑 여기 둘이 같이 있는 거 보면 어떻게 생각할까? 지금 여기 차인호 라인은 아무도 없는 것 같은데. 위험하지 않나?"

차예원은 대답 없이 고개를 돌려 유은우를 보았다. 서늘한 표정으로 도장이라도 찍듯 한 차례 깊이 응시하고는, 그녀는 드레스를 감아쥐고 자리를 떴다.

"어디 가지 말라고 당부에 당부를 거듭했건만. 잠깐만 눈을 떼면 이렇게 뿔뿔 돌아다니니 당최 마음을 놓을 수가 없네. 우리 애기 말을 안 들어도 너무 안 들어요. 오빠가 너무 힘듭니다. 예뻐서 어디 갖다 버릴 수도 없고."

정윤환이 한숨을 푹푹 쉬며 어서 이리 오라고 손짓했다. 유은우는 그쪽으로 걸음을 옮기려다가 다리에 힘이 풀려 주저앉았다. 드레스 자락이 풍성하게 부풀어 올랐다.

"괜찮아?"

정윤환이 황급히 뛰어오더니 손을 잡아 일으켜 세웠다. 유은우는 일어나자마자 몸에 힘을 주고 정윤환의 손길을 밀어냈다.

"괜찮아. 그냥 좀 긴장해서. 빨리 가자. 대장 화났겠다. 잘 보여야 하는데."

정윤환은 주머니에서 리본 끈을 꺼냈다. 유은우가 받으려고 하자 그는 고개를 저었다.

"한쪽 손으로 어떻게 감으려고."

그도 그래서 유은우는 정윤환을 향해 오른손을 내밀었다. 정윤환은 유은우의 손목에 채워진 시곗줄 위로 회색 리본을 감았다. 손재주가 없는지 여간 서툴렀다. 유은우는 인내심을 가지고 기다렸다.

"적응이 빠르네. 온디딤을 자유자재로 다루는 사람을 같은 시대에 만날 줄이야. 차예원 놀란 표정 봤냐? 내가 한 줄 알았겠지."

가벼운 말투와는 달리 정윤환의 표정은 사뭇 진지했다. 리본이 서툴게 묶이고 정윤환의 손이 떨어져 나갔다. 그러나 그는 움직일 생각은 않고 다만 고개를 비스듬히 숙여 유은우를 빤히 보았다. 그러다 툭 뱉었다.

"서재희한테는 내가 물어볼게."

듣고 있었나 보네. 유은우는 약간 놀라 그를 보았다. 정윤환이 덧붙였다.

"무슨 일인지 내가 물어볼게."

유은우는 목을 가다듬었다.

"나는 별로 상관없어. 본인 선택이 그런 걸 나보고 뭘 어떡하라고."

"죽을 것 같은 표정으로 말해 봤자 본심 아닌 거 다 티 나거든. 내가 잘 이야기해 볼 테니까 걱정하지 말고, 일단 가자. 서재희는 절대 안 늦어. 난 걔가 지각하는 거 한 번도 본 적이 없어. 그러니까 우리도 늦으면 안 돼."

김서혁은 중앙홀 입구에 있었다. 그는 정장 위로 기장과 배지, 훈장을 달고 있어, 언뜻 보면 도시연합군 제복을 입고 있는 것처럼 보였다. 그는 턱을 매만지며 반대쪽 복도로 시선을 두고 있다가, 기척에 고개를 돌려 유은우를 보고 말없이 손짓했다. 그 신호에 옆에서 대기하고 있던 도시연합 직원이 헐레벌떡 다가왔다. 그는 진땀을 흘리며 유은우를 원망스러운 눈으로 보았다.

직원이 이프에 유은우의 지문을 입력하고 입장 허가를 내는 동안, 유은우는 김서혁의 뒤쪽을 보았다. 도시연합군 정예군 아홉이 있었다. 격식에 구애받지 않고 자연스럽게 흩어져 있었으나, 그들 각자의 실력을 훤히 아는 유은우의 눈에는 그 불규칙 속에서도 분명한 서열이 딱 보였다. 그들은 유은우를 발견하고 눈에 띄게 반색했다. 그동안 잘 지냈느냐. 예뻐졌다. 보고 싶었다. 왜 연락이 없었냐. 너 학교에서 대체 무슨 짓을 하고 돌아다니는 거냐. 안부인사가 빗발치는 가운데 이선규가 크게 외쳤다.

"너희 진짜 사귀냐?"

정윤환이 유은우의 허리를 당겨 안으며 대답했다.

"어. 내가 아깝지?"

"아니, 그 반대……."

이선규는 숨을 들이켜며 말끝을 흐렸다. 소연주가 이선규의 발등을 꾹 밟아 눌렀던 구두 굽을 우아하게 들어 올리며 다정한 눈으로 유은우를 보았다.

"세상에, 오랜만이다. 우리 은우 정말 예쁘네. 잘 지냈어? 윤환이가 잘해 주니? 널 보고 있으니까 처음 드레스 입히던 때가 생각나네. 그때 우린 푸른색을 덧댔었지? 은우가 짙은 푸른색도 참 잘 어울렸지. 애가 하얘서 뭐든 잘 받았어. 입히는 재미가 있었는데."

"맞아. 그땐 대장이 총사령관이 아니었으니까 임유현 따라 짙은……."

소연주가 다시 이선규의 발을 밟는 시늉을 하자 그는 입을 불퉁하게 내밀고는 괜히 김서혁을 불렀다.

"대장, 이제 입장합시다. 은우도 왔는데요."

"기다려."

김서혁이 말했다. 그는 잠시 미간을 좁히는가 싶더니 다시 말이 없었다.

박민준이 팔짱을 끼고 소연주 쪽으로 상체를 기울여 속삭였다.

"대장 지금 누구 기다리는 거지? 은우 기다리는 거 아니었나?

왜 안 들어가는 거야? 지금도 입장이 많이 늦었어."

소연주는 대답하지 않았다. 이선규가 장난스럽게 대꾸했다.

"아냐, 안 늦었어. 도시연합도 아직 안 왔잖아. 걔네 먼저 들여보내고 들어가도 충분해. 주인공은 우리니까."

"이선규, 입조심해."

소연주가 날카롭게 제지했다.

그때였다. 김서혁이 움직였다. 그가 서늘한 낯으로 뚜벅뚜벅 걸음을 옮기자 정예군은 자연스레 도열했다. 정윤환이 능숙하게 팔을 내밀기에 유은우는 손을 얹었다. 둘은 김서혁의 바로 왼쪽 뒤, 소연주와 이선규의 옆에 서서 걸었다. 김서혁이 계속 주시하고 있던 복도 저쪽에서 정갈한 구둣발 소리와 함께 열댓 명의 사람들이 걸어오고 있었다. 우아하게 나이 든 차인호를 선두로, 바로 뒤에 서재희가 차예원을 에스코트하고 있었다. 뉴스에서 자주 본 적 있는 각 도시의 시장들이 함께 걸어왔고, 그 주위를 경호원이 삼엄하게 두르고 있었다.

차인호와 거리를 두고 김서혁은 멈추어 섰다. 유은우는 김서혁의 오른손이 마치 홀스터에서 총을 뽑아내듯 허공을 더듬다가 늘어뜨려지는 것을 보았다. 김서혁의 싸늘한 시선은, 차인호가 아닌 서재희를 향하고 있었다.

먼저 악수를 권한 건 차인호였다. 그는 심심한 안부를 건네며 인자한 미소로 손을 내밀었다. 김서혁은 말없이 그의 손을 잡았다가 놓았다.

그리고 김서혁은 길을 비키지 않았다. 무례한 태도였다. 차인호가 눈살을 찌푸리며 김서혁을 응시했다. 서재희도 자연스레 고개를 들었다. 반듯한 이마가 훤히 드러났고 그 아래 눈은 지극히 차분했다. 짙푸른색이 가미된 까만 정장을 칼같이 입고 있었다. 유은우는 서재희 또한 깃털과 금속이 가미된 부토니에를 깃에 달고 있음을 깨달았다. 깃털은 짙푸른색이었고 금속은 은색으로 반짝였다. 서재희의 담담한 시선은 유은우와 정윤환을 스치지 않고 바로 김서혁을 향했다. 차예원은 입술을 꾹 문 채 앞만 보고 있었다.

차인호가 매섭게 입을 열었다.

"김서혁 자네……."

"따님 결혼식은 언제입니까?"

차인호의 말을 잘라먹으며 김서혁이 물었다. 차인호는 대답하지 않았다. 자애롭던 낯 위로 서서히 분이 배어 나왔다. 유은우는 이만하면 차인호도 제 속을 많이 눌렀다고 생각했다. 물론 화를 팽팽하게 참는 것은 김서혁도 마찬가지로 보였다. 그 화의 근원은 서재희였다. 차인호가 입매를 굳히며 대답이 없자 김서혁이 무뚝뚝하게 웃었다.

"든든하시겠습니다. 요즘 시대에 참으로 드문 인재지요. 예비 사위가 직업을 잘 선택해야 할 텐데 말입니다. 곧 졸업을 앞두었다고 알고 있는데, 보통 우수한 인재들은 도시연합군을 거치는 게 정석 아닙니까. 그런데 이번에 적성검사 신청 명단에는 없더군요. 그 생각만 하면 정말 안타까워서. 사람이 기회를 주는데 잡지 못한다면 그것도 큰 불운이지요. 훌륭한 리더감이라고 알고 있는데 과장된 소문이 아닌가 싶기도 하더군요."

　말을 하는 내내 김서혁의 시선은 서재희를 향하고 있었다. 서재희는 빈틈없이 선한 낯을 유지하며 정중하게 미소 지었다.

　"과분한 칭찬 감사합니다만, 총사령관님, 저는 용 연구소에 지원했습니다."

　문득 허공을 찢는 날카로운 소리가 났다. 이어 펑펑 즐거운 폭발음이 터졌다. 어느새 어두워진 하늘 위로 불꽃이 터지고 있었다. 하늘이 번쩍거리며 밝아졌다.

　유은우는 모두의 시선이 밖을 향한 틈을 타서 서재희를 보았다. 서재희 또한 유은우를 보고 있었다. 눈빛이 포근했다. 그가 입 모양으로 말했다.

　예쁘다.

　뺨이 확 달아올랐다. 유은우는 얼른 창가로 눈을 돌렸으나, 이제 야외에서 불꽃이 터지는지 폭탄이 터지는지 분간이 되지 않을 정도로, 심장이 쿵쿵 뛰는 소리에 이미 정신이 없었다. 유은우는 심호흡을 하며 달아오른 목덜미를 문질렀다.

　정윤환의 손이 다가와 뒤통수를 감싸 안았다. 유은우는 얼결에 정윤환의 가슴팍에 얼굴을 꼭 파묻었다. 그가 이마에 부드럽게 키스하더니 희미하게 속삭였다.

　"조심해. 들켜."

　유은우는 문득 정윤환의 가슴에 정확히 닿은 귀로 쿵쿵 들리는 터질 듯 빠른 심장박동이, 자신의 것인가 정윤환의 것인가 헷갈렸다. 그러나 채 가늠해 내기도 전에, 정윤환은 유은우의 머리를 농구공 다루듯 가볍게 쥐고 제 가슴으로부터 떨어뜨렸다.

　서재희는 홀 가운데 반듯하게 서서 시종 서글서글하게 미소 짓고 있었다. 그는 움직일 필요가 없었다. 수많은 사람이 앞 다투어 서재희 근처로 모여들었으니까. 그들은 조심스레 다가와서 차례를 기다리고 제 순번에 열정적으로 머물다가 다른 이 눈치를 보며 아쉽게 떠나곤 했다. 서재희는 거의 말을 하지 않았지만, 상대의 눈을 마주 보며 신중하게 경청하는 태도를 보였다. 가끔 서재희가 낮게 웃음소리를 내면, 유은우는 애꿎은 포도 알을 떼어 내던 손을 멈추곤 했다. 유은우는 최대한 서재희 쪽을 보지 않으려 애썼지만, 한번은 저도 모르게 그쪽으로 고개를 돌렸다가 깊이 자책했다. 서재희는 사람들에게 둘러싸여 다정한 얼굴로 차예원의 머리칼을 쓸어 넘기고 있었다.

　바람이 밤에 젖어 서늘했다.

　유은우는 정윤환의 어깨에 기대 있었다. 테라스였다. 정윤환의 안색이 눈에 띄게 파리해지자, 소연주가 강력히 주장하여 중앙홀과 이어지는 야외 테라스에 마련된 벤치에 둘만 앉게 되었다. 작은 테이블에는, 이선규가 온갖 생색을 내며 가져다준 약간의 과일과 음료가 있었다.

　유은우는 팔짱을 낀 채 정윤환의 귓가로 입술을 가까이했다. 정윤환은 음료를 마시려다 말고 유은우 쪽으로 고개를 숙였다.

유은우는 자신의 머리 장식과 정윤환의 부토니에를 차례로 가리키며 소곤소곤 물었다.

"깃털은 무슨 뜻이야?"

정윤환은 손에 들고 있던 잔을 내려놓았다. 그가 대답했다.

"소속이 없다는 뜻이야. 나는 햇병아리입니다. 탐나면 데려가 주세요. 삐악삐악. 뭐, 그런 의미라고 보면 돼."

"소속이 왜 없어? 우린 김서혁 라인이고 도시연합 중앙학교 학생이잖아?"

"김서혁 라인이지만 어쨌든 군인은 아니지. 난 군인 신분을 유예했고, 넌 애초에 전리품으로 등록되어 있으니까. 그리고 학생 신분은 여기서 안 쳐줘. 아직 사회 구성원으로 인정받지도 못한 불안한 동조자들은 애초에 이런 자리 오지도 못한다고. 우린 특별 케이스인 거고."

유은우는 턱으로 차예원을 가리켰다.

"그럼 차예원은 왜 깃털 안 달아?"

"쟤는 4학년 2학기 때 이미 도시연합 중앙제어센터에 지원해서 입사가 확정됐어. 졸업하고 바로 들어갈걸. 사실 작년에 조기 졸업해도 됐었는데 서재희 때문에 학교에 눌러앉은 거야."

"차예원은 왜 서재희 선배를 좋아해?"

유은우는 지나가는 말처럼 물으려 했으나 목소리 끝이 우습게 갈라졌다. 시선을 다른 곳에 두고 큼큼 목을 가다듬는 유은우를 보며, 정윤환이 코웃음을 쳤다.

"눈이 삐었나 보지. 아니면 똑똑한 척 다 하면서 뼛속까지 멍청하거나. 나처럼."

끝에 붙은 말마디가 귓가에 턱 걸렸다. 유은우는 정윤환의 표정을 살폈다. 그는 아무렇지도 않은 얼굴로 유은우를 마주 보며 씩 웃어 보였다. 파고들면 감당 못 할 대답이 튀어나올 분위기라, 유은우는 호기심은 접어 두고 아예 못 들은 척하기로 했다. 미간을 좁히며, 쟁반에서 포도 알을 하나 더 똑 떼어다가 손 안에서 데굴데굴 굴렸다. 천지에 맛있는 음식이 널려 있는데 이토록 입맛이 없을 수 있다니 신기할 정도였다. 불쑥 물었다.

"그럼 기초학교 학생들도 걸러 내?"

"기초학교?"

정윤환은 반문하더니 잠깐 웃었다. 그가 이어 말했다.

"도시연합이 경계하는 사람들은 똑똑한 사람들이야. 예민한 성정에 호기심도 많아 사회에 의문을 가지는 사람들. 무뎌지지 않고 실제 행동으로 옮겨 시스템을 파헤칠 만한 능력을 충분히 가진 사람들. 도시연합 중앙학교까지 올라오지도 못하는 어중이떠중이 기초학교 학생들은 도시연합이 염려하는 변수에 들어가지도 않아. 오히려 도시연합이 바라는 인간상이지. 환경엔 둔감하고 적당히 능력 있고. 할 수만 있다면 공장에서 대량생산하고 싶은 심정일걸, 아마."

유은우는 쟁반 한쪽에 포도 알을 떨어뜨리고, 정윤환이 내려놓았던 음료를 대신 집어 들고 쭉 들이켰다. 탄산이 알싸했다.

'나는 정윤환의 바람대로, 김서혁이 한세연 연구관을 해치지 않도록 막을 거야. 또, 은우가 낙원의 이론 관리자가 되지 않고

도 인권을 보장받을 수 있도록 할 거야.'

유은우는 잔을 내려놓았다. 소리 낮춰 물었다.

"한세연이 누구야?"

정윤환이 예쁘게 웃었다.

"내가 존경하는 사람 둘 중에 한 명."

"나머지 하나는 누군데?"

"죽었어."

"정성민? 그 편지 쓴 사람?"

정윤환이 헛웃음을 지었다.

"남의 방 막 뒤지고 그러면 안 되지 않냐? 어떻게 거기다 넣어 놓은 걸 찾았는지."

"군에서 실종된 거야?"

"자살로 처리됐어. 어쨌든 죽고 없어. 이제 못 만나."

정윤환이 아무렇지도 않은 듯 대답했다. 유은우는 약간 몸을 뒤로 뺀 후 고개를 기울여 정윤환을 빤히 응시했다. 정윤환이 눈을 찡그렸다.

"뭘 그렇게 봐."

"죽어도 아예 없어지는 건 아니야. 그 사람이 손수 쓴 편지도 남아 있고, 이름을 기억해 주는 사람도 있잖아."

정윤환은 한숨 섞어 중얼거렸다.

"괴롭히는 방법도 가지가지다, 정말."

정윤환은 유은우가 내려놓은 빈 잔을 손끝으로 살짝 밀었다. 투명한 유리잔으로 중앙홀의 온갖 사람들과 화려한 조명이 일

그려져 비쳐 보였다. 정윤환이 말했다.

"서재희는 중립지대에 대해 말했지. 유명무실한 법이야. 원래는 도시연합의 뜻에 반하면서 그렇다고 반란군을 지지하지도 않는 소수의 엘리트가 제8도시에 세우려고 그 발판 삼아 제정했던 법인데, 세금 문제 때문에 조항이 개정되면서 실제로 적용될 수 있는 범위가 없어져 버렸어. 서재희는 무슨 수로 그 법을 살린다고 했을까. 거의 불가능해. 왜냐하면, 그 법의 개정에 도시연합이 직접 나선 것이 아니라, 바로 시민들의 힘으로 개정되었기 때문이야. 시민들은 중립지대가 생기면 잘난 부자들이나 모여 살며 도시연합의 온갖 규제도 피하고 세금도 안 낼 거라고 소리를 높였어. 실제로는 자유의 시작이 될 수 있었는데."

유은우는 허리에 정윤환의 손길을 느꼈다. 살짝 닿아 따뜻했다. 유은우는 꿈에서 뽑아냈던 희고 단단하고 날카로운, 칼의 형상을 한 기계 덩어리를 생각했다. 그리고 정윤환의 방에서 본 책의 구절을 떠올렸다.

'용의 뼈는 녹슨 못과 같아, 한번 내리꽂으면 영원한 심연이 관통된다.'

"유은우, 너 말이야. 만약에 길이 하나밖에 없다면 어떡할 거야?"

유은우는 가만히 정윤환을 올려다보았다. 그는 유독 아파 보였다.

"무슨 뜻이야? 구체적으로 말 안 하면 대답 안 할 거야."

"이제 너한테 존댓말은 못 듣는 거야?"

"치사하게 고작 여섯 살 차이 가지고."

"여섯 살 차이가 고작이야? 서재희 대할 때랑 너무 다른 거 아니야?"

"사람이 다르잖아."

정윤환은 잠깐 웃었다. 유은우는 머리 위로 그의 무게를 느꼈다. 중앙홀의 많은 사람이 여전히 둘을 주목하고 있었기 때문에, 유은우는 정윤환이 머리에 뺨을 묻고 도리도리를 하든 뽀뽀하면서 침을 바르든 개의치 않고 얌전히 있었다. 둘 중 하나라도 뻔뻔하게 연기를 잘 해내니 내심 다행이라고 생각했다.

"나는, 있잖아. 네가 살아 움직이는 모습이 예쁘지 않았으면 했어. 정말 짜증 나는 성격이면 좋겠다. 말끝마다 욕을 달면 더 좋고. 웃는 소리가 탁했으면. 둔하고 나약하여 자주 포기하거나. 그리고 아주 간절히, 네가 날 미워했으면 좋겠다고. 그럼 내가 널 대하는 게 더 수월하지 않을까 생각했어."

정윤환의 목소리는 점점 희미해졌다.

"바란다고 이루어질 리가 없지. 기도를 안 해서 그런가. 누구 말대로 종교라도 가질까 봐. 네가 날 싫어하는 것 빼고는 전부 반대야. 쉬운 게 하나도 없네."

유은우는 정윤환의 표정을 살피려 했다. 그러나 정윤환이 먼저, 유은우의 허리를 안고 있던 손을 어깨로 옮기더니 그대로 꼭 감싸 당겨 안았다. 그가 유은우의 귀에 입술을 붙였다.

"비싼 개인 과외 들어간다. 잘 들어."

정윤환은 테이블에서 가느다랗고 긴 포크를 집어 들었다. 포크를 펜대 굴리듯 툭툭 돌리다가 딱 멈추었다. 유은우는 그 끝을 따라 중앙홀을 응시했다. 복도에서 마주쳤던 차인호가 있었다. 그는 까만 겉옷을 벗고 하얀 셔츠에 짙푸른 니트 조끼를 덧입고 있어, 칼같이 정장을 차려입은 이들보다는 확연히 격식이 없어 보였다. 얼굴이 둥그스름하고 잘 웃는 인상이었다. 그의 주변에도 역시 수많은 인물이 있었지만, 서재희 주변처럼 사람이 휙휙 바뀌거나 진지한 표정이 있지는 않았다. 그들은 사사로운 대화를 하는 듯 표정이 가벼웠고, 발을 디디고 선 위치가 안정적이었다. 다만 지팡이를 짚고 있는 차인호의 손등엔 때때로 핏줄이 불거지곤 했다.

"차인호. 도시연합장. 여기가 자기 안방이니까 저렇게 편하게 입고 있는 거야. 본인 빼고는 총도 다 압수했다고 생각할 테니까. 푸른색 익숙하지?"

유은우는 김서혁을 따라다니던 당시 늘 짙은 푸른색을 가미해서 입었던 차림을 떠올렸다.

"그때는 도시연합 행사에 참석하는 모든 사람이 푸른색을 꼭 지녔어. 일종의 예의였고 당연한 충성이었지. 그런데 그걸 김서혁이 깼어. 어느 날 갑자기 도시연합군 제복을 입고 참석했다고 하더라고. 난 학교로 내려온 뒤에는 이런 자리 다 빼먹어서 직접 보지는 못했는데. 김서혁은 너무 바빠서 갈아입고 올 시간이 없었다고 했다지만, 그게 변명이냐고. 그때부터 균열이 일어난 거야. 차인호랑 임유현은 더욱 협력할 수밖에 없었어. 김서혁에게 맞서기 위해서는."

정윤환이 손을 튕기자 포크가 붕 돌아가다 멈추었다. 그는 줄곧 태연한 표정으로 테이블의 과일 따위에 시선을 두고 있었다. 굳이 눈을 들어 살피지 않아도 어느 위치에 누가 있는지 다 파악하고 있는 기색이었다. 유은우는 포크가 가리키는 그 연장선에서 김서혁을 발견했다. 그는 눈을 내리깔고 옆에서 소연주가 작게 말하는 것을 유심히 듣고 있었다.

"대장 옷에 푸른색 하나도 없지? 오직 무채색. 옷깃에 배지들 보여? 승전 기념 기장이나 계급장 말고, 평소에 대장이 도시 연합군 행사에는 안 차는 것들이 지금 몇 개 있는데 알아보겠어? 가슴 쪽에 갈색 낙엽 모양 배지. 그건 난민을 상징해. 빨간색 문양 배지는 서른아홉 개의 유적지. 목에 넥타이도 보타이도 없이 까만 끈을 옷깃 사이로 늘어뜨린 거 보이지? 저건 반란군의 척살을 주장한다는 의미야. 예전에 반란군 세력이 미약해졌을 때 그들은 총을 살 자금이 없어서 싸구려 총을 사다가 썼어. 정보가 수집되지 않도록 역으로 프로그래밍할 기술도 없어서 당시엔 혼동 메모리를 박아 넣고 총신이 무너지지 않도록 까맣게 테이핑 처리를 했거든. 군인들이 반란군을 죽이고 그 테이프를 떼어서 나중에 서로 얼마나 많이 죽였는지 그 수를 비교하곤 했었어. 모함으로 돌아오면 그날 전리품으로 획득한 테이프를 이어 붙여 긴 고리로 만들어서 제 숙소에 걸어 두는 게 유행하기도 했는데, 한 구역에서 반란군을 몰살하고 나면 그곳에서 획득한 테이프로 만든 고리는 끊어 내서 버리고 철수했거든."

김서혁이 소연주에게 낮게 무어라고 할 때, 그의 옷깃 사이로 까만 끈이 나붓이 흔들렸다. 끊어진 테이프 고리가 어떤 느낌일지 가늠이 되었다. 김서혁과 소연주 사이로 이선규가 쑥 들어왔다. 그는 즐거운 표정으로 과자가 담긴 쟁반을 내밀었다. 소연주가 예의상 몇 개 집어 들고 이선규에게 저리 가라는 손짓을 했다. 이선규가 투덜거리며 소연주와 장난 같은 몸싸움을 했다. 그 가까이 있는 바람에 상의가 흐트러지자 김서혁은 손을 들어 소매의 주름을 반듯하게 쓸었다.

거추장스러운 차림은 싫어해서 제복도 간편하게만 입던 김서혁이 사복 위로 온갖 상징을 다 끌어온 것이 새삼 생경했다. 김서혁이 잔을 입에 대며 고개를 들었다. 시선이 마주쳤다. 그는 무표정하게 유은우를 바라보다가 바로 그 옆에 달라붙은 정윤환을 보고, 흘깃 눈을 돌려 저만치 홀의 중간에 서서 차예원과 대화를 나누고 있는 서재희까지 응시했다. 그러다 낯선 이가 다가와 말을 걸자 그쪽을 돌아보았다.

이선규가 훌쩍 자리를 뜨자마자 소연주는 혀를 차며 손에 쥐고 있던 과자를 테이블에 내려놓았다. 몸에 딱 달라붙는 검은 원피스 위로 옅은 회색 레이스가 한 겹 덧대어져 있었다.

정윤환은 목소리를 더욱 낮추었다.

"나처럼 입어라. 대장이 그렇게 강요하지는 않았을 거야. 사실 그런 지시가 먹히지도 않을 거고. 정예군 한 명 한 명 얼마나 콧대 높고 자존심이 센지 너도 함께 지내 봐서 잘 알잖아. 그들이 김서혁의 노선을 따라간 건 순전히 본인 판단에서야."

"대장 옆에 붙으면 이익이 그렇게 커? 도시연합과 틀어지는 걸 감수할 만큼?"

"임유현이 총사령관이었을 때랑 김서혁이 총사령관인 지금을 견주어 보면, 군의 자율성은 압도적으로 커졌고 위상은 더 높아졌어. 도시연합 중앙학교를 졸업한 인재들은 너도나도 군에 못 들어와서 안달이야. 옛날에도 그랬지만 갈수록 더 심해져. 언론에서 인재가 불균형하게 배치된다고 염려할 정도니까, 정상은 아니지. 역사를 되짚어 봤을 때 군이 통치자의 손아귀를 벗어나 독자적인 힘을 가지게 되면 반드시 피바람이 불어. 어쨌든, 다음."

정윤환이 포크를 과일 타르트 정중앙에 꽂았다. 손가락 끝으로 포크 손잡이 끝을 기울여 한쪽 방향을 가리켰다.

임유현. 파삭파삭 말라 물기 없는 노인이 거기 있었다. 나무를 깎아 만든 학자 같았다. 오래된 책을 연상시키는 그를 보고 있으려니, 그가 왕년에 총사령관 자리에 앉았었다는, 합법적인 살인의 계획을 세우고 남의 목숨을 융통성 있게 골라내는 직업의 정점에 올랐었다는 과거는 떠올리기 어려웠다. 그는 부드러운 재질의 얇은 옷을 여러 겹 겹쳐 입고 있었는데, 과하기는커녕 무채색이 잘 어우러져 충분히 지적으로 보였다. 주위 사람들과 조용히 담소를 나누고 있었는데, 살면서 웃을 일이 많지 않았는지, 입을 다물 때면 깊게 팬 주름이 그를 더욱 엄격하게 보이게 했다. 임유현의 주위에 둘러선 사람들은 하나같이 손가락에 희고 투박한 반지를 끼고 있었다.

"임유현. 친애하는 우리 교장 선생님. 차인호와의 동맹을 배신하고 김서혁에게 붙었어. 푸른색은 전혀 없지?"

임유현이 문득 눈을 들었다. 아까부터 유은우의 위치를 파악하고 있었다는 듯 헤매지도 않고 정면으로 마주쳤다. 숨을 삼키며 먼저 눈을 피한 쪽은 유은우였다. 종잇장 모서리처럼 예리한 시선이라 묘하게 견디기 어려웠다. 유은우는 중앙홀을 가득 메운 사람 중 임유현이 가장 단단해 보인다고 생각했다. 그는 세월의 더께로 견고했다. 유은우는 직감적으로, 임유현의 사상이 선하든 악하든 범상한 사람은 아님을 알았다. 하늘하늘하지만 질긴 베일을 두른 것처럼 심상찮은 분위기가 풍겼다.

"흰 반지 낀 사람들은 죄다 용 연구소 직원이야. 일종의 상징 같은 건데, 입사하면 받는다더라고. 워낙 폐쇄적이라 그런가 무슨 행사 있을 때마다 꼭 저렇게 반지를 끼고 와서 티를 내더라. 저놈들하고는 말 섞으면 안 돼. 알겠지?"

"어? 왜?"

"잡아먹혀."

유은우는 정윤환을 빤히 보았다. 터무니없는 대답을 툭 던져 놓고는, 정윤환은 웃음기 하나 없었다. 그가 진지하게 말했다.

"설명하자면 길어. 아무튼, 안 돼. 차라리 차인호한테 말을 걸면 걸었지, 용 연구소는 절대로 안 돼. 누가 너한테 말 걸면 손가락에 반지 있는지 없는지 잘 보고, 반지 있으면 두 번 쳐다볼 것도 없어. 인간의 탈을 쓴 괴물이라 생각하고 곧장 도망쳐. 약속해."

"이유 정확히 말 안 해 주면 지금 가서 큰 소리로 인사할 거야."

"서재희도 나랑 같은 의견일걸."

정윤환이 서재희 이름 석 자에 힘을 주었다. 유은우는 빤히 정윤환을 바라보았다. 그는 유은우의 시선을 피하지는 않았으나 더는 말 않겠다는 듯 입매가 굳어 있었다.

그때였다. 유은우는 살갗을 베어 내는 듯한 강렬한 시선을 느꼈다. 유은우는 황급히 고개를 돌려 그쪽을 보았다. 한 남자가 있었다. 20대 후반으로 보였다. 셔츠에 정장 바지, 구두, 주머니에 두 손을 꽂고 고개를 비스듬히 기울인 채 이쪽을 보고 있었다. 유은우와 정면으로 눈을 마주치고도 그는 표정이 변한다거나 시선을 피하지 않았다. 팔뚝에 오소소 소름이 돋았다.

유은우는 다급히 정윤환의 옷자락을 잡아당기며 물었다.

"누구야, 저 사람?"

"어? 누구?"

"저기……."

유은우는 살짝 손가락을 들어 가리키려다 말고 말끝을 삼켰다. 여자 몇 명이 떠들면서 그 앞을 지나가고 나자 그 남자는 어디론가 사라지고 없었다. 유은우는 입술 안쪽을 잘근잘근 물면서 그 주위를 빤히 살폈으나 어느새 기억은 희미해져 있었다. 깜짝 놀랄 정도로 특징 없는 인상이라, 정말로 그런 남자를 봤는지조차 의심스러웠다. 한 번만 더 보면 얼굴을 기억할 수 있을 것 같은데. 유은우는 팔짱을 끼며 벤치에, 정확히는 정윤환의 팔에 등을 기대며 자세를 고쳐 앉았다.

정윤환은 그런 유은우를 물끄러미 보다가 갑자기 제 재킷을 벗어서 드레스로 풍성한 유은우의 무릎을 툭 덮었다.

"키스해도 돼?"

유은우는 잘못 들었나 했다. 하지만 정윤환이 한쪽 손으로 뒤통수를 감싸 당기자 얼른 고개를 저었다. 유은우는 다른 사람들에게 들키지 않으려 애쓰며 입을 거의 움직이지 않고 필사적으로 거부했다.

"아니, 아니, 아니. 안 돼, 안 돼, 안 돼. 하지 마, 하지 마, 하지 마. 이 씨……!"

등을 받쳐 안고 꼭 당겨 안는 품이 능숙했다. 유은우가 막 욕을 내뱉기 전에, 정윤환이 몸을 틀며 유은우의 몸을 제 몸으로 완전히 덮어 내렸다. 홀의 화려한 조명이 그의 그림자로 가려졌다. 덕분에 유은우는 정윤환에게 가려 홀의 시선과 차단되었다. 그제야 유은우는 맘껏 인상을 썼다.

"상황극 이용해서 사리사욕 채우지 맙시다, 진짜."

정윤환이 유은우를 내려다보며 웃었다. 핏기 없는 뺨에 그나마 혈색이 돌며 해사해졌다.

"알았어. 알았으니까, 하는 척만 할게. 사람들이 너무 우리 훔쳐봐서 그래. 애정 행각이라도 해야 우리 사귄다고 널리 소문이 퍼질 거 아냐."

정윤환의 얼굴이 가까이 다가왔다. 유은우는 저도 모르게 등줄기부터 뻣뻣하게 굳었다. 그가 고개를 기울였다. 정윤환의 코끝이 유은우의 뺨에 닿았다. 그가 장난스럽게 말했다.

"눈 안 감아?"

"너라면 감겠냐. 이대로 딱 10초만 있다가 떨어져. 강제로 혀 밀어 넣거나 하면 확 뽑아 버린다."

"억지로 할 마음 있었음 옛날에 수백 번 하고도 남았지."

정윤환의 손끝이 나른하게 유은우의 귓바퀴를 쓸었다. 유은우는 반사적으로 목을 움츠리다가, 정윤환이 턱을 잡고 치켜드는 바람에 다시 고개를 들었다. 유은우는 긴장으로 머리가 하얘진 가운데에도 쉴 새 없이 경고했다.

"실수로라도 닿거나 하면……."

"나도 알아. 자격 없는 거."

정윤환은 가만히 멈춰 있었다. 길게 드리운 속눈썹 아래 반쯤 드러난 옅은 눈동자는 가만히 유은우의 입술을 응시하고 있었다. 더 가까워지지도 멀어지지도 않았다. 유은우는 그제야 약간의 여유를 되찾고, 어색하게나마 손을 들어 정윤환의 목을 감아 보았다. 그 손길을 느끼고 정윤환이 소리 내어 웃었다. 민망함에 유은우는 목덜미부터 벌겋게 달아올랐다. 다급히 말했다.

"협조야."

"알아."

정윤환은 유은우의 허리에 감았던 손을 앞으로 미끄러뜨려 유은우의 무릎을 덮은 제 재킷 속으로 집어넣었다. 그의 손이 움직이며 무언가 딱딱한 것을 빼내는 느낌이 났다. 정윤환은 여전히 유은우의 입술과 아슬아슬한 간격을 유지하면서, 총을 쥔 손으로 유은우의 드레스를 걷어 올렸다. 재킷으로 한번 가려 놓은 데다 유은우의 드레스가 워낙 촘촘하게 주름져 있어 가능했다.

"아까 리본 찾으러 가면서 보관실에 들렀는데, 총이 많이 없어졌더라. 그게 다 어디 갔을까. 전부 제 옷 속에 슬쩍 숨기고 있겠지. 페이크 어디야?"

유은우는 정윤환의 목을 감은 손에 힘을 주며 속삭였다.

"오른쪽."

드레스 밑으로 들어온 정윤환의 손이 살짝 헤매다가 유은우의 오른쪽 허벅지에 채워져 있는 홀스터를 가늠하고 거기 총을 꽂아 넣었다. 따뜻한 손은 들어온 것처럼 순식간에 빠져나갔다. 그리고 다시 재킷을 들추는 느낌이 났다.

"이런 곳에서 유치하게 복장이며 장신구로 소속을 구분 짓고 위치를 드러내는 이유는 내가 굳이 말 안 해도 알지?"

정윤환의 손이 다시 드레스 밑으로 들어왔다. 이번엔 그다지 헤매지 않고 곧바로 왼쪽 홀스터가 채워지는 느낌이 났다. 진짜 총이었다. 드레스 밖으로 빠져나온 손은 다시 유은우의 허리를 감아 당겼다. 유은우는 작게 대답했다.

"전투가 벌어졌을 때 아군인지 적군인지, 회유해야 할지 쳐내야 할지 직관적으로 알아보려고."

정윤환은 몸을 일으켜 떨어져 앉았다. 달아 있던 얼굴로 시원한 밤바람이 닿아, 유은우는 한결 숨을 돌렸다. 홀 안쪽에서 몇몇이 이쪽을 주시하고 있는 게 보였다. 특히 이선규는 완전히 경악하고 있었는데 그 낯이 볼 만했다. 그가 김서혁을 부르더니 과장된 손가락질로 이쪽을 가리켰다. 김서혁의 시선이 유은우를 향했다. 유은우는 아무렇지도 않은 척 빤히 김서혁을 마주 보았다. 김서혁은 다시 이선규를 보았다. 이선규가 뭔가 마구 말하는 것이 보였다. 김서혁은 조금 들어 주는 듯하더니 이내 자신을 찾아온 다른 이에게 관심을 돌려 버렸다. 이선규는 이제 소연주에게 말을 붙였으나 그녀마저 김서혁을 보좌하기 위해 몸을 돌려 버리자 황망히 눈을 깜박이다가 곧장 유은우가 있는 테라스로 다가왔다.

정윤환은 그런 이선규를 응시하며 테이블에서 음료를 집어 들었다.

"나 아프니까 혼자서는 무리야. 설계만 깔 테니까 네가 타격해 줘."

유은우는 드레스 위로 손을 훑으며 총을 한 번 더 확인했다.

"그럴 필요 있어? 그냥 따로 움직이자. 난 시계도 있고."

"아냐. 나 지금 많이 안 좋다니까? 내가 잘생겨서 덜 아파 보이는 거라고. 내가 서포트할 테니까 네가 뛰는 거로 해."

"음."

"유은우, 농담 아냐. 나 진짜 심각하다니까."

"상황 봐서."

"나 죽으면 서재희도 곤란할 거야."

"서재희 선배 핑계 좀 그만 대."

"그래야 네가 듣잖아."

유은우는 지척까지 성큼성큼 다가오는 이선규를 보며 정윤

116

환의 팔을 잡아당겨 안았다. 정윤환은 음료를 꿀꺽꿀꺽 마시면서도 유은우가 당기는 대로 기울어 주었다.

이선규가 유은우 앞에 서더니, 팔짱을 끼며 말했다.

"소꿉놀이도 작작해. 귀여워서 장단 맞춰 줬더니, 도시연합군 이미지 다 떨어뜨리네."

유은우는 어깨를 으쓱했다.

"대장은 별로 상관없어 하는 것 같은데?"

이선규가 자못 엄격한 눈을 했다.

"다들 은우 널 너무 아껴서 문제지. 이래서 잔소리는 항상 내 담당이잖아."

"그냥 안 하면 되잖아. 그리고 아끼긴 뭘 아껴. 학교로 쫓아 놓고."

유은우는 건성으로 대답했다. 정윤환이 가볍게 웃으며 저리 가라는 손짓을 했다.

"데이트 방해하지 말고 저리 가."

이선규가 기가 찬다는 표정을 지었다. 그는 정윤환을 향해 목소리를 낮춰 물었다.

"총은 챙겼지? 아까 가지러 갔는데 너랑 은우 칸 비어 있더라."

정윤환은 고개를 끄덕이며 유은우의 무릎에 덮었던 제 재킷을 가져가 도로 입었다. 이선규가 이어 말했다.

"이유가 있을 거라고 생각은 하지만, 사귀는 시늉도 어지간히 해라. 나중에 은우 진짜 좋아하는 남자 생기면 어쩌려고. 여기 괜찮은 예비 신랑감이 얼마나 많은데. 은우야, 눈 크게 뜨고 잘 살펴봐. 정윤환 얘는 얼굴 반반한 거 빼고는 진짜 하나도 볼 게 없으니까 정신 잘 차려. 야, 정윤환, 나와. 나랑 얘기 좀 해."

"아, 왜. 갑자기."

"그래? 그럼 여기서 한다. 은우도 같이 들으면 되겠네. 소상한 옛이야기부터 해 볼까? 은우야, 너 인큐베이터에 있을 때 정윤환 저 변태 새끼가 매일같이 찾아가서……."

"좀 닥쳐, 진짜."

정윤환이 벌떡 일어났다.

"유은우, 소연주 누나 옆에 가 있어. 금방 다녀올 테니까."

그러더니 정윤환은 이선규의 등을 밀며 성큼성큼 테라스를 빠져나갔다. 유은우는 혼자 덩그러니 남았으나 김서혁 근처로 갈 생각은 없었다. 홀 안쪽에서 낯선 몇이 반색하며 이쪽으로 다가오려는 게 보였다. 유은우는 귀찮다기보다는 위험한 일을 만들지 않기 위해 벤치에 앉은 채 몸을 돌려 바깥을 보았다. 다른 곳에 관심을 두고 있으면 함부로 안 오겠거니 하는 생각에서였다.

테라스 바깥은 이음새 하나 없이 매끄러운 대리석이 끝도 없이 펼쳐져 있었다. 어둠에 가려진 끝에 도시연합 입구가 있을 터였다. 낮이라도 볼 수 없었을 것이다. 아득하게 먼 거리였으니까. 가장 바깥에서부터 본관까지 카트를 타고 왔는데도 수분이 걸렸었다.

유은우는 난간에 두 팔을 걸치고 그 위에 턱을 가벼이 얹은 채, 어둠에 눈이 익기를 기다렸다. 본관으로 오면서 목격했던 인상 깊은 구조물을 한 번 더 보고 싶었다.

어둠이 흐려지며 구조물의 형체가 아스라이 드러났다. 그것은 낡다 못해 벌겋게 녹이 슨 고철 덩어리로 차곡차곡 쌓아 올려진 첨탑이었는데, 건물로 치면 그 높이가 10층은 족히 되어 보였다. 본래의 용도를 알 수 없을 만큼 철저하게 분해된 기계 부품들이 쉴 새 없이 돌아가며 첨탑의 아래위로 흘러가거나 안으로 쑥 들어가기도 하고 밖으로 불쑥 튀어나오기도 했다. 멀리서 이렇게 바라보니 첨탑 전체가 기괴하게 자글자글해, 구더기가 들끓는 것처럼 보였다. 온통 쇠붙이로 이루어졌음에도 살아 움직이는 생명체 같아 섬뜩했다. 그렇게 요동치는 첨탑의 가장 꼭대기는 못으로 박아 놓은 듯 고요했는데, 한 쌍의 새까만 날개가 거기 있었다. 제1도시의 핵인 용의 날개였다.

멀리서 바라보면 용의 날개 한 쌍은 까만 박쥐처럼 보였다. 첨탑 꼭대기에 깊게 뿌리박힌 두 장의 용의 날개는 끔찍한 오염으로부터 도시를 보호했다. 그것은 때때로 기지개를 켜듯 활짝 펼쳐지기도 하고 먼지를 떨듯 부르르 진동하기도 했지만, 대체로 반듯하게 접힌 채 얌전했다.

유은우는 자신이 놓아준 용을 생각했다. 지금쯤이면 얼마나 컸을지도 궁금했다. 지금 홀에서 이뤄지는 대화의 대부분이 사해에 출현한 용에 관한 것이 아닐까 하는 추측도 해 보았다. 그 용에게 인류의 미래가 달려 있었다. 왜 하필 내가 놔준 용이 성체로 자랐을까 궁금했지만, 그렇게 크게 자랄 수 있는 용을 놔준 결정은 잘한 일이라고 홀로 고개를 끄덕여 보기도 했다. 그러나 그게 정말 잘한 일인가 의문이 들어 머릿속이 복잡해졌다.

"도시연합 기념탑입니다."

누군가 말했다. 목소리는 소음과 섞여 자연스럽게 들렸다. 마치 아까부터 쭉 옆에 있었던 것 같았다. 유은우는 경계하며 상대를 보았다.

"안녕하세요. 강진욱입니다. 오랜만에 뵙네요."

자신을 소개한 남자가 음료를 들고 있지 않은 오른손을 내밀어 악수를 청했다. 유은우는 느리게 벤치에서 일어나면서 빠르게 강진욱의 열 손가락을 확인했다. 반지는 없었다. 거기다 흰 셔츠와 까만 정장 바지가 전부인 단출한 차림이라 어느 쪽인지 짐작하기 어려웠다. 다만 아까 묘하게 불편한 시선을 보냈던 그 사람이라는 것만 눈치챘다.

인상이 흐려서 살아남긴 좋겠네. 작전인가?

유은우는 조심스럽게 그의 손을 잡았다. 적당히 따뜻하고 적당히 습했으며 적당한 힘이 느껴졌다. 어렴풋한 인상처럼 손아귀의 촉감도 그랬다. 조금 과장하자면, 그와 악수를 끝내자마자 손이 닿긴 했었나 헷갈릴 정도였다.

유은우는 자연스럽게 걸음을 옮겨 홀 안쪽을 향해 섰다. 여차하면 김서혁 쪽으로 내달릴 셈이었다. 이놈의 정윤환은 막상 필요한 지금 왜 이리 늦는지 코빼기도 안 보였다.

"죄송한데 어디서 뵈었었는지. 제가 침식 치료 당시 기억이 워낙 드문드문해서요."

"그 전에 뵈었지요."

강진욱이 대답했다. 유은우는 그의 목소리를 어디선가 들어본 적이 있는 것 같았다. 가만 보자, 분명 어디서 듣긴 들었는데……. 천천히 기억을 되짚었다. 속 시원하게 걸리는 게 없었다. 잡힐 듯 말 듯 머릿속만 간질간질했다.

강진욱이 왼손에서 오른손으로 음료를 옮겨 잡더니 내밀었다.

"마실래요?"

투명한 유리잔 안에 붉은 액체가 찰랑거렸다. 유리잔을 가볍게 움켜쥔 그의 오른손 검지 마디에 햇빛에 덜 타 유독 흰 자국이 있었다.

'인간의 탈을 쓴 괴물이라 생각하고 곧장 도망쳐. 약속해.'

유은우는 손을 내밀어 그것을 받았다. 손에서 손으로 잔이 넘겨지며 음료가 흔들렸다. 파도가 지나간 것처럼 투명한 유리잔 입구까지 붉은 자국이 남았다.

"감사합니다."

그러나 마시지 않았다. 유은우는 실례인 줄 알면서도 필사적으로 강진욱의 눈, 코, 입을 죄 뜯어보았다. 흔히 마주치고 쉽게 잊어버릴 평범한 인상 어디서도 이렇다 할 만한 단서가 없었다. 유은우는 그리 상대를 관찰하다가, 강진욱 또한 자신을 주시하고 있음을 알고 소름이 돋아 자세를 바로 했다. 서로 인사만 하고 이렇다 할 대화 없이 이미 수 초가 흐른 뒤였다.

유은우는 긴장한 기색을 비치지 않으려 애썼다. 지척에 김서혁이 있었다. 나는 안전하다. 그럼에도 속이 울렁거렸다. 오래 달리기라도 한 것처럼 복부로 통증이 일기 시작했다. 유은우가 물었다.

"그 전이라니 언제 말씀이신지."

"유은우 씨가 아주 어릴 때요."

그 한마디를 하고는 강진욱은 입을 다물었다. 그는 특징이 없어서 오히려 기이하게 차가운 눈으로 찬찬히 유은우를 살피고 있었다. 강진욱은 비단 유은우의 외모만이 아니라, 전체적인 분위기까지 잡아내려는 것 같았다. 마치 성장을 가늠하는 것처럼.

학교로 내쳐지며 사건 사고를 겪는 바람에 잊고 있었지만, 실로 익숙한 시선이었다. 연구원들이 안경을 치켜 올리거나 차트를 넘기며 유은우를 향해 보내던 눈빛.

강진욱이 말했다.

"우린 같은 유적지 출신입니다."

그때였다. 촥, 하는 소리에 유은우는 홱 고개를 돌렸다. 정윤환이 숨을 헐떡이며 막 테라스로 들어와 있었다. 홀과 이어지는 테라스 입구 절반이 블라인드로 막혀 있었다. 정윤환이 불붙은 눈으로 강진욱을 노려보며 기둥의 스위치를 내렸다. 삽시간에 나머지 한쪽으로 블라인드가 단단하게 쳐지며 소음과 함께 집중되던 이목이 차단되었다.

정윤환이 거칠게 머리를 쓸어 넘기며 성큼성큼 다가왔다.

"미친 새끼, 안 떨어져?"

의외로 강진욱은 정윤환을 그다지 신경 쓰지 않는 듯했다. 그는 정윤환은 흘끔 보기만 하고 다시 유은우를 응시했다. 정윤환은 강진욱의 멱살을 잡아채 패대기라도 칠 기세로 걸어오다가 멈칫했다. 그가 눈을 크게 떴다. 유은우는 정윤환의 시선을 따라 제 손을 보았다. 음료가 들려 있었다. 입도 안 댔지만, 손에서 손으로 옮겨지며 찰랑찰랑하는 바람에 잔이 지저분하긴 했다.

다음 순간, 정윤환이 폭풍처럼 달려왔다. '어어.' 하는 사이 음료를 빼앗겼다. 정윤환은 팽개치듯 음료를 테이블에 내려놓았다. 잔이 빙그르르 돌면서 붉은 액체 일부가 쏟아지다가 중심을 잡고 바로 섰다. 정윤환이 새파랗게 질린 낯으로 유은우의 양 뺨을 감싸 당겼다. 그가 거칠게 물었다.

"마셨어?"

"······어?"

"마셨냐니까!"

"아, 아니요."

심상찮은 분위기에 죽어도 안 하겠다고 다짐한 존댓말이 자동으로 튀어나왔다. 그도 그럴 것이 정윤환의 눈가로 새파란 열이 몰려 있었다. 유은우는 자신의 뺨에 닿은 정윤환의 손이 덜덜 떨리는 것을 느꼈다. 그는 화가 났다기보다는 겁에 질려 보였다. 정윤환이 필사적으로 재차 물었다.

"너 거짓말하는 거 아니지?"

유은우는 그의 동공이 자신을 구석구석 절박하게 더듬는 것을 느끼며 덩달아 어찌할 바를 모르고 그저 아니라고 대답했다.

"아니, 내가 왜 그런 거짓말을 해······."

"진짜 안 마셨어?"

"응."

유은우는 세차게 고개도 끄덕이려 했으나 정윤환의 손아귀에 머리가 꽉 고정되어 그러지는 못하고 급한 대로 덧붙였다.

"진짜 안 마셨어."

"한 모금도?"

"응."

"냄새도 안 맡았어?"

"응."

"너 진짜 입에도 안 댔어? 화 안 낼 테니까 솔직히 말해."

"안 마셨다니까……."

입술이 겹쳐졌다. 정윤환은 유은우를 강하게 끌어안았다. 유은우는 정윤환의 입술이 자신의 입술을 사납게 삼키고, 놀라 벌어진 틈으로 혀가 거칠게 비집고 들어오기까지 뭐가 뭔지 정신이 하나도 없었다. 달콤한 탄산이 남아 있는 그의 혀가 유은우의 입천장과 혀와 볼 안쪽을 삽시간에 말캉하게 헤집고는 떨어져 나갔다. 유은우는 숨을 토하며 동그랗게 뜬 눈으로 정윤환을 빤히 보았다. 그는 울고 있었다. 눈가가 젖어 있었다. 유은우는 입만 벙긋거리다가 겨우 말을 토해 냈다.

"왜……."

"다행이다."

정윤환이 중얼거렸다. 다음 순간 그는 날카롭게 뒤돌아섰다. 유은우는 정윤환의 등 뒤에서 무표정하게 이쪽을 보고 있는 강진욱과 마주했다. 정윤환의 등이 씨근덕거리는 숨과 함께 오르락내리락했다. 정윤환이 목소리를 낮춰 말했다.

"개새끼야. 너 일부러 그랬지? 사람 이딴 식으로 엿 먹이니까 기분 좋냐?"

강진욱은 뚜벅뚜벅 걸어 가까이 왔다. 그는 여전히, 정윤환 뒤에 선 유은우를 빤히 보고 있었다. 정윤환은 오른손을 뒤로 돌리며 유은우를 완전히 가리려고 했다. 유은우는 왼쪽으로 고개를 빼서 강진욱을 보았다. 강진욱은 이제 정윤환을 똑바로 보면서 테이블에 놓여 있는 음료를 들어 쭉 들이켰다. 꿀꺽꿀꺽 소리와 함께 그의 목울대가 움직였다. 음료를 마시는 순간에도 강진욱은 정윤환을 뚫어져라 응시했다. 강진욱이 텅 빈 잔을 테이블 위에 달칵 올려놓았다. 그가 말했다.

"독 안 탔어."

양쪽으로 내려졌던 블라인드가 젖혀 올라갔다. 웅장한 음악이 터져 나왔다. 드러난 홀 안쪽은 조명이 한층 밝아져 있었다. 모든 사람이 한곳을 보고 있었다. 연단과 이어지는 계단을 차인호가 오르고 있었다.

이선규가 테라스 안쪽으로 고개를 내밀더니 어서 나오라고 손짓했다.

"나와. 기념식 시작한다. 우리 자리로 가야지……. 분위기 왜 이래?"

정윤환은 목을 가다듬고 대답했다.

"아무것도 아냐."

정윤환이 팔을 내밀기에 유은우는 팔짱을 꼈다. 정윤환은 발을 내딛으려다 말고 강진욱을 돌아보았다. 강진욱은 인상을 찌푸리고 이쪽을 보고 있었다. 정윤환이 씹어뱉듯 말했다.

"자꾸 이렇게 사람 들쑤시면 다 같이 망하는 수가 있어."

"뭐가 그렇게 걱정이야?"

강진욱이 아무렇지도 않게 대답했다. 정윤환의 숨이 거칠어졌다. 강진욱이 덧붙였다.

"독 들어오고 나가는 거 감시하려고 관리자로까지 등록했으면서 뭐가 그렇게 걱정이냐고. 하여간에."

"입 안 닥쳐?"

강진욱이 다시 유은우를 응시했다. 그가 주머니에 손을 넣어 희고 투박한 반지를 꺼내더니 오른손 검지에 끼웠다.

"유은우 씨는……."

팡!

홀 천장에서 폭죽이 터졌다. 동시에 귀한 생화 잎이 푸르게 휘날렸다. 유은우는 드러난 어깨로 촉촉한 꽃잎들이 보송보송하게 내려앉는 것을 느꼈다.

"……원치도 않는 사랑 받는 기분이 어때요?"

"……원치도 않는 사랑 받는 기분이 어때요?"

유은우는 강진욱의 말을 이해하지 못했다. 앞뒤 문맥이 승

덩숭덩 잘려 불친절한 그 말마디는, 그저 유은우의 귓바퀴 근처를 어색하게 맴돌 뿐이었다. 그러나 완전히 스러지지는 않았다. 미처 삼키지 못한 알약이 혀뿌리 위를 뒹굴며 쓴맛만 녹아나듯, 강진욱이 뱉은 단어들은 그 어떤 이해도 없이 유은우의 귓가에 들러붙어 역한 기운을 풍겼다.

'진즉 끝냈어야 했어. 내 후회는 오직 그것뿐이야.'

정윤환이 총을 겨누며 그리 말했었다. 죄라고 했다.

'나한테는 그냥 네 사진이었어. 그뿐이야.'

그럼에도 불구하고 그는 유은우의 사진을 가지고 있었다. 별다른 이유도 없이. 그저 네 사진이라서 가지고 있었다는 대답은 조심스러운 목소리와는 달리 알맹이가 너무나 싱거워, 필히 속내에 무언가 있음을 짐작케 했다.

'난 내가 할 수 있는 한 언제나 네게 최선을 다했어! 언제나! 그리고 지금도 마찬가지야! 사진은, 사진은, 따로 이유가 있어서 가지고 있었던 건 절대로 아니야. 그냥 단지 버릴 수가 없었어.'

유은우는 서재희와 되짚었던 과거를 떠올렸다. 유은우는 정윤환에게 꼭 끌어 안겨 있었다. 그는 자고 있었다. 가장 무방비한 상태였던 셈이다. 색색거리는 깊은 호흡. 드문드문 잠꼬대처럼 유은우를 고쳐 안던 손길은, 무딘 감각 너머로도 확실히 따뜻했다. 유은우의 의사와는 관계없이 꼭 안고 자겠다는 어리고 거친 욕심과, 그럼에도 불구하고 유은우의 머리가 세게 부딪히지 않도록 조심조심 당겨 안는 죄스러운 배려가 뒤섞여 혼란스러웠다.

'원치도 않는 사랑 받는 기분이 어때요?'

유은우는 소스라쳤다. 징그러운 벌레를 떨어내듯, 정윤환의 팔에서 손을 빼며 그를 밀쳐냈다.

정윤환이 비틀거리다 중심을 잡고 섰다. 눈이 마주쳤다. 빼어나게 수려한 낯은 수척하여, 짓밟혀 문드러진 동백 같았다. 강진욱이 툭 뱉은 몇 마디만으로, 정윤환의 내부는 초토화되어 회생 가능성이 없어 보였다.

천장에선 여전히 꽃이 흩날리고 있었다. 물기를 머금은 꽃잎들이 드러난 어깨로 사뿐 내려앉을 때마다 유은우는 얼음이라도 닿은 듯 흠칫 몸을 굳히며 물러섰다.

정윤환은 말이 없었다. 그는 그저 폐허 같은 표정으로, 자신에게서 더듬더듬 뒷걸음치는 유은우를 가만히 바라만 보고 있었다. 무어라 말을 하려는 듯 그의 입술 틈이 벌어졌으나, 이내 다물렸다. 그러더니 정윤환은 성큼성큼 걸어와 손을 내밀었다. 그의 손은 총 한번 안 잡아 본 것처럼 굳은살 하나 없이 매끈했다. 타고난 재능으로 실질 연습량이 거의 전무하며 군에서도 최소한의 사격만 했음을 고스란히 방증하는 그 손을, 유은우는 경계하며 바라보았다.

"윤환아, 은우 데리고 빨리."

음악과 대화로 소란한 홀 안쪽에서 소연주의 목소리가 날아왔다. 그녀는 이선규의 넥타이를 다시 매어 주면서 이쪽을 보고 있었다. 눈이 마주치자 소연주는 턱짓으로 어서 오라고 재촉했다. 유은우는 다시 정윤환을 보았다.

"손잡아."

정윤환이 낮게 말했다. 유은우는 꼼짝도 하지 않았다. 정윤환은 유은우를 향해 뻗은 손을 거두지 않은 채, 다시 입을 열었다. 지척에 서서 감시하듯 이쪽을 보고 있는 강진욱을 의식하는지 속삭임이 옅어, 유은우는 거의 듣지 못할 뻔했다.

"나는 못 믿어도…….."

정윤환의 목소리에서 마른 모래 소리가 났다.

"……서재희는 믿을 거 아냐."

서재희가 유은우의 목숨을 소중히 여긴다는 믿음의 근거는 빈약했다. 법으로 보장된 것도 아니었고, 서재희가 손수 각서를 쓴 적도 없었다. 내가 너를 아낀다고 논리 정연하게 원인을 들어 설명한 적도 없었다.

그럼에도 불구하고 유은우는 서재희를 믿었다. 때로는, 차례차례 번호를 매겨 서류철로 정리할 수 있는 수많은 증거보다, 찰나의 눈빛이 진심을 더욱 온전히 전달하기도 했으니까. 유은우는 자신을 바라보는 서재희의 시선에 거짓이 없음을 굳게 믿었다. 그가 내게 어떤 길을 제시한다면, 설사 위험하더라도 최선일 것이다. 그런 견고한 믿음. 실체는 없었지만, 그 무엇보다 명료했다.

정윤환이 다시 속삭였다.

"손."

그래서 유은우는 손을 뻗어 정윤환의 손을 잡았다. 정윤환이 서재희의 이름을 입에 담았기 때문에. 서재희라는 단단한 매개체 없이는, 유은우는 정윤환의 그 어떤 부분도 안심할 수 없었다.

설사 정윤환이 유은우를 사랑한다 하여도.

그것은 별개의 문제였다. 모두가 입을 모아 사랑이란 한 단어를 말하더라도, 풀어내는 방식은 저마다 달랐다. 때로는 폭력이나 침묵이 사랑의 껍질을 뒤집어쓰고 기어 다니기도 했으니까. 유은우는 정윤환의 사랑에 동의할 수 없었다. 그는 과거를 설명한 적도 없었고, 유은우의 의견을 물은 적도 없었다. 언제나 혼자 결정했다. 그런 일방적인 판단은, 실험체로 이용당하던 시절이면 족했다. 정상적인 사고가 불가능한 당시 정윤환이 유은우를 아끼고 보호해, 그 덕에 여태껏 살아남았다면 물론 고마운 일이었다. 그러나 지금은 달랐다. 이제 유은우는 하고 싶은 말을 또박또박 할 수 있었고, 남의 말도 똑똑히 들을 수 있었으며, 그 모든 것을 견주어 결정할 수도 있었다. 그럼에도 정윤환은 유은우에게 선택권을 주지 않았다.

정윤환은 유은우의 손을 감싸듯 꾹 쥐더니 제 쪽으로 끌어당겼다. 유은우는 그의 팔짱을 꼈다. 홀 안쪽으로 들어서자 조명이 한층 눈부셨다.

"유은우 씨."

뒤에서 강진욱의 목소리가 들렸다. 돌아보니, 쭉 무감하던 강진욱의 시선이 묘하게 달라져 있었다. 좀 더 따뜻한, 그러나 호의라기보다 동정에 가까웠다. 그가 말했다.

"당신 주위 사람들이 당신을 지나치게 아껴서, 혹은 이용하기 위해 숨기고 있는 것들, 내가 다 말해 줄 수 있어요."

강진욱이 나긋하게 이어 말했다.

"그럼 곧 또 뵈어요. 그때는 질척거리는 방해꾼 없이……."

강진욱의 동공이 잠시 정윤환을 향했다가 다시 유은우에게 옮겨 왔다.

"……둘만 봤으면 하네요. 당신도 그게 좋죠? 깊숙이 파고들다 보면 만나게 되겠죠. 어쩌면 오늘이 가기 전에."

하, 정윤환이 짧게 숨을 뱉었다. 그는 유은우의 허리를 잡아 강하게 당겼다. 정윤환이 걸음을 빨리했다. 유은우는 딸려 가며 흘깃 정윤환을 올려다보았다. 턱이 단단하게 굳어 있었다.

등 뒤의 테라스엔 강진욱이 있었고, 홀 어딘가엔 서재희가 있을 터였다. 유은우는 주위를 두리번거리는 대신, 정윤환의 에스코트를 받으며 김서혁을 향해 똑바로 걸었다. 김서혁은 정예군에게 둘러싸여 있었다. 소연주가 유은우의 머리에 붙은 꽃잎을 떼어 내다가 손을 거두며 제 왼쪽 귀를 꾹 눌렀다. 행사용 인터컴이 은색으로 반짝거렸다. 그녀가 김서혁을 향해 말했다.

"대장, 차인호 연합장님께서 지정석 위치를 대거 수정하셨답니다. 미리 언질받은 좌석 배치와 상이합니다."

김서혁은 고개를 들어 연단을 보았다. 높이 마련된 그곳에 차인호가 홀로 우뚝 서 있었다. 그의 등 뒤에 설치된 거대한 스크린에서는 연합으로 묶인 여덟 도시의 영상이 화려하게 뿜어져 나왔다. 연단 양옆으로는 지정석이 계단식으로 뻗어 나와 반원을 그리고 있었다. 연단의 왼쪽 지정석엔 임유현이 앉아 있었다. 그는 자리에 비치된 태블릿을 가리키며 가까이 앉은 의원들과 이야기를 나누고 있었는데, 안색이 좋지 않았다. 그는 문득 손을 들어 대화를 멈추더니 품에서 무언가를 꺼냈다. 손 안에서 부스럭거리다가 작은 무언가를 입에 머금었다. 이어 비치된 음료를 꿀꺽꿀꺽 들이켰다. 약 같았다.

"임유현 중앙학교장 양 옆자리 비어 있는 것 보이십니까? 그의 오른쪽은 아시다시피 대장 지정석입니다. 그리고 교장의 왼쪽은 원래 서재희 지정석인데, 서재희가 그 자리를 비워 두기로 했답니다. 이례적인 일입니다만, 그는…….."

스크린에 맞춰 터져 나오는 웅장한 음악에도, 소연주의 목소리는 정확하게 전달되었다.

"……차인호의 가족 자격으로 차예원 옆에 앉았습니다."

연단의 바로 오른쪽에 서재희가 있었다. 그는 비치된 태블릿을 손끝으로 두드리며 들여다보고 있었다. 반듯하고 선한 낯이었다. 서재희가 앉은 자리는 김서혁의 지정석과, 차예원이 앉은 자리는 임유현의 자리와 대척점을 이루고 있었다. 연단을 중심으로 권력이 뻗어 나간다고 생각하면, 서재희는 하루아침에 자신의 후원자를 배신한 셈이었다. 임유현이 차인호를 버리고 김서혁과 손잡은 것처럼.

김서혁이 서재희를 응시하며 짧게 웃었다. 눈은 차가웠다. 그가 말했다.

"보란 듯이 행사 당일 자리를 변경하고, 본인이 버린 위치엔 아무나 꽂아 넣든 상관없다고? 선심 쓰듯? 누가 봐도 이 빠진 것처럼 보이는 곳에? 차 한 잔 마시는데도 원리 원칙 따져 대는 차인호 머리에선 나올 리 없는 생각이고, 서재희 입김이 들어 갔겠지. 본인은 교장의 그늘에서 벗어나 결혼으로써 소속을 옮기니 자진해서 버린 옛 자리엔 누가 앉든 상관없다라……. 새파랗게 어린놈이…….”

휘황한 조명으로 눈부신 와중에, 김서혁의 주위만 차게 가라앉았다. 정예군들의 낯도 싸늘하게 굳어졌다. 유은우는 바짝 긴장했다. 함께 전투를 치른다면 더없이 든든하겠지만, 그들의 총구가 일시에 서재희를 향한다 생각하니 등골이 다 서늘했다. 뻣뻣하게 얼어붙어 있는데 문득 이마로 숨이 닿았다. 정윤환의 입술이 다가와 붙더니 잠시 말랑하게 머무르다 떨어졌다. 그가 속삭였다. 표정. 유은우는 급히 낯을 가다듬었다. 문득 김서혁 뒤에 서 있던 이선규와 눈이 마주쳤다. 이선규가 뜨악한 표정을 짓고 있었다. 그 과장된 반응에 유은우는 그만 웃음이 터졌다. 근육이 한결 이완되었다.

소연주가 말했다.

“착석하실 때 은우나 윤환이를 대동하신다면 제가 연합 쪽에 요청하겠습니다. 비워 두면 보기에 좋지 않습니다. 제 생각엔 은우를 앉히는 게 어떠신지. 윤환이는 학교로 내려가면서 언론의 관심에서 좀 잊힌 경향도 있고 더불어 평판까지 떨어져서. 은우를 학교로 내려 보냈으나 여전히 군에서 보호하고 있음을 어필하면 인권 단체 쪽도 누그러질 겁니다. 온디딤 사용자라고 대장이 직접 소개하면 인상에 깊이 남을 것도 같고요. 아직 발표가 없었으니까…….

"됐어. 혼자 가겠다. 누구처럼 우리가 가족은 아니니."

김서혁이 품에서 무언가를 꺼냈다. 작고 반짝이는 인터컴이었다. 매 모양 직인이 찍힌 전투용이었다. 김서혁이 인터컴을 쥔 손을 뻗어 오기에, 유은우는 정윤환에게서 풀려나 잘 길들여진 습관처럼 한 걸음 김서혁에게 다가갔다. 김서혁이 유은우의 머리칼을 쓸어 넘기더니, 능란하게 왼쪽 귀의 행사용 인터컴을 뽑고 전투용 인터컴을 꽂아 넣었다. 머리카락이 다시 흘러내리며 김서혁의 손을 가렸다. 그는 유은우의 귀에 인터컴을 장착하고서도 바로 손을 거두지 않고 잠깐 유은우의 귓가에 머물렀다. 유은우는 드리워진 머리카락 사이로 김서혁이 제 귓바퀴를 부드럽게 마사지하는 것과, 이어 귓불을 아프지 않을 만큼만 꾹 누른 뒤 떨어져 나가는 것을 느꼈다. 유은우가 모함에서 사출하기 전에 긴장하여 젖 떨어진 강아지처럼 구석에 콕 처박히면, 김서혁이 혀를 차며 다가와 다른 사람 모르게 긴장을 풀어주려 종종 하던 행동이었다.

김서혁이 소연주를 향해 딱딱하게 말했다.

"게다가 그 자리에 유은우를 앉히면, 유은우가 서재희의 후발 주자라고 자처하는 거나 다름없어. 공식적인 자리에서 도시연합군이 도시연합의 다음이 된다. 그게 바로 서재희가 노리는 점이겠지. 나도 그런 자리는 필요 없다. 비워 둬."

그리고 김서혁은 돌아서서 성큼성큼 걸었다. 인파로 복잡한

데도 김서혁은 누군가를 피하는 법 없이 홀을 직선으로 가로질렀다. 사람들은 의식적으로, 혹은 분위기에 압도당해 길을 열었다. 연단에 선 차인호를 존중하여 뒤로 돌아가 착석할 만도 하건만, 김서혁은 아랑곳하지 않고 그 앞을 지나가 임유현의 옆에 앉았다. 순수하게 가장 편하고 빠른 방식이었다.

소연주의 지시에 따라 유은우는 정예군과 도열하여 일반석으로 이동했다. 정윤환은 능숙하게 유은우를 에스코트했다.

스크린의 영상이 도시연합의 최근 1년간 성과를 나열하며 막바지에 이를 때쯤, 사위에서 대기하고 있던 각양각색의 언론사 로고를 단 드론들이 사방을 웅웅거리며 일시에 날아올랐다. 유은우는 몇몇 카메라가 정예군을, 특히 자신과 정윤환을 집중적으로 포착하고 있음을 알아챘다. 유은우는 강진욱이 지금 어디쯤에서 어떤 모습으로 있을지 궁금했으나, 짐짓 태연하게 드레스를 갈무리하며 자리에 착석했다. 지정석만큼은 아니었지만 다른 일반석보다 위치가 월등히 높아 사위가 잘 보였다.

조명이 꺼졌다. 다시 밝아지는 가운데 차인호가 막 마이크를 쥐고 있었다.

때마침 시야에 서재희가 걸렸다. 그는 빈틈없이 반듯하게 미소를 유지하며, 때때로 차예원의 말에 귀를 기울였다. 늘 보송보송 자연스럽게 흐트러져 있던 앞머리를 세련되게 넘겨 단단한 이마가 훤히 드러난 것을 보니 마치 다른 사람 같아 기분이 이상했다. 일반석과 지정석은 한참 떨어져 멀었다.

정윤환이 유은우의 머리칼에 입을 묻으며 속삭였다.

"나도 전투용 인터컴 받았어. 혹시 서재희가 너한테 채널 몇 번 쓸 건지 말했어?"

유은우는 가슴이 덜컹 내려앉았다. 그 중요한 것을 미리 맞춰 두지 않았다니. 고개를 저었다. 정윤환이 한숨을 쉬더니 말했다.

"큰일 났다. 제일 중요한 걸 안 맞추고 왔네. 대장 지시 듣는 척하면서 서재희 지시도 함께 반영해야 하는데, 연락할 대책이 없으면 어쩌잔 거야. 대장이 우리 둘을 같은 팀으로 엮어 줄지 모르겠네."

유은우는 입을 가리고 물었다.

"서재희 선배 보통 땐 채널 몇 써?"

"서재희 사해 파견 나갈 땐 2로 맞춰. 근데 그건 채널 네 개짜리 학생용이고. 우린 여덟 개짜리니까 아마도……."

"일단 4로 맞춰 놓을게. 대장은 1을 쓰니까 그것만 안 겹치면……."

유은우는 말을 다 맺지 못했다. 마른침을 삼키고 다시 입을 열었다.

"인터컴 어설프게 쓰다가 바로 박민준한테 들키는 거 아냐?"

정윤환이 이마를 문질렀다. 등 뒤에서 박민준이 다른 정예군과 조용조용 이야기를 나누는 소리가 들렸다. 도시연합군에서 가장 도청이 뛰어난 자가 바로 뒤에 앉아 있었다. 정윤환이 끙끙거렸다. 그가 드물게 자신 없는 목소리로 말했다.

"서재희는 아마 정규 채널은 안 쓸 거야. 아무도 안 쓰는 서브 쓸 것 같은데. 서브는 현장에서 맞춰야 하니까, 그럼 미리 말 안 했을 수도 있어…….”

“박민준은 서브도 잘 감지해. 예전에 제1유적지에서 반란군하고 붙을 때 모함에서 사출하기 전부터 주파수 잡아서 아예 전체 청취했었어.”

“뭐? 나랑 뛸 때는 그 정도는 아니었는데. 서브는 못 잡았었는데……. 아, 돌겠다, 진짜.”

“……이프로 메시지 보내려는 거 아닐까? 그나마 안전하니까.”

“총 겨누기도 바쁜 상황에서 언제 손목 보고 앉아 있어. 모르겠다. 일단 상황 터지면 넌 1부터 차례대로 올라가며 찾아. 난 8부터 내려가며 찾을게. 서재희는 왜 채널에 대해 아무 말 없었지. 이런 걸 빠뜨릴 사람이 아닌데.”

정윤환의 목소리에 불안한 기색이 역력했다. 그도 그럴 것이 아군인 정예군의 눈을 피해 따로 움직여야 했다. 그들이 얼마나 노련하고 또 냉정한지는 같이 호흡을 맞췄던 둘이 가장 잘 알았다. 할 수 있을까? 유은우는 자꾸만 식은땀이 흘렀다. 정윤환이 악문 잇새로 말했다.

“서재희가 어떻게 지시 내릴지 모르겠네. 초반에 놓치면 틀어지잖아.”

“같이 뛰어 본 적 없어?”

“팀으로는 한 번도 안 뛰어 봤고, 그냥 옆에서 많이 봤어. 그래도 예측 불가야. 서재희는 정형화된 스타일이 전혀 없어. 팀원을 어떻게 꾸리느냐에 따라 천차만별이야. 그게 장점이긴 한데, 짐작할 수 없으니 힘드네. 이런 건 미리 맞춰야 하는데."

차예원의 말을 듣기 위해 몸을 기울이고 있던 서재희가 문득 내리깔고 있던 눈동자를 들어 올렸다. 단박에 유은우와 시선이 마주쳤다. 차예원이 지정석에 설치된 태블릿을 가리키며 무어라 말하자 서재희가 즐겁게 웃었다. 그의 시선은 여전히 유은우를 향하고 있었다. 유은우는 일부러 지정석을 한번 쭉 훑는 듯 다른 곳으로 눈동자를 굴렸다가, 조심스레 다시 서재희를 보았다. 서재희는 이제 차예원에게 뭐라고 말하고 있었으나, 여전히 눈은 유은우를 보고 있었다. 유은우는 그를 가만히 응시했다.

조금 시선 두어도 괜찮겠지. 이렇게나 멀리 떨어져 있으니까.

사람이 사람을 그저 바라만 보는 것뿐인데, 이상하게 배 속부터 따뜻해졌다. 평소에는 있는지 없는지 의식도 못 하던 심장박동이 놀랍도록 생생하게 느껴졌다. 속으로부터 온기가 올라와 속눈썹 끝까지 물결처럼 밀려 퍼져 나갔다.

"정윤환."

유은우는 자기 자신에게 되뇌듯 천천히 말했다.

"걱정할 것 없어. 다 잘될 거야. 믿자."

정윤환이 말없이 몸을 떼어 내는 것이 느껴졌다. 유은우는 흔들림 없이 서재희를 보았다.

감각은 비늘처럼 예민하게 일어서 서재희의 온갖 사소한 순간을 잡아냈다. 그의 입술이 얼마나 벌어지고 어떻게 다물리는지. 그의 옷깃 그림자가 어떤 방향으로 드리우는지. 그가 차예원의 말을 들으면서도 얼마나 선명하게 나를 보고 있는지.

'은우 네가 재희한테 자살하지 말라고 좀 해 줘.'

어깨로 따뜻한 바람이 훅 끼쳤다. 유은우는 움찔하며 몸을 굳혔다. 정윤환이 입술을 모아 한 번 더 바람을 훅 불었다. 유은우의 머리며 어깨에 붙어 있던 꽃잎들이 훌훌 날아 흩어졌다. 정윤환이 거침없이 허리를 끌어안으며 유은우의 머리로 고개를 묻었다. 공영방송 로고가 붙은 드론 하나가 집요하게 이쪽을 주시하고 있었다.

"여기 봐. 우리 찍는다."

정윤환이 드론을 향해 장난스럽게 손을 흔들었다. 잠깐 자리를 비웠던 이선규가 성큼성큼 다가와 고의인지 실수인지 애매한 태도로 들고 있던 태블릿을 휘둘러 드론을 쫓아냈다. 그가 정윤환 옆에 털썩 앉으며 고개를 쑥 빼서 이쪽을 보았다. 이선규가 팔을 들더니 땀 한 방울 없이 매끈한 이마를 과장되게 닦아 내는 시늉을 했다.

"와, 힘들어. 그냥 지정석 한번 다녀온 것뿐인데 사람들이 계속 붙잡아서 죽는 줄 알았네. 인터넷이고 뭐고 온통 너희 기사로만 도배될 판이야. 사람들이 전부 다 너희 둘만 물어봐. 서재희와 차예원 약혼설 났을 때도 이 정돈 아니었던 것 같은데."

유은우 옆에 앉아 있던 소연주가 대답했다.

"경우가 다르지. 그때는 소문이 서서히 깔리다가 확인 사실처럼 확정된 거고. 얘네 둘은 그냥 폭탄선언인 거고."

조명이 살짝 어두워졌다가 연단 쪽으로 서서히 밝아졌다. 차인호가 기념 연설을 시작하자마자, 유은우는 제 머리가 무거워지는 것을 느꼈다. 정윤환이 물먹은 솜처럼 완전히 기대 오고 있었다. 그는 천천히 고르게 숨을 쉬면서도 유은우의 허리에 감은 손에서 힘을 풀지 않았다. 유은우가 작게 물었다.

"자?"

정윤환이 대답 없이 고개만 저었다. 그의 뺨이 머리에 닿아 뜨거웠다. 머리 장식이 망가질 것 같아 밀어내려다가 그만두었다. 정윤환의 침대에 놓여 있던 사람만 한 토끼 인형 정수리가 왜 나달나달 닳아 있었는지 알 것도 같았다. 젖먹이 동물처럼 꼭 붙은 유은우와 정윤환을 사이에 두고, 이선규는 계속해서 소연주와의 대화를 시도했다.

"야, 야, 소연주, 이거 봐. 패 갈리는 게 확연하다, 진짜."

소연주는 힐끗 곁눈질로 이선규가 내미는 태블릿을 바라보았다. 유은우도 물끄러미 태블릿을 보았다. 기기 끝에 도시연합 문양이 찍혀 있었다. 액정 가득 중앙홀 설계도가 띄워져 있었다. 천장에서 전체를 조망하듯 구석구석까지 사람들이 움직이는 것이 보였다. 이선규가 액정 위로 손을 움직이자, 지정석 한쪽에 앉은 사람들 머리카락 한 올까지 선명하게 확대되었다.

유은우는 눈을 들어 사방을 가로지르는 드론들을 주시했다. 화려한 로고의 언론사 마크가 먼저 눈에 들어와 아까는 미처 살피지 못했던, 도시연합의 문양이 찍힌 드론들이 그제야 하나 둘 보였다.

"임유현이 오늘 서재희 없이 입장하고 차인호가 서재희 데리고 들어온 거 보고, 이놈들 바로 차인호한테 붙었어. 오염 철책 건설 회사 엉덩이 가벼운 것 좀 봐라."

소연주가 조용히 물었다.

"이선규, 태블릿 어디서 났어?"

"지정석에서 빼 왔는데."

소연주가 미소 지었다.

"미쳤구나. 대장이 알면 어떻게 될 것 같아?"

"소연주 너만 말 안 하면 대장 모를 텐데? 백정명 의원 자리에서 뽑아 왔어. 어차피 그 사람 오늘 안 오잖아."

"촬영하는 드론들 안 보여?"

"이제 우리 안 찍는 거 알면서."

익숙한 이름이 지나가, 유은우는 퍼뜩 고개를 들었다. 이선규의 팔을 움켜쥐고 물었다.

"백정명? 그 사람은 왜 안 와? 무슨 일 있어?"

"아. 블랙리스트 올라가서 사상 검증 받는다던데. 그 단계까지 가면 인생 끝난 거지, 뭐. 사해로 쫓겨나서 죽거나, 난민으로 살아남으면 정화 장치 달고 마주치거나."

유은우는 숨이 잘 쉬어지지 않았다. 문득 손이 잡혔다. 아래를 보니 정윤환의 손이 다가와 자신의 손을 꼭 감싸 쥐고 있었다. 정윤환이 무엇을 경고하는지 알면서도, 유은우는 기어코 물었다.

"왜? 무슨 잘못 저질렀어?"

이선규가 고개를 갸웃했다.

"왜 궁금해? 네가 그 사람 어떻게 알아?"

"우리 학교 선배 아버님이라고 알고 있어서……."

"아아, 그래?"

이선규가 대수롭잖은 듯 이어 물었다.

"혹시 그 학생 실종됐어?"

유은우의 예상대로 이야기가 확 튀고 있었다. 바로 실종에
대해 묻는다는 것은, 이선규 역시 학교에서 자행되는 살인을
짐작한다는 증거가 되었다. 어디까지 아는지는 몰랐으나, 연관
시킬 정도는 아는 듯했다. 하긴, 이선규도 도시연합 중앙학교
출신이었다. 이선규뿐만 아니라, 정예군 전부, 그리고 도시연
합군 대다수가. 사람이 바보가 아닌 이상 5년이나 학교에서 폐
쇄된 생활을 하는데 학생 죽어 나가는 낌새도 눈치 못 챌 리 없
으니. 낙원의 이론은 절대다수의 견고한 침묵을 기반으로 했
다. 나만 아니면 된다며 의식적으로 눈 감고 귀 닫고 살다가 그
불행이 하필이면 자신의 가족에게 닥쳐, 그제야 홀로 발악하는
자가 있다면 백정명처럼 제거될 터였다.

유은우는 숨을 고르려 노력했다.

"병실에 입원 중이야. 강화제 중독으로……."

"흠. 입원한 거 본 적 있어?"

"아니. 그렇게까지 친한 건 아니어서……."

"아, 그래? 도시연합에 진정서 제출했다더니, 아들 일인가
보네."

"아들 일로 진정서 제출하면 사상 검증받아?"

이선규는 잠깐 눈가를 불편하게 찡그렸다. 그는 태블릿을 무

릎에 내려놓고 손을 들어 유은우의 앞머리를 장난스럽게 흩뜨렸다. 그가 가볍게 말했다.

"나도 자세히는 모르지만, 안됐네. 잊어버려. 은우 너 어디가서 그 사람 알은체하지 말고……."

"이선규, 은우한테 쓸데없는 소리 하지 말고. 연합장 연설 끝나자마자 태블릿 도로 갖다 놔."

소연주가 이선규의 말을 뚝 잘라 내며 딱딱하게 말했다.

"싫은데."

이선규가 즉각 대꾸했다. 그러더니 이번엔 뒤를 돌아 박민준을 보며 태블릿을 건넸다. 뒤로 한껏 몸을 젖혀 의자가 넘어갈 판이었다.

"야, 박민준. 이거 봐. 진짜 웃겨."

뒷자리에서 부스럭거리는 소리가 나더니 박민준의 헛웃음이 들렸다. 신이 난 이선규의 속닥속닥하는 소리도 들렸다.

"윤환이 얼굴이 워낙 반반해야지. 난리 났어."

박민준이 말했다.

"은우 예쁘게 잘 나왔다. 윤환이가 안목이 있어서 은우 예쁘게 잘 입혀 와 가지고. 언제지? 재작년인가? 예능 나왔을 때 그때도 우리 은우 예뻤지. 윤환이 잘생긴 거야 말할 것도 없고. 좀 덜 잘생기고 성격이 좀만 유했어도 좋았을걸. 아아, 또 주신 희랑 같이 사진 떴네. 윤환이 너도 피곤하겠다. ……댓글 쓰레기네. 본인들도 한집안에 동조자 두 명씩 낳으면 알뜰하게 나누어 가질 거면서 아주 지랄들이네. 우리 집도 나랑 여동생이

랑 갈라졌는데. 다만 나는 얼굴이 평범해서 아무도 기사 안 내
주더라."

몇몇이 작게 웃었다. 유은우는 제게 기댄 정윤환이 피식 웃
는 것을 들었다. 정윤환이 졸음에 겨운 목소리로 말했다.

"나 위로해 줄 필요 없어. 기사야 얼마든지 내라고 해. 잘생
기면 그만이지."

이내 정윤환은 파리하게 이울었다. 유은우는 정윤환의 무게
를 고스란히 지기 어려워 몸을 의자에 푹 파묻으며 등받이에
정윤환을 기대 놓았다. 귓가로 그의 고른 숨소리를 듣고 있자
니 모의 전투 때 너무 심하게 팼나 싶어 마음이 심란했다. 많이
회복된 자신과 달리 정윤환은 상태가 좋지 못했다. 급하게 나
오느라 안정제를 최대치로 맞았으니 기운이 빠질 법도 했다.

그렇다 쳐도 너무 잘 잤다. 차인호가 인자한 인상과는 다르게
카랑카랑한 목소리로 연설하여 졸다가도 깜짝깜짝 놀라 깨는
유은우에 비해, 정윤환은 전혀 개의치 않고 죽은 듯이 잘 잤다.

불면증 아니었나.

유은우는 손을 들어 정윤환의 허벅지를 꾹 눌러 보았다. 정
윤환이 한 차례 뒤척이더니 유은우를 답삭 끌어안았다. 기껏
밀어낸 보람이 없었다. 정윤환이 내뱉는 숨에 머리 위가 뜨뜻
했다. 김이 서릴 지경이었다. 침 흘리는 거 아냐? 유은우는 조
심조심 정윤환을 밀어서 떼어 놓았다.

"세상에. 윤환이 잔다."

소연주가 중얼거렸다. 유은우는 힐끗 소연주를 보았다. 그녀

는 토끼 눈을 뜨고 정윤환을 빤히 보고 있었다. 그녀가 중얼거렸다.

"얘 불면증 있는데. 밖에서 불편하게는 절대 못 자는 앤데. 하도 안쓰러워 내가 당직도 많이 바꿔 줬었어. 불면증 고쳤나? 그게 그렇게 쉽게 고쳐지나? 잠꼬대도 안 하네."

정윤환은 숙면에 빠져 거의 정신을 잃은 것처럼 보였다. 박민준이 뒤에서 손을 뻗어 정윤환의 이마를 짚었다. 그가 혀를 찼다.

"열 좀 봐. 얘 안 되겠다. 소연주, 대장한테 말해서 오늘 윤환이 빼자고 해. 이 상태로 총 쥐면 까딱하다 골로 가."

유은우는 가슴이 덜컹하여 얼른 정윤환의 뺨을 감쌌다. 불덩이 같았다. 아깐 이 정도까지는 아니었던 것 같은데. 유은우가 주춤 손을 떼자 정윤환이 잠결에 앓는 소리를 내며 다시 유은우를 끌어안았다.

"은우 네가 윤환이 팼다며?"

이선규의 물음에 유은우는 목이 턱 막혔다. 정윤환의 무게에 파묻힌 채 간신히 대답했다.

"……나도 맞았어. 시비는 정윤환이 먼저 걸었고."

"사랑싸움 한번 살벌하게 한다. 윤환이가 너 많이 봐주다가 실수해서 더 많이 다친 거지?"

"아니야. 봐주긴 뭘 봐줘. 나 죽을 뻔했어."

"윤환이가 은우한테 너무 쥐여산다. 여친한테 흠씬 두들겨 맞고 살이 쏙 빠져도, 저렇게 좋다고 자면서도 끌어안는 거 봐라."

"아니, 내가 죽을 뻔했다니까?"

뒤에서 박민준이 불쑥 물었다.

"실력이 궤도에 오르긴 했나 보네. 설계 난독증 고쳤다는 말은 못 들었고. 아까 소연주가 그러던데 너 온디딤 다룰 줄 안다며?"

정예군의 시선이 이쪽으로 몰렸다. 유은우는 목덜미부터 홧홧하게 달아올랐다. 옆에 붙어 있는 정윤환도 열이 올라 더 더웠다. 유은우는 대강 대답했다.

"조금."

"조금? 윤환이랑 싸우는 시늉만 하려고 해도 조금으론 안 될 텐데. 지금 다른 누구도 아니고 정윤환을 때려눕혀 놓고 조금이라고 말하고 있는 거야? 사실대로 말해."

이선규가 말했다. 장난기가 싹 가셔 진지했다. 유은우는 대답 없이 이선규의 무릎에 놓인 태블릿을 끌어당겼다. 태블릿 위쪽에 참석자 명단 탭이 있었다. 손으로 누르자 소속과 이름이 차르륵 나열되었다. 유은우는 심심풀이로 훑어보는 것처럼 설렁설렁 손가락을 넘겼다. 눈으로는 용 연구소를 찾았다. 정윤환은 하얀 반지를 낀 사람들과는 상종도 하지 말라고 했지만, 유은우는 용의 뼈와 꿈에 대해서 알아내야 했다. 용 연구소까지 직접 찾아갈까 고민하던 차에 이런 곳에서 마주친다면 오히려 행운이었다. 보는 눈이 이렇게 많은데 설마 무슨 일이 일어날까 싶기도 했다.

유은우의 어깨를 툭 치며 이선규가 물었다.

"은우 너 온디딤 뭐야? 나 어디서 듣기로는 옛날에 제국 사

146

람들은 오토바이도 무기로 썼다고 하던데. 무난하게 활? 칼?"

줄곧 말 한마디 없이 조용히 있던 강지원이 경악했다.

"칼? 사과 깎는 칼 말하는 거야? 와. 너무, 뭐라고 해야 하나, 무식하네, 왠지."

"무식하다고? 너 실제로 보면 그런 말 안 나올걸."

"이선규 너는 꼭 본 것처럼 말한다?"

"나는 봤지. 귀한 영상이라 공유는 못 해 준다."

"사기 치네. 너도 도시연합에서 사상 검증받고 싶냐?"

"너 말 참 이상하게 한다. 도시연합군 전리품이 공식적으로 온디딤을 다루는 마당에, 말 한번 꺼냈다고 내가 왜 사상 검증을 받아?"

"조용히 해. 특히 이선규. 자꾸 떠들면 입에 재갈 물린다."

소연주가 기계적으로 주의를 주었다. 이선규는 잠시 입을 다물었다가 다시금 속닥이기 시작했다.

"나 오늘 은우랑 뛰고 싶다. 강지원 말고. 소연주 네가 대장한테 말 좀 해 줘."

이선규의 투정에 유은우는 얼른 소연주의 소매를 잡고 나는 싫다 도리도리 고개를 저었다. 소연주가 유은우 너머로 고개를 빼고 이선규를 향해 차갑게 말했다.

"이선규 넌 좀 닥치고 이따 태블릿이나 원래 자리에 갖다 놔."

"그럼 은우 이제 실전에서 탑이야?"

박민준이 상기된 목소리로 물었다. 이선규가 고개를 저었다.

"아니지. 그래 봤자 타격이 섬세해진 정도지. 고급 설계는 여전히 못 하니까. 근접전에서만 극도로 유리하겠네. 사해 나갈 땐, 우리가 은우 보호하면서 적진 중앙까지 파고든 다음에 은우 풀어놓고 오면 편하겠다…….”

강지원이 코웃음 쳤다.

“은우가 무슨 폭탄이냐?”

그 뒤로 뭔가 무시무시하게 이어지는 대화를 흘려들으며, 유은우는 태블릿을 만지던 손을 멈추었다. 용 연구소 소속 열댓 명의 명단이 막 손끝에 걸린 참이었다. 찬찬히 직위를 살폈다. 대부분이 연구사였고 연구관은 다섯이었다. 직급이라고는 깜깜한 유은우가 보기에도 연구사보다는 연구관이 높아 보였다. 유은우는 자꾸만 기울어 오는 정윤환을 이선규에게로 밀어 두고, 소연주의 눈앞으로 태블릿을 들이밀었다.

“여기 한세연 연구관, 어떤 사람이야?”

“응? 한세연? 왜?”

“학교에 친구가 있는데 용에 관심이 많아서. 용 연구소에 취업하고 싶다고 하더라고. 내가 사인이라도 좀 받아다 주려고. 그 친구한테 신세를 많이 져서…….”

소연주가 반색했다.

“은우 학교에서 친구도 사귀었니?”

“응.”

유은우는 고개를 끄덕이며 대답했다가, 얼른 덧붙였다.

“근데 나만 일방적으로 친구라고 생각하는 걸 수도 있어.”

소연주는 물끄러미 유은우를 보다가 태블릿을 가리켰다.

"한세연 유명하지. 강의도 많이 하고, 예전에 도시연합 중앙학교 멘토링도 하고 그랬어. 용 연구소 취업이 꿈이면 아마 한세연이 동경의 대상일 거야. 특출한 전문가라. 40대에 연구관 달기가 쉽지는 않지."

유은우는 한세연 이름을 꾹 눌러 보았다. 명단이 위로 쑥 올라가지며 중앙홀 배치도가 떴다. 한세연 이름을 단 작고 까만 점이 일반석 끝에 있었다. 유은우는 그 지점을 확대했다. 40대 후반쯤 되었을까. 웨이브 진 단발을 하고 약간은 피로해 보이는 여자가 있었다. 그녀는 턱을 괴고 연단을 보고 있었는데, 손가락에 희고 투박한 반지가 끼워져 있었다.

유은우는 깊게 한세연의 인상을 새겨 두었다. 문득 소연주가 태블릿을 두드려 시야를 넓게 잡았다. 그녀가 연단 주위를 확대했다. 어딘가 상당히 불편해 보이는 임유현을 스쳐지나, 단정한 서재희와 그 옆에 앉은 차예원에게 초점을 맞추었다. 소연주가 물었다.

"파견부장이나 학생회장하고는 안 친해?"

유은우는 소연주의 시선을 피했다.

"음, 잘 몰라."

소연주는 더는 묻지 않고 태블릿을 건넸다. 유은우는 그것을 받아 쥐고 소연주에게 속삭였다.

"나 잠깐 사인 좀 받고 올게."

그리고 살며시 자리에서 일어나는데, 소연주가 유은우의 손을 잡아 부드럽게 앉혔다.

"은우야, 나 봐."

유은우는 약간 움츠러든 채 소연주를 마주 보았다. 소연주는 사람을 꿰뚫을 듯 바라볼 때가 있었는데 바로 지금이 그랬다. 아주 드문 일이었다. 이선규처럼 미쳐 날뛰는 놈들 기를 수시로 죽이면서도, 소연주는 관성에 젖은 무료한 표정이 대부분이었으니까. 손으로 만져질 듯 송곳 같은 시선은 실로 오랜만이라, 유은우는 애꿎은 태블릿만 만지작거렸다.

"이리 가까이."

소연주가 유은우의 머리를 보듬었다. 그녀가 작게 귓속말했다.

"은우야, 조금 헤매고 의문이 들더라도 종착지는 정해 놔야해. 네가 학교로 보내졌다고 해서 군에서 기록이 삭제된 것은 아니야. 네 뿌리는 여기 우리와 함께 있어."

유은우는 소연주에게 잘 보여야 할 상황임에도 도무지 수긍할 수가 없었다.

"군은 나를 반란군에게서 데려와 몇 년 함께 지냈을 뿐이야. 내가 왜 여기 뿌리를 내려? 사람은 식물이 아니야. 원하면 언제든지 터를 바꿀 수 있고, 그게 자유로워 죄가 되지 않는 사회여야 해. 내 근간은 내가 정하는 거야. 게다가……."

유은우는 어쩔 수 없이 분이 치밀었다.

"……군은 나를 버렸잖아? 학교로 내쳐 놓고 무슨 뿌리 운운이야."

"지금은 다시 데려왔잖아. 그것만 생각해. 얼마나 다행이니?

너 지금 이러면 안 돼. 대장은 널 아끼고 있어. 그걸 알아야 해. 군은 도시연합의 세 축 중 하나야. 우리는 그 군 중 최상위 팀이고. 역사가 오래되어 기반이 단단한 곳에 마음을 붙이고 살아야 네가 힘들지 않아. 소속만 확실시되면 함께 싸워 줄 많은 사람이 있으니까. 때때로 이상이 봄바람처럼 불 때가 있어. 마음이 동하겠지. 하지만 그렇다고 평생 땅에 발도 붙이지 않고 바람에 실려 홀로 나부낄 수는 없잖아. 그게 자유라고 할 수 있니? 자신을 학대하는 게 옳은 일이니? 네가 그동안 얼마나 힘들었는지 우리 모두 잘 알아. 다시 군으로 복귀할 기회가 주어졌으니 꼭 붙잡고 제발 편하게 살아."

유은우는 대답하지 않았다. 군에서 학교로 버림만 안 받았어도 소연주 말에 솔깃하여 주저앉았을지도 모른다. 그러나 이제 유은우는, 삶이 어떤 집단에 딸려 들어감으로써 유지된다는 말에는 더는 동의할 수 없었다. 소연주가 말하는 뿌리 내리는 삶은, 뿌리가 뽑히는 순간 고사당하며 그 판단에 이의를 제기할 수 없음을 뜻했다.

"연구관에게 질문은 해도 좋아. 내가 그것까지 막을 권리는 없지. 하지만 그들은 예전에는 임유현, 현재는 차인호의 사람들이야. 어쩌면 훌쩍 성장해서 돋보이는 서재희의 사람일지도 모르지. 어쨌든 우리 쪽은 아니야. 너는 대부분을 걸러 들어야 하고, 어떤 것들은 들었다는 사실마저 잊어야 할 거야. 진실이건 아니건 간에. 명심하고 가."

유은우는 태블릿을 내려놓은 다음, 비치된 볼펜을 들고 일어섰다. 드레스를 감아쥐고 일반석을 지나 통로로 빠져나왔다. 몇몇 사람들이 선 채로 연단을 보며 차인호의 연설을 경청하고 있었다. 사뭇 경건해 보이기까지 하는 그들 사이를 막 빠져나왔다. 저만치 한세연이 보였다. 유은우는 목을 가다듬었다.

그때였다. 왼쪽 귀에 부착된 인터컴이 삐 소리를 냈다. 개인 통신 알람음이었다. 유은우는 막 걸음을 옮기려다 말고 멈춰 섰다.

— 유은우.

"……대장?"

— 식 중에 어딜 돌아다녀.

"아니, 잠깐……."

— 정윤환이랑 어린애 소꿉장난처럼 붙어 있다고 해서 내가 모를 거라고 생각한 건 아니겠지.

드레스를 감아쥔 손아귀 사이로 땀이 축축하게 배어 나왔다. 유은우는 침착하려 애썼다. 김서혁의 눈은 못 속인다는 것은 이미 예상한 일이 아닌가. 차분히 생각하면 달리 놀랄 것도 없었다. 서재희도 말하지 않았는가. 대중만 속이면 된다고. 여론만 만들면 된다고. 김서혁 개인은 중요치 않다고.

— 서재희랑 무슨 사이야.

"선후배 사이."

— 그 이상 아냐?

"아니야."

— 아, 그래. 그럼…….

김서혁이 차갑게 말했다.

— ……내가 너한테 서재희 처리하라고 해도 상관없나?

유은우는 그만 숨을 토했다. 김서혁이 태블릿으로 자신을 하나하나 뜯어보고 있음이 분명함에도, 어쩔 수 없이 다리가 후들거렸다.

"……왜?"

— 낙원의 이론 후보 자리엔 네가 앉아야 하니까.

"대장, 나는, 나는 그런 거 정말로 원하지 않아."

유은우는 정신없이 통로를 빠져나왔다. 한세연도 지나쳐 걸었다. 벽에 붙은 다음, 커튼 뒤로 몸을 숨겼다. 유은우는 이를 악문 사이로 말했다.

"왜 항상 아무도 내게 의견을 묻지 않아? 물론 내가 항상 옳은 판단만 한다는 건 아니야. 그렇지만 어떤 행동을 하면 안 되는지 정도는 알아. 지금 대장이 지시하는 것은……."

— 지금 네 위치에서 오른쪽으로 쭉 나가면 귀빈 전용 공간이 나와. 거기서 기다려. 1부 끝나자마자 내가 서재희를 그쪽으로 보내겠다. 그를 살리고 싶다면, 당장 후보 자리 내려놓고, 차예원과 약혼 해지 후 임유현 교장 밑으로 들어가며, 도시연합군에 원서 넣겠다는 것까지 확답 받아 와. 네가 서재희를 소중하게 여긴다면 우리 사람으로 만들어. 서재희가 어찌 되든 미련 없다면 그냥 두고. 똑똑한 놈이라 어차피 설득도 쉬울 것 같지 않으니까. 그래도 서재희에게 유일한 변수는 유은우 너인 것 같아 시도해 보는 거다.

"대장, 사람 목숨 따지면서 그 사람의 능력에 대해 논하고 싶지 않지만, 서재희는 인재야. 아깝지 않아?"

— 아깝지. 그래서 적으로 마주한다면 가장 먼저 제거해야 해. 나는 몇 번이나 기회를 줬고 그걸 걷어찬 건 서재희 본인이다.

유은우는 손을 들어 턱 끝을 훔쳤다. 뺨과 눈가의 눈물을 닦아 냈다. 심호흡했다. 김서혁은 극도로 사무적이었다. 감정이 배제된 상대 앞에서 눈물은 독이었다. 유은우는 자꾸만 할딱거리려는 숨을 빠르게 진정시켰다.

커튼을 걷고 나왔다. 차인호가 연단을 내려오고 있었다. 고막을 팽팽히 밀고 들어오는 음악과 박수와 환호, 시야를 산만하게 조각내는 조명 사이에서, 유은우는 서재희를 보았다. 한참 멀리 떨어져 이목구비조차 희미했지만 금방 알아보았다. 유은우는 말라붙은 눈가를 한 차례 더 비빈 후, 오른쪽으로 돌아섰다.

— 기념식 2부 시작까지 한 시간 남았다. 그 안에 서재희를 임유현 옆에 못 앉힌다면, 내가 직접 제거한다. 그리고 그렇게 정예군이 움직여야 할 때가 온다면…….

유은우는 드레스를 꽉 움켜쥐고 발을 내디뎠다.

— ……넌 나와 같이 행동하게 될 거야.

빛이 산란했다. 1부 막이 내렸다. 사람들이 일제히 움직이기 시작했다. 그들은 질서 있게 배열되어 있던 자리에서 벗어나 흩어지고 무리 지었다.

유은우는 김서혁이 지시한 대로 오른쪽으로 쭉 나아가려 했으나, 쏟아지는 인파에 휩쓸리면서 곧 방향을 잃고 말았다. 어디가 왼쪽이고 어디가 오른쪽인지 알 수 없었다. 유은우는 드레스를 감아쥐고 발돋움해서 연단을 찾았다. 도시연합 상징이 빙글빙글 돌아가는 스크린의 위치를 확인한 후 기준으로 잡았다. 다시 오른쪽으로 막 걸으려 할 때였다.

"안녕하세요."

뒤에서 날아든 목소리라면 지나칠 수 있었으나, 인사가 앞을 가로막으니 유은우도 도리가 없었다. 1초라도 빨리 서재희와 접선해야 한다는 조급함을 삼키지 못하며, 유은우는 상대를 보았다.

"제5도시관리국장 주혜선입니다."

생전 처음 보는 중년 여성이, 마치 장애물처럼 앞에 떡하니 서 있었다. 짙은 푸른색이 가미된 정장. 살이 적당히 올라 포동포동했고, 피부는 조명 아래 반들반들 윤이 흘렀다. 그녀는 전혀 웃음기 없는 얼굴로, 다소 강압적으로 명함을 내밀었다. 빳빳하여 모서리가 날카로운 그것을, 유은우는 얼결에 받아 들었다.

주혜선의 감정 없는 눈동자가 유은우의 전신을 샅샅이 훑었다. 목소리는 교양 있고 다정했다.

"얘기 많이 들었어요. 아주 인재라고 하던데. 온디딤을 사용할 줄 안다고 소문이 돌던데 기회가 되면 직접 보고 싶군요. 졸업하면 바로 군으로 지원할 생각인가요? 아니면 졸업도 필요 없나? 이번에 우리 국에서 단기 파견팀을 뽑아요. 우리 제5도시는 용 연구소가 있어서 다른 도시와 다르게 사해 파견이 많거든요. 기간도 짧아서 부담 없을 테고 군과는 달리 좋은 경험이 될 텐데. 졸업반이 아니면 지원할 수 없지만, 은우 학생이 원한다면 제가 추천서를 써서……."

유은우는 대답 대신 눈을 빠르게 굴렸다. 어느새 낯선 이들에게 완전히 둘러싸여 있었다. 그들은 일단은 입을 다물고 있었는데, 할 말이 없거나 단순한 구경꾼이라서 조용한 분위기는 결코 아니었다. 다만 주혜선에게 선수를 빼앗겨 다음 차례를 기다리는 것뿐으로, 당장에라도 명함을 떠안기거나 자기소개를 하는 동시에 유은우의 정보를 털고 싶어서 안달 난 얼굴을 하고 있었다.

이 많은 사람들 여태 뭐 하다가 지금 다 튀어나온 거지.

유은우는 천천히 명함을 만지작거렸다. 답은 금방 나왔다.

내가 지금 혼자라서.

정윤환이 유은우를 애지중지 보듬어 안으며 얘는 내 연인이다 외칠 때, 유은우는 김서혁 라인으로 철저하게 보호받은 셈이었다. 그때 눈치만 보며 가까이 오지 못하던 이들이 이제야 슬금슬금 다가들고 있었다. 인큐베이터에서 생사를 오갔던 서늘한 감각이 삽시간에 되살아났다. 저도 모르게 바짝 날이 섰다. 유은우는 즉시 뒤돌아섰다. 자신을 둘러싼 사람들을 정신

없이 헤치고 나와서 한참을 뛰다시피 걸어 멀어진 후에야, 내가 뭘 잘못했다고 꼬리 말고 도망친 걸까 뒤늦게 후회했다.

그리고 음악과 소음 사이로, 여태 들리지 않았던 대화들이 잡혔다.

"의회에서 당장 폐기하라고 지시한 것을 총사령관께서 겨우 목숨만 살려 학교로 피신시키고 이제야 가능성을 확인했는데, 조기 졸업을 막는다니요? 그것도 학생회장이 서명을 미뤄서? 타당한 이유도 없이? 김서혁 총사령관께서 뒷목 잡고 넘어가시겠습니다."

"학교로 피신? 인권 단체가 비난할까 두려워 차마 직접 처리하지는 못하고 학교로 떠넘겼다가 쓸모가 생기니 원래는 우리 것이라고 뒤늦게 나서는 주제에 뒷목 잡고 넘어가? 군은 양심이 있나?"

"맞는 말이지. 거기다 전리품 재활용의 가능성을 발견한 건 군이 아니라 학교야."

"그게 안 그래도 궁금했는데, 의원님, 온디딤 한시 허가 절차가 적법합니까?"

"서재희가 그쪽 법의 허점을 뚫었어. 법적으로는 완벽해."

"법에 허점이 있다기보다는 유은우가 특이케이스지요."

"유은우 자체는 문제가 없어. 유은우를 특이케이스로 만든 군에 문제가 있지. 멀쩡한 인간을 전리품으로 등록시키고 시민권도 주지 않으니 서재희같이 졸업도 안 한 학생이 그런 편법을 쓰는 게 아닌가?"

"대표님, 언사에 주의하십시오. 졸업도 안 한 학생이라고만 치부하기엔 너무 성장했습니다."

"성장? 무슨 성장? 어린애도 별수 없지. 결국 김서혁만 좋은 꼴이 되었으니. 서재희나 차인호나 하등의 이득이 없잖은가."

"서재희는 이득 바라고 한 일이 아닙니다. 전부터 사심 없이 학생들 키워 내는 것으로 신망이 두터웠습니다. 파견부니 학생회니 본디 그런 자리 아닙니까. 깎아내리시면 후에 큰코다치십니다."

유은우는 연단의 서재희를 찾았다. 그러나 서재희를 미처 잡아내기도 전에 임유현이 먼저 눈에 들어왔다. 그는 반쯤 몸을 일으키다가 허리를 다 펴지도 못하고 테이블에 손을 짚은 채 숨을 몰아쉬고 있었다.

어디 아픈가?

유은우는 눈을 가늘게 뜨고 임유현을 더 살피려 했으나, 곧 몇몇 사람들이 다가와 그를 부축하는 바람에 가려져서 보이지 않았다. 그리고 그 반대쪽에 서재희가 있었다. 그는 차예원과 외따로 떨어져서 김서혁과 함께 있었다. 서재희는 김서혁의 말을 가만히 듣고 있다가 무어라 입을 움직여 대답하고는 등을 돌려 멀어졌다. 바로 귀빈실 쪽으로 가는가 싶었으나 서재희는 곧 다른 사람들과 어울렸다.

"이래서 지원 횟수를 제한해야 한다고 자꾸 말이 나오는 거야. 졸업생들이 죄 군으로만 몰리니 다른 기관들이 상대적으로 죽어 가잖아."

"용 연구소 소장님은 좋으시겠습니다. 서재희가 그쪽으로 지원했다고."

"거봐요. 애가 똑똑하다니까. 본인이 어떻게 돋보일지 알아."

"글쎄. 일단 독이 든 술을 버릴 줄은 아는 것 같고."

의미심장한 웃음이 들렸다.

"소장은 오늘 안 왔나?"

"요새 사해에 출현한 그 용 때문에 도무지 쉴 수가 없다고 하셔서. 아마 한세연 연구관이 대리 참석했을 겁니다."

"연구소에서 놓친 용이 사해로 도망가서 무럭무럭 크고 있는데 연구소 소장이 여길 어떻게 오겠습니까. 아마 밤에 잠도 못 자고 있을 텐데. 며칠 전 보고회 때 보니 얼굴이 누렇게 떴던데요."

저만치 한세연 연구관이 앉아 있었다. 유은우가 처음 그녀를 발견했을 때만 해도 주변이 사람들로 빼곡했으나, 지금 그녀는 혼자였다. 굵게 굽실거리는 단발 아래로 드러난 얼굴은 닳고 지쳐 보였다. 흰 반지가 끼워진 손으로 머리를 받친 채 졸고 있는 모양이, 화려한 연회장이 아니라 잔업이 많은 사무실에 더 어울렸다. 소박한 드레스 위로 푸른 가운이 물처럼 흘러 그 끝이 의자 아래에 닿아 있었다.

다시 서재희 쪽을 보았다. 김서혁은 유은우에게 귀빈실로 가라고 지시했다. 서재희도 그쪽으로 보낼 테니 우리 사람으로 만들어 오라고. 그러나 서재희는 움직이지 않고 있었다. 움직이지 않을 뿐 아니라 다른 이들과의 대화에 집중하고 있었다.

시간이 있었다.

유은우는 주위를 획획 둘러본 후, 테이블에 놓인 음식 접시를 살짝 들추고 그 밑에 주혜선에게서 받은 명함을 쑤셔 넣었다. 쓰레기를 처리하니 속이 다 시원했다. 자리에서 챙겨 온 펜만은 그대로 꼭 쥐고 한세연에게 다가갔다. 조심스럽게 인사했다.

"안녕하세요."

바로 코앞에서 인사하는데도 한세연은 잠에서 깨지 못했다. 그저 머리를 괴고 앉은 채 곤히 자고 있었다. 유은우는 그녀 옆 자리에 앉았다. 거리가 가까워지니 그녀에게서 싸늘한 냄새가 났다. 더없이 익숙한 소독약 냄새. 유은우는 자고 있는 한세연을 물끄러미 응시하다가 문득 정윤환을 떠올렸다. 고개를 돌려 정예군 자리를 좇았다. 드문드문 빈자리 사이로 정윤환이 설핏 보였다. 그는 이 시끄러운 와중에도 이선규의 어깨에 기댄 채 맹렬하게 자고 있었다. 누군가 덮어 준 듯 어깨에 걸쳐진 까만 코트가 느른한 호흡을 따라 오르락내리락했다. 옅은 머리칼이 정전기로 부스스해 열감기 걸린 병아리 같았다.

유은우는 정윤환을 확인한 후 다시 한세연에게로 고개를 돌리다가, 너무 놀라서 몸을 움찔했다.

한세연이 똑바로 앉아 눈을 크게 뜨고 유은우를 보고 있었다. 언제 자고 있었냐는 듯 다갈색 눈동자가 생기로 맑고 또렷했다. 그녀가 눈을 재빠르게 굴려 힐끗 옆을 보았다. 유은우도 그쪽을 보았다. 주혜선 국장이 아닌 척하면서 이쪽을 주시하고 있었다. 유은우는 얼른 한세연을 향해 고개를 꾸벅 숙여 인사했다.

"안녕하세요. 저는 도시연합 중앙학교에 재학 중인 유은우입니다. 저 혹시 실례가 되지 않는다면 사인을 좀 부탁드려도 될까요? 제 친구가 연구관님 팬이라서요."

한세연은 가만히 유은우를 바라보다가 손을 뻗어 유은우가 공손히 내민 펜을 받아 갔다. 유은우는 오른쪽 손목을 내민 뒤에, 정윤환이 서툴게 묶어 준 리본 끈 중 길게 늘어진 부분을 팔 위로 평평하게 폈다. 한세연은 익숙하게 펜 끝을 리본에 가져다 대다가 고개를 들고 물었다. 목소리가 가냘팠다.

"친구 이름이?"

"손도연입니다."

술술 말하면서도 유은우는 내심 손도연에게 미안했다.

"손도연······. 손도연?"

한세연이 고개를 갸웃했다. 그러더니 작게 탄성을 냈다.

"아, 맞아. 기억났어. 올해 용 포토 에세이 공모전에 출품한 학생이구나. 사진도 글도 다정해서 여러 번 읽었어. 내가 심사위원이었거든. 특히 사진이 마음에 쏙 들어서 내 연구실 액자에 끼워 두었지. 상은 못 줬지만."

"왜요?"

"너무 따뜻해서. 입선도 줄 수 없었어. 우리도 기준이 있거든."

"기준이요?"

"어떻게든 용의 존재 가치가 드러나야 했어. 그런데 그 학생의 작품엔 그게 없었어. 용 그 자체로 완전해서, 오히려 감점 요소가 되었지."

용 동영상을 재생시키며 너무 귀엽다고 흐뭇한 표정을 짓던 손도연이 떠올랐다. 그녀는 빈말로라도, 용을 빨리 사로잡아서 도시를 건설해야 한다는 등의 말은 하지 않았다.

리본 위로 펜이 지나가자 팔이 간질거렸다. 유은우는 힐끔 옆을 보았다. 주혜선은 등을 보이고 있었다. 고개를 숙였다.

"제 부모님 아시죠?"

펜이 삐끗하며 사인 끝이 뭉개졌다. 한세연은 테이블에 펜을 내려놓았다.

"당신이 절 8년간 키웠다면서요."

한세연은 아무 말도 하지 않았다. 그녀는 그저 테이블에 놓아둔 펜을 노려보았다.

유은우는 눈을 들어 힐끗 연단 쪽을 보았다. 아직 서재희가 거기 있었다. 유은우는 몸을 기울여 한세연의 손을 잡았다. 한세연이 흠칫하며 손을 빼려고 했으나 유은우는 잡은 손에 더욱 힘을 주었다. 끌어와 배에 가져다 댔다. 한세연이 그제야 눈을 들어 올렸다.

"당신이 여기다가 꽂았잖아. 희고 단단한 기계를 여기다가. 그때 내게 무슨 짓을 했어? 왜 난 스스로 기억할 수 없어? 혹시……."

'용의 뼈는 녹슨 못과 같아. 한번 내리꽂으면 영원한 심연이 관통된다. 기억은 그 어둠속에 영원히 고일 것이며, 아무리 긴 두레박이라도 길어 올리지 못한다.'

"······용의 뼈와 관련 있어?"

한세연이 입술을 달싹였다. 목소리가 희미했다.

"윤환이한테 들었니?"

"지금 그게 중요해? 당신 손으로 한 짓이야. 당신한테 들어야겠어."

한세연이 바싹 굳었다. 까맣게 벼려진 손톱만 한 시계 침이 한세연의 목덜미에 아슬아슬하게 닿아 있었다.

"말해. 죽고 싶지 않으면······."

강하게 몰아붙이고 싶었으나 유은우는 말을 이을 수 없었다. 한세연의 눈에서 마른 눈물이 툭 떨어졌다. 유은우는 눈을 크게 뜨고 한세연을 바라보았다. 한세연은 유은우보다 더 당황한 듯했다. 그녀는 목을 가다듬으며 손바닥으로 제 눈을 허둥지둥 닦아 냈다.

"아, 정말 미안하구나. 많이 놀랐니? 이제 와서 눈물이라니. 나도 참."

한세연은 붉어진 눈으로 유은우를 바라보았다. 그녀가 몸을 가까이 붙여 왔다. 제 목덜미를 날카로운 침이 위협하고 있는데도 전혀 개의치 않아, 유은우는 더욱 당황했다. 칼자루는 유은우가 쥐고 있는데, 상황은 한세연이 주도하고 있었다. 그녀가 유은우의 귓가로 목소리를 낮추었다.

"기계를 인간에게 삽입하고 성공적으로 장기와 융합시키려면 강력한 매체가 필요했어. 용의 뼈를 기계와 엮어 집어넣었지. 아주 고통스러운 과정이란다. 인간이 한계를 뛰어넘는 고통을 겪게 되면 그 경험은 통째로 삭제되곤 해. 그래서 네가 기억하지 못하는 거란다. 어쩌면 다행이지 않니?"

한세연이 몸을 떼어 냈다. 그녀는 손을 들더니 제 얼굴을 한 차례 쓸어내렸다. 손 그늘 아래 짧은 일그러짐이 있었다. 고통스러운 표정. 순식간에 스치고 사라졌으나 잠깐 마주한 것만으로도 섬뜩했다. 꿈속에서 목격한 용만큼이나 괴로워 보여서.

"김서혁 총사령관이 다시 널 데려가려는 모양이더구나. 우리가 염려했던 최악의 상황이지. 우린 널 처리하고 싶었어. 적의 손에 훌륭한 무기를 쥐어 주기 싫었으니까. 몇 번이나 윤환이를 괴롭게 했지. 결국 이렇게 될 줄 알았으면 처음부터 널 그렇게 쓰는 게 아니었는데. 내가 더 강력하게 나갔어야 했다. 하지만 지금 와서 그게 다 무슨 소용이니."

한세연은 시선을 떨어뜨리고 눈을 몇 번 깜박였다.

"네게 우리 쪽으로 넘어오라고 제안한다면 널 기만하는 게 되겠지. 하지만 말해 두고 싶구나."

한세연이 속삭였다.

"네가 학교에서 배우는 것들은 사실이 아니야. 역사서는 도시연합의 감시 아래 편찬되지. 왜곡되다 못해 새로이 쓰였어. 그중 진실이 얼마나 남아 있으며 거짓이 얼마나 더해졌는지. 무지한 자들이 교수라 불리며 엘리트를 세뇌할 동안 진실을 아는 자들은 사해에서 강제 노동을 하다 파묻혔어. 너는 네가 배웠던 것을 처음부터 뒤집어야 해. 그래야 진짜를 볼 수 있어."

"자세히······."

"내 입을 거쳐 나가면 내 가치관이 배어 있을 텐데 괜찮겠니? 나는 네게 객관적인 설명을 하는 것이 아니라 내가 원하는 방향을 제시하게 될 거야. 나는 단체에 소속되어 있고 그 단체는 신념을 같이하는 사람들의 집합이란다. 말로 뱉을 때 나는 그들을 대변해야 해. 그것을 원하니? 난 그때 주위에 기대어 스스로 선택하지 못했어. 하지만 넌 다를지도 몰라. 내가 지금 네게 말하지 않고 보여 준다는 것은, 너에 대한 배려야. 선택할 수 있도록. 물론 신뢰가 가지 않겠지만 이게 내 최선이고……."

한세연에게서는 여전히 소독약 냄새가 났다.

"……위험을 감수하고 말고는 네 자유야."

— 유은우, 움직여.

김서혁의 목소리가 칼처럼 떨어져, 유은우는 몸을 움찔했다. 본능적으로 연단을 보았다. 유은우가 한세연에게 정신을 빼앗긴 틈에 서재희가 홀로 이동하고 있었다. 늦었다. 유은우는 시계 침을 거두며 자리에서 황급히 일어나다가 한세연에게 팔을 붙잡혔다.

"여태 네게 해 준 게 하나도 없으니……."

한세연이 유은우의 손에 무언가를 쥐여 주었다.

"……이 정도는 내 마음대로 주어도 되겠지."

유은우는 제 손을 펼쳐 보았다. 작은 보안카드였다. 앞면엔 용 연구소 마크가 찍혀 있었고, 뒷면엔 '503호 : 한세연 개인 연구실'이라는 문구가 찍혀 있었다.

한세연이 말했다.

"다음에 또 환영이 보이면, 그땐 총을 잡아 보렴. 그럼 피가 무엇을 의미하는지 알게 될 거야."

고개를 들었다. 저만치 인상이 희미한 남자가 서 있었다. 강진욱. 눈이 마주쳤다. 그는 다른 사람들 틈에 서서 물끄러미 이쪽을 보고 있었다.

유은우는 드레스를 움켜쥐고 일어섰다. 사람들 사이로 빠르게 걸었다. 수시로 서재희의 위치를 확인했으나, 중간에 낮은 공간으로 내려서며 그것도 여의치 않게 되었다. 유은우는 방향을 잃지 않으려고 노력하며 오른쪽으로 쭉 걸었다. 점차 인파가 옅어지고 복도 끝의 입구에 다다랐을 땐 혼자가 되었다. 새까맣고 고풍스러운 문이 자동으로 열렸다. 유은우는 정신없이 발을 들였다가 곧 숨을 삼키며 멈춰 섰다.

사방이 꽃이었다. 화병에 풍성히 꽂히거나 천장에서 낭창하게 늘어뜨려져 있었다. 테이블 중앙에도 한가득 있었다. 아까까지 머물던 홀에도 이 정도 꽃은 없었는데. 이렇게 싱싱한 생화라니. 돈 안 내고 봐도 되나 겁이 날 정도로 사치스러웠다. 유은우는 거의 얼이 빠져서, 중앙의 테이블과 의자를 가운데 끼고 한 바퀴 빙 둘러보았다. 그러다 우뚝 멈춰 섰다. 아니, 지금 내가 꽃구경이나 할 때가 아니라, 선배…….

"왜 이렇게 늦었어?"

머리 위로 불쑥 그림자가 드리워졌다. 허리로 부드럽게 손이 들어오고 감싸지며 끌어당겨졌다. '어어.' 하는 사이에 유은우는 서재희와 한 뼘만 사이에 두고 마주 보고 있었다. 잠시 머리가 하얗게 비었다. 서재희가 손을 뻗어 유은우의 왼쪽 귀에 꽂힌 인터컴을 만졌다. 종료를 알리는 기계음이 들렸다. 그러더니 속눈썹을 아래로 내리깔며 얼굴을 가까이했다. 유은우는 저도 모르게 살풋 눈을 감으려다가 퍼뜩 정신을 차렸다. 다급히 그를 밀어냈다. 서재희는 밀려나지는 않았지만 더 끌어안지도 않았다.

"대장이 절 여기로 보냈어요. 선배를 우리 사람으로 만들어 오라고. 또, 그 약혼을 파기하고, 후보 자리를, 후보를 그만두고……."

김서혁에게 받은 지시는 여태 단 한 번도 잊거나 더듬은 적이 없었는데 자꾸만 말이 끊겨 나왔다. 꽃이 너무 많았고, 큰 손이 허리를 단단하게 받치고 있었고, 숨이 가까웠다.

"그, 그리고, 또, 뭐지? 아, 교장 선생님에게 다시 돌아가라고 했어요."

서재희가 부드럽게 미소 지었다. 그는 따뜻하게 유은우를 보면서 가만히 멈춰 있었다. 유은우는 마른침을 삼켰다. 분명 김서혁에게 직접 지시를 들었을 때는 다리에 힘이 풀릴 정도로 두려웠는데, 막상 서재희를 마주 보며 전달하니 김서혁의 협박은 이상하게 비현실적으로 느껴졌다. 마치 아무것도 아닌 것처럼.

"또, 음, 도시연합군에 원서를 넣고, 2부 시작할 때는 임유현 교장 선생님 옆에 앉으라고. 그러지 않는다면 제거하겠다고 했어요. 선배는 똑똑해서 적의 위치에 있으면 안 된대요. 꼭 우리 사람으로 만들어 오라고."

서재희가 빙긋이 웃었다. 그는 손으로 유은우의 **뺨**을 어루만
지더니 속삭였다.

"다 끝났어?"

"네?"

"김서혁이 전하라는 말, 그게 끝이야?"

"어어……, 네……."

입술이 부드럽게 물렸다. 뒤통수로 서재희의 손가락이 감겨
들어왔다. 그의 입술이 보채듯이 유은우의 입술 사이로 파고들
고 떨어졌다가 다시 머금었다. 그가 약하게 신음을 뱉을 때, 유
은우는 혼이 싹 달아났다. 지금 내가 내 다리로 서 있는지, 서
재희에게 안겨 발만 땅에 닿아 있는지. 아랫배로부터 정수리
까지 찡하게 미끄러져 올라오는 이 감미롭고 말랑말랑한 것이,
꽃으로부터 풍기는지, 그로부터 배어나는지, 아니면 내게서 흐
르는지. 서재희의 손끝이 귓바퀴를 스쳤다. 왼쪽 귀의 인터컴
이 약간 흔들렸다. 차가웠다.

"잠깐……."

유은우는 숨을 토하며 물러섰다. 서재희는 잠깐 고개를 드는
듯하다가 다시 유은우의 입술에 입을 맞췄다. 쪽 하는 소리가
크게 울렸다.

"선배, 잠깐만. 지금 이럴 때가 아니고, 이제, 어떻게 해야
하는지, 그리고 채널, 채널은 몇 번으로……."

"너 왜 정윤환이랑 키스해?"

잠시 유은우는 머리가 멍해졌다. 눈을 깜박이며 서재희를 쳐

다보았다. 그는 여전히 미소를 띠고 있었으나 입가가 굳어 있었다. 조금 화가 난 것 같기도 했다. 아니, 조금이 아닌가…….

"선배가 그렇게 하라면서요. 선배는 차인호 쪽으로 가서 김서혁과 대항하여 균형을 맞추고, 저는 선배랑 그 어떤 감정적인 사이도 아닌 걸로 하자면서요. 그래서 제가 정윤환이랑……."

"사귀는 척하랬지, 내가 언제 키스하랬어?"

"안 했어요. 하는 척만."

유은우의 대답에 서재희는 금세 표정이 풀어져서는, 장난스럽게 물었다.

"그래도 그렇게 가까이 꼭 붙을 필요는 없잖아. 어땠어? 정윤환 잘생겼잖아."

"아, 뭐 잘생겼긴 한데……."

유은우는 이마가 훤히 드러나 선이 세련되고 깔끔한 서재희의 낯을 보며 어색하게 말끝을 흐렸다.

그때였다. 서재희의 눈이 차갑게 죽었다. 멱살을 잡혀 얼어붙은 호수로 던져지듯 즉각. 그가 왼손을 들더니, 제 인터컴을 꾹 눌렀다. 서재희는 유은우에게서 손을 놓고 몇 발짝 물러선 뒤 서늘한 표정으로 수신에 집중했다. 그는 계속해서 듣기만 하다가 마지막에 몇 마디 덧붙였다.

"네, 수고하셨습니다. 한 가지만 더. 여덟 개로 찢어 주십시오. 네. 감사합니다."

통신을 끝내고도 그는 유은우 곁으로 바로 돌아오지 않았다. 무언가 날카롭게 일어선 것을 애써 내리 눕히듯 서재희는 몇 번이나 깊이 호흡했다. 이내 가까이 왔다. 그가 담담히 말했다.

"김서혁은 내가 그쪽으로 붙지 않으면 오늘 날 죽일 셈이야. 다들 김서혁은 어려워하지. 미련도 없고 판단도 빨라 상대를 정신없이 강하게 몰아붙이는 그런 사람. 맞서 싸우려면 나도 그렇게 되면 돼. 더 빨리 더 강하게 밀어붙이면 되지. 많은 것을 움직일 필요는 없어. 핵심만 치면 돼⋯⋯."

유은우는 물끄러미 서재희를 보았다. 그가 왜 그리 빤히 보냐는 듯 고개를 갸웃 기울였다. 유은우는 입술 안쪽을 짓씹다가 말했다.

"선배는 나한테 인권을 보장해 준다고 했어요. 정윤환에게는 한세연을 보호해 주겠다고 했었고. 그럼 선배는, 선배는 어떻게 돼요?"

서재희는 매끄럽게 웃었다.

"나는 우리 셋 중에 제일 잘 먹고 잘살 거야."

유은우는 성큼 서재희에게 다가갔다. 그의 재킷을 젖히고 안쪽 주머니에 손을 넣었다. 서재희는 몸을 굳혔을 뿐 자신의 지갑을 빼 가는 유은우를 제지하지 않았다. 유은우는 지갑을 들고 서재희와 눈을 맞추며 잠시 기다렸다. 서재희는 차분히 서서 아무 말도 하지 않았다. 허락으로 알고, 유은우는 지갑을 열었다.

'너 재희 지갑 본 적 있어? 남들이 가족사진 따위를 넣고 다니는 칸에 재희가 뭘 넣고 다니는지 알아?'

깔끔하게 정리된 카드와 지폐 사이로, 바스락거리는 작고 투명한 약봉지가 있었다. 동그란 수면제 다섯 개.

유은우는 가만히 약봉지를 매만졌다. 다섯 개를 거듭 헤아리고 또 헤아렸다. 유은우의 떨리는 손끝에서 약봉지는 금세 꾸깃꾸깃해졌다. 유은우는 한참 만에 그것을 지갑에 갈무리해 넣고 서재희에게 내밀었다. 그는 지갑을 받아 안쪽 주머니에 넣었다.

"선배가 정해 놓은 길이라면 제가 바꿀 수 없다고 생각해요. 하지만 만약에."

목소리가 이상하게 높아졌기 때문에 유은우는 잠깐 목을 다듬어야 했다.

"만약에 그 길을 가다가 너무 외로워져서 쓰러질 수도 있잖아요. 혹은 이 길은 아니다 싶어 후회하면서 다시 돌아오고 싶어질 수도 있잖아요. 그런데 너무 멀리 와 버려서, 깜깜한데 불도 없어서 혼자 길을 잃을 수도 있으니까……."

유은우는 울면 안 된다고 생각했다. 걷잡을 수 없게 될까 봐.

"……내가 가까이서 기다릴게요."

서재희는 여전히 유은우를 바라만 보고 있었다. 미소 짓는 것 같기도 하고 아닌 것 같기도 했다.

"계속 기다릴게요, 선배. 저 그냥 여기 주저앉아 있어도 괜찮아요. 도망 못 가도 괜찮아요. 시민권 필요 없어요. 조금 이용당하면 뭐 어때요. 제가 옆에 있어 줄게요."

서재희가 다가왔다. 꼭 끌어 안겼다. 그가 귓가에 작게 속삭였다.

"언제 어떻게 만났어도, 나는 결국 널 좋아하게 되었을 것 같아."

유은우는 서재희의 가슴에 얼굴을 파묻고 눈가를 꼭 눌렀다.

"여기 남지 마. 나는 괜찮아. 정말이야. 이 길에 후회는 없어. 내가 지칠까 봐 네가 기다릴 필요도 없어."

유은우는 서재희의 등을 끌어안았다. 그의 메마른 등줄기는 빳빳하게 긴장하고 있었다.

"지금부터 끔찍한 일들이 많이 일어날 거야. 하지만 내가 널 위해 그런 일들을 벌였다고는 생각하지 마. 내가 뼛속부터 원했던 일이야."

머리에 닿는 서재희의 숨이 차가웠다.

"임유현 옆자리? 나보고 거기 다시 가서 앉으라고? 목숨을 부지하고 싶으면 다시 돌아와라? 아주 인심이 후하시네."

그가 차갑게 웃었다.

"김서혁한테 전해. 임유현 옆자리가 아니라 임유현 자리에 앉겠다고."

홀은 여전히 눈부셨다.

유은우는 바닥에 떨어져 있는 코트를 주워서 탈탈 털고 다시 정윤환 몸 위에 덮어 주었다. 이마를 짚어 보았다. 열이 상당했다. 버팀목이 되어 주던 이선규도 어디론가 가고 없어, 정윤환은 꺾인 꽃처럼 고꾸라져 있었다. 유은우는 옆자리에 앉아 낑낑거리며 그의 몸뚱이를 기울여 제 쪽으로 기대게 했다. 얼마나 지쳐 있는지 깨지도 않고 잘 잤다. 어깨에서 색색 숨소리가 났다. 무거웠지만 참을 만했다.

2부 시작 전이라 다들 자유롭게 돌아다니고 있었다. 지정석에서 멀리 떨어진 곳에, 김서혁이 박민준과 함께 있었다. 김서혁과 눈이 마주쳤다. 유은우는 황급히 왼쪽 귀를 더듬어 인터컴을 켰다.

— 인터컴은 왜 꺼. 어떻게 됐어?

"음……."

서재희가 한 말을 그대로 전달할 수는 없었다. 고르고 골라 포장했다.

"그쪽에 앉긴 앉겠대."

— 확실해?

"음……."

그때였다. 불이 꺼졌다. 모든 조명과 스크린이 일시에 나가자 거짓말처럼 앞이 캄캄해졌다. 다들 놀라 웅성거리고, 곳곳에서 잔을 놓치는지 유리 깨지는 소리가 났다. 수많은 무언가가 떨어지면서 날카로운 금속음을 냈다. 유은우 바로 코앞에서도 무언가가 직각으로 쑥 떨어지는 느낌이 나더니 큰 소리를 내며 산산조각이 났다. 그 파편이 다리를 가볍게 스쳤다.

예고도 없이 연단의 스크린이 켜졌다. 화려하게 편집된 영상은 온데간데없고 불쾌하게 지지직거렸다. 그 희미한 빛에 의지해 유은우는 발밑을 보았다. 드론이 엉망으로 부서져 있었다.

"뭐야."

정윤환이 낮게 중얼거렸다. 그가 느리게 몸을 일으키자 유은우의 어깨가 가벼워졌다. 정윤환은 잠이 덜 깬 눈으로, 부스스한 머리를 쓸어 넘겼다. 유은우는 사방을 둘러보았다. 당황하는 사람들. 동력을 잃고 추락한 드론들. 팽팽한 공기. 이미 총을 꺼내 쥐고 다른 한 손으로는 태연하게 간식을 집어 먹는 이선규. 그 옆에서 무덤덤한 소연주. 냉랭한 얼굴로 어딘가를 응시하는 김서혁. 김서혁의 시선 끝에 서재희가 있었다.

서재희는 지정석의 테이블에 자연스레 기대 있었다. 임유현의 자리였다. 그는 소풍이라도 온 듯 태연하게, 당황한 의원들을 진정시키고 있었다.

유은우는 바로 정윤환을 잡아당기고는 등을 보였다.

"드레스 벗겨 줘."

"야, 그냥 해."

"불편해. 빨리."

정윤환은 투덜대면서 드레스의 지퍼를 끝까지 내렸다. 유은우는 자리에서 거의 일어나지 않고 기민하게 드레스를 아래로 끌어내렸다. 거추장스러운 천 더미를 발밑으로 쑤셔 박고는 매끄러운 소재의 속치마를 정리했다. 정윤환이 재킷을 벗더니 내밀었다. 유은우를 그것을 받아 걸치고 소매를 둘둘 걷어붙였다.

잡음이 일던 스크린이 점차 잡혔다.

유은우는 처음에 그것을 알아보지 못했다. 흔들거리는 스크린. 빛이 아스라하여 식별이 어려웠다. 단 한 번도 본 적도 들은 적도 상상해 본 적도 없어 더 느리게 인식되었다.

그것은 탑이었다. 도시연합 기념탑. 그리고 무언가가 그 위에 널려 있었다. 달리 표현할 방법이 없었다. 여러 조각으로 찢어다가 널어 놓았다. 기계로 이루어진 탑은 톱니바퀴를 비롯한 온갖 녹슨 고물들이 끊임없이 움직이고 있었으므로 그 위에 널린 시체가 흔들거렸다. 하나, 둘, 셋……, 여덟.

공허한 두 눈. 이상하게 꺾인 팔다리. 얇고 고급스러운 옷자락이 찢겨 바람에 항복기처럼 펄럭였다.

시체의 얼굴이 흐릿하게 떠올랐다. 사람들이 비명을 질렀다.

'내가 뼛속부터 원했던 일이야.'

임유현이 거기 죽어 있었다.

정윤환이 옆에서 숨을 들이켰다. 유은우는 서재희를 보았다. 서재희의 얼굴에 미소는 가시고 없었다. 그는 임유현의 자리에 기대어 있던 몸을 천천히 일으켜 반듯하게 섰다. 서재희의 깨끗하게 차분한 시선은 김서혁을 향하고 있었다.

— 유은우, 나랑 붙고. 정윤환은 이선규. 나머지는 수색조 그대로 간다.

유은우는 손목에서 리본을 풀어냈다.

유은우는 손목에서 풀어낸 리본을 입에 물었다. 손을 들어 머리칼을 한 번에 걷어잡은 뒤에 물고 있던 리본으로 머리를 높이 올려 묶었다. 훤히 드러난 뒷덜미로 찢어질 듯 높은 비명이 스쳐, 유은우는 그만 움찔했다. 그릇과 잔이 깨지는 소리가 났다. 담겨 있던 것들이 엎어져 쏟아지는지, 발치로 동그란 과일 알맹이와 자잘한 견과류들이 굴러 왔다. 사람들이 서로를 밀치며 출입구로 몰리고 있었다. 몇몇은 테라스를 통해서 바깥으로 뛰어나갔다. 쓸려 나가는 사람들 중에서도 움직이지 않는 사람들이 있었다.

홀의 중앙에 선 김서혁. 어느새 곳곳에 흩어진 정예군. 그들은 회색과 검은색이 교차한 정장을 반듯하게 입고 꼿꼿하게 서 있었는데, 움직임이 거의 없어 인간이 아니라 작은 빌딩처럼 보였다. 그리고 짙은 푸른색이 가미된 차림의 차인호, 차예원. 경호원들이 둘에게 바짝 붙어 있었다. 서재희는 의원들과 경호원에 둘러싸여 있었다. 모두 총을 뺀 채였다.

숨이 꽉 옥죄었다. 온이 사방에서 불안정하게 덜덜 떨렸다. 한정된 공간에서 동조율이 상당한 동조자 수십 명이 각자의 방아쇠마다 온을 딱딱 걸어 놓으니 무리하게 팽팽해진 탓이었다.

귀가 먹먹한 소란에도, 아직까지 총성은 없었다.

"임유현이 죽었어."

정윤환이 중얼거렸다. 그는 총을 잡기는커녕, 자리에서 일어나지도 않은 채였다. 그저 스크린의 임유현을 뚫어져라 보고 있었다. 안 그래도 창백하던 낯이 새파랬다. 그가 되뇌었다.

"죽었어."

유은우는 그동안 정윤환이 임유현을 입에 담으면서 어떤 눈을 했는지 기억했다. 낡아 옅은 눈.

유은우는 한 손을 뻗어 정윤환의 뒤통수를 감쌌다. 손가락

사이로 뜨거운 열이 감겼다. 유은우는 손을 조금 더 당겼다. 몸도 아픈 데다가 정신까지 홀라당 빼놓았는지 정윤환은 그대로 딸려 왔다. 유은우는 가슴에 정윤환의 머리를 기대어 놓고 다른 한 손을 그의 등에 얹었다. 정윤환의 숨이 거칠었다. 그가 고개를 돌려 다시 스크린을 보려고 했다. 유은우는 이제 두 손으로 그의 머리를 눌러 안았다. 이어 자신의 인터컴을 끄고, 정윤환의 인터컴도 꺼 버렸다.

"그만 봐. 계속 봐서 좋을 것도 없어."

정윤환이 깊게 숨을 토했다. 유은우는 그의 뺨에 손등을 대어 보았다. 불덩이였다.

"너 몸이 뜨거워."

얇은 속치마 아래로 닿는 정윤환의 숨이 열에 달떴다. 유일한 조명인 스크린이 깜박거리자 사위가 번쩍번쩍했다. 정윤환이 손을 들어 유은우의 소매를 잡았다. 방금 전 자신이 벗어 준 제 재킷이었다. 정윤환이 유은우에게서 이마를 떼어 냈다. 그의 시선은 붉게 충혈되어 아래 어딘가를 향하고 있었다. 그가 정신없이 중얼거렸다.

"미쳤어, 서재희. 어쩌려고. 저러면 안 돼. 돌아올 수 없단 말이야. 영영 어디로 가 버리려고. 선이 있어. 넘으면 안 되는 선이. 여태 잘 견뎠잖아. 조금만 있으면 졸업인데. 1년도 채 안 남았는데. 잘 참았으면서. 왜. 어쩌려고. 이런 식으로 복수하면 서재희 본인이 다치잖아. 깨끗하게 죽지도 못해. 사해로 추방될 거라고."

정윤환의 얼굴이 일그러졌다. 그가 눈을 꾹 감았다. 눈가로 물기가 비어져 나왔다. 흐르지는 않았다. 그가 이를 악물었다. 유은우는 두 손으로 정윤환의 뺨을 감싸 쥐고 고개를 들게 했다. 시선이 마주쳤다. 그대로 정윤환의 뺨을 가볍게 두어 번 쳤다. 부러 냉담하게 말했다.

"정신 차려. 나 대장 눈 피해서 재희 선배 지시받아 움직일 생각만으로도 지금 긴장돼 죽겠거든. 네 위험부담까지 못 져준다. 빨리 총 쥐든가, 계속 그렇게 정신 오락가락할 거면 대장한테 말하고 여기서 빠져."

정윤환이 눈을 깜박였다. 눈물로 어른거리던 동공은 금세 초점이 또렷해졌다. 정윤환이 거칠게 유은우를 밀쳤다.

"누가 누굴 걱정하는 거야."

총성이 울렸다. 입구 쪽이었다. 서로 밀치고 당기며 빠져나가려다 보니 마찰이 일어난 모양이었다. 사람들이 무리 지어 유은우와 정윤환을 스쳐 지나갔다.

"채널 맞춰야 돼."

정윤환이 인터컴을 켜려고 했다. 유은우는 그의 손목을 잡아 제지했다. 원하는 대로 그의 손을 확 젖히지는 못했다. 열에 들떴음에도 불구하고 정윤환의 손은 힘이 꽉 들어가 빳빳했다.

"채널 맞출 필요 없어. 너 잘 때 재희 선배 잠깐 보고 왔는데, 인터컴 안 쓸 거래. 박민준한테 도청당할 수 있어서. 대신 차예원이 온디딤으로 통신할 거래. 쌍방은 안 되고, 우리가 일방적으로 지시받는 것만 된대."

정윤환의 손에서 힘이 빠졌다. 그가 중얼거렸다.

"차예원이 그런 것까지 할 줄 안다고? 아직 거기까지 진도 나가지도 않았어."

"이럴 때 써먹으려고 숨겼나 보지."

"나나 서재희나 재능 다 드러나서 이리저리 이용당하는 거 보고 경각심이라도 들었나 본데. 차예원이 바보도 아니고. 난 못 믿어. 서재희가 진짜 차인호가 좋아서 그쪽으로 붙은 게 아니란 거 차예원도 알 거야. 그런데 통신까지 도맡아 준다고? 중간에 위조라도 안 하면 다행이지. 어쩌다 해 준다고 해도, 차예원 판단에 자기 아버지한테 피해가 가겠다 싶으면 바로 지원이 끊길 거야."

"차예원이 재희 선배 좋아하니까 괜찮아."

잠시 침묵이 돌았다. 정윤환은 여전히 손목을 잡힌 채, 유은우를 빤히 보았다. 이윽고 정윤환이 손목을 거칠게 비틀었다. 유은우는 그의 손목을 놔주었다. 정윤환이 낮게 말했다.

"너는 나만 빼고 다 믿는구나. 그렇지?"

유은우는 작게, 그러나 또렷하게 대꾸했다.

"네가 바라던 바 아냐?"

정윤환이 눈을 몇 번 깜박거렸다. 속눈썹이 겹쳐졌다 떨어질 때마다, 붉게 열이 올랐던 시선의 온도가 뚝뚝 떨어졌다. 스크린이 심하게 깜박였다. 정윤환은 한 손으로 눈가를 문지르더니 스크린을 보았다.

"미친 거지, 서재희. 미쳤어. 일을 이렇게 벌여 놓고 어떻게 수습을, 아니…….”

정윤환이 체념하듯 웃었다.

“……수습할 생각이 없는 건가?”

유은우도 정윤환을 따라 그쪽을 보았다. 스크린은 심하게 깜빡이고 흔들렸으나 여전히 임유현을 비추고 있었다. 그 아래 연단에 서재희가 있었다. 그는 아직 총을 뽑지 않았다. 서재희가 고개를 들었다. 눈이 막 마주치려는 찰나였다.

스크린이 뚝 꺼졌다. 유일하게 조악하던 조명이 사라진 셈이었다. 보란 듯이 기념탑에 널려 있던 임유현의 시체는 막을 내리듯 모두의 시야에서 사라졌다. 그럼에도 손끝까지 돋아난 소름은 사라질 줄 몰랐다. 임유현의 공허한 눈이, 처벌하듯 찢긴 시체의 단면이 뇌리에 사진이라도 찍힌 것처럼 선명했다. 사위가 깜깜해 아무것도 보이지 않으니 더욱 그랬다.

기다렸다는 듯, 사방에서 총성이 울렸다. 유은우는 강풍으로 밀어닥치는 온에 휩쓸려 그만 중심을 잃었다. 평소라면 없을 일이었지만 구두 굽이 너무 높았다. 순간 암흑 속에서 단단하게 끌어 안겼다. 앞이 보이지 않았으나 감각으로 알았다. 정윤환. 유은우는 그를 의지하며 겨우 바로 섰다. 속으로는 구두를 욕했다. 귓가에 숨이 닿았다.

“너 아까 나한테 뭐랬냐? 뭐? 정신 오락가락할 거면 판에서 빠지라고?”

정윤환이 코웃음 치더니 이어 속삭였다.

“너나 정신 차려.”

오른쪽 관자놀이에 차갑고 딱딱한 것이 닿았다. 총구.

탕!

유은우는 숨을 들이켰다. 잠깐 어지러웠다. 숨을 깊이 내쉬었다. 새까맣던 시야가 희멀겋게 떠올랐다. 언제 임유현의 시체를 보고 충격을 받았냐는 듯, 코앞에서 여유 만만하게 웃고 있는 정윤환의 얼굴이, 눈을 깜박일 때마다 점차 선명해졌다.

"이제 좀 보이냐? 신체 강화까지 같이 걸어 놨으니까, 절대 죽지 마. 나 혼자 널 두고 그렇게 지랄을 떨었는데, 네가 어디서 허접한 타격이나 맞고 즉사하면, 씨발, 내가 억울해서 살겠냐? 꼭 살아서 보자."

정윤환은 그리 말하고 유은우의 관자놀이에서 총을 거두어 갔다. 그리고 성큼성큼 걸어 멀어지더니 출입구 쪽을 향해 총을 겨누었다. 캉, 하고 총구가 튀자마자, 출입구가 반파되었다. 각도가 절묘하여 통과하고 있던 사람들은 다치지 않았으나, 다들 이프의 불빛이나 기초 설계로 빚어낸 희미한 빛 덩이에 의지하던 터라 갑작스러운 폭발에 크게 놀라 소리를 지르고 엎드렸다. 그러나 정윤환 덕분에 입구가 크게 늘어나, 곧 사람들은 깨끗하게 빠져나갔다. 정윤환은 뛰어가 이선규와 합류했다. 이선규는 총을 쥔 채 손을 아래로 하고 있었는데, 그쪽 어깨가 덜덜 심하게 떨리고 있었다. 총을 쥐지 않은 손으로는 떨리는 어깨를 간신히 붙들고 있었다. 방아쇠는 한껏 당기기 직전이었고, 총구 끝에 새파란 빛이 번득였다. 수십 개의 갈고리 모양 빛줄기가 위협적으로 휙휙 돌아가고 있었다. 그 무시무시한 것을 손끝에 매달고, 이선규는 뒤늦게 도착한 정윤환을 향해 타박하듯 몇 마디 내뱉었다.

유은우는 깊게 심호흡했다. 머릿속에서 임유현의 시체는 지워 버리려 노력했다. 대신, 홀의 상황과 온의 흐름을 함께 읽으려 노력했다. 등 뒤에서 쐐액, 하고 무언가가 스쳐 지나갔다. 기민하게 피했다. 발로 바닥을 북 긁으며 멈춰 서자 대리석이 우두둑 부서지며 일어섰다. 인터컴을 켰다. 기다렸다는 듯 소연주의 날카로운 목소리가 카랑카랑 울렸다.

— ……유은우, 정윤환! 한 번만 더 인터컴 끄면 명령 불복종으로 알겠어.

"미안해."

— 바로 메시지 확인하고 상황 파악해. 이선규, 윤환이랑 합류했으면 움직이고, 은우는 당장 위층으로 올라가. 대장 거기서 대기 중이야.

— 왜 뜸 들여? 바로 안 하고.

정윤환의 시큰둥한 물음에 김서혁의 대답이 즉각 떨어졌다.

— 지금 시작하면 불필요한 희생이 많아져. 어차피 붙을 사람들은 남아 있을 거다. 조금 더 기다린다.

이프를 켰다. 밀려 있던 메시지가 급류처럼 쏟아졌다. 도시연합 본관의 배치도와 서포터 순서가 차례로 떠올랐다. 전부 아래로 내려놓고 타깃 리스트만 남겼다. 리스트의 아래부터 위로 쭉 올라갔다.

조승일, 박경훈, 문화영, 류정아, 안재호……, 서재희, 차예원, 차인호.

헷갈리지 말고 잘 보고 죽이라고 친절하게 사진까지 첨부되어 있었다. 미리 만들어 온 게 분명한, 정성 들인 리스트였다. 이를 악물고 다시 배치도를 당겨 왔다. 김서혁을 찾았다. 아까까지만 해도 홀 중앙에 있는 것을 두 눈으로 똑똑히 봤는데 배치도엔 김서혁 꼬리표를 단 사람이 보이지 않았다. 위층으로 올라갔다더니. 다시 한번 꼼꼼히 훑었다. 서재희도 없었다. 배치도를 2층으로 조작하려다가 문득 손이 멎었다. 익숙한 이름이 있었다. 차예원. 지척이었다.

위험하게 여기서 혼자 뭐 하는 거야? 차인호도 없이.

유은우는 고개를 들어 차예원의 실제 위치를 확인했다. 그녀는 잔뜩 긴장한 채, 경호원들에게 여러 겹으로 둘러싸여 있었다. 그녀의 이마에 땀이 송골송골 맺혀 있었다. 무언가 필사적으로 집중하고 있었다. 차예원의 매끄러운 드레스 끝에서 어두운 안개가 슬금슬금 맴돌고 있었다. 유은우는 자신의 발을 보았다. 구두 끝으로 검은 연기가 아스라하게 떠돌고 있었다. 그것은 아주 옅어 마치 그림자처럼 보였다.

그때였다. 엄청나게 큰 소리가 고막을 파고들었다.

— 정윤환.

유은우는 저도 모르게 귀를 감싸며 숨을 헉 들이켰다. 서재희의 목소리. 어찌나 큰지, 두통이 찡하게 왔다. 흘끗 정윤환을 보니, 그도 두 손으로 귀를 감싸 쥐고 죽을상을 짓고 있었다. 옆에서 이선규가 묘하게 정윤환을 보고 있었다. 정윤환이 이선규를 향해 고개를 젓는 모습이 보였다.

— 너희 정예군, 배치도 돌리고 있지? 그거 다 끊어 줘. 너 이선규하고 붙었지? 꾸준히 실수해. 이선규 입에서 그만 들어가 쉬라는 말 나올 때까지. 최대한 빨리 이선규하고 떨어져서 지하 4층으로 내려가. 내려가는 길에, 13위원 누구누군지 알지? 백정명은 지금 징계 중이니 권한도 없으니까 신경 쓰지 말고. 나머지 열둘, 지문 다 떠. 법률 시스템실 가서 중립지대 개정하려면 지문 필요하니까. 시스템에 접속해서 중립지대로 검색해. 지금이 11시니까, 12시 정각까지.

서재희의 목소리는 점차 정돈되었다. 음량이 줄어들고 잡음도 잡혔다.

— 그리고 은우. 은우는 김서혁하고 움직이겠지. 일단 의심 사지 말고 하라는 대로 해. 아마 김서혁은 네 손으로 직접 나를 처리하도록 유도할 거고, 그 과정에서 마주치는 적의 일부를 살해할 거야. 그 사람 입장에선 최선이니, 절대 흔들리는 모습 보이지 말고 그의 말에 따라. 그 대신 시간을 끌어. 정윤환이 12시 정각까지 법을 바꿔 놔야 하니까 그때까지 김서혁이 지하로 내려가게 두면 안 돼. 그 사람은 아마 은우 네가 온디딤을 얼마나 잘 다룰 수 있는지 보기 위해서 네게 많은 것을 위임할 거야. 다양하게 시도하면서 최대한 시간을 끌어 줘. 그리고 상대를 죽일 때, 지문은 남겨 줘. 혹시 그 사람이 13위원이고 손가락이 훼손되면 정윤환이 그 사람들 안구를 뽑아야 하니까 번거로워져.

누군가 빛의 구를 쏘아 올렸다. 설계가 서툴러 표면이 울퉁불퉁했으나 충분히 환했다. 소연주가 총을 들더니 그것을 쏘아 맞혔다. 검은 그림자가 날다람쥐처럼 빛의 구를 감싸 삼켜 버렸다. 다시 암흑. 잠깐의 빛이 지나가고 나자 사위는 더욱 짙게 느껴졌다.

— 내가 차인호에게 섣불리 움직이지 말자고 했어. 희생을 줄이고 싶은 건 이쪽도 마찬가지야. 하지만 그렇다고 해서 불리할 만큼 손 놓고 싶지도 않아. 김서혁 스타일로 봤을 때, 사람들이 본관을 빠져나가 최소한 기념탑은 지날 즈음에야 움직일 거야. 그런 쪽엔 보수적이니까. 나는 그보다 빨리 움직이겠어. 김서혁 쪽 사람들 지금 위층으로 올라가는 중이야. 혼란을 틈타서 위원회를 새로 짜려는 모양인데, 지금부터 내가 제거 들어갈게. 명단 수정되면 다시 파악해야 하고 일이 복잡해지니까. 나는 차인호의 세력과 차예원의 온디딤을 빌리는 대가로 위원 열두 명을 모두 제거하고 새로 판을 짜 주기로 했어.

유은우는 직감으로 서 있던 자리에서 튀어 올랐다. 쐐액, 공기를 찢으며 날카로운 무언가가 간발의 차이로 스치고 지나갔다. 다시 착지하자, 구두 굽이 부러지며 대리석을 파고들었다. 구두는 벗어 버렸다.

더 이상 조명을 쏘아 올리는 사람은 없었다. 다만 다들 어둠에 익숙해지고 있었다. 위협적인 총성이 드문드문 울렸으나 본격적으로 붙지는 않았다. 아직 사람들이 건물 안에 있었다. 그 전에는 싸우지 않는다. 암묵적인 룰이었다. 대신, 그만큼 이를 갈며 준비하고 있었다. 이선규가 빚어낸 빛의 갈고리는 이제 수십 개를 넘어서 100여 개 남짓 돌고 있었다.

— 까만 인터컴을 쓰는 사람들은 건들지 마. 내 사람이야. 그리고 차예원, 넌 전투에서 빠져. 눈에 안 보이는 곳에 있어. 나서는 순간 넌 타깃이야. 경호원 믿지 마. 그 사람들, 도시연합군을 거쳐 간 엘리트라고 해도, 전투에 감 떨어진 지 오래야. 도시연합은 너무 오랫동안 평화로웠어.

유은우는 벽에 등을 붙였다. 이프에서 타깃 리스트를 다시 끌어올려 보았다. 차예원의 이름 옆에 소연주의 이름이 깜박거렸다. 차인호와 서재희 옆에는 김서혁이 표시되어 있었다. 유은우는 자신의 이름이 붙은 사람을 체크했다.

이금하, 노민영, 김석주, 이성훈……. 그중 노민영이 1층에 있었다.

고개를 들어 다시 한번 차예원을 확인했다. 그녀는 서재희의 지시를 듣고 일단 출입구로 이동하고 있었다. 그녀는 도시연합군의 도청을 피할 수 있는 탁월한 통신기기였으나, 그녀 자체로 너무 눈에 띄었다. 짙은 푸른색 드레스를 입은 차예원 주위로 진한 녹색 유리 같은 것이 각도에 따라 반사되었다. 난독증으로 어지러워 대체 몇 겹이나 되는지 자세히 살피지는 못했으나 확실히 고급에다 견고해 보이긴 했다. 그러나 소연주가 깨지 못할 정도는 아니었다.

— 그럼 잘해 보자.

콰앙!

사방이 흔들렸다. 위층에서 일어난 폭발로 천장에서 부스러기가 기분 나쁘게 우수수 떨어져 내렸다. 그와 동시에 수십 개의 조명이 폭죽처럼 터지며 높이 솟아올랐다. 다들 기다렸다는 듯이 움직이기 시작했다.

— 유은우, 1층 처리하고 올라와.

김서혁의 목소리였다. 유은우는 대답 대신 소연주를 보았다. 그녀는 똑바로 홀을 가로지르고 있었다. 폭이 좁은 드레스를 입고 있음에도 불편한 기색 없이 여유로웠다. 매끄러운 장갑은 벗고 맨손으로 총을 고쳐 쥐고 있었다. 소연주의 시선은 막 홀을 빠져나가는 차예원에게 못 박혀 있었다.

유은우는 오른손을 휘둘렀다. 시계가 폭발적으로 팽창했다. 시계 부품들이 차가운 색을 뿜으며 거대하게 부풀어 올랐다. 톱니바퀴들이 시계판을 중심으로 짐승처럼 날뛰다가 점점 속도를 줄이며 멈춰 섰다. 세 개의 시계 침이 유은우의 오른쪽을 점령한 시계 방패 위를 대담하게 가로지르자, 쌔액, 하고 서늘한 금속음이 났다.

차예원의 드레스 자락이 막 사라지려는 찰나, 소연주가 총을 들어 겨냥했다. 탕! 총구가 튐과 동시에 새빨간 타격이 공중을 날았다. 상대를 얕보듯 기교도 없고 굳이 숨기려는 수고도 없는 뚜렷한 공격이었다. 소연주의 타격은, 차예원을 둘러싼 경호원에게 닿기도 전에, 유은우의 시계판에 맞고 세차게 튕겨 나갔다. 소연주가 눈썹을 찌푸리면서 이쪽을 보았다. 유은우는 미안한 표정을 지으려고 노력했다.

— 야, 유은우! 뭐 해!

질책은 박민준에게서 날아왔다. 소연주는 말없이 해명을 요구하는 눈빛만 보내고 있었다. 유은우는 그 모든 것을 무시하며 오른손을 휘둘렀다. 시계판은 번득이며 날았다. 정교한 각도로 비스듬히 기울더니, 푸르게 펼쳐 놓은 보호 설계를 단번에 부수고, 그 뒤에 서 있던 남자의 가슴을 깨끗하게 갈랐다. 이프에서 노민영의 사망 알림음이 났다. 유은우는 피로 번들거리는 시계판을 거두어들이면서, 소연주의 뒤를 노리고 날아들던 다른 타격 또한 사납게 부수는 것을 잊지 않았다.

"미안. 내 타깃만 노리다가 실수했어."

이선규가 숨넘어갈 듯 웃는 소리가 들렸다.

— 와, 은우 좀 봐. 미쳤다, 진짜. 너 그냥 조기 졸업하고 다시 군으로 와라.

박민준도 한결 누그러진 기색으로 충고했다.

— 서툰 건 알겠다만 집중해서 제대로 해. 너한테 적응하려면 우리도 시간 좀 걸리겠다. 여태 없던 스타일이라.

그러나 소연주는 말이 없었다. 그녀는 무언가를 샅샅이 살피듯 유은우를 바라보았다. 그녀가 무언가 말하려는 듯 입을 열었으나 김서혁이 먼저였다.

— 유은우, 노민영 제거했으면 올라와. 와서 나머지 네가해 봐.

유은우는 바로 입구 쪽으로 뛰었다. 소연주 또한 같은 방향으로 성큼성큼 걸어오고 있었다. 그녀는, 출입구를 진즉 벗어나 도주한 차예원을 다시 노리는 게 분명했다. 그러나 정윤환이 소연주 쪽으로 자신의 타깃을 패대기치는 바람에 소연주는 주춤 뒤로 물러서느라 한 발짝 늦고 말았다. 그사이 유은우는 잽싸게 홀을 벗어났다. 2층으로 올라가는 계단이 보였다. 유은우는 계단을 뛰어 올라갔다. 절반쯤 올라간 뒤, 안쪽으로 꺾이는 층계참에 멈춰 섰다. 몸은 기울여 숨겼다. 차예원이 복도를 가로질러 뛰고 있었다. 복도는 홀 출입구로부터 직선으로 뻗어 있었다. 사각지대가 없어, 건물을 완전히 빠져나가기도 전에 소연주에게 잡혀 수백 번은 죽고도 남을 것 같았다.

이프에서 팟, 하고 무언가가 터지는 소리가 났다. 반사적으로 들여다보니, 배치도 창이 시꺼멓게 죽어 있었다. 인터컴으로 이선규가 바락 화를 내는 소리가 들렸다.

— 아, 배치도! 이거 누가 깔아 왔어! 터졌잖아!

— 내가 군에 있을 때도 업데이트 안 된 거 깔아 오더니, 여전하네.

정윤환의 가벼운 목소리 뒤로, 박민준이 의아하다는 듯 중얼거렸다.

— 아냐, 최신인데……. 외부에서 뚫을 수 있을 리가 없는데.

— 뚫렸는데?

정윤환의 장난스러운 대꾸 뒤로, 2층에서 굉음이 터졌다. 타깃이 살해되었다는 알림음이 몇 번 울리며 이프가 진동했다. 유은우는 시계를 콩알만큼 작게 빚어서 복도를 빠르게 달리게 했다.

홀 쪽에서 새빨간 빛무리가 그물처럼 퍼지며 쭉 뻗어 나왔다. 이어 또각또각 구두 소리를 내며 소연주가 걸어오는 게 보였다. 그녀는 언제나 그렇듯, 지극히 사무적인 표정을 짓고 있었다. 유은우는 가까스로 시계를 바닥과 벽의 모서리에 납작하게 붙여 소연주의 설계를 피했다. 그대로 쭉 미끄러뜨려 차예원 옆까지 다가가게 했다.

더 이상 도주만 할 수 없는 상황이라 판단했는지 차예원을 보호하던 경호원의 절반이 멈춰 섰다. 그들은 곧바로 소연주를 향해 사격했다. 소연주가 인상을 찌푸리면서 연사했다. 붉은 그물이 상대의 공격에 찢기지도 않고 견고하게 펼쳐지고, 대항하기 위해 멈춰 선 경호원들을 전부 사로잡아 갈기갈기 찢어내는 동안, 유은우는 시계를 차예원의 바로 옆 벽으로 붙인 후 순간적으로 팽창시켰다.

폭발음을 내며 벽이 산산이 부서졌다. 차예원이 짧은 비명을 지르며 쓰러졌다. 그녀는 즉각 몸을 일으키더니 이를 악물고 소연주와 똑바로 마주 보며 손을 들어 올렸다. 검은 그림자가 뱀 수백 마리로 일어섰다. 바닥에서 솟아나 벽을 기어오르고 천장에서 다시 뚝뚝 떨어졌다. 차예원의 손목에 핏기가 비쳤다.

"온디딤을 꽤 다루는구나."

소연주가 기계적으로 웃으며 이어 말했다.

"그 시간에 총을 훈련하는 게 더 좋지 않았을까?"

소연주가 총을 겨누고 연사했다. 총구가 튈 때마다 붉은 그물은 더욱 짙어지며 차예원을 향해 쏜살같이 달려갔다. 검은 뱀들이 필사적으로 앞을 막아섰으나, 소연주의 설계는 작은 알

갱이로 부서지며 차예원의 뱀을 피했다가 삽시간에 단단하게 뭉쳐지기를 반복했다.

이윽고 경호원들이 펼쳐 놓은 녹색 반사 설계에까지 다가붙어 서너 번 거칠게 부닥치자, 금이 쩍쩍 갈라지기 시작했다. 마지막으로 소연주가 설계를 강하게 밀어붙일 때, 유은우는 복도 한쪽 벽을 부순 뒤 작게 만들어 대기하고 있던 시계판을 차예원의 허리로 붙여 힘껏 바깥으로 몰아냈다.

차예원이 비명을 지르며 무너진 벽 바깥으로 훅 밀려 나가는 것과, 소연주가 반사 설계를 부수고 남은 경호원들을 한꺼번에 살해하는 것은 동시에 일어났다.

소연주가 또각또각 구두 소리를 내며 잔해를 들여다보았다. 당연하게도 차예원의 흔적은 없었다. 곧 소연주가 총을 고쳐 잡고는 부서진 벽 바깥으로 나갔다. 1층이니 어려울 것도 없었다. 보나 마나 추적선을 쓰겠지. 유은우는 다급히 나머지 계단을 올랐다. 2층에 오르자마자 피 냄새에 구역질이 났다. 1층과는 비교도 할 수 없을 만큼, 온이 사납게 날뛰고 있었다. 사람은 많았으나 모두 죽어 있었다. 유은우는 빠르게 사위를 살폈다.

저만치 김서혁이 서 있었다. 그는 무감한 얼굴로 복도 한가운데 서서 널린 시체들을 물끄러미 바라보고 있었다.

유은우는 마른침을 삼키고는 천천히 몸을 움직였다. 최대한 계단 난간에 붙으며 조심조심 계단을 올랐다. 구두 굽이 부러져서 버리고 온 것이 천운이었다. 맨발은 소리를 죽이기 쉬웠다. 막 3층으로 올라섰을 때였다.

— 유은우, 2층으로 오라고 했어.

김서혁의 지시에, 하마터면 심장이 떨어질 뻔했다. 유은우는 소리 죽여 아직 1층이라고 대답하려다가, 보나 마나 김서혁이 바로 아래층에서 들을 거라는 생각에 아예 입을 다물기로 했다.

— 대장, 윤환이 빼겠습니다. 총에 금 갔어요.

유은우는 멈칫 몸을 굳혔다. 이선규의 보고였다. 장난기는 싹 가시고 없었다. 그럴 만했다. 총에 금이 간다는 것은, 동조자가 온을 무리하게 컨트롤하면서 총에 물리적인 부담을 준다는 뜻이었다. 휴식을 취하거나 치료를 받지 않고 같은 총으로 계속해서 온을 다루면 총이 완전히 망가지는 순간 그 충격을 동조자가 전부 흡수할 수밖에 없었다. 온에 잡아먹히는 것, 침식을 의미했다.

그렇다고 지금 와서 정윤환이 금 간 제 총을 버리고 타인의 총을 대신 사용할 수는 없었다. 총은 길들이는 기간이 필요했다. 아무리 정윤환이 설계에 뛰어나다 해도, 죽어 엎어진 적의 총을 대신 주워 쓰다가는 부작용에 시달릴 수 있었다. 게다가 그는 지금 환자였다.

— 정윤환, 할 수 있겠어?

김서혁의 물음에 정윤환이 뜸을 들이다가 대답했다.

— ……할 수 있습니다.

— 빼. 이선규, 다른 것 다 제쳐 두고 정윤환 데리고 나가서 모함에 탑승시켜. 정윤환, 가서 치료받아. 네 총은 지금 그 자

192

리에서 버리고 손대지 마.

— 아닙니다, 저 정말 괜찮습니다. 할 수 있습…….

— 이선규, 당장 애 데리고 가.

— 넵.

유은우는 인터컴을 꺼 버렸다. 기민하게 3층을 살폈다. 복도 끝에서 맹렬한 타격음이 들렸다. 심호흡하고는, 유은우는 앞만 보고 3층 복도를 가로질렀다. 이미 열린 창문턱에 발을 걸치고 바깥으로 훅 뛰어내렸다.

"아악."

차예원이 비명을 질렀다. 유은우는 바로 그녀의 입을 틀어막았다. 거대해진 시계판 위에, 유은우는 차예원과 단둘이 바짝 붙은 채 몸을 웅송그렸다. 그대로 빠르게 위로 쭉 올라갔다. 아래를 내려다보았다. 아찔한 높이였으나, 소연주의 추적선이 희게 번득이며 맴도는 것이 똑똑히 보였다. 추적 범위가 넓으나 얕다는 것은, 소연주의 몇 안 되는 약점 중 하나였다.

유은우는 옥상에 시계판을 가까스로 착륙시켰다. 조용히 하라고 거듭 당부하고, 차예원이 여러 번 정신없이 고개를 끄덕인 후에야, 입을 틀어막았던 손을 풀어 주었다. 차예원은 피와 눈물로 얼룩진 얼굴을 닦으며 황급히 시계판 위에서 내려왔다. 그녀가 숨을 할딱이며 물었다.

"이, 이게 뭐야?"

"제 무기요."

차예원이 흠칫하더니 시계판을 빤히 보았다.

"이런 것도 가능해? 너 온디딤 다룬 지 얼마 되지도 않았잖아……."

"저도 처음 해 봐요. 통신 유지할 수 있겠어요? 재희 선배 지시 들어야 해요. 선배가 필요해요."

서재희 이름을 듣자마자, 차예원은 엉망으로 찢긴 드레스를 정리하며 똑바로 일어섰다. 여전히 어깨를 떨고 있었으나 목소리는 한결 똑똑해졌다.

"할 수 있어."

"그럼 저 가 볼게요. 더 멀리 더 안전한 곳에 데려다주고 싶긴 한데, 저도 지금 잠깐 이탈한 거라."

유은우는 시계판 중앙에 다시금 자리 잡았다. 아까는 워낙 긴박하게 차예원을 데리고 올라오느라 미처 깊게 생각지 못했으나, 30여 층 아래로 도로 내려갈 생각을 하니 등골이 서늘했다. 유은우는 급한 대로 시계판을 꼭 붙잡았다. 손에서 땀이나 자꾸 미끄러졌다. 시계판이 둥실 떠올랐다.

"조심해."

차예원이 조그맣게 말했다. 유은우는 건성으로 고개를 끄덕이며 옥상 난간을 넘어가려다가, 다시 차예원을 보았다.

"선배가 부탁했던 거 있죠. 재희 선배 죽지 않게 잡아 달라고 했던 거."

차예원의 눈이 커졌다. 그녀는 유은우가 이 이야기를 다시 꺼내리라고는 생각지 못한 것 같았다. 그건 사실 유은우도 마찬가지였다.

"그거 저 말했어요. 재희 선배한테. 물론 선배 방식은 아니고, 제 방식대로요. 재희 선배가 들을지 안 들을지는 모르겠지만. 어쨌든⋯⋯."

차예원의 함빡 커진 눈동자가 부담스러워, 유은우는 괜히 아래를 내려다보았다가, 소름 돋는 높이에 눈을 질끈 감고 이어 말했다.

"⋯⋯말해 둬야 할 것 같아서. 오늘 밤 우리 둘 중 하나가 죽을지도 모르고, 어쩌면 둘 다 죽을지도 모르니까요. 갈게요, 그럼."

"잠깐만."

차예원이 다가왔다. 그녀가 왼손 엄지손가락을 손톱 끝으로 조금 문질렀다. 얇팍한 껍질 같은 것이 벗겨졌다. 예고 없는 행동에 유은우는 그만 깜짝 놀랐다. 아래로는 30층 높이가 낭떠러지처럼 깎아지르고, 바로 옆에서는 차예원이 제 엄지손가락 껍질을 벗겨 내고 있었다.

"뭐, 뭐 하는⋯⋯."

"손 이리 내."

차예원이 유은우의 왼손을 잡고 그것을 끼웠다. 얇고 말랑말랑하고 투명했다. 자세히 보니 골무였다. 손끝으로 만져 보니 표면이 오돌토돌했다.

"우리 아빠 지문이야. 우리 아빠는 낙원의 이론 관리자 중 하나야. 나 또한 현 관리자지만, 내가 못 들어가는 곳도 분명 존재해. 왜냐하면 우린 아직 세 명이 다 채워지지 않았기 때문이야. 불완전하지. 하지만 도시연합장 지문이 있으면 어디든 갈 수 있어."

차예원은 유은우의 손을 놓고 한 걸음 물러섰다. 그녀가 말했다.

"살아서 보자."

유은우는 인터컴을 껐다. 난간을 넘어 아래로 훅 떨어지는 동안, 눈을 꼭 감았다. 배 속의 내장이 전부 목구멍으로 치밀어 오르는 불쾌함 끝에, 간신히 3층에 도착했다. 유은우는 열린 창문으로 동태를 살핀 뒤에, 얼른 창턱을 넘었다.

시계를 줄여 다시 손목에 얹었다. 그저 시계판에 따개비처럼 달라붙어 내려온 것뿐인데, 숨이 턱까지 차올라 호흡이 어려웠다. 유은우는 손을 들어 이마에 솟은 땀을 닦았다. 고개를 들었을 때였다. 창에 김서혁이 비춰 보였다.

"흐읍……."

숨을 들이켜며 황급히 뒤돌았다. 등으로 식은땀이 줄줄 흘렀다.

"대, 대장."

김서혁이 물끄러미 유은우를 내려다보고 있었다. 2층 복도를 학살해 놓고, 핏방울 하나 튀지 않고 말끔했다.

"2층으로 오라고 했을 텐데."

"3층, 3층인 줄, 3층인 줄 알았어요."

"네가 내 지시를 잘못 들은 적이 있었던가?"

"죄, 죄송합니다."

유은우는 떨지 않으려고 노력했으나, 이미 대답이란 대답은 전부 더듬은 직후였다. 차라리 바깥에 한 놈 처리하러 가다가 놓쳤다고 뻔뻔하게 말했으면 좋았을 것을. 이미 다리에 힘이 풀려 창가에 간신히 기댄 상황에서 그런 변명은 씨알도 안 먹힐 것 같았다. 거기다 김서혁이 언제부터 보고 있었는지 알 수 없었기에 자꾸만 심장이 뛰었다. 만약에 차예원을 태우고 날아 올랐던 것부터 보고 있었다면? 고개를 아래로 하며 시선을 피했다.

"유은우, 네가 아는지 모르겠다만……."

김서혁이 낮게 속삭였다. 그가 손가락 하나로 유은우의 턱을 들어 올렸다. 어쩔 수 없이 시선이 얽혔다.

"……난 지금 널 굉장히 많이 봐주고 있어."

"……난 지금 널 굉장히 많이 봐주고 있어."

정적이 흘렀다.

김서혁은 여전히 손가락 하나로 유은우의 턱 끝을 치켜들고 있었다. 그는 힘을 거의 주지 않았다. 스치듯 닿아 있었다. 그러나 유은우는 압박감으로 숨도 쉬지 못했다. 정윤환에게 대놓고 멱살을 잡힐 때와는 차원이 달랐다. 김서혁의 손끝만으로 시간이 멈추고 공기가 사라졌다.

김서혁의 짙은 눈썹 아래, 회색이 도는 까만 눈동자가 깜빡이지도 않고 뚫어져라 유은우를 응시했다. 유은우는 차츰 눈을 내리깔았다. 옷깃 사이로 흐르는 까만 끈. 수없이 보아 온 휘황한 기장과 배지들을 지나, 재킷 밖으로 살짝 나온 셔츠 소매엔 매 모양의 커프스 버튼이 반짝거렸다. 그 아래 크고 거친 오른손은 총을 잡고 있었다. 총구가 불그스레했다. 그 모든 것이 노련하여, 유은우는 삽시간에 군에 있었던 그때로 되돌아갔다.

학교로 내쫓기며 그토록 배신감을 느꼈던 김서혁인데, 귀소 본능처럼 다시 그에게 기울고 있었다. 자신을 구해 내고, 키워 내고, 버렸다가, 다시 취하려는 사람. 새까만 급류 속에서, 유은우는 한 줄기 빛처럼 서재희의 지시를 떠올렸다.

'일단 의심 사지 말고 하라는 대로 해. 절대 흔들리는 모습 보이지 말고 그의 말에 따라.'

서재희를 상기하자마자, 비로소 유은우는 김서혁으로부터 벗어나 자기 자신으로 되돌아왔다. 한때 전부였던 사람 앞에서 나부끼던 내면은, 무게를 잡고 제자리로 내려앉았다. 그제야 자신을 통제할 수 있었다. 김서혁에게 억눌려 저도 모르게 군인의 자세로 돌아가는 것이 아니라, 내 의지로 충성스러운 군인인 척할 수 있었다.

등줄기를 꼿꼿이 폈다. 숨은 고르게. 식은땀이 날아가며 뒷덜미가 서늘했다. 관성으로 흘러듣고 있던 인터컴의 잡음마저 선명해졌다. 모함의 사출구에 설 때처럼, 서포터들의 설계를 밟을 때처럼, 유은우는 김서혁에게 배운 대로 신경을 재정비했다. 오래도록 김서혁에게 인정받기 위해 몸부림친 터라, 그 감각은 놀랍도록 익숙했다. 마치 학교로 내쫓긴 적 없이, 쭉 군에 머물고 있었던 것처럼.

익히 아는 분위기가 흘러나오자, 유은우의 턱에서 김서혁의 손가락이 떨어져 나갔다. 그가 한 걸음 물러서자, 여백이 피비린내로 서늘했다.

"우린 13층으로 올라간다. 올라가면서 네 타깃 보이면 바로 제거해. 타인의 타깃은 범위에 들어와도 건들지 않는다."

"네, 대장."

"네가 온디딤을 사용한다고 해서 다른 동조자들과 동등하거나 혹은 유리한 위치에 선다고 생각하면 큰 착각이다. 가장 부족한 점이 뭐지?"

"설계를 쓸 수 없으므로 시야가 한정됩니다. 시야 확보를 위해 계속해서 빠르게 이동해야 하므로 체력 소모가 커 전투를 길게 끌 수 없습니다. 온디딤의 전부를 공격에 쓰지 못하고 일부를 항시 방어로 써야 하니 운용의 폭이 좁고 효율성이 떨어집니다. 다수와 동시에 맞붙었을 때 특히 불리합니다. 적은 타격과 설계를 본인 능력에 한해서 얼마든지 겹칠 수 있으나, 전 무기가 물리적인 형태를 지니고 있으므로 애초에 개수 자체가 제한됩니다."

"어떤 식으로 장점을 살려야 하지?"

"무조건 일대일 근접전으로 가야 하고 적보다 높은 위치를 선점해야 합니다. 적이 설계를 짤 틈을 주지 않고 밀어붙이면서 신속하게 전투를 끝내야 합니다."

이프에서 끊임없이 타깃 제거 알람이 울렸다. 아래층과 위층에서 울려 퍼지는 총성. 인터컴으로는 정예군들의 보고가 규칙적으로 들어왔다. 그러나 막상 유은우와 김서혁이 있는 3층은 조용했다. 유은우는 김서혁의 너머로, 층계참에서 빙글빙글 돌고 있는 작고 반짝이는 무언가를 보았다. 금색 매 모양 배지였다. 유은우는 손바닥을 살짝 펼쳐 보았다. 온의 흐름이 느껴졌다. 거칠게 배지 쪽으로 감기고 있었다.

처음으로 김서혁을 따라 사해로 나갔다가 며칠을 지새우고 돌아온 날 저녁, 유은우는 억지로 식사를 했다. 신선한 채소와 고기의 형태가 온전히 살아 있는, 귀한 일반식이었다. 그러나 유은우는 그것을 절반도 채 먹지 못했다. 사해에서 에너지 팩만 겨우 빨아먹으며 연명했는데도 이상하게 배가 고프지 않았다. 깨작거리는 시늉만 하다가 전부 버리고 도로 구석에 처박힌 유은우를, 김서혁이 손짓으로 불러내 빈 지휘실로 데려갔다. 불이 꺼지고 노을만 기어들어 오는 지휘실에서, 김서혁은 많은 말을 하지 않았다. 유은우는 그가 건네는 영양제를 삼키고, 고약한 맛을 풍기는 시럽도 넘기고, 입가심으로 사탕도 받아먹었다. 그때도 김서혁은 배지를 기준 삼아 누구든 접근치 못하도록 막았었다.

"나는 너와 상성이 좋은 편인가?"

"최선은 아닙니다. 대장은 물리적인 매개체를 이용하는 것이 특기고, 저 또한 물리적인 무기를 사용하기 때문입니다. 서로의 역량이 최대치까지 발휘되기 어렵습니다."

"너는 정윤환과 뛰는 것이 가장 맞아. 그럼에도 내가 오늘 널 선택한 이유는?"

"제가 얼마나 온디딤을 잘 다루는지 테스트하기 위함입니다."

"아니. 네 실력 검증은 진즉 끝났어. 며칠 전 병실에서. 너는 아주 잘 해냈다. 오늘 내가 테스트하려는 것은 그런 게 아니야. 13층으로 간다. 따라와."

─ 은우야.

귓가로 서재희의 목소리가 나직하게 파고들었다. 예고 없는 부름에, 유은우는 순간적으로 경직했다. 그러면 안 된다는 것을 알면서도, 반사적으로 움츠리며 김서혁을 살폈다. 아니나 다를까 김서혁은 막 돌아서려던 자세로 딱 멈춰, 유은우를 응시하고 있었다. 유은우는 애써 아무렇지도 않은 척 그를 마주 보았다. 김서혁이 미간을 천천히 좁혔다.

─ 4층에 까만 인터컴을 착용한 중년 남자가 있어. 그 사람 죽지 않게 지켜 줘. 이따가 내가 신호하면 그쪽으로 정윤환 설계가 하나 밀려들어 갈 거야. 바로 타격 얹어 줘. 총성은 걱정하지 마. 그리고 그 자리는 떠도 좋아.

김서혁이 손을 뻗었다. 유은우는 눈 하나 깜짝하지 않고 태연하게 버텼으나 과연 잘 해내고 있는지는 자신이 없었다. 김서혁의 손이 유은우의 왼쪽 귀에서 인터컴을 빼 갔다. 김서혁은 그것을 자신의 귀에 꽂고 집중하다가 다시 빼냈다. 그리고 그가 인터컴을 내밀기에 유은우는 그것을 받아 다시 왼쪽 귀에 꽂았다. 서재희와의 통신은 인터컴을 거치지 않는데도, 김서혁은 유은우가 다른 누군가와 통신을 하고 있음을 이미 직감하고 있는 게 분명했다. 지금 당장 고문과 동시에 추궁을 당해도 할 말이 없었다. 자꾸만 입 안이 말라붙었다.

— 정윤환, 소연주가 탐색 방지 설계를 깔아서 너희 위치가 안 잡혀. 역으로 경로를 터서 나도 소연주랑 정보 공유하게끔 해 줘. 나 지금 13층 도시연합장실이야. 정문은 안 돼. 거긴 이선규가 돌고 있어. 의회로 들어가서 지하로 내려가. 그럼 본관 지하와 연결될 거야. 의회 들어가기 전 마당에, 도움닫기 설계가 하나 꽂혀 있을 거야. 거기 대기 설계 걸어 주고 가. 방향은 본관 4층 오른쪽 끝. 본관을 마주 보고 오른쪽이야. 대기 설계 계속 유지하면서 지하로 내려가.

그러나 김서혁은 말이 없었다. 그는 따라오라는 듯 턱짓을 하고는 뒤돌아서서 걸었다. 유은우는 재빨리 김서혁을 따라갔다. 힐끗 제 발을 내려다보았다. 정윤환이 걸어 준 신체 강화로 맨발은 멀쩡했다. 검은 안개가 발밑 그림자와 섞여 맴돌고 있었다.

— 그리고 내가 신호하면, 대기 설계 바로 시행해. 타격은 설계가 전달될 정도로만 최소로 가해. 그래야 네 서명이 흐려지고 도움닫기 설계 동조자 서명이 1차로 드러나. 시행 타격은 유은우가 할 거야. 대기 설계의 본설계는, 위치 이동으로 잡아 줘. 인원은 한 명. 목적지는 네 좌표로. 보조 설계는 방음으로 잡아. 은우가 진짜 총을 쓰면 김서혁이 의아해할 거야. 총성이 들리지 않게 정교하게 잘 잡아 줘.

김서혁은 성큼성큼 걸으면서 공중을 맴돌고 있는 배지를 낚아챘다. 커튼처럼 너울거리던 온이 확 찢겨 나갔다. 한 겹 가려져 어렴풋하던 총성, 피 냄새, 팽팽한 온이 밀려들었다. 김서혁은 배지를 옷깃에 매달면서 뚜벅뚜벅 계단을 올랐다. 그가 인터컴에 대고 물었다.

"박민준, 도청 걸린 것 있나?"

— 없습니다. 손에 잡히는데 못 푸는 게 아니고, 아예 흔적이 없습니다.

유은우는 걸음을 빨리하여 김서혁 옆으로 붙으며 살짝 그를 훔쳐보았다. 김서혁은 앞만 보고 있었고 표정이 없었다.

막 4층에 다다랐을 때였다. 자색 빛줄기가 소나기처럼 쏟아져 들었다. 유은우는 이를 악물고 김서혁 앞으로 뛰어나갔다. 강하게 발을 디디자 복도 바닥이 우드득 금이 가며 갈라졌다. 그대로 오른손을 앞으로 뻗었다. 눈 깜짝할 사이에 팽창한 시계판이 세차게 돌면서 빛줄기를 모두 튕겨 냈다. 유은우는 중심을 잃고 뒤로 약간 밀렸다. 계단 밑으로 기울었으나, 바로 단단하게 받쳐졌다. 김서혁의 손바닥이 유은우의 등을 지탱하고 있었다. 뒤에서 김서혁이 낮게 말했다.

"걸었다가 다시 튕겨. 방향 없이 반사하지 말고. 적도 활용할 줄 알아야지."

김서혁이 한 손으로 유은우를 가볍게 밀어냈다. 유은우는 복도의 중앙으로 뛰어들었다. 왼쪽에 둘. 오른쪽에 하나. 그중 이프가 왼쪽의 남자에게 반응했다. 내 타깃. 페이크 총을 뽑아 지

체 없이 오른쪽을 연사했다. 날카로운 총성과 함께 총구에서 인
공 빛이 눈부시게 쏟아졌다. 가짜 공격에 오른쪽의 적이 반사적
으로 방어하는 틈을 타서, 시계 침은 왼쪽을 직선으로 날아 타
깃의 가슴을 정통으로 꿰뚫었다. 이프에서 알림음이 울렸다. 이
금하. 유은우에게 지정된 타깃 중 하나의 불이 뚝 꺼졌다.

타당, 하고 오른쪽에서 총성이 울렸다. 유은우는 직감만으
로 크게 도약했다. 반대쪽 벽을 밟으며 공격을 피했다. 간발의
차로 유은우가 서 있던 복도 바닥이 카가가각 소리를 내며 거
칠고 사납게 긁혀 나갔다. 유은우는 안정적으로 착지하여 벽에
등을 딱 붙인 채 김서혁을 마주 보았다. 그는 총을 쥐고는 있었
으나, 팔짱을 낀 채 계단 안쪽에 서서 이 모양을 단지 지켜만
보고 있었다. 군의 훈련장에서 이리 뛰고 저리 뛰는 유은우를
관찰할 때처럼 지극히 제삼자의 태도였다.

유은우는 바로 김서혁에게 신경을 껐다. 양쪽에서 좁혀 오는
적을 주시했다. 아까와 반대 방향을 보고 있으므로, 왼쪽과 오
른쪽이 뒤바뀐 셈이었다.

오른쪽. 여자. 은색 인터컴. 딱 달라붙는 제복. 차인호를 호
위하던 경호원이었다. 유은우는 힐끗 이프를 보았다. 현재 가
장 근접한 적의 이름이 푸르게 깜박거렸다. 적은 양쪽으로 둘
인데, 이상하게 오른쪽 하나만 출력되었다. 신해경. 이선규의
타깃이었다. 그녀는 보호 설계를 겹겹이 두른 채 유은우를 향
해 총을 겨누고 있었다. 그녀의 눈앞에 까만 시계 침이 날카롭
게 빛을 뿜으며 떠 있었다. 신해경은 차마 섣불리 움직이지 못

하고, 자신의 눈을 정확히 노리고 있는 유은우의 시계 침을 주시하고 있었다. 그녀 옆에는 방금 유은우가 살해한 동료의 시체가 널브러져 있었다. 경호원 제복 위로 피가 천천히 번져 붉었다.

유은우는 빠르게 시계판을 펼쳐 신해경과 자신을 가로막았다. 정면으로 붙을 생각은 없었다. 타인의 타깃은 건들지 말라는 김서혁의 지시를 따라야 했다. 벽에서 등을 떼고 대신 시계판을 등진 채 왼쪽을 향해 섰다.

왼쪽. 남자. 중년. 짙은 푸른색이 배제되었으나 그렇다고 도시연합군이라고 보기에도 어려운, 옅은 자색의 고상한 차림새였다. 의원 배지를 달고 있을 법도 한데 공식적인 소속을 추측할 단서가 전혀 없었다. 까만 인터컴. 어딘가 묘하게 낯이 익었다. 한쪽 다리가 이상한 각도로 부러져 있었다. 서 있는 게 용했다. 그 역시 벌겋게 충혈된 눈으로 자신의 동공을 정확하게 겨냥하는 시계 침을 노려보고 있었는데, 발아래로 설계가 무너져 패턴이 아무렇게나 흘러내리고 있었다. 유은우는 설계 끝의 서명을 확인했다. 신해경. 그러니까 신해경과 그의 동료가 팀을 먹고 이 남자를 몰아붙이던 차에, 유은우가 뛰어들어 훼방을 놓은 것으로 보였다.

탕! 뒤가 서늘했다. 유은우는 본능적으로 옆으로 피하려 했으나, 이미 늦었다. 시계 침만 겨누고 있으면 감히 움직이지 못할 줄 알았는데, 신해경이 그새 설계를 쏜 모양이었다. 발밑으로 황금색 물결이 번득이며 밀려왔다. 발이 쩍 달라붙고, 곧 다리를 타고 올라왔다. 타는 듯한 통증이 따라붙었다. 유은우가 숨을 들이켜며 무너지자 남자의 눈을 노리고 있던 시계 침도 흔들렸다. 남자가 이를 악물며 총을 들어 올렸다. 손이 심하게 떨렸다.

탕! 그의 총구가 튀었다. 타격은 빗나갔다. 그러나 꼬리처럼 길게 달라붙은 현란한 설계가 유은우의 시야를 덮쳤다. 현기증. 유은우는 그만 중심을 잃었다. 시계판을 더욱 거대하게 펼치며 그 뒤로 무너지듯 주저앉았다. 그 와중에 시계 침을 하나 뽑아내서 남자의 상처 부위를 노렸다. 이번엔 적당히 겁만 주는 정도에 그치지 않았다. 시계 침을 세 뼘 정도로 부풀려, 남자의 상처에 반쯤 꽂아 넣었다. 남자가 비명을 지르며 쓰러졌으나 개의치 않았다. 서재희는 남자를 죽이지 말라고 했지, 공격하지 말라고는 안 했으니까. 유은우는 남자의 다리에서 시계 침을 뽑아내고, 이번엔 그의 손등을 강하게 내리쳤다. 그가 총을 놓쳤다. 시계 침으로 총을 밀어서 저 멀리 치워 버렸다. 남자가 쓰러져서 웅크린 채 신음했다.

유은우는 치미는 욕지기를 참으면서 시계 톱니바퀴로 다리에 달라붙은 신해경의 설계를 잘라냈다. 발목부터 정강이까지 감겼던 패턴 그대로 새빨갛게 부어올라 핏기가 어른거렸다. 유은우는 숨도 제대로 쉬지 못하고 상처를 꼭 붙잡았다. 정신이 아득해질 정도로 고통이 극렬했다. 꼭 악문 입술이 터져 쌉쌀했다. 분이 치밀었다.

김서혁이 다른 타깃은 건들지 말라는 지시만 안 했어도, 단번에 신해경을 끝내 놓고 남자와 일대일로 맞설 수 있었을 텐데. 그러면 이렇게 꼴사납게 뒤에서 당하지도 않았겠지…….

캉! 총성에 유은우는 퍼뜩 고개를 들었다. 김서혁이 총을 겨누고 있었다. 신해경이 비틀거렸다. 그녀가 눈을 크게 떴다. 신해경을 견고하게 감싸고 있던 푸른 보호 설계 위로 우드득 금이 가더니 와장창 깨졌다. 신해경은 그대로 앞으로 쓰러졌다. 그녀의 등을 뚫고 작은 핏덩이가 톡 뽑혀 나와서 잠깐 공중에 머물렀다. 그리고 팽그르르 세차게 돌면서 피를 떨어냈다. 회전을 멈추자 매끈한 표면이 드러났다. 갈색 낙엽 모양 배지는 호선을 그리며 김서혁에게 돌아갔다. 김서혁은 그것을 낚아채어 다시 옷깃에 달았다. 마치 집무실에서 서류를 보다가 배지가 떨어져 다시 다는 듯 그저 무감했다.

김서혁이 뚜벅뚜벅 걸어왔다.

"너 지금 정신 빼놓고 있지."

유은우는 고개를 숙였다. 발목을 꽉 움켜쥔 손마디 사이로 피가 비쳤다.

"이렇게까지 적에게 등을 보일 필요가 있나? 한쪽으로 몰아넣고 한꺼번에 발을 묶어도 모자랄 판에 적을 양쪽에 벌려 두고 대체 뭘 살피는 거지? 나는 네게 지정된 타깃만 처리하고 13층으로 올라가라고 했지, 마주치는 사람마다 적인지 아군인지 판단하라고 하진 않았다. 네가 내 지시를 제대로 들었다면, 타깃을 죽이고 방어에만 주력하면서 바로 다음 층으로 갔어야 했어. 그런데 여기 머문 이유가 뭐지?"

툭, 바닥으로 무언가 떨어졌다. 호흡기였다. 회복제는 이미 끼워져 있었다. 유은우는 그것을 주워 깊이 빨아들였다. 통증에 손이 덜덜 떨렸으나 몇 모금 넘기자마자 머리가 몽롱해지면서 감각이 무뎌졌다. 갈라졌던 상처에서는 더 이상 피가 배어 나오지 않았다. 짙게 말라붙었다.

— 정윤환, 지금. 설계 쏴.

유은우는 빈 약물 케이스를 빼서 던져 버렸다. 호흡기만 재킷 주머니에 쑤셔 넣었다. 고개를 들어 김서혁을 보았다. 그는 호흡기만 던져 주고 유은우를 보고 있지 않았다. 그저 서늘한 눈으로, 다리를 부여잡고 쓰러져 신음하고 있는 남자를 응시했다. 남자는 몸을 둥글게 말고 눈을 질끈 감고 있었다. 부러진 데다 유은우의 공격까지 받아 엉망이 된 다리를 꽉 붙잡은 채였다. 찢긴 상처에서는 피가 흐르고 있었다. 기시감. 유은우는 그의 얼굴을 샅샅이 뜯어보았다. 분명 어디서……

"오랜만입니다, 백정명 전 의원님."

김서혁의 말에, 유은우는 그만 가슴이 덜컹 내려앉았다. 그제야 남자의 얼굴에 백일서가 겹쳐 보였다. 유은우는 벽을 짚고 일어났다. 옆을 드리운 시계가 덜덜 진동했다.

"다시 만나게 된다면 사해에서 뵙게 될 거라 여기고 굉장히 유감이었습니다만, 여기서 이렇게 마주치고 보니 차라리 사해가 나았겠다는 생각이 드는군요."

— 은우, 확인하고 바로 타격 얹어.

유은우는 흘깃 창을 보았다. 아직 아무것도 보이지 않았다.

"의회에 주저앉으시고 입만 바쁘시기에 실력은 녹슬었을 거라 짐작했습니다. 그런데 대단하십니다. 실은 퍽 놀랐습니다. 아무리 숨이 껄떡껄떡 넘어가는 나이라 해도 그 임유현을 죽이긴 쉽지 않았을 텐데. 시체의 단면을 보니 피가 극적으로 천천히 흐르도록 마감까지 해 놓으셨더군요. 역시 여전하시네요. 하나……."

김서혁이 단조롭게 말을 이었다.

"……새파랗게 어려서 제 머리만 믿고 피아 구분도 못 하는 그런 놈의 수족이 되시다니요."

백정명이 일그러진 얼굴로 눈을 떴다. 핏발이 서 붉었다. 그가 끓는 소리로 웃었다.

"김서혁 자네 서재희를 너무 얕보는 것 아닌가? 임유현을 내가 죽였을 것 같나? 아니야. 난 마무리만 했어. 전처리는 전부 서재희가 했지. 내가 도착했을 때 임유현은 이미 반쯤 죽은 거나 마찬가지였어. 그 상황에서는 기초학교 부진아라도 임유현의 목숨을 끊을 수 있었을 거야. 사실 서재희는 내게 아주 큰 은혜를 베푼 셈이지. 서재희야말로 수많은 밤을 임유현을 갈기갈기 찢어 버리는 상상을 하며 잠들었을 테니까. 나는 서재희의 수족으로 일한 것이 아니라, 그에게 빚을 졌어. 임유현을 찢어발길 그 귀한 기회를 내게 기꺼이 양보했으니."

백정명의 시선이 점차 또렷해졌다. 그는 전신을 심하게 떨고 있었지만, 분노로 활활 타올라 누구보다도 강인해 보였다. 똑바로 마주 보기 어려울 정도였다.

"김서혁 네놈도 한때 후보자였지. 네 추천서에 서명했던 내 손을 잘라 버리고 싶어. 너도 내 아들의 제거에 동의했겠지?"

"아닙니다."

김서혁이 건조하게 이어 말했다.

"임유현이 교장으로 부임하고 제가 총사령관이 되면서, 임유현은 교장의 모든 권한을 저와 나누기 꺼렸습니다. 도시연합 중앙학교장 자리는 도시 내 동조자의 전체 인사권을 쥐고 있는 거나 다름없지요. 아직 채 완성되지 않은 어린것들의 정보를 분석하고, 잘라 낼 것인지 키워 낼 것인지 결정하니까요. 아무리 시스템의 기준이 딱딱 떨어진다 하여도 온갖 변수가 나오고, 그에 따른 판단은 교장의 융통성에 좌우됩니다. 온갖 인사들이 자녀의 생존을 위해 임유현에게 빌붙었겠지만, 저와는 관계없습니다. 그러나 권한이 없어 책임 또한 없다고 변명하는 건 아닙니다. 이제 막 임유현과 손을 잡아 그 권한도 일부 받기로 약조했거든요. 물론 당신이 그를 죽여 버려 여의치 않게 되었지만."

백정명의 시선이 김서혁에게서 떨어져 유은우에게 닿았다. 아까까지는 별생각이 없었으나, 백일서의 아버지임을 알고 나니 그 시선은 흡사 송곳 같았다.

"후보가 될 생각에 꿈에 부풀어 있겠지? 그 자리는 독이 든 술과도 같아. 한번 마시면 취해서 헤어 나올 수도 없고 끝은 죽음뿐이야. 후보자로 살다가 죽으면, 네 무덤은 죄 없는 자들의 뼈로 덮이게 될 거다. 후보로 언급될 정도니 너도 당연히 낙원의 이론에 접근했겠지?"

유은우는 마른침을 삼켰다. 김서혁은 백정명을 차갑게 바라보고 있을 뿐, 그가 쏟아 내는 말을 제지하지 않았다.

"내 아들이 조금만 더 동조자로서 재능이 있었다면, 조금만 더 낙원의 이론에 가까이 갔더라면 그 자리엔 내 아들이 앉았겠지. 그 경계선을 넘지 못하는 어정쩡한 재능과 호기심. 차라리 비동조자로 태어났더라면……."

백정명이 말끝에 이를 악물었다. 그의 다리에선 피가 웅덩이를 이루고 있었다. 그때 백일서가 죽은 날에도, 그의 피가 붉게 녹은 유리처럼 매끄럽게 문틈으로 밀려들어 왔었다. 유은우는 가슴이 꽉 눌려지듯 아파 견딜 수가 없었다. 그러나 백정명의 시선을 피하지는 않았다. 홀린 듯이 그의 말을 들었다.

"후보자가 되는 것과 F등급을 받아 제거되는 것은 한 끗 차이야. 지금 네 옆에 있는 김서혁. 내가 죽인 임유현. 그리고 서재희가 장악한 차인호. 나. 그밖에 낙원의 이론 실체를 정확하게 알고도 지지하는 자들. 전부 역대 낙원의 이론 후보들이다."

김서혁은 무감하게 백정명을 보고 있었다. 유은우는 김서혁의 기색을 살피는 척하며 창을 보았다. 푸르스름한 설계가 얇은 레이스처럼 창틀 위에 나붓이 얹혀 하늘거렸다. 끝에 서명이 휘갈겨져 있었다. 이성훈.

"재학 당시 우리는 위험을 두려워하지 않고 학교에서 일어나는 실종이나 퇴학 따위를 캐내면서 예언에 접근했어. 끔찍한 시스템이라 여겼고, 그 누구보다 개혁에 대한 의지가 있었다.

낙원의 이론이 말하는 세 사람 중 하나가 될 자질이 있었던 거지. 하지만 결국 어떻게 됐지? 전부 후보로 주저앉는 데에 그쳤어. 그리고 그리 치를 떨던 낙원의 이론 일부가 되었지."

백정명이 쇳소리로 웃었다.

"이렇게 효과적인 시스템이 있을 수가 없어. 낙원의 이론이라고 멍청한 시민만을 원하는 것은 아니야. 오랜 시간 축적된 방대한 데이터에 의하면, 사회를 바꾸는 사람들은 특유의 행동 패턴이 있다. 낙원의 이론의 궁극적인 목적은, 사회를 전복시키겠다는 의지를 가질 만큼 특출하고 예민한 인재를 가려내서 수많은 실패에 길들여 기득권의 정점에 올려놓는 거지. 그 외에 애매한 사람은 쳐 내고 무지한 것들만 남겨서, 중간을 끊어 버리고 지배층과 피지배층의 간격을 유지하는 것."

'그러니 도시를 유지하고 싶다면, 셋의 혀에 꿀을 발라 길들이고, 혹은 날개 꺾고 고립시켜, 영원히 후보로 머물게 하라.'

유은우는 긴장으로 땀이 서린 손을 쥐었다 폈다 여러 번 풀었다. 백정명은 눈을 감았다. 형형하던 눈빛이 감기자, 그가 부상을 입고 피를 흘리고 있다는 것이 재차 실감 났다. 숨이 가르랑가르랑 끓었다. 김서혁은 여전히 말없이 백정명을 보고만 있었다. 유은우는 김서혁의 뒤쪽으로 돌아가 창가로 붙었다. 거대하게 부풀려진 시계를 비스듬히 기울어 시선을 차단한 뒤에, 양 허벅지에 꽂힌 진짜 총과 페이크 총의 위치를 바꾸었다.

김서혁이 조용히 말했다.

"서재희가 저희와 다를 게 뭡니까. 낙원의 이론에 의심을 품고 고민하던 자가 비단 서재희만은 아닙니다. 저나 당신 또한 재학 시절에 이미 성장통처럼 같은 과정을 겪었습니다. 저희 때도, 그리고 당신 때도 크고 작은 움직임이 있었습니다. 하지만 그때 우리가 어떤 대안을 가지고 행동한 건 아닙니다. 저는 다시 돌아간다면 절대로 같은 실수를 반복하지 않을 겁니다. 수많은 동기와 아끼던 선후배를 잃었습니다. 단순한 발악으로 무엇이 바뀝니까? 그의 소망대로 낙원의 이론이 삽시간에 무너진다고 칩시다. 그 이후의 혼란은 누가 책임집니까."

유은우는 진짜 총을 뽑았다. 백정명이 천천히 눈을 떴다. 그가 턱을 꽉 악물었다.

"아들이 제거되고 나니, 여태 그리 효율적이라 믿으시던 낙원의 이론에 반감이 생기신 것은 이해합니다만, 그렇다고 해서 어린아이 치기로 반항하는 장난질에 참여하시다니요. 당신과 차인호가 당장의 안위만 생각하고 서재희의 손을 빌리니 이렇게 일이 커지는 것 아닙니까. 학생 시절에 설익은 정의감으로 낙원의 이론에 대해 반발하고 좌절하는 과정은 늘 있었으나 언제부터 이렇게 스케일이 컸습니까? 우리는 적어도 사해에서 싸웠습니다. 그러나 지금 서재희는 제1도시 한복판에서 일을 벌이고 있습니다. 당신은 당신 아들이 죽은 것만 억울하겠지만, 오늘 이 전투에 휘말려 죽은 자들도 희생자입니다. 훈수 두실 자격 없으십니다."

유은우는 살며시 총구를 창턱의 설계에 가져다 댔다. 김서혁이 단호하게 이어 말했다.

"낙원의 이론은 결백합니다."

"사람을 줄 세우고 골라내는 작업이 정당하다고? 자네가 그렇게 아끼는 유은우는 지금 F등급이야! 진즉 제거하고도 남았을 애를 일부러 살리려고 전리품으로 등록시켜 놓고, 시스템의 눈을 피해 자기 사람만 편법으로 빼놓고, 지금 내 아들은 잘 죽었다 이건가?"

백정명이 소리를 지르고는 숨을 몰아쉬었다. 안색이 희게 질려 납빛이었다. 유은우는 방아쇠에 손가락을 걸었다가, 백정명이, 그리고 김서혁까지 갑자기 이쪽을 보는 바람에 얼른 창가에 기대는 척했다. 김서혁이 유은우에게 이리 가까이 오라는 손짓을 했다. 유은우는 어쩔 수 없이 그쪽으로 몇 걸음 다가갔다. 유지한 거리가 무색하게도, 김서혁이 훌쩍 손을 뻗어 유은우의 팔을 잡았다. 그는 능숙하게 유은우를 잡아당겨 제 뒤로 감추었다.

"낙원의 이론은 죄가 없습니다. 다루는 인간들이 문제지요. 늘 비슷비슷한 사람들. 고만고만한 타협. 서재희라고 다르겠습니까? 그 애는 사회가 어떻게 바뀌든 전혀 관심이 없습니다. 그저 임유현에게 복수하고 사회에 분풀이하고 싶을 뿐입니다. 그리고 당신은 아들을 잃은 슬픔에 앞뒤 판단이 흐려져 그에 동조했지요. 당신이 힘을 보태었다고 서재희가 대단해지는 거 아닙니다."

"서재희는 달라. 자네는 서재희를 단지 똑똑한 인재일 뿐이라고 생각하겠지만, 그게 다는 아니지. 자네도 잘 알지 않은가?

사실 재능 자체가 뭐가 중요한가? 재능을 어떻게 쓰느냐가 중요하지. 서재희는 자네가 생각하는 것보다 훨씬 치열해. 분신자살하는 데 재능을 쓸 각오를 하고 있으니. 상대하려면 골머리 좀 썩게 될 거야."

"글쎄요. 저야 워낙 대등하게 붙어 본 적수가 없어서 맨몸으로 부딪혀 오는 게 신선하긴 합니다."

"오만하긴. 서재희는 예언에서 말하는 그 하나야. 난 확신해."

유은우는 김서혁의 뒤에서 살짝 떨어져 나왔다. 창가로 막 걸음을 떼려 할 때였다. 김서혁이 손을 뻗어 유은우의 팔목을 강하게 잡았다. 유은우는 움찔해서 창가를 보았다. 타인의 대기 설계를 타고 날아온 정윤환의 설계는 여전히 선명하게 유지되고 있었다. 설계가 저리 오래도록 버티는 건 유은우도 살면서 처음 보았다. 게다가 정윤환은 지금 아예 다른 건물, 그것도 지하로 내려가고 있을 터였다. 그토록 먼 거리에서 이리 오래 유지한다니 경악스러웠다. 그러니 지금 바로 응집된 온이 풀어져 설계가 무효화된다 해도 할 말이 없었다. 마음이 급해졌다. 유은우는 손목을 꽉 틀어쥐고 있는 김서혁의 손을 보았다. 도저히 그의 얼굴을 대놓고 올려다볼 자신이 없어 다시 창문을 보았다. 유리창에 김서혁이 비쳐 보였다. 그는 유은우를 보고 있었다.

손끝까지 피가 식었다. 유은우는 애써 고개를 돌려 백정명을 보는 척했다.

"김서혁 자네도 뭔가 원하는 게 있으니 지금 서재희와 정면으로 붙는 것 아닌가. 정말 자네가 서재희를 하룻강아지로 보고 있다면 직접 나서지도 않았을 테지. 자네야말로 무슨 꿍꿍이지? 죽을 때 죽더라도 자네 그 시커먼 속은 보고 가야겠어."

유은우는 백정명을 보고 있었으나, 왼쪽 뺨으로 달라붙는 김서혁의 시선을 온전히 느꼈다.

"사공이 많으면 배가 산으로 간답니다. 의원들은 말이 너무 많습니다. 도시연합장 임기도 너무 짧습니다. 민중이 우매하니 차인호 같은 사람을 뽑아 도시연합장 자리에 앉혀 놓고, 차인호는 재선을 노리며 당장 시민들의 목구멍에 들어갈 단기적인 정책이나 밀고 있지요. 죽어 가는 용을 대체할, 시민들에겐 숨겨야 하나 실로 절실한 장기 프로젝트는 예산조차 확보가 어렵습니다. 이래서야 되겠습니까. 시민이 각자 한 표씩 행사한다고 해서 민주주의가 훌륭한 지도자를 보장하지는 않습니다. 우리는 객관적인 시스템을 가지고 있습니다. 낙원의 이론."

유은우는 눈을 들어 김서혁을 보았다. 그는 유은우를 내려다보고 있었다. 유은우는 그제야, 김서혁이 여태 입 밖으로 내놓은 말들이, 지금 당장 숨이 넘어가도 이상하지 않을 백정명을 향한 것이 아니라, 그가 후보로 밀고 있는 유은우 자신에게 하는 말임을 깨달았다.

"탁월한 지도자가 사심 없이 장기적인 안목을 가지고 임기의 제한 없이 낙원의 이론을 기반으로 사회를 유지한다면, 지금보다 훨씬 나을 겁니다. 연합장이 표심에 휘둘리지 않으면 의원들 눈치 볼 일도 없을 것이고, 낙원의 이론이 기득권 멋대로 쓰이지도 않을 겁니다. 당장 표심을 얻으려고 뿌려 대던 예산으로 기반 사업을 다져서 더 많은 것을 되돌려 받을 수도 있겠죠."

"그건 독재야."

"정말로 사회를 위하는 자가 독재한다면, 우매한 민주주의보다 효과적입니다."

"지금 그 지도자를 자네 본인이라고 말하고 싶은 건 아니겠지?"

"저를 비롯해 몇으로 구성되겠지요. 그게 뭐가 어렵습니까. 방대한 데이터를 기반으로 한 객관적인 자료가 있지 않습니까. 상황을 설정하고 낙원의 이론 시스템만 돌리면 몇 초 만에 명단이 뽑히는데."

김서혁이 갑자기 발을 내디뎠다. 유은우는 손목을 잡힌 채 끌려갔다. 김서혁은 창가에 서더니, 총을 들어 설계의 서명 부분을 걷어 올렸다. 낯선 이성훈의 서명이 벗겨지고 그 아래 희미한 서명의 흔적이 있었으나 알아보기 힘들었다. 그러나 김서혁은 서명을 유심히 보지 않았다. 그는 총을 들어 바로 갈겼다. 푸른 설계는 삽시간에 깨져 바람에 날아갔다. 강하게 뭉쳐 있던 온이 급작스레 흩어지며 살갗을 따갑게 스쳤다.

"서명 볼 것도 없다. 여긴 4층이고, 이 정도 설계를 유지할 만한 사람은 하나뿐이지."

그러더니 김서혁이 인터컴에 대고 물었다.

"이선규, 정윤환 어디 있어."

— 모함까지 데려다주고 왔습니다. 무슨 일 있으십니까?

"정윤환 인터컴은."

— 제가 회수했습니다.

"박민준, 배치도 복구 불가한가?"

— 네. 그냥 뚫린 정도가 아니고 기본 틀을 완전히 부숴 놨습니다.

"도청은?"

— 도청은 여전히 잡히는 것 없습니다.

"서재희는 내 타깃에서 제외하겠다. 누구든 먼저 발견하는 즉시 죽일 것. 꼼꼼하게 확인 사살까지 하고 즉시 보고한다. 그리고 이선규, 정윤환한테 추적선 걸어서 찾아내."

— ……네? 윤환이 말입니까?

김서혁은 대답하지 않았다. 그는 이제 백정명을 향해 총을 겨누었다. 인터컴에서 이선규의 당황스러운 목소리가 이어졌다.

— 대장, 윤환이 상대로 추적선 안 걸립니다. 여덟 도시 다 통틀어도 윤환이한테 추적선 걸 수 있는 사람은 없을 겁니다. 아시잖습니까.

"일단 해. 총에 금까지 간 상태면 먹힐 수도 있어. 찾아서 총 압수하고 모함 치료실 인큐베이터에 집어넣어. 못 나오게 잠금하고 보고해."

— ……네.

이프가 반짝이며 창이 떴다가 사라지더니 다시 떴다. 서재희 이름이 굵은 붉은색으로 표시되어 타깃 리스트 가장 위를 차지하고 있었다. 차인호나 차예원보다 위였다. 서재희 옆에 박혀 있던 김서혁 이름은 사라져 빈칸이었다.

백정명이 웃었다. 목소리가 긁혀 나왔다. 그가 김서혁을 향해 말했다.

"자네, 오늘은 날 이겼지만, 훗날엔 서재희에게 지게 될 거야. 분명히. 예언처럼. 그동안 도시는 건재하나, 영원하지 않을 수도 있다……."

김서혁이 방아쇠를 당겼다. 총구가 튀어 올랐다. 새하얀 빛이 백정명의 가슴을 정확히 노리며 날았다. 그와 동시에 유은우는 김서혁의 손아귀에서 손목을 비틀어 빼냈다. 앞으로 뛰어나가며 오른손을 움직였다. 김서혁의 타격이 유은우의 시계판과 부딪히며 끼기긱 거칠게 긁히고 날아가 천장에 부딪히고 다시 아래로 내리 떨어졌다. 유은우는 시계 침으로 그것을 단번에 부수어 놓았다.

잠시 정적이 흘렀다.

백정명은 멍하니 유은우를 보고 있었다. 김서혁이 겨누었던 총을 천천히 내리며 옅게 숨을 뱉었다. 놀라긴 유은우 또한 마찬가지였다. 생각하고 한 행동이 아니었다. 김서혁의 타격을 대놓고 막은 것을 어떻게 수습해야 할지 깜깜하기만 했다. 서재희는 백정명을 살리라고 했다. 그러나 정윤환의 설계가 파괴된 지금 김서혁의 눈을 피해 백정명을 빼돌리는 건 불가능했다. 그렇다고 김서혁이 백정명을 죽이도록 놔둘 수도 없었다. 백일서의 아버지라는 것을 몰랐으면 몰라도, 이미 알게 된 상황에서 도저히 그것만은 두고 볼 수 없었다. 이유는 정확히 말할 수 없었으나, 그 어떤 시답잖은 변명을 갖다 붙여서라도 백정명의 죽음을 방관할 수는 없었다. 그래야만 했다.

유은우는 빠르게 백정명을 훑었다. 어딜 어떻게 부축해야 가장 쉽게 들어 올릴 수 있을 것인가. 다친 다리에 최대한 손을 대지 않으려면 어디를 얼마나 잡아당겨야 하는가. 아까 복도 끝으로 날려 버린 백정명의 총은 어떻게 챙길 방법이 없겠는가. 크게 동선을 그려 보았다.

김서혁이 입을 열었다.

"내가 아까 분명히 말했지."

유은우가 단 한 번도 들어 보지 못한 그런 목소리였다. 깊이 가라앉아 있었다. 김서혁이 잠깐 입을 다물었다가 다시 말했다.

"많이 봐주고 있다고."

김서혁은 유은우도 백정명도 아닌 허공 어딘가를 노려보고 있었다. 낯이 굳어 딱딱했다. 그가 천천히 말했다.

"부디 내 손으로 널 처리하는 일은 없길 바란다."

유은우는 걸어 나갔다. 백정명을 보호하듯 등지고 서서, 김서혁을 똑바로 마주했다.

"나는 여태 단 한 번도, 대장한테 나 봐 달라고 한 적 없어."

김서혁이 손을 들어 이마를 문질렀다. 단단한 시선이 유은우를 향했다.

"저녁 먹은 것 다 게워 내면서도 설계 공부에 매달렸어. 서포터들에게 짐이 되기 싫어서 조금이라도 더 빨리 달릴 수 있도록 밤새도록 훈련실에 머물렀어. 혹여나 대장이 나 때문에 진급을 놓치지는 않을까. 동료들에게 폐가 되지는 않을까. 조금이라도 군에 도움이 되고 싶어서. 대장이 날 인간으로 봐 주니 사실은 시민권이 그리 절실한 것도 아니었어. 그런 내 마음을 알아주고 인정해 주길 바란 것이지, 내 선택에 대해 눈감아 주길 바란 적은 단 한 번도 없었어. 나는……."

유은우는 또박또박 말하려 애썼다. 그러나 목소리는 자꾸만 떨려 나왔다.

"……우매한 민주주의라는 말에 동의 못 해. 낙원의 이론이라는 시스템을 꼭꼭 숨겨 두고 온갖 정보는 감추면서 시민들을 어리석다고 말하는 건 모순이야. 한정된 정보에, 조작된 언론에, 숨겨진 시스템까지. 이런 상황에서 대체 어떻게 올바른 판단을 해. 시민들이 우매한 것이 아니라, 정부가 우매한 시민을 원하고 있잖아."

김서혁은 총을 든 손을 움직였다. 유은우는 저도 모르게 몸을 바짝 굳혔다. 그러나 김서혁은 총을 홀스터에 꽂고 팔짱을 꼈다.

"낙원의 이론은 공개되는 순간 그 힘을 잃어버려. 은폐되어야 힘을 발휘하는 시스템이 까발려져 만인에게 부정되면, 미처 걸러 내지 못한 자질 나쁜 동조자들이 그 어떤 안전망도 없이 나머지를 찍어 누르게 될 거다. 왜 동조자들이 심리안정술을 쓰는지 잘 생각해. 온을 처음 다루기 시작하는 기초학교 1학년 때 왜 그렇게 사고가 많이 일어나는지."

"대장이야말로 낙원의 이론에 대해 신뢰하는 것 맞아? 그 자질 나쁜 동조자에 나도 들어가는 거 아니었어?"

"시스템은 완벽하지 않아. 그러니 후보들과 13위원의 의견을 반영하는 것이고. 다른 이들은 그 틈을 이용해 사리사욕을 채우지만 나는 널 살리는 데에 썼다. 내가 보는 너는 F등급과는 거리가 멀었으니까. 학교로 보내서 증명하고 싶었어. 낙원의 이론 후보감이 부모의 죄 때문에 F등급으로 매겨질 수도 있다는 것을. 그러니 지도자는 낙원의 이론에 의지하기보다 보완해야 한다고. 시스템이 아닌 가까이 있는 사람들이 지켜보는 것 또한 필요하다고."

"나는 낙원의 이론에 대해 모두 공개하고, 그 시스템의 존폐 여부를 시민들의 판단에 맡겨야 한다고 생각해. 무조건 수치만 보고 위험인물로 규정하고 제거하는 것이 아니라……."

"유은우, 내가 몇 번이고 말했잖아. 보완이 필요하다고. 네가 바로 그 특이케이스야. 그만하고 이리 와."

김서혁이 손을 내밀었다. 총이 들리지 않은 빈손이었다. 유은우는 그의 손을 잡는 대신, 시계 침을 한 뼘 길이로 뽑아냈다.

김서혁이 뻗었던 손을 거둬 마른세수를 했다. 그는 관자놀이를 몇 번 누르더니, 한 발짝 가까이 왔다. 유은우는 한 걸음 물러섰다.

"일단 이리 와. 백정명을 계기로 조금이나마 네게 언질을 주려 했던 내가 잘못했다. 조금 더 준비되고 난 후에 이야기했어야……."

그때였다. 인터컴에서 이선규의 목소리가 날아들었다.

— 대장, 윤환이 추적선 걸렸습니다. 의회 지하입니다. 윤환이가 소연주가 깐 탐색 방지를 역으로 뚫은 모양인데, 그 틈으로 정보가 새서 13층 도시연합장실로 흘러가고 있어요. 서재희가 그쪽에 있는 걸로 보입니다. 일단 의회랑 제일 가까운 소연주가 윤환이 잡아서 모함에 집어넣기로 했습니다. 13층은 제가 올라가겠습니다. 지금 10층이라 제가 제일 빠릅니다. 다만 서재희가 11층부터 별 설계를 다 깔아 놔서 엘리베이터도 멈추고, 계단도 막히고, 창문도 열리지 않습니다. 벽이나 천장을 부수려고 해도 건물 전체에 타격이 전달되도록 해 놔서 도무지 위험해서 함부로 시도할 수도 없고. 도청되는 통신도 없는데 어떻게 이렇게 여러 사람 서명 써서 몇 겹으로 깔아 놨는지 통…….

"순서."

— 일단 베이스로 강화 설계가 깔리고 무효화 설계가 반사 설계랑 같이 꼬여 있는데 이게 어려운 고급 설계는 아닌데 희한하게 엮어 놨어요. 연쇄로 풀려고 했는데 이상하게 하나씩밖에 안 풀려서 이거 며칠은 걸릴 판입니다.

"서재희가 일부러 시작점을 여러 군데로 잡았을 거다. 그중 서너 개는 금방 찾을 수 있을 테니 다른 것 신경 쓰지 말고 그걸 기준점으로 잡아서 네가 그 위에 절개 설계로 다시……."

순간 김서혁의 인터컴이 박살이 났다. 바닥으로 인터컴 조각들이 금속음을 내며 떨어져 뒹굴었다. 그가 낯을 딱딱하게 굳히더니 천천히 눈을 들었다. 시선이 마주쳤다. 이윽고 김서혁

의 왼쪽 뺨으로 가느다랗게 핏기가 서렸다. 유은우의 시계 침
이 지나간 자리였다.

"……유은우."

김서혁이 총을 뽑았다.

캉!

김서혁의 총구가 튀어 올랐다. 황금색 빛무리가 쌔액 소리를
내며 날아와, 유은우가 전개한 시계판 위를 드드득 긁고 자취
를 감추었다. 유은우는 그 힘을 받아 내느라 뒤로 조금 밀렸다.
발뒤꿈치를 중심으로 바닥이 뚜둑 갈라지는 느낌이 났다.

유은우는 전신을 팽팽히 긴장시켰다. 김서혁이 사물을 매개
체 삼지 않고 직접 설계하는 타격은, 쉽게 소멸하지 않았다. 일
반적인 동조자가 빚어내는 온은, 어딘가 부딪힐 때 그대로 사
그라지거나 추진력이 한풀 꺾이기 마련이었다. 그러나 김서혁
은 달랐다. 그가 밀집시키는 온은 오랫동안 유지되고 시간이
갈수록 유연하게 움직여, 마치 의지를 가진 것처럼 보였다. 때
문에 김서혁은 방아쇠를 많이 당길 필요가 없어, 쉬이 지치지
않았다. 짧은 시간 내에 담판을 지어야 하는 유은우에게 최대
의 적이나 다름없었다.

— 정윤환, 멈춰. 지금 소연주가 그쪽으로 가까이 가고 있어.
아냐, 그 사람은 죽이지 마. 괜히 체력 낭비하지 말라고. 너 지

금 상태가……. 소연주 추적선은 소멸시키지 마. 그럼 네 위치가 발각되는 거나 다름없잖아. 끝을 잡아. 그렇지. 그 앞에 남자 있지? 추적선 남자한테 묶고 놔줘.

유은우는 뒷걸음질로 백정명 가까이 붙었다. 발바닥이 뜨끈하게 질척거렸다. 백정명의 피. 발목으로 그의 꺼질 듯 희미한 호흡이 느껴졌다. 천장을 살폈다. CCTV가 매끄럽게 돌아가고 있었다. 오른손으로 총을 고쳐 쥐었다. 페이크가 아닌 진짜 총은, 당장이라도 방아쇠를 당겨 달라는 듯 손아귀에 쩍 달라붙었다.

김서혁은 총을 쥔 손을 늘어뜨린 채 유은우를 보고 있었다. 표정은 읽기 어려웠다. 그의 설계가 어디쯤에서 어떤 형태로 자신을 노리고 있을지 섬뜩했으나, 유은우는 주위를 둘러보는 실수는 하지 않았다. 어차피 육안으로 잡아내기 어려웠다. 유은우는 김서혁을 똑바로 응시하며 오직 짐승 같은 육감에 의지했다. 설계 난독증을 극복하기 위해 길러 낸, 위태로운 차선책이었다.

― 우리 의회에서 본청으로 넘어갔던 루트 알지? 그쪽으로 해서 본청으로 넘어와. 의원들 지하로 몰아 났으니까 지문 거두는 거 잊지 말고. 본청으로 넘어가는 길목에 이성훈 의원이 기다리고 있어. 그 사람 만나면 은우 타깃으로 잡아서 공간 이동시켜. 김서혁 모르게 눈속임 따로 걸 필요 없어. 이미 은우, 김서혁 눈 밖에 난 것 같아. 이성훈 의원, 다른 건 몰라도 사정거리 하나는 특출하니까 정윤환 너 혼자 무리하지 말고, 꼭 도

움받아.

뒤에서 쩨액 하고 날카로운 기운이 내리꽂혔다. 유은우는 뒤를 돌아보지도 않고 시계 침을 날려 그것을 부수어 놓았다. 김서혁의 타격이 산산조각 나는 느낌이 났다. 바닥으로 유리 조각이 쏟아지는 듯 잘각거리는 소리가 울렸다. 유은우는 예민하게 그 소리의 위치를 가늠했다. 백정명의 바로 뒤. 김서혁은 유은우를 직접 노렸다기보다는, 유은우가 감싸고도는 백정명의 숨통을 먼저 끊으려 한 것 같았다.

김서혁이 다시 총을 들었다. 그가 마음만 먹는다면, 자신을 단번에 죽일 수 있음을 누구보다 유은우가 가장 잘 알았다. 그럼에도 맞선 것은, 김서혁이 자신을 완전히 놓지 못할 거라는 막연한 기대가 남아 있어서였다. 실제로 김서혁은 치열한 기색이 없었다. 마치 유은우를 시험하는 듯한 한 걸음 물러선 태도에, 공격의 간격이 길었다.

— 은우야, 백정명은 포기해. 설계 하나 다시 갈 테니까 타격해서 편승해.

유은우는 마른침을 삼켰다. 차예원의 온디딤이 상호 통신을 지원했다면 어땠을까. 서재희의 지시를 일방적으로 받는 게 아니라 의견을 개진할 수 있다면……. 하지만 과연 내가 백정명까지 데리고 이 상황을 빠져나갈 수 있는지 자신에게 묻는다면, 그 또한 확신할 수 없었다. 유은우는 발을 조금 더 뒤로 더듬어 보았다. 발목으로 미약하나마 여전히 숨이 느껴졌다. 백정명은 아직 살아 있었다.

김서혁이 다시 총을 들었다.

탕!

순간 앞으로 훅 고꾸라졌다. 시계판이 거칠게 당겨진 탓이었다. 유은우는 넘어질 듯 몇 걸음 내딛다가 겨우 중심을 잡고 멈춰 섰다. 시계판이 김서혁에게 끌려가고 있었다. 딸려 가지 않도록 버텼다. 시계판이 허공에 뜬 채 정신없이 덜덜 진동했다.

유은우는 그야말로 당황했다. 김서혁의 특기가 매개를 이용한 공격임을 몰랐던 것도 아닌데, 자신의 온디딤 자체가 그의 매개가 되리라고는 상상도 하지 못했다. 이제 더 이상 시계는 유은우의 무기가 아니었다. 김서혁의 무기를 유은우 손으로 들고 있는 꼴이었다. 머리가 하얗게 비었다. 당장 김서혁의 힘에 저항하는 것만으로도 벅차서 숨이 제대로 쉬어지지 않았다.

이걸, 대체, 어떻게……

김서혁이 유은우에게 겨누었던 총을 가볍게 옆으로 휙 당겼다. 깜짝 놀랄 정도로 순식간에, 시계가 훅 움직였다. 유은우는 그에 딸려 공중을 날아 복도 벽에 처박혔다. 신음을 삼키며 몸을 일으켰으나, 시곗줄을 찬 오른쪽 손목이 다시 거칠게 바닥으로 붙으면서 정신없이 엎어졌다. 오른쪽 손목이 뚝 꺾이는 소리가 났다. 시야가 희게 번득였다. 고통으로 인한 일시적인 현상인 줄 알았으나, 정신을 차리고 보니 공중으로 흰 패턴이 레이스처럼 나부끼고 있었다. 패턴의 가장자리에, 이성훈의 서명과 정윤환의 서명이 유려한 필체로 겹쳐 있었다.

유은우는 즉각 오른손에 쥐고 있던 총을 왼손으로 바꿔 쥐었다.

뚜벅뚜벅 구두 소리가 났다. 김서혁이 백정명에게 걸어가고 있었다. 총구는 정확히 백정명의 미간을 향하고 있었다.

유은우는 손목에서 시곗줄을 풀어냈다. 허공을 버르적거리던 시계 부품들이 구심점을 잃고 와장창 바닥으로 무너져 내렸다. 그 요란한 소리에 김서혁이 힐끗 눈을 굴려 이쪽을 보긴 했으나, 그의 총구는 여전히 백정명에게 꽂혀 움직이지 않았다.

탕!

김서혁의 총구가 튀어 오른 것과 유은우가 김서혁의 공격 한가운데로 뛰어들어 전신으로 백정명을 끌어안아 보호한 것은, 거의 동시에 일어났다.

김서혁의 타격은 유은우에게 닿기 직전, 거칠게 비틀리더니 소멸해 버렸다. 유은우의 예상대로.

그 짧은 순간, 군에서의 수많은 나날이 뇌리를 스쳤다.

일정이 없어 한가할 때면, 정예군은 절반으로 팀을 갈라 가볍게 모의 전투를 뛰곤 했다. 당시 유은우는 발을 헛디디거나 거리를 잘못 계산하여 김서혁의 사정거리 안으로 데굴데굴 굴러 들어가기도 했는데, 그럴 때면 김서혁의 거친 공격은 항상 코앞에서 깨끗하게 거둬지곤 했다. 유은우가 아군일 때는 당연했고, 적군일 때도 마찬가지였다. 유은우는 그런 김서혁의 반응을 역이용하면 어떨까 생각했었다. 일부러 김서혁의 앞에 뛰어들어, 그가 반사적으로 공격을 거두게 하면 그 찰나 반격할 수 있지 않을까 하고. 그러나 실제로 실행에 옮긴 적은 없었다.

발상이 비겁하다고 생각했기 때문에.

이런 식으로 쓰게 될 줄은 꿈에도 몰랐는데.

유은우는 백정명을 깊이 끌어안았다. 피비린내가 짙었다. 손목이 부러져 통증이 심했으나, 그럼에도 오른 손바닥으로 백정명의 가느다란 움직임이 느껴졌다. 망설임 없이 총을 들었다. 총구는 김서혁을 비껴가, 그의 뒤에서 희게 나부끼는 설계를 향했다.

이젠 정말 끝이다. 다시 김서혁을 만난다면, 이젠 그 어떤 것도 서로 기대할 수 없으리란 걸 알았다.

유은우는 방아쇠를 당겼다.

탕!

공간이 휘몰아쳤다. 사방이 빛으로 휘감겼다. 온이 나부끼자, 옷자락도 따라서 사납게 펄럭였다. 유은우는 백정명을 끌어안은 몸에 힘을 더했다. 공기 중에 섞인 온들이 섬세한 선의 형태로 도드라지며 세밀하게 교차했다. 씨실과 날실이 정교하게 엮이며 거대한 패턴을 형성했다. 유은우는 어지럼증을 삼키며 눈을 꼭 감았다. 그럼에도 빛이 강렬하게 눈꺼풀을 뚫고 들어와, 유은우는 웅크리며 백정명의 어깨에 눈가를 묻었다. 귓가가 윙윙거렸다.

정적은 갑자기 찾아왔다.

"서재희는 하나만 올 거라고 했는데."

낯선 목소리. 유은우는 가까스로 눈을 떴다. 두 사람의 구두가, 이어 다리가 보였다. 유은우는 백정명에게서 떨어지며 고개를 들었다.

흰 셔츠에 검푸른 정장 바지를 입은, 30대로 보이는 남자가 눈을 찌푸린 채 유은우를 보고 있었다. 그는 한쪽 손으로는 정장 재킷을 걷어들고 있었고, 다른 쪽 손으로는 총을 쥐고 있었다. 총구가 붉었다. 그리고 그 옆에 정윤환이 있었다. 그가 툭 뱉었다.

"어쩐지 무겁더라."

정윤환은 벽에 반쯤 기댄 채 한 손으로 이마를 짚고 있었다. 풀어헤친 셔츠. 목덜미가 피로 젖어 있었다. 정윤환의 피가 배어 나오는 것인지 다른 이의 피가 튄 것인지 가늠할 수 없어 유은우는 그의 목을 깊이 주시했다. 그런 유은우의 시선을 의식했는지 정윤환이 총을 쥔 손을 들더니 목덜미를 거칠게 닦아냈다. 핏기가 가시자 창백한 피부가 드러났다. 상처는 없었다. 그러나 유은우는 이제 정윤환의 총에서 눈을 뗄 수가 없었다. 검게 빛나는 총신 위로 가느다란 금이 선명했다. 그 갈라짐으로, 072라는 숫자가 미세하게 어긋나 있었다.

"너 총이⋯⋯."

"너 시계 어쨌어?"

유은우의 다급한 물음은, 정윤환은 서늘한 질문에 막혔다. 유은우는 제 오른손을 흘깃 내려다보았다. 시곗줄 없이 텅 빈 손목은 이상한 각도로 비틀어져 있었다. 통증보다 걱정이 앞섰다. 온디딤이 없으면, 이제 혼자 싸울 수 없었다.

"버렸어. 대장이 내 무기를 자유자재로 다뤄 버려서."

목소리가 갈라져 나왔다. 정윤환이 턱으로 백정명을 가리켰다.

"백 의원님 모셔 오느라 무리한 건 아니고?"

"백정명은 이제 의원이 아닌데."

낯선 남자가 조용히 대꾸했다. 정윤환은 기가 찬다는 표정으로 남자를 쳐다보았다.

"지금 그게 중요한 게 아니잖습니까, 이성훈 의원님?"

그러더니 정윤환은 다시 유은우를 보았다. 그가 신랄하게 퍼부었다.

"유은우 너한테 설계 깔아 주고 나서, 너 바로 올 줄 알았는데 뜸 좀 들이더라. 서재희 지시 못 들었어? 무기는 버리고 사람을 데리고 와? 너 이 사람 알아? 모르잖아. 대체 뭐 하러……."

유은우는 쉬이 대답하지 못했다. 정윤환의 시선을 피하며 백정명을 내려다보았다. 그는 거의 움직이지 못하고 있었으나 두 눈을 시퍼렇게 뜨고 있었고, 설상가상으로 유은우를 뚫어져라 보고 있었다. 백정명으로서는 도저히 이해할 수 없었을 것이다. 유은우가 굳이 기를 쓰며 자신을 데리고 탈주한 것에 대해.

유은우는 고개를 돌려 백정명의 눈길도 피했다. 정윤환도 백정명도 못 보니, 시선 둘 곳이 없었다. 자연스레, 이성훈을 올려다보게 되었다. 그는 눈을 내리깔고 무언가에 집중하는 기색이었다. 이윽고 그가 말했다.

"나는 가야겠어. 서재희가 위로 와 달래. 이선규가 서재희 위치를 파악하고 본격적으로 뚫는 모양이야. 설계가 차츰차츰 무너지고 있다는데 보강 좀 해야겠어. 김서혁도 그쪽으로 가는 것 같고."

그리고 이성훈이 가까이 다가왔다. 유은우는 몸을 굳혔다. 이성훈은 유은우에게는 눈길도 주지 않고 바지 주머니에서 무언가를 꺼내더니, 백정명 앞에 한쪽 무릎을 꿇고 앉으며 그것을 바닥에 톡 내려놓았다. 약물 케이스였다.

백정명이 이를 부득부득 갈았다. 유은우는, 그가 아직도 화를 낼 기운이 있다는 것에 놀랐다.

"누굴 놀리나? 당장 집어치워."

이성훈이 고개를 숙이며 작게 대답했다.

"저는 서재희를 돕지, 백 전 의원님을 도울 생각은 없습니다. 그래도 오늘 당신 작품은 무척 마음에 들어서. 이제 뉴스만 틀면 임유현이 너덜너덜한 모습으로 방송되겠죠. 이왕이면 당신 서명이 휘발되기 전에 카메라를 들이대면 좋았을 텐데 그게 여의치 않아서……."

이성훈이 짧게 웃었다. 그가 말을 이었다.

"당신이 노선을 바꿨다고 해서, 당신이 변했다고 생각하지는 않습니다. 아들만 죽지 않았으면 당신은 여전히 임유현에게 많은 것을 빌려 주었을 테니까. 전 아직도 사석에서 당신이 했던 발언을 잊을 수 없습니다. 시스템이 검증한 소수의 희생이니, 필요악이니……. 당신 부인이 살아 있었다면 이 짓도 할 수 없었을 텐데. 가족은 죄다 죽어 버리고 본인도 위험해지니 서재희 편에 붙은 것이지, 당신이 뭐 특별한 신념이 있어서 여기 있

232

는 건 아니지 않습니까? 그리 생각하니 영 달갑지 않아서……."

"저기요."

정윤환이 이성훈의 말을 뚝 잘라 냈다. 퉁명스러운 말투로 정윤환이 이어 말했다.

"의회에서 두 분 자주 부딪혔다는 건 저도 익히 아는데요. 다쳐서 힘도 없는 사람 앞에 두고 말이 너무 긴 거 아닙니까. 바쁘잖아요, 우리."

이성훈이 고개를 저으며 일어났다. 동시에 총을 들어 제 관자놀이에 대고 쏘더니 그대로 총을 쭉 미끄러뜨렸다. 총구가 닿은 지점을 시작으로 이성훈은 안개처럼 옅어지더니, 그가 복도 저편으로 멀어졌을 때는 이윽고 시야에서 완전히 사라져 버렸다. 이어 복도를 타닥타닥 달리는 소리마저 멀어졌다.

유은우는 퍼뜩 정신을 차리고 주머니에서 호흡기를 꺼냈다. 이성훈이 놓고 간 약물 케이스를 주워 끼웠다. 백정명의 입에 물리기 위해 몸을 낮추었다. 그러나 백정명의 핏발 선 눈을 마주한 순간, 손이 딱 얼어붙었다.

"네 도움 받고 싶지 않아."

그가 차갑게 말했다. 유은우는 그의 입가에 막 호흡기를 가져다 대려다 멈추었다.

"저는……."

유은우는 힘겹게 운을 떼었다. 그러나 백일서가 죽던 날 현장에 있었다고 솔직하게 털어놓을 자신이 없었다. 그렇다고 백정명을 죽게 내버려두고 싶지도 않았다. 그런 자신에게 치가 떨렸다. 결국 내 마음 편하자고 하는 일이었으니.

백정명이 낮게 말했다.

"내가 네 도움을 받을 것 같냐? 네가 그토록 냉정하게 내 다리에 무기까지 쑤셔 박다가, 내 이름을 듣자마자 안색이 허옇게 질려 시체 낯짝이 되는 걸 내 두 눈으로 똑똑히 지켜봤는데. 너와 나의 접점은 아무것도 없고, 그나마 내 아들과 함께 재학했다는 사실 뿐이지. 그렇다면 너의 그 알량한 호의는 내 아들과 관련되어서겠지? 네 도움 받고 싶지 않다."

백정명은 잠시 입을 다물었다가 한마디 덧붙였다. 속으로부터 끓어오르는 목소리였다.

"꺼져 버려."

유은우는 잠시 숨을 쉬지 못했다. 손에서 호흡기가 미끄러졌다. 간신히 그러쥐었으나 손에 힘이 들어가지 않았기 때문에 호흡기는 금속음을 내며 바닥으로 떨어졌다.

문득 어린 용이 생각났다. 나는 네 삶에 참견치 않을 테니 네 마음대로 자유로이 살아가라는 뜻에서 풀어 줬었다. 그때는 그래야 한다고 생각했다. 먹이를 주고 이름을 지어 부르며 돌보는 자체가 어떤 강요처럼 느껴졌기에. 용이 내게 그런 것을 바란 적 없으니 나도 줄 의무가 없다고 여겼다.

차예원에게 한 말도 같은 맥락이었다. 서재희가 자살하더라도 본인의 의지라면, 타인이 그의 마음을 돌릴 권리 또한 없다는. 본인의 선택에 그만큼의 이유가 있을 테니.

그러나 그게 과연 옳은 일이었는가에 대해 의문이 들었다.

여태 유은우 자신이 취했던 태도로는, 백정명의 의사를 존중해야 했다. 그를 그냥 내버려두고 가야 했다. 그러나 그렇게 하면, 십중팔구 그는 살해당하거나, 출혈로 사망할 터였다.

어린 용이 굶주려 죽을 수도 있음을, 서재희가 정말 자살할 수도 있음을 유은우도 모르지 않았다. 정말로 상대를 존중한다면 최악의 결과 또한 감수해야 한다고 생각해 왔다. 그러나 이상하게 유은우는 백정명을 그냥 두고 갈 수가 없었다. 유은우 자신이 만들어서 지켜 온 어떤 신념의 틀이 유독 백정명에게만 끼워 맞추기 어려웠다. 백정명 말대로 알량한 죄책감에서인지, 혹은 애초에 용이든 서재희든 줄곧 잘못 판단해 왔는지, 도통 아귀가 맞지 않았다. 이러지도 저러지도 못하는 상황에서 자꾸만 뒤가 서늘했다.

'나도 그러고 싶어! 쭉 살리고 싶었지만 여의치 않았어. 상황이 끔찍했다고! 난 내가 할 수 있는 한 언제나 네게 최선을 다했어! 언제나! 그리고 지금도 마찬가지야! 사진은, 사진은, 따로 이유가 있어서 가지고 있었던 건 절대로 아니야. 그냥 단지……'

파르르 떨리던 정윤환의 입술이 생각났다. 꽉 주먹 쥔 두 손도. 그는 얼굴이 일그러질 정도로 눈을 꽉 감았다가 떴었다.

'……버릴 수가 없었어.'

그때는 정윤환을 이해할 수 없었다. 그가 왜 속 시원하게 과거를 털어놓지도 않으면서, 그저 그 모든 일이 나를 살리고 싶어 최선을 다한 결과일 뿐이라고 했었는지. 어떻게 그런 상황이 존재할 수 있는지 미심쩍었다. 사진은 또 왜 가지고 있었는지. 단지 버릴 수 없었다는 건 이유가 될 수 없다고 생각했다. 그러나 돌이켜 보면, 유은우 또한 백일서의 혀가 들어 있던 유리병을 들고 주저했었다. 누군가 그 이유를 묻는다면, 유은우는 대답할 수 없었다. 정윤환이 그랬던 것처럼.

백정명의 까슬한 낯은, 백일서의 인상을 그대로 닮아 있었다. 유은우는 백정명의 다리를 보았다. 유은우가 처참하게 찢어 놓아 피가 흥건했다. 백정명이 재차 말했다.

"두고 가."

유은우는 호흡기에서 약물 케이스를 분리했다. 손은 이제 떨리지 않았다. 케이스를 입에 물고, 백정명의 다리를 꽉 붙잡은 뒤, 상처 위로 고개를 숙였다. 턱에 힘을 주었다. 딱, 소리가 나며 케이스가 박살 났다. 쌉쌀한 맛이 났다. 약한 점성을 가진 액체가 상처로 쏟아졌다.

상처가 부글부글 끓었다. 백정명이 신음을 내며 몸부림쳤다. 유은우는 그의 다리를 꽉 잡고 놓아주지 않았다. 차마 부러진 오른손은 쓰지 못하고 멀쩡한 왼손만 썼으나, 신체 강화 상태라 손쉽게 제어했다. 그 모양을 물끄러미 지켜보던 정윤환이 다가왔다.

"이거 놔!"

백정명이 사납게 소리를 질렀으나, 곧 정윤환의 손날에 뒷덜미를 얻어맞고 축 늘어졌다. 유은우는 그제야 백정명의 다리를 놓아주었다. 왼팔이 뻐근했다.

정윤환은 백정명을 훌쩍 둘러업고는, 근처 아무 문이나 열고 쑥 들어가 버렸다. 부스럭부스럭 수습하는 소리가 났다. 이윽고 정윤환이 홀로 나왔다. 그는 피로한 낯으로 복도의 CCTV를 힐끗 보았다. 그가 중얼거렸다.

"서재희도 봤겠지? 이 정도 수습해 놨으면 나중에 빼내 주겠지?"

유은우는 대답하지 못했다. 불안감이 스멀스멀 등골을 미끄러졌다.

"재희 선배 지시가 없어."

"바쁘겠지."

정윤환이 딱 잘라 대답했다. 그는 유은우를 보더니 덧붙였다.

"우리하고만 통신하는 거 아니잖아. 서재희가 굳이 우리한테 이래라저래라 안 하는 건 우리가 지금 잘하고 있다는 거겠지. 일단 지하로 가자. 이리 와. 아니, 잠깐. 아까부터 묻고 싶었는데, 너 손 왜 그래?"

"괜찮아."

유은우는 애써 침착하게 대답했다. 정윤환이 성큼 가까이 왔다. 그가 총을 들고 있지 않은 손으로 거칠게 유은우의 팔뚝을 잡아당기고 꺾인 손목을 찬찬히 들여다보았다. 그가 중얼거렸다.

"큰일 났네. 회복제도 다 떨어지고 없단 말이야. 아까 백정명한테 주는 게 아니었어."

그 틈에 유은우는 정윤환의 총을 살폈다. 가까이서 보니 금

이 깊었다. 게다가 동조율은 072를 찍고 있었다. 정윤환의 동조
율 최대치가 082임을 감안할 때 떨어질 만큼 떨어졌다고 봐도
좋았다. 정윤환의 얼굴을 올려다보았다. 그는 유은우의 손목을
뚫어져라 보고 있었는데, 그 표정이 심각했다. 유은우는 짐짓
아무렇지도 않은 표정으로 그의 손아귀에서 팔을 빼냈다.

"진짜 괜찮아. 왼손으로 쏴 봤는데 할 만하더라."

"할 만하더라? 오른손잡이가 하루아침에 어떻게 왼손으로
조준을 해."

"그러는 넌? 네 총은 또 왜 그래?"

더 이상 쓰면 침식됨을, 정윤환 너도 알지 않냐고 묻고 싶었
으나 삼켰다. 정윤환도 모를 리 없을 테니까. 유은우가 손목이
부러진 것처럼 그도 이유가 있을 터였고, 이유를 안다고 해도
도리가 없었다. 시계를 잃은 지금, 유은우는 정윤환의 설계에
완전히 의지하는 수밖에 없었다. 왠지 자꾸만 코가 시큰거렸다.

"재희 선배 잘못된 거 아니겠지?"

불쑥 그런 말이 나왔다. 유은우는 저도 모르게 그런 말을 뱉
어 놓고, 그만 속이 하얗게 말라붙었다. 정윤환이 눈을 질끈 감
았다가 떴다. 뭐라고 크게 소리라도 지를 표정이었으나, 그는
뜻밖에 낮게 말했다.

"서재희 믿는다고 한 건 너잖아. 너까지 왜 그래. 내가 아까
말했잖아. 서재희, 우리 말고도 여럿 움직이고 있다고. 우리가
잘하고 있으니까 아무 말 없는 거라고. 우리가 더 이상 지시받
을 게 뭐가 있어? 지하로 내려가서 법 개정만 하면 돼. 서재희

하고 싶은 일에, 우린 그냥 숟가락 얹는 것뿐이야. 원래 서재희, 쭉 복수를 원했어. 다 계획한 일이야. 분명히 성공할 거야."

그러나 정윤환은 총에 금이 갔고, 유은우는 시계를 잃고 오른쪽 손목이 부러진 상황에서, 서재희만 멀쩡할 거라는 희망은 품기 어려웠다. 무엇보다, 그의 지시가 끊어졌다.

"그럼 위원들 지문은……."

"다 땄어. 일부는 이성훈한테 받고. 얼마나 쉬워? 조금만 버티면 이제 다 끝나……."

무엇이 끝난다는 건지 알 수 없었다. 당장 오늘의 전투가 마무리되고 살아남는다 하더라도, 앞으로 닥칠 깊은 지옥의 시작이 될 텐데. 이렇게까지 판이 커지리라는 걸 몰랐던 것도 아닌데 자꾸만 마음이 헐거워졌다. 유은우는 급히 눈을 깜빡거렸다. 애써 참으려 했으나 눈물이 투둑 떨어졌다.

"야, 유은우! 제발 좀!"

정윤환이 어쩔 줄 몰라 했다. 그는 손을 뻗어 유은우의 뒤통수를 끌어당겼다. 뒤이어 정윤환의 다른 손이 눈가로 다가오기에 유은우는 눈을 꼭 감았다. 정윤환의 소매가 거칠게 눈가를 비비고 지나갔다. 그가 작게 중얼거리는 소리가 났다.

"다른 건 몰라도 울지는 마라, 진짜."

유은우는 자신의 눈가를 꾹꾹 눌러 대는 정윤환의 손을 잡고 아래로 끌어내렸다. 눈물이 어른거려 정윤환의 얼굴이 일그러져 보였다. 유은우는 제 손으로 눈을 닦아 냈다. 시야가 또렷해졌다.

"가자."

정윤환이 유은우의 왼손을 잡아당겼다. 둘은 복도를 한참 달리고, 계단을 만날 때마다 내려가고 또 내려갔다. 정윤환은 이쪽 지리에 훤했다. 앞서 내보낸 탐지 설계가 정보를 실어 돌아오면, 정윤환은 즉시 멈춰서 유은우의 입을 막은 채 모퉁이에 숨거나, 생각지도 못한 통로로 유은우를 발로 차 밀어 넣어 숨기곤 했다. 다리가 아닌 손목이 부러져 천운이라고, 유은우는 거듭 자신을 안심시켰다.

중간에 몇을 만나기도 했다. 까만 인터컴을 착용한 자를 만나면 서재희와 연락이 되냐고 물어볼 셈이었으나 하필 적뿐이었다. 정윤환은 적을 마주할 때마다 즉시 설계를 깔았다. 그의 총구가 튀어 오르면 유은우가 그 위로 조준해 사격했다. 유은우는 자신의 타격이 그리도 깔끔하게 타인의 설계를 입을 수 있다는 사실에 소름이 돋을 지경이었다.

한번은 정윤환 총에서 이상한 소리가 났다. 희미했으나 유리 깨지듯 날카로웠다. 유은우는 놀라 그의 총을 보았다. 정윤환이 매끄럽게 총신을 가려 상태가 잘 보이지 않았다. 옆에 있는 유은우가 그 소리를 들었으니 총을 쥔 정윤환이 그 균열을 느끼지 못했을 리 없다. 그러나 정윤환은 그에 대해 언급하지 않았다. 유은우는 정윤환이 방아쇠를 최대한 덜 당기도록, 한 치의 실수도 하지 않기 위해 몸을 바짝 긴장시켰다. 덕분에 왼손임에도, 유은우는 바로바로 정윤환의 설계 위로 자신의 타격을 얹을 수 있었다.

"우리 진짜 잘 맞는다."

세 번째 적과 맞닥뜨렸을 때, 정윤환이 신호도 없이 총을 겨누고, 직후 유은우가 같은 방향으로 쏘며 적이 소리 없이 쓰러졌다. 감탄이 절로 나왔다. 그러나 돌아오는 대답은 뜻밖이었다.

"이게?"

정윤환은 그리 탐탁지 않다는 표정으로 덧붙였다.

"힘 조절이 안 돼. 내 총이 멀쩡하고 네가 오른손만 썼어도 지금보다 훨씬 나았을 텐데. 너 감당하기 힘들다. 동조율 100이 생각보다 많이 무겁네. 너 원래 서포터 몇이나 붙어서 뛰었어?"

"최소 다섯……."

"내가 보기엔, 일곱 명은 붙어서 너만 지원해야 할 것 같은데. 그래야 안정될 것 같아."

유은우는 정윤환을 따라 복도를 달리면서, 바닥에 쓰러진 적을 스쳐보았다. 뒷덜미에 보라색의 상흔만 남았을 뿐, 깨끗하게 절명했다. 군의 지침상 최상의 살해였다. 유은우는 정윤환의 뒤에 바짝 붙으며 물었다.

"이 이상 어떻게 죽일 수 있어?"

"나 원래 사람 안 죽여. 급소 쳐서 기절시켜. 그런데 네 타격이 버거워서 조절이 잘 안 돼. 자꾸 강하게 나가는 것 같아. 그렇다고 네 타격을 줄이는 식으로 설계를 잡기도 좀 그래. 너무 약해서 적한테 스치기만 하면 난 한 번 더 사격해야 하고, 그건 지금 위험부담이 크니까. 타협 중이야."

정윤환은 모퉁이 벽에 노련하게 등을 붙였다. 앞서 보낸 탐지 설계가 돌아오는 걸 보고 나갈 셈이었다. 그가 숨을 고르는 동안 유은우는 작게 물었다.

"너 사람 안 죽여?"

"웬만하면."

"어떻게 사람을 안 죽여. 너 군인이었잖아."

"살짝만 치면 기절시킬 수 있어. 웬만하면 그렇게 해. 누가 알아채는 것도 아니니까. 다 살리는 건 아냐. 꼭 필요할 때는 죽일 때도 있어. 김서혁이 생존 탐지 돌리고 그럴 때면 나도 내 마음대로 살리고 못 그러지. 그럴 땐 다 죽여."

유은우는 정윤환을 빤히 쳐다보았다. 정윤환은 눈을 내리깔고 있다가 유은우의 시선을 느꼈는지 고개를 들었다. 시선이 마주쳤다. 그가 몸을 약간 뒤로 빼며 물었다.

"왜? 뭘 그렇게 봐?"

"아니, 그냥. 대단하네. 전쟁터에서 적을 기절시킨다는 게."

"뭐가. 비꼬냐?"

"전혀 아닌데."

"이선규는 엄청 뭐라고 하던데. 전에 한번 들었거든. 군인이 그게 뭐냐고. 네가 네 형이랑 다를 게 뭐냐고. 약해 빠졌다는 둥, 짬밥만 축내는 비효율적인 새끼라는 둥……."

"왜 안 죽여?"

"그냥 그러고 싶으니까. 설계 천재 소리 귀에 딱지가 앉을 정도로 들어도, 내 마음대로 할 수 있는 게 고작 그런 것뿐이더라."

"맨날 나 죽여 버린다는 사람 입에서 그런 소리 들으니까 되게 묘하네."

정윤환은 대답 없이 피식 웃었다. 탐지 설계가 작은 비행선처럼 쌩하니 날아 돌아왔다. 날개엔 어떤 정보도 실려 있지 않았다. '이상하네. 지하 4층에 아무도 없을 리가 없는데.' 정윤환이 중얼거리며 탐지 설계를 낚아채 부수었다. 푸른빛 가루가 날렸다.

가자, 정윤환이 작게 신호했다. 막 모퉁이를 돌려는 그의 팔을, 유은우는 다급히 잡아챘다. 정윤환이 의아하다는 표정으로 돌아보았다.

"저기, 있잖아."

유은우는 최대한 담담하게 말하려 애썼다.

"만약에 우리 살아서 나가면⋯⋯."

"자꾸 그런 소리 하지 마. 재수 없다고."

정윤환의 손이 훌쩍 다가와 유은우는 눈을 꼭 감았다. 그의 손바닥이 유은우의 얼굴을 가볍게 한번 쓱 훑고 지나갔다. 열이 올라 뜨거웠다. 눈을 뜨자 정윤환은 이제 다시 모퉁이 쪽을 보고 있었다. 유은우는 그의 소매를 잡아당겨 자신을 보게 했다.

"나가면 나한테 얘기해 줄 수 있어? 옛날에 어떤 일이 있었는지. 네가 예전에 그랬잖아. 나한테 최선을 다했다고. 그런데 정작 내가 모르고 있으니까, 도움을 받았더라도 고마워할 수가 없잖아. 몰라서 자꾸 널 미워하게 되니까, 말해 주면 안 돼?"

정윤환이 천천히 눈을 깜박였다. 옅은 눈동자. 눈가가 차츰 붉어졌다.

"화 안 내고 들을게. 변명뿐이라도 좋아. 최대한 이해하면서. 네가 거짓말을 보태도 진실이 그렇다 여기며 들을게. 내 입장이 아니라 네 입장이 될게."

정윤환이 손을 뻗었다. 손끝이 유은우의 이마에 닿았다. 정윤환은 유은우의 앞머리를 스치듯 걷어 올렸다. 아주 잠깐 동안, 유은우는 그가 시선으로 자신을 만진다고 생각했다. 정윤환이 낮게 속삭였다.

"여기서 키스하면 서재희가 CCTV로 보고 한마디 하려나? 아무리 바빠도 그냥은 안 넘어갈 것 같은데. 서재희 생존신고도 들을 겸 해 볼래, 우리?"

"질문에 대답 좀……."

정윤환이 예쁘게 웃었다. 그가 유은우에게서 손을 떨어뜨리고는 장난처럼 말했다.

"언제는, 서재희는 믿고, 나는 소름 끼친다더니."

"모르니까 그렇게 말한 거잖아."

"그럼 넌 서재희에 대해 얼마나 아는데? 오랫동안 알고 지낸 나도 가끔 서재희가 다른 사람 같을 때가 있는데."

유은우는 그만 말문이 막혔다. 서재희를 향한 믿음은, 순간순간 느낀 감정들의 축적이었다. 막상 서재희에 대해 말하려 하면, 유은우는 딱히 뱉을 만한 것이 없었다. 이름, 고향, 나이, 외모, 동조율, 자잘한 습관, 나를 보는 눈빛…….

정윤환은 물끄러미 유은우를 바라보다가 이내 몸을 돌렸다. 유은우는 그에게 손을 잡혀 모퉁이를 돌면서 재차 물었다.

"그래서 말 안 해 줄 거야?"

"싫은데? 네가 뭐가 예쁘다고."

정윤환은 예고도 없이 멈춰 섰다. 문은 없고 그저 벽뿐으로, 보안장치만 덩그러니 붙어 있었다. 정윤환이 익숙하게 보안장치에 손가락을 가져다 댔다. 거짓말처럼 벽 위로 가느다랗게 선이 그려지고 문이 도드라졌다. 매끄럽게 좌우로 열렸다. 정윤환을 따라 유은우도 그 안으로 걸어 들어갔다. 약간의 공간을 두고 또 다른 문이 있었다. 정윤환이 그 문의 보안을 해제하자 또 다른 문이 나타났다. 아무것도 없이 온통 회색이라 그런가 이상하게 서늘했다. 유은우는 두리번거리다 물었다.

"문이 몇 개나 있어?"

정윤환은 보안에 지문을 가져다 대려다가 멈추고 대답했다.

"세 개. 이게 마지막인데."

"탐색 설계 안 내보낼 거야?"

"아, 여기서는 총 못 써. 온이 차단되어서."

온이 차단된다고? 유은우는 그런 말은 듣도 보도 못했다. 농도가 짙고 옅고 흐름이 다를 뿐이지 온은 어디나 존재함이 상식이었다.

"그럼 적 만나면 어떻게 싸워?"

"아마 육탄전? 그런데 걱정할 것 없어. 여기 숫자 보이지?"

정윤환이 손가락으로 보안장치 스크린을 톡톡 두드렸다. 알 수 없는 기호와 숫자들이 떠 있었다. 정윤환은 그중, 가장 위에 있는 숫자 0을 가리켰다.

"내부에 있는 사람 수인데, 이게 0이잖아. 아무도 없다는 소리야. 얼른 끝내고 나가자."

정윤환이 보안장치에 손가락을 꾹 눌렀다. 문이 열렸다.

사방에 스크린이 놓여 있었다. 벽을 따라 콘솔이 빙 둘려 있었다. 먼지 한 톨 없이 깨끗했다. 그 흔한 펜이나, 구겨진 종이컵 따위도 없었다. 온통 막 공장에서 찍어 낸 듯한 전자기기뿐이었다. 약하게 우웅 하는 소음이 들렸다.

정윤환은 어디가 어딘지 살피는 기색도 없이 곧바로 한쪽으로 다가갔다. 그는 두 손을 깍지 껴 여러 번 풀어내고는, 콘솔에 가볍게 얹었다. 익숙하게 콘솔을 조작하는 정윤환 옆에 서서, 유은우는 자꾸만 불안해졌다. 주위를 둘러보았다. 입구에, 통과하면서 지문을 인식했던 보안장치와 같은 스크린이 있었다. 스크린 오른쪽 위로 2라는 숫자가 깜박거렸다.

"여기 원래 사람들 잘 안 와?"

"음. 복도는 사람이 많이 오가는데, 아무래도 여긴 들어올 수 있는 사람 자체가 적어서. 너도 아까 봤겠지만, 문도 잘 안 보이잖아."

유은우는 왼손 엄지를 만지작거렸다. 지문이 새겨진 실리콘 골무는, 찰싹 달라붙어 마치 피부처럼 느껴졌다.

"여기 말고 다른 곳이 더 있어? 네가 못 들어가는 그런……."

유은우는 말을 다 맺지도 못하고 헉, 숨을 들이켰다. 정윤환이 바지 주머니에서 무언가를 한 움큼 꺼내 콘솔 위로 쏟았기 때문이다. 짤막하게 잘린 손가락들이 버튼들 사이를 뒹굴었다. 어떻게 처리를 했는지 피가 흐르지는 않았다. 까맣게 말라붙어 있었다. 유은우가 놀라든 말든 정윤환은 반대쪽 주머니를 뒤적였다. 한 번 더 콘솔 위로 신체의 일부가 쏟아졌다. 둥그런 안구 하나가 데굴데굴 굴러 떨어지려는 것을, 유은우는 다급히 손으로 받아 냈다. 도로 콘솔 위로 올려놓자 정윤환이 말했다.

"이성훈이 그러는데 소연주가 위원 한 명 손가락을 아주 못 쓰게 지져 놨다더라고. 그래서 어쩔 수 없었대."

정윤환은 콘솔을 조작하고 뒤로 돌아섰다. 텅 비어 있던 중앙의 바닥이 찰칵 열렸다. 그리고 거대한 원기둥이 매끄럽게 솟아났다. 처음에는 아무것도 새겨져 있지 않은 단순한 원기둥으로 보였으나, 빛의 각도에 따라 고개를 기울여 보니, 일정한 간격을 두고 미세하게 금이 그어져 있었다. 정윤환은 신중하게 손가락들을 그러쥐었다. 원기둥을 빙 돌며 그 가장자리에 손가락들을 드문드문 내려놓았다. 각각의 지문을 인식할 때마다 원기둥의 칸들에 하나씩 하나씩 은근하게 불이 들어왔다.

"총 열두 개. 백정명 자리는 비워 놓고……."

정윤환이 마지막으로 안구를 내려놓았다. 총 열세 칸 중 하나가 비어 있음에도 원기둥 전체에 불이 환하게 밝혀졌다. 원기둥으로부터 빛줄기들이 복잡한 문양을 그리며 바닥으로 쏟아지고 콘솔을 지난 다음 천장을 휩쓸고 지나갔다. 여태까지 죽은 듯 희미하던 스크린이 차례로 가동되었다. 온통 흰빛으로 아찔했다. 조명이 강해 눈이 따가웠다.

정윤환의 두 손이 콘솔 위를 빠르게 날았다. 버튼 눌리는 소리가 빠르게 울렸다. 그가 중얼거렸다.

"서재희가 뭐라고 했더라. 중립지대로 검색하고, 그 뒤에 뭐라고 했지?"

"너 후보인데도 못 들어가는 곳 있어?"

정윤환은 손을 멈추지 않고 대답했다.

"있지."

"어딘데?"

"우리 뒤."

유은우는 깜짝 놀라서 뒤를 돌았다. 그제야 문 같은 무언가가 보였다. 콘솔의 시작점과 입구 사이에 직사각형 모양의 틈이 있었다. 벽과 같은 소재와 색에, 잘 맞물려 있었고, 그 흔한 손잡이도 없어, 쉽게 눈에 띄지 않았다.

"뭘 그렇게 놀라. 저긴 최대 여섯 사람만 들어갈 수 있어. 도시연합장. 도시연합 중앙학교장. 도시연합군 총사령관. 그리고 가장 최근의 완성된 후보 셋. 나는 옛날에 임유현이랑 세 번인가 들어가 봤어. 견학인지 지랄인지."

"저기 뭐가 있는데?"

"낙원의 이론 핵심 시스템."

유은우는 홀린 듯이 문을 응시했다. 옆에서 정윤환이 빠르게 콘솔을 두드리는 소리가 났다. 그가 어림도 없다는 듯 말했다.

"못 들어가. 들어갈 필요도 없고. 신경 꺼."

유은우는 문 쪽으로 걸어갔다. 손잡이가 없어 어찌 여는지 알 수 없었다. 찬찬히 살핀 끝에, 문 옆에 부착된 아주 작고 반질반질한 유리판을 발견했다. 지문을 얹으면 딱 맞을 크기였다. 유은우는 왼손 엄지를 들어 올렸다. 차인호의 지문이 덧씌워진 손가락이었다. 완전히 몰입하면서, 무심코 오른 어깨로 문을 밀었다. 당연히 꽉 닫혀 있을 거라 짐작한 문은, 너무나도 쉽게 안쪽으로 밀렸다. 지문이 채 닿기도 전이었다. 유은우는 소스라쳐 물러섰다. 문은 아주 약간 밀려 있었다. 틈이 아슬아슬하여 안쪽이 보이지는 않지만, 어쨌든 열린 것만은 확실했다. 유은우는 반사적으로 입구의 스크린을 보았다. 분명 아까까지는 2였는데, 어느새 3으로 올라가 있었다.

유은우는 천천히 뒤로 물러섰다. 정윤환을 돌아보았다. 그는 콘솔 위에 손을 멈춘 채 유은우를 빤히 보고 있었다. 발소리도 조심스러워하는 유은우를 보며, 그가 입 모양으로 물었다.

'왜 그래?'

유은우는 손가락으로 문을 가리켰다. 역시 소리 없이 입만 움직여 대답했다.

'열려 있어.'

정윤환의 안색이 창백해졌다. 유은우는 입구의 스크린을 가리켰다. 입 모양으로 말했다.

'누가 또 있어.'

정윤환이 무어라 소리 없이 중얼거렸다. 욕인 것 같았다. 유은우는 꾸준히 뒷걸음쳐서 겨우 정윤환 곁으로 돌아왔다. 그의 어깨를 잡고 발돋움하여 귀에 대고 속삭였다.

"언제 끝나?"

"존나 느려. 돌겠네, 진짜……."

정윤환이 이를 악물고 콘솔에 붙은 스크린을 가리켰다. 로딩 중 32% 문구가 반짝거렸다.

유은우는 힐끔 뒤를 돌아보았다. 문은 여전히 살짝 열린 채였다. 어깨에 정윤환의 손길이 닿는 게 느껴졌다. 그가 유은우의 귓가에 소곤거렸다.

"너 나가 있을래? 내가 마무리하고 바로 나갈 테니까."

"여기선 온도 못 쓰고 몸으로 직접 싸워야 한다며? 몸 상태만 보자면 너보단 내가 낫잖아."

"너 손목 부러졌잖아."

"그러는 넌 아프잖아."

둘은 한 치의 양보도 없이 서로를 빤히 마주 보았다. 먼저 입을 연 것은 유은우였다.

"얼마나 걸려?"

정윤환은 스크린을 보았다. 그는 유은우의 어깨를 감싼 채, 초조하게 입가를 문질렀다.

"……10분?"

"기다릴게. 같이 가. 일단 로딩 다 될 때까지 저 뒤에 숨어 있자."

유은우가 원기둥을 가리켰다. 계속해서 문 쪽을 주시하는 것도 잊지 않았다. 정윤환이 주위를 훑더니 다시 욕을 했다.

"망했다. 무기로 쓸 만한 게 하나도 없어."

"일단 숨……."

그때였다. 문이 확 열렸다. 유은우는 본능적으로 정윤환의 앞을 막아서고자 했다. 그러나 정윤환 또한 유은우를 뒤로 숨길 셈이었는지, 그 짧은 순간 둘은 그 자리에서 빙그르르 두세 바퀴를 돌았다. 아까 총 들고 뛸 때는 그렇게 합이 잘 맞았는데, 벌써 이러니 이제 어떻게 싸워야 하나 앞이 깜깜했다.

"이제 왔냐?"

열린 문 사이로 남자가 정윤환을 향해 덤덤하게 말했다. 익히 본 얼굴이었다. 그는 이내 문을 완전히 젖히고 나오더니 유은우를 향해 눈인사했다. 그가 말했다.

"또 뵙네요."

유은우는 사실 조금 안심했다. 완전히 낯선 이가 아니라는 점이, 근거도 없이 묘한 안도감을 가져다주었다. 상대가 보자마자 달려들지 않아서 더 그랬다. 거기다 깍듯한 존댓말로 인사도 받았다. 최소한 지금 당장 싸우자는 뜻은 아닌 것 같았다. 힐끗 스크린을 건너다보았다. 48%. 시간만 끌면 충분히 가능성이 있었다.

그러나 정윤환은 안색이 흙빛이었다. 그가 이를 악문 사이로 중얼거렸다.

"……강진욱."

정윤환이 손등으로 눈을 비볐다. 금방이라도 쓰러질 듯 그의 몸이 기울기에, 유은우는 황급히 손을 뻗었다. 그러나 정윤환은 유은우의 부축 없이 콘솔에 몸을 기대어 지탱했다. 정윤환이 강진욱에게 물었다. 목소리가 버석하게 갈라져 나왔다.

"거긴 어떻게 들어갔어?"

강진욱은 대답 없이 주머니에서 무언가를 꺼내 들어 보였다. 잘린 손가락. 정윤환이 낯을 굳혔다.

"설마……."

"김서혁."

강진욱의 대답에, 유은우는 숨을 들이켰다. 피로 녹슨 나무 조각 같은 그 손가락 어디에 김서혁의 흔적이 남아 있는지 필사적으로 살폈다. 강진욱이 짧게 웃었다.

"유은우 씨는 방금 도시연합군과 척을 지지 않았나요? 그런데 왜 김서혁 이름을 듣자마자 창백해지나요. 누가 보면 같은 팀인 줄 알겠네……. 하긴, 돌아선다고 해도 등은 붙어 있을 수 있죠. 삶이란 게 원래 그런 거 아니겠어요. 저도 겪어 봐서 압니다. 내 편으로 손 꼭 잡고 있어도 도무지 마음이 동하지 않을 때가 있고, 적으로 맞서더라도 자꾸만 신경이 쓰일 때가……."

"닥쳐. 임유현 손가락인 거 내가 모를 줄 알아?"

정윤환이 씹어뱉듯 말했다. 강진욱은 손가락을 다시 주머니에 집어넣었다. 왠지 시들해진 표정이었다. 강진욱이 말했다.

"맞아. 내가 잘라 왔어. 너무 쉽던데. 다른 사람보고 가져가라고 거기다 빨래처럼 널어 놓은 거 아니었어? 서재희가 그런 실수를 다 하고. 머리 좋다더니 다 순 거짓말 아냐?"

바깥에서 희미한 소음이 났다. 유은우는 예민하게 청각을 곤두세웠다. 이상한 기운을 감지한 건 정윤환도 마찬가지였다. 그는 유은우보다 더 또렷하게 상황을 인지하는 듯했다. 정윤환의 숨이 서서히 거칠어졌다. 낯은 희게 질렸으나 눈빛은 단단했다. 예기치 못하게 강진욱을 마주하며 받은 충격은 이미 말끔히 가시고 없었다. 그 여백엔 이제 불이 붙어 있었다. 정윤환이 강진욱을 노려보며 천천히 말했다.

"어쩐지. 복도에 사람이 없어도 너무 없어서 이상하다 했다."

"차예원만 온디딤을 능숙하게 다루는 건 아니잖아? 우리 쪽에도 있어. 한세연 연구관. 너도 알고 있잖아? 차예원 실력이 예상보다 탁월해서 어렵긴 했지만, 그래도 그쪽 상황을 읽을 정도는 돼. 그러니까 내가 여기 와서 너흴 기다렸지."

"이따위 짓을 하라고 한세연 연구관님께서 차예원 온디딤을 들여다본 건 아닐 텐데?"

유은우는 강진욱이 정윤환을 보는 틈을 타서 힐끔 스크린을 보았다. 64%. 치미는 욕을 삼키며 빠르게 주위를 훑었다. 역시나 무기로 삼을 만한 건 보이지 않았다. 숨 쉴 때마다 부러진 오른쪽 손목으로부터 통증이 짜릿하게 타고 올라왔다. 강진욱의 한쪽 손에 들려 있는 반질반질 윤이 나는 쇠로 만들어진 봉을 보고 있으려니, 총이 소용없는 여기서 어떻게 싸워야 할지 그저 아찔했다.

정윤환이 콘솔의 가장자리를 꽉 쥐고 선 채 물었다.

"계속 날 감시한 거야? 우리, 친구까지는 아니더라도 한팀 아니었나?"

강진욱이 미간을 찌푸렸다.

"친구라도 의심스러우면 감시하는 게 당연한 거 아니야?"

"강진욱 네가 이딴 식으로 세력을 쪼개서 마음대로 쓰고 있다는 거 한세연 연구관님은 아시냐? 연구관님은 오늘 그 어떤 전투에도 깊이 관여하지 말라고 하셨어."

"그래. 그렇게 말씀하셨지. 절대 서재희나 차인호 쪽으로 붙지 마라. 입장이 필요하다면, 애매하게 김서혁에게 동조하는 듯한 분위기만 풍기라고 하셨지. 그런데 정윤환 너야말로 여기서 뭐 하고 있는데?"

강진욱의 눈이 차갑게 사위를 훑었다. 그의 시선이 원기둥에 일정한 간격으로 나란히 놓인 신체 일부와 환하게 켜진 모니터를 지나 유은우를 향했다. 강진욱이 중얼거렸다.

"웃기지 않아? 그 조그만 여자애 하나 때문에 네 인생이 엉망으로 꼬인 게."

강진욱이 쥐고 있는 봉으로 바닥을 긁었다. 그는 빈정거린다기보다 측은하다는 표정을 짓고 있었다. 정윤환은 콘솔에서 손을 떼고 바로 서려고 했지만 여의치 않은지 다시 기대었다. 정윤환이 조용히 말했다.

"그 반대야. 내가 유은우 인생을 꼬았지. 너야말로 참견하지 말고 여기서 나가. 내가 여기 있든 말든, 무슨 짓을 하든 대체 뭐가 문제야? 난 내 전부를 너희에게 주겠다고 약조했어. 그 대가로 유은우 하나 받았어. 마무리 짓고 돌아간다잖아. 한세연 연구관님께 허락도 받았어. 그리고……."

정윤환은 불편한 표정으로 이어 말했다.

"……내가 너 몇 번이나 살려 줬잖아."

"그게 네 문제야. 물러 터져서는. 넌 사람 못 죽여. 유은우도 못 죽였고, 나도 못 죽였지. 넌 언제나 기회를 날리고, 자꾸만 벌어지는 불행의 틈을 네 몸뚱이 하나로 막고 있어. 네가 적이라면 상관없지만, 아군으로 약점이 되니 유감이야."

강진욱이 몇 걸음 다가왔다. 봉이 바닥을 긁으며 스산한 소리를 냈다.

"유은우 씨, 내가 재미있는 거 하나 알려 줄까?"

정윤환이 기우뚱 중심을 잃었다. 유은우는 황급히 그를 잡았다. 정윤환이 무너지듯 주저앉으면서 그의 이마가 유은우의 팔에 닿았다. 불덩이 같았다. 유은우는 정윤환이 더 이상 서 있을 수 없다고 판단했다. 이를 악물고 일어서려는 그의 어깨를 강하게 눌러 바닥에 앉혔다. 살짝 고개를 들며 스크린을 확인했다. 73%.

"내가 말했지? 우리 같은 유적지 출신이라고. 정확히는 반란군 내에서 태어났지. 당신 부모는, 뭐라고 해야 하나, 무난하게 제 명대로 살기는 글러 먹은 케이스였어. 아비는 지나치게 정의로웠고 어미는 지나치게 똑똑했지. 네가 태어난 지 얼마 되지도 않아 죽어 버렸지만. 넌 나와 함께 반란군 본부에서 함께 자랐어. 한세연 연구관이 널 예뻐했지. 네 부모와 막역한 사이였거든."

강진욱은 유은우 쪽으로 다가오던 걸음을 멈추었다. 과거를 더듬는지 그가 눈을 찡그렸다. 유은우는 무릎을 꿇고 정윤환 옆에 바짝 붙어 앉았다. 그의 머리를 어깨에 기대게 했다. 숨이 색색거렸다. 옅은 머리칼을 쓸어 넘겼더니 식은땀이 흥건하게 묻어 나왔다. 정윤환이 유은우의 목덜미로 깊이 파고들었다. 그가 작게 속삭였다. 열에 들떠 호흡이 가빴다.

　"얼마 남았어?"

　유은우는 정윤환을 고쳐 안는 척하며 스크린을 보았다.

　"76%. 내가 시간 끌어 볼게."

　"가지 마. 그냥 있어……."

　정윤환이 유은우의 옷자락을 그러잡았다. 유은우는 그 손을 떼어 내고 일어섰다. 정윤환을 보호하듯 몇 걸음 앞으로 나섰다.

　강진욱은 바닥에 봉을 짚고 서서 뭔가를 골똘히 생각하고 있었다. 유은우나 정윤환을 전혀 신경 쓰는 기색이 아니었다. 그만큼 이쪽이 별 볼 일 없다는 뜻이었다. 김서혁이 승리를 확신하는 전투에서 대놓고 난민들에게 대피 방송을 내보내는 것처럼.

　승산이 없었다.

　유은우는 강진욱의 걸음걸이나, 서 있는 자세에서 어떠한 습관이나 버릇을 찾아내려고 애썼다. 그가 빈틈을 보였을 때 무기를 빼앗고, 여기서 빠져나가야 했다. 다만, 바깥의 소음. 바깥에서 싸우려면 정윤환이 정신을 잡고 있어야 했다. 유은우 혼자서는 불가능했다.

시계만 가지고 왔어도. 아니, 오른손만 멀쩡했어도.

문득 백정명에게 쓴 회복제가 떠올랐다. 이내 고개를 저었다. 그건 쓸 수 없었다. 유은우의 몫이 아니었다.

"넌 좀 특별했지."

강진욱의 시선이 허공을 더듬었다. 그가 말했다.

"동조율을 이야기하는 게 아니야. 너는 또래 아이들보다 좀 더 단단하고, 뭐라고 해야 하나, 타인의 아픔에 예민하게 반응했어. 가끔 공습경보가 울리면 본부의 아이들은 지하 대피소에 모이곤 했는데, 그럴 때면 넌 아이들의 불안과 걱정을 끊임없이 흡수했지. 애들이 널 많이 의지했어. 나도 마찬가지였고……."

"야!"

순간 유은우는 엄청난 힘에 떠밀려 휘청거렸다. 거의 고꾸라질 뻔했다. 겨우 중심을 잡고 보니, 정윤환이 완전히 분에 찬 기세로 일어나 있었다. 그는 자신이 유은우를 밀쳤다는 사실도 거의 깨닫지 못한 채 강진욱을 정면으로 마주 보고 똑바로 서 있었다. 아까까지만 해도 까무룩 정신을 놓칠 것 같더니, 지금은 당장에라도 강진욱의 멱살을 잡아챌 기세였다.

"씨발, 너 진짜. 야, 이 개새끼야! 너 나한텐 그런 얘기 한 적 없었잖아! 너 나한테 유은우 이름까지 물어봐 놓고. 아예 모르는 척 시치미 뚝 떼고! 네가 어떻게 나한테 그럴 수가 있어! 내가 몇 번이나 너한테 물었어. 너도 본부에서 자라났고, 유은우도 여덟 살 때까지는 한세연 연구관 밑에서 컸다고 해서, 내가,

내가 몇 번이나 물어봤잖아. 혹시 유은우랑 안면이 있냐고. 실험체와 연구원으로 만나기 전에 본 적이 있냐, 혹시 아냐고 거듭해서 물어봤잖아! 그런데 어떻게 그때는 한마디도 없다가, 어떻게, 내가 너 한세연 연구관한테 들키기 직전마다 몇 번이나 모른 척 감싸 줬는데…….”

강진욱이 봉을 들었다가 바닥을 내리찍었다. 쾅.

“정윤환, 말은 바로 하자. 넌 날 감싸 준 게 아니고, 내버려 둔 거야. 엄연히 다르지. 넌 그때 나한테서 너 자신을 본 거야. 너나 나나 스파이로 똑같았으니까. 넌 임유현의 지시를 받아 반란군에 들어왔고, 난 반란군의 지시를 받아 도시연합군으로 들어갔고. 네가 반란군에게 매력을 느꼈듯, 나도 군에 매력을 느꼈어.”

침묵이 희었다. 정윤환이 이를 악문 사이로 뱉었다.

“차인호한테 뭘 받기로 했어?”

“깨끗하게 손 털고 나도 시민의 반열에 들어갈 거야. 유은우 목만 따 가지고 가면 충분해. 굳이 정윤환 너까지 손대고 싶진 않아.”

“차인호가 유은우의 살해를 사주했을 리 없어. 그는 서재희 편이야.”

“겉으로는 그렇지. 차인호도 자존심이 있는데, 제 딸뻘인 서재희 말을 고분고분 듣고 싶겠어? 유은우만 제거해도 김서혁한테 타격이 꽤 클걸. 차인호도 지금 제 전부를 걸고 움직이고 있다고. 재선이 코앞이야. 너만큼이나 절박해. 뭔들 못 하겠어?”

유은우는 뒤로 천천히 물러섰다. 콘솔에 몸을 붙이고 눈을 내리깔았다. 스크린에 새로운 화면이 떠 있었다. 작고 딱딱한 글자들이 수없이 나열되어 있었다. 스크린을 살짝 건드렸다. 화면이 빠르게 위로 넘어갔다.

'시스템에 접속해서 중립지대로 검색해.'

검색할 필요 없었다. 빽빽한 글씨 중 한 구절이 턱 걸렸다. 유은우는 획획 내리던 스크롤을 멈추고, 다시 위로 당겼다.

4. "중립지대"란 동조자의 자율성 향상과 권익 보호를 목적으로 하는 조직의 자치를 인정하는 구역으로 다음 각 목의 어느 하나에 해당하는 지역을 말한다.

　가. 재난 및 안전관리 기본법 제21조 제1항 제1호에 따라 도시연합 장이 고시하는 지역

　나. 동조자 등의 지원에 관한 특별법 제3조부터 제7조까지의 규정 에 따른 지역

　다. 자유시민 정기 여론조사 결과 유효시민 총수의 100분의 80 이 상이 희망하는 지역

……서재희가 그다음에 뭐라고 했지?

"피해!"

순간, 유은우는 정윤환에게 거칠게 밀려 나동그라졌다. 이어 퍽 하는 소리가 났다. 약한 신음. 쓰러지는 소리. 서늘한 직감에 유은우는 바로 돌아보지 못했다. 그러나 캉 하고 날카로

운 소리가 내리꽂히자 소스라쳐 고개를 들었다. 바닥으로 무언가가 날카롭게 날아와 다리를 스치고 떨어졌다. 스크린의 유리 조각이었다.

정윤환이 바닥에 쓰러져 있었다. 미동도 없었다. 의식을 잃은 게 분명했다.

"이제야 둘만 남았네."

강진욱이 중얼거렸다. 그는, 정윤환을 후려갈기고 곧바로 콘솔까지 내리치고도 매끈하게 멀쩡한 봉을 다시 주워 들었다. 조금 전까지 유은우가 만졌던 스크린은 금이 쩍쩍 가 산산조각이 나 있었다. 스크린의 한쪽 부분은 시커멓게 얼룩이 져 죽어 있었다.

"어디까지 얘기했지?"

강진욱이 물었다. 유은우는 허옇게 질려서 그의 뒤에 아무렇게나 쓰러진 정윤환을 바라보았다. 어딜 어떻게 맞은 걸까. 머리는 아니겠지. 그 정도 타격음이었는데 머리를 맞았다면 벌써 피가 흥건해야 했다. 하지만 깨끗했다. 그렇다면 등이려나? 아니면 다리?

죽은 건 아니겠지.

유은우는 주저앉은 채로 주춤 몸을 물렸다. 막상 정윤환이 쓰러지고 나니, 강진욱을 상대로 무기를 빼앗겠다는 야심은 물 건너간 지 오래였다. 앞이 깜깜했다. 나 생각보다 정윤환에게 의지를 많이 하고 있었구나. 시계가 있고 없고를 떠나서.

정윤환에게 들을 얘기가 있는데. 듣게 된다면 해야만 하는 말도.

입술을 깨물었다. 비릿한 피 맛이 올라왔다.

그때였다. 바닥에 널브러진 정윤환의 손끝이 약간 떨렸다. 마지막 경련인지 의식의 증거인지 알 수 없었다. 갑자기 심장에 불이 반짝 켜진 것 같았다.

유은우는 천천히 강진욱을 살폈다. 그는 봉을 바닥에 딱 짚고 거기 의지해 비스듬히 기대어 서 있었다. 가끔 자세를 고칠 때도 한쪽 다리에 유난히 체중을 실었다. 기대거나 기울거나. 똑바로 서 있질 못했다. 유은우는 멀쩡한 왼손을 한 차례 쥐었다 풀었다. 옆에 떨어져 있는 유리 조각을 집어 재킷 주머니에 집어넣었다. 천천히 일어섰다.

"나도 정윤환처럼 한세연 연구관을 좋아해."

쓰러진 정윤환을 가만히 보고 있던 강진욱이 시선을 들어 올렸다.

"한세연은 괜찮은 사람이지. 아니, 그런 말로는 부족해. 대단한 사람이야. 네 아버지가 죽고 나서 반란군은 와해 직전이었어. 도시연합에 의탁하자는 여론이 대세였지. 한세연이 그걸 간신히 일으켜 세웠어. 물론 희생도 감수하고 타협도 했지만, 한세연이 없었다면 반란군은 지금쯤 그 명칭조차 바뀌었을지도 몰라."

유은우는 경청하는 태도를 유지하며 강진욱에게 다가갔다. 직선으로 다가가지 않고 호선을 그렸다. 강진욱은 유은우와 마주 보기 위해 따라서 몸을 틀다가 급기야 원기둥에 등을 기대고 섰다. 습관처럼. 유은우는 강진욱과 서너 걸음만 남겨 두고 멈추어 섰다. 그가 더욱 여유 있도록.

"하지만 완벽한 사람은 아니야. 특히 사람 보는 눈이 지지리도 없지."

유은우는 자연스레 주머니에 손을 넣었다. 손끝에 유리의 날카로운 감촉이 느껴졌다.

"정윤환 저 새끼가 너한테 미쳐서 앞뒤 분간 못 하고 풀어 줬을 때도 한세연 연구관은 끝까지 정윤환 편이었거든."

"정윤환이 날 풀어 줬다고?"

강진욱이 혀를 찼다.

"정윤환이 얘기 안 했어? 도와주는 사람 하나 없이 너 혼자 반란군 본부를 탈출하는 게 가능할 것 같아? 정윤환이 널 풀어 줬다고. 그래서 네가 반란군 절반을 박살 내고 도망가다가 김서혁한테 발각된 거 아냐. 정윤환도 진짜 웃기는 놈이네. 너 하나 때문에 본인 인생을 밑바닥에 처박아 놓고 너한테 생색 한번 안 냈다고? 진짜 답답해서."

강진욱은 잡고 있던 봉을 원기둥에 기대 놓고는 팔짱을 꼈다.

"정윤환도 정윤환인 게, 널 그런 식으로 풀어 줘서 다시는 우리한테 돌아오지 않을 줄 알았거든. 그런데 도망도 안 치고 또 돌아오더라. 그러자 이번엔 한세연이 정윤환에게 유은우 처리를 일임하겠다고 하는 거야. 네가 저지른 죄, 네가 마무리 지어라. 그렇게 해서 돌아선 반란군의 마음을 돌리라고. 한세연은 정윤환이 우리 눈 밖에 날까 걱정하고 있었어."

정윤환은 여전히 미동도 없었다.

"한세연은 늘 말했어. 정윤환 같은 타입은 강제로라도 높은 자리에 앉히기만 하면 오히려 좋은 리더가 될 수 있다고. 그 유약하고 동정심 많은 성격에 큰 책임을 지우면 큰 줄기를 오히려 바른 방향으로 이끌 수 있다고. 정윤환 자신은 문드러지더라도 분명히 다수에게 나쁜 선택은 하지 않을 것이다. 한세연은 오히려 서재희 같은 자가 리더 자리에 위험하다고 말했는데, 서재희가 임유현에게 밟히는 동안 사회를 보는 시선이 냉소적으로 바뀌었기 때문이라고 했어. 일말의 따뜻함도 없다고. 물론 서재희가 자신의 사람, 자신의 사람이 살아가는 사회에 관심을 갖게 되면 그 재능이 좋게 쓰이겠지만, 어디 보라고. 서재희가 사랑은커녕 지나가는 강아지에게라도 동정심을 가질 수 있겠느냐. 그러니 서재희를 데려오라는 부탁은 더 이상 정윤환에게 하지 마라. 아무도 그 말에 동의 안 했어. 정윤환조차."

"나한테 이런 얘길 하는 이유가 뭐야?"

강진욱이 코웃음 쳤다.

"나는 8년을 정윤환하고 같이 지냈어. 저 새끼 제 입으로 말도 못 꺼낼 것 같으니까 내가 말한다. 너도 알고나 죽어야지. 너 하나 감싸려다가 사람이 얼마나 철저하게 망가졌는지. 네 목숨 그거 네 거 아니야. 정윤환 거지. 죽기 전에 고맙다는 말은 하고 가라."

유은우는 입술을 안쪽으로 말아 혀로 살짝 축였다. 내뱉듯 말했다.

"후회하지 않을 자신 있어?"

"뭐?"

"몸담았던 반란군을 배신하고 차인호에게 빌붙어서 도시 안으로 들어오면 행복할 자신 있냐고."

강진욱이 한바탕 부숴 놓은 콘솔에서 이따금 스파크가 튀었다.

"행복? 네가 뭔데……."

"밤마다 악몽에 시달리게 될걸. 네 눈을 보면 알아. 넌 이런 짓 저지르고도 두 발 뻗고 잘 수 있는 사람이 아니야. 지금 네가 내게 변명하듯 늘어놓는 것만 봐도 그래."

강진욱이 얼굴을 일그러뜨렸다. 유은우는 고개를 홱 돌려 정윤환을 바라보았다. 강진욱 또한 그쪽으로 시선을 돌렸다.

그 틈에 유은우는 강진욱을 향해 뛰었다. 강진욱이 재빨리 봉을 잡아 휘둘렀다. 유은우는 일단 맞았다. 강진욱이 봉을 놓고 있다가 잡는 데 시간이 걸려서 그나마 한 번만 맞고 끝났다. 유은우는 바닥에 쓰러짐과 동시에 강진욱의 발목에 유리 조각을 힘껏 꽂아 넣었다. 비명이 울렸다. 유은우는 잽싸게 몸을 굴려 거리를 두었다. 바로 일어서려고 했으나 마음대로 되지 않아 한 번 비척거렸다. 등줄기로 통증이 쫙 올라왔다. 그래도 바닥을 깡깡 구르는 봉을 잡아채는 데는 성공했다.

강진욱이 쓰러진 채, 핏발 선 눈으로 입구를 보았다. 누군가를 기다리는 기색이었다. 그가 사납게 말했다.

"어차피 너 여기서 못 나가. 밖에서 우리 쪽 사람들이 기다리고 있어. 운이 좋아 **빠져나간다고** 해도 네가 갈 곳이 있을 것 같아?"

그러거나 말거나 유은우는 봉으로 바닥을 지탱하며 일어섰다. 다시 강진욱 쪽으로 갔다. 한쪽 다리를 거칠게 갈겼다. 부러지는 소리가 났다. 강진욱이 신음을 삼키며 몸을 둥글게 말았다.

유은우는 잠시 그런 그를 물끄러미 내려다보았다.

강진욱을 협박하여 정보를 더 캐낼 것인가. 작은 문으로 들어가서 핵심 시스템이니 뭐니 눈으로 직접 마주할 것인가. 그냥 시스템이고 강진욱이고 죄 내버려두고 최대한 빨리 이 자리를 뜰 것인가.

고민할 필요도 없었다. 유은우는 바로 정윤환에게 달려갔다. 무릎을 꿇고 앉아 머리칼을 쓸어 넘겼다. 눈이 감겨 있었다. 코 밑에 손을 대었다. 미약한 숨이 느껴졌다. 멀쩡한 왼손만으로는 그를 들쳐 안을 수 없었다. 부러진 오른손을 직접 사용하지는 못하더라도 오른 팔뚝을 동원하여 겨우 그를 안았다. 키가 한참 차이가 나서 번쩍번쩍 안아 들 수 없었다. 그래도 질질 끌수는 있었다. 그러나 입구가 한계였다. 아무리 신체 강화 상태라도 부상을 입었기에, 거의 시체나 다름없이 축 처진 정윤환을 유은우 혼자 끌고 나가는 건 불가능했다. 거기다 바깥엔 적이 있었다. 사방에서 레드카펫을 깔아 대며 격려를 해 줘도 모자랄 판에, 흉흉한 적이 밟히도록 깔린 복도를 통과할 자신은 없었다.

이렇게는 못 **빠져나가**.

상황이 암담하여 눈물이 터지려 했다. 유은우는 눈을 빠르게 깜박였다. 그래도 살아 있는 게 어디야. 서재희는 아무 소식도 없는데. 그래도 정윤환은 숨이라도 붙어 있잖아.

그럼 뭐 해. 곧 죽을 텐데.

불길함이 그림자로 들러붙었다. 유은우는 왼손으로 눈을 문질렀다. 손이 차가웠다. 심호흡하며 고개를 들었다. 저만치 쓰러져 있는 강진욱이 보였다. 유은우는 봉을 주워 들었다. 당장에 달려가 그의 위에 올라탔다. 오른손이 멀쩡했으면 그의 멱살을 잡았을 텐데 여의치 못했다. 대신 왼손으로 봉을 높이 치켜들었다. 그의 오른손을 정확히 조준했다.

"입구로 들어오면 사람 숫자가 카운트된다고 했어. 하지만 너는 문이 열려서 공간이 연결되자 인식되었지. 그렇다면 애초에 다른 루트로 들어왔다는 말이 되겠지? 어떻게 드나들었는지 말해."

정윤환은 사람을 못 죽인다고 했다. 유은우는 달랐다. 죽일 수 있었다. 필요하다면 천천히.

"대답 안 하면 한 군데씩 부러뜨릴 거야."

그때였다. 우웅, 금속끼리 매끄럽게 스치는 소리가 들렸다. 한 번. 두 번. 그 소리에 강진욱이 숨을 색색거리며 웃었다. 유은우는 바짝 긴장한 채 입구를 노려보았다. 그리고 세 번째 소리와 함께, 문이 부드럽게 열렸다. 도시연합군 제복을 연상케 하는 정장을 입은 키 큰 남자가 성큼성큼 들어왔다. 그가 손 안에서 능숙히 총을 굴리며, 입구에 곱게 눕혀져 있는 정윤환을 보고, 막 봉을 높이 치켜든 유은우를 보고, 유은우 밑에 깔려 딱딱하게 굳은 강진욱을 보았다.

"이쪽도 못지않게 살벌하네."

이선규가 중얼거렸다. 그가 한쪽 무릎을 꿇으며 자세를 낮추더니 정윤환의 목덜미를 부드럽게 짚었다. 그러더니 왼쪽 귀의 인터컴을 만지고 말했다.

"네, 대장. 서재희는 처리했습니다. 나머지 둘은……."

이선규가 유은우를 빤히 보았다.

"……곧 데려가겠습니다."

손에서 힘이 풀렸다. 봉이 손아귀를 타고 주르륵 미끄러졌다. 그 끝이 막 강진욱의 손가락을 부수기 전에, 유은우는 봉을 고쳐 잡았다. 간신히.

'서재희는 처리했습니다.'

그게 무슨 말인지 채 이해하기도 전에, 시야가 먼저 아득해졌다. 눈앞이 희어지기에 다급히 눈을 깜박였다. 이선규가 자세를 낮추고 정윤환에게 호흡기를 물리는 모습이 아주 잠깐 또렷해졌다가, 금세 흐려졌다.

어떡하지. 앞이 안 보여.

유은우는 고개를 숙이며 눈을 질끈 감았다가 떴다. 이제는 밑에서 꼼짝도 못하고 있는 강진욱이 보였다. 그는 황망한 눈으로 이선규를 응시하고 있었다. 강진욱의 입이 벌어졌다. 그가 필사적으로 이선규를 향해 뭐라고 하는 것 같은데, 유은우는 도통 들을 수가 없었다. 귀에 물이 찬 듯 먹먹하여 머리가 어지러웠다. 강진욱이 거칠게 움직여, 유은우는 중심을 잃었다. 본능적으로 손에 쥐고 있던 봉을 내리찍었다. 봉은 강진욱의 손과 약간의 틈만 두고 바닥과 쾅 부딪혔다. 강진욱이 바싹 굳었다. 유은우는 봉에 의지해 몸을 똑바로 세웠다.

그때였다. 바닥에 눕혀져 있던 정윤환이 얕게 몸을 떨었다. 아주 작은 기척이었지만 유은우는 놓치지 않았다.

'서재희는 처리……'

그만 생각해.

이를 악물었다. 만약 혼자였다면 무너졌을지도 모른다. 하지만 아직 정윤환의 숨이 붙어 있었다. 지금 유은우가 포기하면 정윤환도 끝장이었다. 그동안 소문으로만 들었던 정윤환의 소소한 하극상은 늘 김서혁의 재량으로 무마됐으나, 이번은 달랐다. 귀엽게 넘어갈 만한 장난이 아니라 뒤통수를 후려갈기는 배신이었다. 김서혁은 정윤환의 설계를 알아보았고, 거기 드리운 서재희의 그늘 또한 직감했을 터였다. 김서혁이 손수 정예군으로 들인 그 정윤환이 인터컴으로는 군의 지시를 듣는 척하면서, 정작 뒤로는 서재희를 돕고 있다는.

"뭐? 그럼 복도에 지천으로 깔려 있던 놈들이 다 네 친구들이었냐?"

이선규가 강진욱을 보며 짜증스럽게 이어 말했다.

"많긴 많더라. 전부 상대하느라 어깨 빠지는 줄 알았네. 야, 유은우. 너 깔고 앉아 있는 개 대체 뭐냐. 우리 편은 아니고, 그렇다고 네 편도 아닌 것 같고. 대장이 파악 못 한 세력이 또 따로 있었나? 아니면 대장이 굳이 신경 안 써도 되는 잡것들인가? 임유현 하나 없어졌다고 고새를 못 참고 별 희한한 것들이 다 튀어나오네."

이선규가 깊게 한숨을 쉬었다. 그가 고개를 저으며 중얼거렸다.

"밤이 너무 길다."

강진욱은 더는 아무 말 않고 눈을 감아 버렸다. 그의 몸에서 힘이 슥 빠지는 게 느껴졌다.

유은우는 갈피를 잡으려 애썼다.

적은 둘이었다. 강진욱, 이선규. 강진욱은 다리를 부러뜨려 놓았고, 이선규는 겉으로 보기엔 멀쩡해 보였다. 그럼 누구를 먼저 상대해야 하는가는 명확했다. 게다가 이선규는 자기 입으로 복도의 강진욱 세력을 전부 해치웠다고 말했다. 그럼 굳이 강진욱을 두들겨 패서 숨겨진 루트를 찾지 않아도 지금 텅 빈 복도를 통해 도망갈 수 있었다.

이선규만 제압하면.

유은우는 최대한 동작을 낭비하지 않으며 빠르게 튀어 올랐다. 두 발로 바닥을 똑바로 딛고 서서 봉을 단단히 겨누었다. 김서혁이 했던 조언이 스쳐 갔다. 오래된 습관처럼.

'군인은 총이 없어도 싸울 수 있어야 해. 물리적인 무기를 무시하면 큰코다친다. 가끔은, 시간을 들여 온을 빚어내는 것보다 몽둥이로 한 대 후려치는 게 더 효과적일 수 있어. 상대가 네 총만 견제할 때는 더욱. 많은 동조자가 원시적인 무기를 무시하고 격투를 깔보지. 어리석은 생각이야. 총 없이도 싸울 수 있다면 그건 네 결정적인 한 수가 될 거다.'

여기서 문제는, 이선규 또한 김서혁 밑에서 배웠다는 사실이었다.

이선규와 겨루었던 수많은 훈련이 떠올랐다. 그가 얼마나 격투에 소질을 보였는지 돌이키면 새삼 뒤가 서늘했다. 심지어 오래전에 이선규에게 장난 반 진심 반으로 호되게 후려 맞았던 허벅지가 다시 뻐근하게 아플 지경이었다. 김서혁이 참관한 훈련에서였고, 유은우가 설계 공부를 하다가 이선규의 군화 위에 토한 다음 날이기도 했다.

유은우는 봉을 쥔 손에 더욱 힘을 주었다. 이선규가 미간을 좁혔다. 그는 유은우가 두렵다기보다 그저 번거롭다는 기색이었다.

괜찮아. 왼손이어도. 할 수 있어. 이선규는 지금 무기가 없잖아. 내가 유리해. 여기선 총도 쓸 수 없고. 이선규만 쓰러뜨리고 정윤환 데리고 여기서 나갈 거야. 나가서……. 숨이 탁 막혔다. 어디로 가야 하는지 알 수 없었다. 그나마 짚이는 곳은 차인호의 거처였다. 다만 서재희가 잘못된 상황에서, 차인호가 서재희와 한팀이었던 정윤환과 유은우의 안위를 보장해 줄 것인가 불투명했다.

옆에서 강진욱이 움직이는 기척이 났다. 그는 부러진 다리 때문에 일어서지도 걷지도 못했다. 겨우 상체만 일으켜 앉은 그와 거리를 둔 채, 유은우는 다시 이선규를 보았다. 또박또박 물었다.

"대장이 우릴 잡아 오라고 했어? 안 죽이고? 군 지시를 거부하고 움직이면 즉결처분이잖아. 그런데 왜? 우릴 데려가서 뭘 어쩌려고? 싹싹 빌면 용서해 줄 거야? 아니면 군 재판으로 넘기려고? 그것도 아니면 누구처럼……."

유은우는 흘깃 강진욱을 보았다.

"……내 몸뚱이가 필요해?"

이선규는 대답이 없었다. 그는 유은우를 보고 있지 않았다. 이선규의 시선은, 처참하게 망가져 이따금 스파크가 튀는 콘솔을 지나, 원기둥에 둥그렇게 놓여 있는 짤막한 손가락들과 큼직한 안구에 머물렀다가, 이어 빠끔 열린 문틈에 멎었다. 이선규의 눈이 커졌다. 그가 멍하니 중얼거렸다.

"열려 있어."

이선규는 한 차례 몸을 부르르 떨더니, 혼잣말했다.

"저기가 열리긴 열리는구나. 서재희가 말한 그대로네."

유은우는 혹여나 목소리가 떨리지 않도록 마음을 다잡았다. 어떤 대답을 들어도 버틸 수 있도록. 여전히 봉을 단단히 겨눈 채, 물었다.

"서재희 처리했다는 게 무슨 뜻이야?"

열린 문을 뚫어져라 보고 있던 이선규가 고개를 돌려 유은우를 보았다. 이선규는 약간 화가 난 것 같았다. 그가 대답했다.

"죽일 수 있었다면 얼마나 좋았겠어?"

"그게 무슨 뜻이야. 똑바로 말해!"

"나야말로 묻고 싶어! 서재희 그 새낀 대체 뭐 하는 새끼야? 머리에 총구를 들이밀어도 눈 하나 깜짝 안 하고 되레 거래를 제안하질 않나. 상황을 군보다 더 잘 파악하고 있질 않나. 감정이고 뭐고 인형처럼 깨끗한 눈으로 날 보는데, 사근사근한 말투로 남의 약점을 후벼 파듯이. 사람 맞아? 내가 정말, 소름이 끼쳐서……."

"처리했다는 게 무슨 뜻이냐고 묻고 있잖아!"

"거짓 보고야!"

침묵이 흘렀다. 유은우는 이선규의 일그러진 낯과 마주하면서, 거칠게 날뛰는 호흡을 한 풀 한 풀 가라앉히면서 눈물을 간신히 참아 냈다. 눈으로는 이선규의 왼쪽 귀를 더듬었다. 인터컴은 하얀 색깔이었다. 서재희는 검은 인터컴이 자기 편이라고 했는데.

"대장한테 왜 거짓말을 해? 서재희 따라서 차인호한테 붙은 거야?"

유은우의 물음에 이선규가 질린다는 표정을 했다.

"내가? 돌았냐? 나는 누가 뭐라고 해도 도시연합 정예군이야. 아무리 내가 비겁하게 느껴져도 눈 감고 귀 막고 끝까지 참고 버텨서 은퇴하고 연금도 받아먹으며 편하게 살 거라고. 그러니까……."

이선규가 성큼 다가왔다.

"……그거 내려놓고 여기서 나가자. 서재희가 말한 대로 해야 하니까."

"대장 편이라면서 왜 서재희가 말한 대로 한다고 그래?"

"서재희 그 새끼한테 협박당했으니까."

"……내가 그걸 어떻게 믿어?"

유은우는 반사적으로 물러섰다. 이선규를 어디까지 신뢰해야 하는지 확실치 않았다. 유은우가 망설이는 사이, 이선규가 폭풍처럼 다가와 순식간에 거리가 좁혀졌다. 유은우는 일단 무기는 빼앗기지 않았으면 했다. 이선규가 손을 뻗으며 그의 발이 유은우의 두 발 사이로 들어오고, 유은우가 봉을 휘두르는 것을 그가 매끄럽게 피하고, 이어 틈을 파고드는 그의 공격을 유은우가 능숙히 비끼고 착지하며, 둘은 한 호흡 만에 서너 번 물 흐르듯 부딪혔다. 서로를 너무 잘 알기에 싸움마저 친숙했다. 도무지 실감이 나질 않았다.

애초에 학교에 가지 않았다면 어땠을까.

문득 그런 생각을 했다. 쭉 군에 있었더라면. 이선규와 장난처럼 다투고, 대장이 눈으로 하는 칭찬을 받고 기뻐서 잠을 설치고, 설계 공부를 하다가 강지원에게 핀잔을 듣고, 속이 뒤집히던 반란군 진압도 점점 익숙해지고. 그리하여 지금 이것도 단순한 훈련 중 하나였다면.

마음이 헐거워진 틈을 이선규가 놓칠 리 없었다. 오른손잡이인 유은우가 왼손으로 다루는 서툰 봉도.

이선규가 유은우 깊숙이 파고들었다. 언제나 그랬듯, 유은우는 오른쪽으로 치우쳐 방어했다. 그러면서 아차 했다. 버릇처럼 오른쪽으로 기우니까 이선규가 그걸 알고 비어 있는 왼쪽을 치는 거라고 김서혁이 늘 말했었는데…….

"또."

이선규가 질책하듯 한마디 했다. 그의 무릎이 유은우의 왼쪽 옆구리를 강타했다. 유은우는 숨을 삼켰으나 봉을 놓지는 않았다. 그러나 정신을 차리기도 전에 이선규의 손이 다가왔다.

"미안."

오른쪽 손목을 잡혔다. 이선규가 일부러 스치듯 약하게 쥐었다는 걸 유은우도 알았다. 그러나 이미 부러져 있는 손목의 고통은 어마어마하여 유은우는 비명을 삼키며 몸을 움츠렸다. 바닥에 탕, 하고 봉이 떨어졌다. 몇 번 튕기기도 전에 이선규가 그것을 잡아챘다. 유은우가 자책하며 가까스로 고개를 들었을 때, 이선규는 이미 뒤돌아 등만 보였다. 그는 유은우에게서 빼앗은 봉을 꽉 잡고 강진욱을 향해 휘두르고 있었다. 딱 한 번. 간결하고 묵직하게.

퍽.

강진욱이 쓰러졌다. 머리가 바닥에 부딪히고 새빨간 피가 쭉 번졌다.

이선규가 돌아섰다. 그가 마음만 먹으면 유은우 또한 단번에 죽일 수 있다는 사실은, 이상하게 꿈처럼 아득하게 느껴졌다. 이선규가 유은우를 물끄러미 바라보더니 무덤덤하게 말했다.

"우리 얘길 다 들었는데 살려 둘 순 없잖아."

그러더니 피와 살점이 묻은 봉을 저만치 던져 버렸다. 일부러 유은우를 안심시키려는지 신중하고 과장된 동작이었다. 봉은 요란한 소리를 내며 데굴데굴 굴러갔다. 그 자취를 따라 핏자국이 길게 이어졌다. 이선규가 더러워진 손을 가볍게 재킷에 문질러 닦았다. 그러고는 턱짓으로 열린 문을 가리켰다.

"들어가 봤어?"

유은우는 바짝 경계하며 고개를 저었다. 이선규가 갑자기 눈을 굳히더니, 검지를 제 입술에 대고 조용히 하라는 시늉을 했다. 그러고는 인터컴을 눌렀다.

"어, 찾았어. 둘 다. ……윤환이 상태가 많이 안 좋긴 한데, 약 물려서 보내려고. 은우? 기절시켰는데. 아냐, 지원 필요 없어. 내가 모함에다 요청해 놨어. 금방 올 것 같아. 박민준? 몰라. 연락 안 돼. 대장 인터컴이 부서져서 박민준이 여분 전달하러 간다고 했어. 그게 마지막. ……어, 나도 오늘은 좀 힘들다. 배치도가 먹통이니까 상황이 안 보여서……."

유은우는, 이선규와 달리 아무 소리도 들리지 않는 제 인터컴을 왼쪽 귀에서 빼냈다. 체온에 더워져 따뜻해진 인터컴을 만지작거리다가 주머니에 넣었다.

"혼자 알아서 해. 나 거기 못 가니까. 차예원 때문에. 차인호하고 합류하기 전에 잡아야지. 아, 싫다고. 그건 소연주한테 시켜. 난 후발대로 갈게. 나 신경 쓰지 말고 대장이랑 먼저 가. 어."

이선규가 인터컴을 꾹 누르며 초조한 기색으로 이프를 살폈다. 그가 빠르게 말했다.

"시간 없으니까 본론만 말할게. 나 서재희 잡으러 갔고, 완전히 엿 먹었어. 그놈이 내 신상을 가지고 날 협박했어. 그래서 약속했어. 너희 둘, 빼내 주겠다고."

유은우는 찬찬히 이선규를 살폈다. 그는 확실히 평소와 달랐다. 며칠에 걸친 지난한 전투에서도 실없는 소리를 해 대서 동료들을 진저리치게 하던 그 장난기도 여유도 새파랗게 가시고, 극도로 예민해져 있었다. 이선규가 신경질적으로 제 머리를 마구 쓸어 넘겼다.

"서재희가 너한테 물어보라고 했어."

유은우는 잠깐 숨을 멈추었다. 이선규의 억양 하나 놓칠까 그를 빤히 주시했다.

"낙원의 이론 핵심 시스템실이 열려 있을 테고, 유은우가 그 것을 봤을 것이다. 그러니 선택하게 하라고. 도시연합에서 도망쳐서 다 잊고 중립지대의 일원이 되어 새 삶을 살고 싶다면 마지막 문구를 살리고, 그런 마음이 들지 않으면 새로이 학교를 추가하라고. 무엇을 선택하든 네가 원하는 대로 이뤄 주겠다고 했어, 반드시."

유은우는 눈을 문질렀다. 눈가는 뜨거웠고 손은 차가웠다. 혹시 이선규가 다른 꿍꿍이를 가지고 서재희 핑계를 대는 걸까 의심하던 경계가 즉각 무너졌다. 이선규의 입으로 들었지만, 서재희가 거기 있었다. 아주 또렷하게.

276

유은우는 왼손으로 마른세수를 하고 목을 가다듬었다. 형편 없이 구겨진 콘솔과 금이 간 스크린을 바라보며 말했다.

"망가져서 조작이 가능할지 모르겠어."

이선규가 콘솔로 다가가 스크린을 손으로 거칠게 쓸었다. 부서진 유리 조각들이 눈부시게 바닥으로 떨어졌다.

"내가 만져 볼 테니까 저기 들어가서 보고 와. "

"넌 안 봐? 저기 열려 있는 거 처음 본다면서."

이선규는 딱딱하게 굳은 표정으로 스크린에서 눈을 떼지 않고 대답했다.

"나는 안 봐. 보면 나 자신이 너무 싫어질 것 같아서."

유은우는 더는 지체하지 않았다. 널브러진 강진욱과, 이제는 호흡이 제법 안정된 정윤환을 지나쳐, 빠끔 열린 문을 밀었다. 문은 깜짝 놀랄 정도로 매끄럽게 열렸다.

안은 어두웠다. 아주 작고 연약한 불빛들이 사방을 에우고 있었다. 검은 도화지에 미세한 금가루를 흩어 놓은 것처럼 금방이라도 꺼질 듯 희미하여 식별이 어려웠다. 곧 어둠이 눈에 익었다. 사위가 아스라이 도드라졌다. 자잘한 격자무늬. 처음에는 벽이 타일로 이루어져 있는 줄 알았다. 하지만 자세히 보니, 아주 작고 반듯한 칸의 연속이었다. 손톱만 한 그 칸마다 이름과 함께 일련번호가 쓰여 있었다. 시민등록번호. 유은우는 가지지 못한.

유은우는 차인호의 지문을 덧댄 손가락으로 아무 칸이나 살짝 가져다 대 보았다. 특별히 고른 칸은 아니었다. 그저 손을 뻗기 좋은 높이여서 그랬다. 칸에 손이 닿기도 전에 허공이 불룩 솟아나는 기이한 느낌이 들었다. 곧 그 칸이 환하게 빛나며 황금색 빛줄기가 분수처럼 뻗어 나오더니 온갖 다른 칸들과 연결되었다. 그리고 눈앞으로 무수한 정보가 쏟아졌다.

낯선 이의 이름. 주소. 생년월일. 나이. 동조율. 설계와 타격의 비율. 기초학교 성적. 중앙학교 입학일. 도시연합 중앙학교 랭킹. 소속된 직장과 소모임. 재산. 건강 검진 기록. 가입된 보험과 단체. 자주 검색하는 키워드 순위와 가입된 사이트 목록. 소비 패턴. 방아쇠에 손가락을 걸고 당기기까지의 소요 시간. 타깃이 사람일 때와 사물일 때 홀스터에서 총을 뽑아내는 속도의 차이. 지금까지 살해한 사람은 두 명으로 그 명단이 따로 떨어져 빙글빙글 돌고 있었다.

그리고 수많은 조각 영상들이 색종이로 접은 새처럼 공중을 나부꼈다. 유은우는 손끝으로 영상을 훑었다. 차인호의 지문이 닿을 때마다, 영상들은 순식간에 부풀어 재생되다가 다시 작아지곤 했다. 편의점에서 컵라면을 먹거나 자전거를 타고 골목을 지나는 소소한 영상도 있었고, 졸업이나 결혼, 어린아이의 목을 조르는 중요한 영상도 있었다. 도시연합 중앙학교 시절 영상은 없었다. 유은우도 그 이유를 잘 알았다. 학교엔 CCTV가 한 대도 없었다.

유은우는 고개를 숙였다. 무릎께에 수많은 그래프가 화려하게 빛나며 높이 솟아 있거나, 흐리게 깜박이며 바닥에 자잘하게 깔려 있었다. 폭력도와 대인 관계, 사회 적응도는 상이었다.

공감 능력은 바닥을 기었다. 집중할 때 심박 수가 낮아지면서 냉정을 기하는 그의 성향은 높이 살 만하므로, 동조율 측정소로의 배치가 제격이라는 진로 상담이 있었다.

그리고 등급이 매겨져 있었다. C등급.

유은우는 손을 들어 그것을 눌러 보았다. 상세 창이 녹인 유리처럼 매끄럽게 떨어졌다.

폭력적이나, 동조율 측정소의 성실한 직원으로 도시연합에 기여도가 상당하므로 전체 사회에 이익임. 단, 2년 이내 중범죄 1회 이상 발생하거나, 석 달 뒤 태어날 자녀가 비동조자일 경우 등급 하향 요함.

유은우는 다시 한번 자신이 눌렀던 칸을 바라보았다. 시민등록번호가 새겨진 투명한 칸의 안쪽이 비로소 보였다. 정사각형의 작은 메모리가 들어 있었다. 유은우는 천천히 뒤로 물러섰다. 손을 휘저었다. 눈앞을 떠다니던 정보들이 유은우의 손길에 후루룩 밀려났다. 한 칸으로부터 여러 갈래로 뻗어나 수많은 다른 칸들과 연결된 빛줄기를, 살짝 쓸어 보았다. 낯선 이의 온갖 감정과 기억이 파도처럼 쏟아졌다.

그것은 대인 관계였다. 메모리의 주인이 누군가를 만나거나, 감정이 쌓이거나, 혹은 이별했음에도 잊지 못할 때, 선이 하나씩 하나씩 더해졌다. 어쩌다 직장에서 한두 번 마주친 사람과는 희미한 한두 줄에 그쳤으며, 가족일 경우 오랜 시간 수많은 빛줄기가 쌓이고 겹쳐져 빛 덩어리처럼 보였다. 유은우가 그 빛줄기들을 손끝으로 더듬을 때마다, 각각의 기억이 튀어나오며 현악기를 조율하듯 묘한 소리가 울렸다.

유은우는 천천히 뒤돌아보았다. 나이별로 나뉜 인생 그래프가 파도처럼 허공을 굽이쳤다. 20대의 어딘가에 범죄기록 두 개가 참고 사항으로 나란히 붙어 있었다. 불법 인신매매상 밑에서 일하며 어린 동조자 둘을 구타하여 죽음에 이르게 했다는 게 요지였다. 하나는 목 졸라 죽이고, 하나는 배를 걷어차 죽였다. 유은우는 그 살해 현장의 한쪽에 폐품처럼 쌓여 있는 또 다른 어린아이들 틈에서 익숙한 얼굴을 발견했다. 지금보다 한참 어렸으나 분명히 이목구비가 남아 있었다. 유은우 자신이었다.

유은우는 영상으로 손을 뻗어 어린 자신의 얼굴을 더듬었다. 환하게 빛을 뿜던 낯선 이의 정보들이 눈 깜짝할 사이에 사라지고 칸과 칸을 잇던 빛줄기도 사그라졌다.

그리고 새로이 작은 칸 하나가 반짝 빛을 뿜었다. 유은우의 키보다 약간 높은 곳에 있었다. 시민등록번호는 없었다. 매끈한 표면에는, 열 자리 시민등록번호가 아닌 전리품등록번호가 새겨져 있었다. A-23. 유은우.

― 최근 변경 사항입니다. 도시연합장의 권한으로 해당 전리품의 모든 자료가 일시 개방됩니다. 예약된 열람을 먼저 실행하시겠습니까?

창이 반짝 켜졌다. 예약 리스트였다. 김서혁의 이름으로 무수한 예약이 있었다. 거의 한 달 간격으로 꾸준했다. 전부 '도시연합장 승인 불가'가 줄줄이 붙어 있었다. 가장 최근 예약은 불과 이틀 전으로, '승인 완료 및 1회 열람 가능'으로 표시되어 있었고, 바로 밑에 '미열람' 문구가 반짝거렸다. 열람 요청 자료는, '전리품 등록 전 단계 감정 표시선'이었다.

가만히 눌러 보았다.

꽃송이가 만개하듯 빛이 터져 나왔다. 유은우 칸이 아니었다. 손이 닿을까 말까 한참 위쪽의 어떤 칸이었다. 그 칸에서 선명한 황금색 빛줄기가 수없이 뻗어 나와 유은우 칸으로 이어지고 이어지고 또 이어졌다. 유은우는 뒷걸음쳐서 칸의 이름을 확인했다.

정윤환.

손을 뻗었다. 조심스레 쓸어 보았다. 빛의 선이 손가락에 감겼다가 떨어지며 청아한 소리를 냈다. 방금 낯선 사람의 빛줄기를 만졌을 때는 기억과 감정이 재생되었는데, 이번엔 차가운 경고음뿐이었다.

— 시스템 오류로 인한 무의미한 결과입니다.

유은우는 물끄러미 그 빛줄기를 바라보았다. 점점 더 불어나고 점점 더 선명해졌다. 빛이 겹겹이 쌓이며 어찌나 눈이 부신지 똑바로 보기 어려워질 때쯤, 열람이 종료되었다.

유은우는 잠깐 그렇게 서 있었다. 빛은 사라졌으나 그 잔상으로 눈이, 가슴이, 얼얼했다.

밖에서 이선규가 부르는 소리가 들렸다. 유은우는 밖을 내다보았다. 이선규가 초조하게 이리 나오라 손짓을 했다.

"왜 안 나와. 계속 불렀는데."

"못 들었어."

"어떡하냐. 선택지가 하나밖에 없어서."

이선규가 턱짓으로 콘솔을 가리켰다.

"스크린 한쪽이 완전히 죽어 버려서 인식이 안 돼. 삭제된 문구는 못 살려. 다행히 콘솔 망가지기 전에 누가 추가 항목을 활성화해 놔서 학교 추가는 가능한데. 어떡할래? 미치겠네. 서재희, 나중에 나보고 제대로 안 했다고 약속도 안 지키는 거 아니야? 내가 부순 것도 아닌데……."

유은우는 시스템실에서 나왔다. 쓰러져 있는 강진욱의 품을 뒤져 임유현의 손가락을 찾아 쥐었다.

"서재희는 중립지대로 안 가겠지?"

"차인호하고 손잡고 이렇게까지 난장판을 벌여 놨는데 차인호가 서재희 꽉 붙들고 본전 뽑으려고 하지, 어디 가게 가만 놔두겠냐."

유은우는 바닥에서 피 묻은 봉을 집어 들었다. 다시 시스템실로 들어갔다.

"정윤환은?"

"안 갈걸. 부모님이 안 갈 테니까. 그렇게 잘나가는데 뭐 하러 다 버리고 중립지대로 들어가. 윤환이 걔가 말은 더럽게 안 들어서 그렇지, 부모 버리고 혼자 어디 갈 놈은 아니야."

"그럼 나도 중립지대는 안 가."

유은우는 시스템실 중앙에 섰다. 아무 벽이나 보고 마주 섰다. 어딜 갈겨도 상관없었다. 사방에 빼곡했으니. 봉을 단단히 쥐고 높이 치켜들었다. 이선규가 달려오는 기척이 났다. 그토록 의도적으로 시스템실 내부를 보지 않으려 애쓰던 이선규가 문가에 발을 걸치고 다급히 소리 질렀다.

"야, 너 거기서 뭐 해!"

"학교 추가해 줘."

유은우는 봉을 힘껏 휘둘렀다.

"왜 그랬어?"

이선규가 물었다. 그는 신호를 기다리며 룸미러로 유은우를 보았다. 유은우는 그의 시선을 비껴내며 정윤환의 이마를 짚었다. 뜨거웠다. 정윤환은 유은우의 무릎을 베고 뒷좌석에 길게 누워 있었다. 유은우는 손끝으로 조심스레 정윤환의 젖은 머리칼을 걷어 올렸다. 이어 그의 가슴을 가만히 눌렀다. 부드러운 셔츠 아래로 간간이 뛰는 심장박동이 느껴졌다.

차가 출발했다. 차창 밖으로 휘황한 조명이 스쳤다. 이선규가 말한 대로, 군의 정찰기가 차인호와 그의 세력을 쫓고 있었다. 따가운 조명이 지나갈 때까지, 유은우는 손으로 정윤환의 눈가를 가려 주었다. 손아래에서 따뜻한 숨결이 닿았다 스러졌다 했다.

이윽고 이선규가 핸들을 급하게 꺾었다. 차가 급커브를 하며 몸이 기울었다. 유은우는 정윤환이 바닥으로 굴러떨어지지 않도록 그를 반쯤 껴안아 보호했다. 차가 흔들릴 때마다 유은우의 발밑에선 차가운 금속이 끊어진 전선을 매달고 굴러다녔다. 유은우가 차에 탄 직후 잡아 뜯은 CCTV였다.

자정이 한참 지나 새벽이 희끗했다.

차에 타자마자 이선규가 강제로 종료시켜, 계기판의 자동운행 시스템은 꺼져 있었다. 건조하게 달리는 자율 주행 자동차 틈을, 이선규는 요령 있게 쏙쏙 빠져나갔다. 그는 다소 서툴렀지만 어쨌든 직접 운전하고 있었다. 자동항법이 제한된 함선을 제하고, 많은 교통수단이 자동화된 지 오래였다. 직접 운전을 할 수 있는 사람은 흔치 않았다.

'서재희가 내 신상을 가지고 날 협박했어.'

유은우는 물끄러미 이선규의 뒤통수를 응시했다. 이선규가 운전을 배운 데에는 이유가 있을 터였다. 서재희가 도시연합의 눈을 피하고자 온디딤을 공부했던 것처럼. 불쑥 물었다.

"옛날에 반란군 소속이었어?"

이선규는 대답이 없었다.

비가 오기 시작했다. 타닥타닥, 굵은 빗줄기가 차체를 때리는 소리가 요란했다. 유은우는 정윤환의 어깨를 잡고 있던 손을 움직여 그의 귀를 덮었다.

대로를 벗어나자 한산해졌다. 이선규의 운전이 한결 부드러워졌다. 그가 낮게 말했다.

"내가 말했던가? 제7도시 출신이라고."

유은우는 눈을 들어 이선규를 보았다. 그는 앞만 주시하고 있었다. 군에서 그리 오랜 시간 함께 부대끼면서도, 유은우는 유독 이선규의 신상에만 어두웠다. 그는 소문에 빨라 항상 가십을 끌어오면서도 언제나 본인의 이야기는 함구해 왔다. 이선규는 아무렇지도 않게 '내가 말했던가.'라고 말문을 텄지만, 그도 유은우도 이런 대화가 처음임을 알고 있었다.

"기초학교 2학년 때 아버지가 돌아가셨어. 교통사고. 당시에 보도가 크게 났어. 어떤 미친놈이 술을 마시고 상사의 차를 훔쳐서 자동운행 시스템을 파손하고 직접 운전대를 잡은 사건이었지. 그 차가 도로를 역주행했는데, 한 고급 승용차와 정면으로 부딪치기 직전에 어떤 경차가 달려와 먼저 부딪치며 겨우 멈춰 섰어. 경차엔 우리 아버지가 타고 있었는데, 즉사했지. 언론에서 말이 많았어. 잘 달리고 있던 경차가 왜 별안간 노선을 꺾어 그 미친놈 차 앞으로 제 몸을 던졌는가. 마치 그 고급 승용차를 보호하듯이. 자동운행 시스템이 정상적으로 작동했다면 경차가 그렇게 자살하듯 달려와 막을 리가 없다. 시스템의 오류인가. 경차 운전자 또한 음주 상태로 직접 운전을 하였는가. 논란이 뜨거웠어. 그 경차는 판매가 중지되고, 평소 술은 입에도 못 대던 우리 아버지 부검 결과가 알코올중독자로 나오고, 자동운행 패턴 공개를 요구하는 시위가 들끓고. 그러다가 묻혔어. 지금은 아무도 기억 못 할 거야. 항상 그렇듯이."

비가 거세어졌다. 유은우는 갈증을 느꼈다.

"제국시대엔 자동운행 시스템 유통을 법으로 금지했다더라. 자동차가 행인과 충돌 위험에 있을 때, 운전자를 보호할 것인지 행인을 보호할 것인지 판단할 기준이 모호했기 때문이지. 사람은 두 명인데, 기계가 선택해야 하니까. 하지만 도시연합은 망설일 필요가 없었어. 명확한 기준이 있었으니까. 낙원의 이론."

신호를 받아, 이선규는 속도를 줄였다. 교통 상황을 미리 계산해 매끄럽게 멈춰 서는 다른 차들에 비해 한 박자 늦었다. 그래도 똑같이 정지선에 나란했다.

"그 고급 승용차엔 제7도시에 출장 차 들른 백정명 의원이 타고 있었고, 경차엔 평범한 회사원인 우리 아버지가 타고 있었어. 백정명은 객관적으로 검증된 인재였고, 우리 아버지는 그저 그런 비동조자였지. 낙원의 이론은 사회를 위해 둘 중 하나를 선택한 거야. 우리 아버지를 방패 삼아 백정명을 구한 거지."

신호가 바뀌었다. 차가 다시 출발했다.

"3144라는 말이 있어. 수험생 사이에 나도는 말인데, 제3도시 출신까지는 그래도 제1도시에 거주할 가능성이 있지만, 제4도시부터는 그냥 거기서 평생 살다 죽는다는 말이야. 제4도시 밑으로는 계층 이동 따위 꿈도 못 꾼다는 뜻이지. 그래서 사람들이 서재희에게 열광해. 정보가 흘러 들어가지도 못하는 제8도시 촌구석 출신. 그 변변찮은 부모마저 폭격으로 잃고도 실력 하나로 임유현의 후원을 받았으니. 여태 없었고, 다시는 없을 케이스. 도시연합이 서재희를 놓지 못하는 이유가 거기 있어. 사회의 책임을 개인의 역량으로 미룰 수 있으니. 서재희를 보라고. 노력하면 된다. 사회엔 문제가 없다."

이선규의 말은 유은우의 귀로 흘러들어와 명치를 꾹 메웠다.

"나는 서재희나 윤환이처럼 타고난 천재도 아니고, 집안이 좋지도 않아. 순수하게 노력해서 여기까지 올라왔어. 사회를 바꿀 수 없어서 날 바꿨어. 돈이나 명예는 바라지도 않아. 아버지처럼 개죽음당하고 싶지 않을 뿐이지. 나는, 내가 통제하지 못하는 어떤 최악의 사고에 직면했을 때, 시스템이 객관적인 이유로 타인이 아닌 바로 날 선택하길 바라. 버려지고 싶지 않아서 이 악물고 올라왔어. 난 여기서 단 한 계단도 못 내려가. 아무리 서재희가 날 협박한다 해도."

유은우는 정윤환의 이마를 매만졌다. 까칠한 뺨과 지쳐 늘어진 속눈썹. 수척하게 잠들어 있었으나, 화려한 분위기는 그대로였다. 유은우는, 만약 이선규가 정윤환처럼 태어났다면 어땠을까 생각해 보았다. 설계 천재에, 유복한 집안. 그랬다면 이선규는 행복했을까. 알 수 없었다. 어쨌든 이선규가 동경하는 조건을 모두 갖춘 정윤환의 인생이 그리 평탄치 않다는 것만은 확실했다. 유은우는 눈을 들어 이선규를 보았다.

"모든 사람이 너처럼 생각하면, 나중에 네가 희생자가 되었을 때 아무도 도와주지 않을 거야."

이선규가 칼칼하게 웃었다. 그가 되물었다.

"도움? 무슨 도움? 우리 아버지가 죽었을 때 시민들이 나와서 시위를 하긴 했지. 떼로 모여서 길을 막고, 쓰레기를 아무데나 버리고, 우리 아버지 사고 현장을 재현한 뒤에 삼삼오오 모여 기념사진을 찍고. 나도 거기 있었어. 인파에 밀려서 누군가의 발을 실수로 밟았다고 얼마나 욕을 먹었는지 알아? 네가 말하는 도움이 그런 거야? 그런 건 아무짝에도 쓸모없어. 여태 무관심하게 살다가 사건 하나 터지니까 제 감정에 취해서 삽시간에 몰렸다가 제풀에 시들해지는 그 시민들? 본인들이 뭐라도 된 것처럼? 웃기고 있네. 타인에게 무엇을 기대할 수 있다는 말이야? 나는 남 안 믿어. 스스로 노력했어. 아버지의 전철을 밟지 않으려고, 비싼 개인 과외를 받고 좋은 총을 샀어. 그 돈이 다 어디서 나온 것 같아? 자동운행 시스템 유통사에서 입 닫으라고 찔러 준 돈이지. 진짜 도움은 그런 거야."

이선규가 액셀을 밟았다. 속도가 빨라졌다.

"은우 넌 내 판단이 그르다고 하지만, 내 판단은 내 삶에서 나왔어. 날 제외한 그 누구도 날 비난할 수 없어. 내 삶을 비난할 수 없어."

유은우가 걸치고 있던 정윤환의 재킷에서 부토니에가 떨어져 바닥을 굴렀다. 유은우는 그것을 줍기 위해 정윤환의 이마에서 손을 떼었다.

그때였다. 곤히 늘어져 있던 정윤환이 갑자기 손을 뻗었다. 그러더니 제 이마에서 막 떨어진 유은우의 손을 거칠게 움켜잡았다. 유은우는 저도 모르게 바짝 긴장했다. 두 손이 그렇게 허공에 수 초간 머물렀다. 열이 올라 뜨거운 정윤환의 손가락이 유은우의 마른 손을 꼭 감아쥐었다.

자는 줄 알았는데.

정윤환이 눈을 떴다. 그는 눈을 굴리거나 고개를 돌려 유은우를 보지는 않았다. 그는 유은우의 무릎에 머리를 베고 누운 채 그저 앞만 보고 있었다. 눈빛이 선연했다.

안 잤구나.

유은우는 의식적으로 손에서 힘을 뺐다. 정윤환의 손가락이 유은우의 손바닥을 더듬고, 이어 서툴게 깍지를 껴 왔다. 손가락과 손가락이 딱 맞아떨어졌다. 그렇게 단단히 엮어, 정윤환은 그대로 제 가슴으로 끌어갔다. 그가 다시 눈을 감았다.

손바닥으로는 정윤환의 달뜬 손바닥이 맞붙고, 손등으로는 그의 심장이 뛰는 게 느껴졌다.

"둘이 진짜 사귀는 거 아니야?"

유은우는 룸미러를 통해 이선규와 눈을 맞추었다. 이선규의 질문에 장난기는 없었다. 냉담하기까지 했다. 그가 덧붙였다.

"서재희가 널 끔찍하게 여기는 것 같더라."

"선배가 내 얘길 했어?"

다급히 물었다. 저도 모르게 허리를 똑바로 세웠다. 유은우의 손이 절반쯤 빠져나가자, 정윤환의 손에 힘이 더해졌다. 제동이 걸리듯, 다시 손을 온전히 잡혔다.

"눈빛만 보면 알지. 그렇게 철저한 새끼가 못 숨기는 정도면 말 다 한 거 아니냐. 윤환이야 말할 것도 없고. 네 이름 누가 지었는지 알아? 윤환이가 지었다."

"내 이름 대장이 지어 줬잖아."

"대장이 윤환이 의견을 고른 거지."

"……뭐?"

처음 듣는 소리였다. 유은우는 정윤환을 내려다보았다. 그는 눈을 반쯤 뜨고 있었다. 인상을 구기고 있어, 유은우는 정윤환이 곧 이선규에게 닥치라고 일갈할 줄 알았다. 그러나 정윤환은 별말이 없었다.

"너 의식 돌아올 때쯤, 대장이 휴게실로 내려왔었어. 이름 지어야겠다고. 대장은 널 훈련시켜서 정예군으로 들일 생각이었으니까, 이왕이면 기존 멤버들하고 이름이 덜 겹치게 하고 싶었던 것 같아. 너도 알다시피 인터컴으로 호명할 때 이름이 확연히 다르면 인지가 빠르니까. 조건이 여러 개 있었는데. 인상이 순하니 이름도 그에 맞춰 둥글었으면 좋겠다고 했어. 다들 의견 하나씩 냈지. 그런데 복도에 윤환이가 지나가다가 멈춰서 몰래 엿듣고 있더라. 학교로 내려가겠다고 허가받은 다음 날이었어. 배웅도 안 받고 그냥 몰래 나가려고 했는지 한 손에 캐리어를 끌고 있더라고. 가지도 못하고 들어오지도 못하고 문가에서 귀만 쫑긋 세우고 있기에, 내가 큰 소리로 한마디 했지. '부르기 쉽게 춘자로 합시다. 촌스럽게 지으면 명이 길다는 설도 있고. 우리 멤버랑은 전혀 안 겹치잖아요. 성은 대장 성을 따서 김으로. 김춘자.' 아니나 다를까, 정윤환이 박차고 뛰어들어오더라. 캐리어를 요란하게 끌고."

정윤환이 바람 빠지는 소리를 냈다. 그러곤 어이없다는 표정으로 눈을 감아 버렸다.

"들어오더니, 정예군으로 한번 들어오면 수십 년을 부를 텐데 이름이 얼마나 중요하냐며 사주팔자 어쩌고 일장 연설을 하더라고. 거기다 괜히 대장 성을 땄다가 숨겨진 딸이니 어쩌니 헛소문이라도 나면 대장 이제 결혼 적령기인데 여자는 어떻게 만나냐면서. 그리고 온갖 예쁜 이름이란 이름은 줄줄 쏟아 내는 거야. 마지막에 살짝 눈치를 보면서 유은우 이름을 또렷하게 발음하는데, 대장이 그걸 듣더니 우유에 폭 빠진 강아지랑 똑같이 생겨서는 딱 맞다고 그걸로 하자고 했어. 그리고 정윤환, 소연주한테 엄청 깨졌지. 인사도 제대로 안 하고 짐 챙겨서 몰래 나가다가 딱 걸렸다고. 그때 알았지. 아, 저 새끼 뭔가 있구나. 유은우 의식 돌아온 타이밍에 느닷없이 도망치듯 학교로 내려가겠다고 고집부린 것도 그렇고. 평소에 학교는 수준에 안 맞다고 깔보던 애가."

유은우의 손을 꼭 붙잡고 있는 정윤환의 손아귀 사이로 땀이 서렸다. 매끄러운 셔츠 아래에서 팔딱팔딱 뛰는 정윤환의 심장 박동이 한층 빨라져, 유은우는 손을 펼쳐 착각인지 가늠해 보려 했다. 그러나 정윤환이 살짝 손을 틀어, 유은우의 손도 덩달아 그의 가슴과 틈이 벌어졌다. 그 사이로 열기만 아지랑이처럼 떠돌았다.

"윤환이 같은 애들, 얼마나 쉽냐. 애처럼 얼굴에 다 드러나서 어쩔 줄을 모르고. 그에 반해 서재희는 감정을 잘 감춰서 무서울 정도야. 그런데도 널 볼 때면 눈빛이 아예 달라서 소름이 돋던데."

유은우는 창을 보았다. 굵은 빗줄기가 거세게 타닥타닥 부딪혔다.

서재희가 어디 어떻게 있든, 비는 맞지 않았으면.

유은우는 이선규를 협박하는 서재희를 떠올려 보았다. 어땠을까. 처음 유은우에게 페어를 제안했을 때처럼 냉담했을까. 유은우가 손등에 상처를 입었을 때 테스트를 미루겠냐고 예의상 물었던 것처럼 건조했을까. 둘 다 아닐 것 같았다. 아마 이선규를 앞에 두고 서재희는 서글서글하게 미소 지었을 터였다. 차예원이나 다른 학생들을 대하듯 친절하게. 그러고 보면 서재희는 처음부터 유은우에게 솔직했다. 조건을 명확히 했고, 지킬 수 있는 약속만 했다. 표정도 포장도 없었다. 감정은 그 뒤에 자랐다. 그가 드문드문 웃기 시작했을 때, 오래 연습한 기교가 아니라 속에서 흘러넘쳐서 반짝였다.

"난 오히려 유은우 널 모르겠다. 네가 대장 뒤꽁무니 쫓아다닐 때는 동경하는 티가 팍팍 나서, 네가 누굴 좋아하게 되면 만인이 다 알 정도로 표가 날 거라고 생각했는데. 너만 유독 모르겠어. 다른 것도 그렇고. 왜 그랬냐?"

"뭘?"

"왜 부쉈어? 손도 다쳤으면서, 봉을 꽉 움켜잡고. 네가 그렇게 막 때려 갈긴다고 해서 시스템이 망가지는 것도 아닌데. 어차피 소용없잖아."

유은우는 봉을 잡고 시스템과 정면으로 부딪친 감각을 돌이켰다. 단단한 봉의 끝이 벽을 사납게 내리칠 때마다, 작은 칸들은 유연하게 흩어졌다가 다시 본래 자리로 빼곡하게 모여들었다. 유은우는 낙원의 이론에 흠집조차 낼 수 없었다. 그렇지만 멈추지 않았다. 이를 악물고 휘둘렀다. 온몸이 땀으로 젖어 지쳐 주저앉고, 이선규에게 뒷덜미를 달랑 들려 나올 때까지. 이선규가 콘솔을 두드려 중립지대에 학교를 추가하는 동안, 유은우는 눈을 부릅뜨고 핵심 시스템실을 노려보았다. 울지는 않았다. 지기 싫어서.

"화가 나서."

"왜 화가 나?"

"사람을 두 명이나 죽였는데 능력이 출중하다는 이유만으로 사회에 기여한다고 평가하잖아. 범죄를 눈감아 주고. 일상을 감시하고. 사람을 부품으로 보고 있잖아. 나도 진짜 옳은 게 뭔지는 모르지만, 그래도 그른 게 뭔지는 알아. 이건 아니야."

"그럼 낙원의 이론 없이 동조자들을 어떻게 제어할래?"

"특별한 방법이 필요해? 정석으로 가면 돼. 죄를 저질렀으면 대가를 치르게 해. 능력 있는 범죄자 하나 없앤다고 사회가 무너져? 인재 놓칠까 봐 벌벌 떨지 말고 바로바로 처벌해. 그 자리에 평범하지만 정직한 사람 두 명, 모자라면 세 명을 앉혀서 일하게 하면 돼. 이게 어려워? 당연한 거 아냐?"

이선규는 고개를 저었다.

"그렇게 간단한 산수가 아니야. 동조자끼리 뭉쳐서 비동조자를 억압하면 어떻게 할래. 법을 위반하지 않고도 범죄는 저지를 수 있어. 서서히 확실하게. 그런 조짐이 보이는 동조자를 미리 알아볼 방법은 낙원의 이론뿐이야. 제때 제거해야 해."

"도시연합 전에도 동조자는 있었고 낙원의 이론 없이 사회를 유지했어."

"그때는 동조자가 희귀했어. 전체 인구의 0.001%도 채 안 되었어. 그들은 콧대가 높아서 교류하지 않고 개개인이 흩어져 있었어. 사회를 위협하는 집단이 될 수 없었다고. 하지만 지금은 달라. 유효 시민의 1%가 동조자야. 게다가 돈독히 연대하고, 충분히 위험해. 시한폭탄이나 다름없다고."

유은우는 입을 열려다가 흠칫 몸을 굳혔다. 뒤가 서늘했다.

동조자가 왜 갑자기 늘어났지? 도시연합 전후로.

이선규가 핸들을 부드럽게 꺾었다.

"난 대장 의견에 찬성해. 대장이 무슨 명예욕이 있어서 차인호를 밀어내고 그 자리에 앉으려는 건 아니잖아. 그런 사람 아니라는 거 너도 잘 알잖아? 오히려 대장은 후에 역사 속에서 최악의 독재자였다고 평가받는 걸 감수하고 있다고. 낙원의 이론 순기능은 그대로 두고, 기득권이 입맛대로 악용하지 않도록 막는 게, 사회를 크게 흔들지 않고 나은 방향으로 이끌 수 있는 유일한 방법 아니야? 잘 생각해 보고 다시 돌아오는 것도 고려해 봐. 대장이 너희 둘 아끼잖아. 화가 머리끝까지 난 상태에서도 너랑 윤환이 생포해 오라고 강조했어. 다치게 하지 말라고."

유은우는 김서혁의 왼쪽 뺨을 가로질렀던 상처를 떠올렸다. 날카롭고 가느다란. 왠지 눈물이 날 것 같았다. 상처를 내려던 건 아니었다. 인터컴만 부수려고 했는데. 이제 와서 그런 게 무슨 소용이겠냐마는, 그래도.

도로 끝에 웅장한 건축물이 보였다. 도시연합 중앙학교. 학교 내부에 있을 때는 미처 몰랐으나, 멀리서 한눈에 담으니 아름다웠다. 검은 새벽 아래 상앗빛으로 은은하게 떠오르는 깨끗한 벽면과 가지런한 창틀, 직선 사이로 드물게 흘러 세련된 곡선. 달을 녹여 이성으로 빚은 예술품 같았다.

그리고 학교 위로 반투명한 돔이 생성되어 있었다. 연하게 푸르스름한 돔. 마치 거대한 비눗방울 절반을 잘라 학교에 씌워 놓은 것처럼 보였다.

유은우는 조용히 말했다.

"나나 정윤환이나 대장한테 안 돌아갈 거란 거 너도 짐작하고 있잖아. 그러니까 옛날이야기 꺼낸 거 아니야? 우리 앞으로 볼 일 없다고 생각하고."

이선규는 대답이 없었다.

차가 멈춰 섰다. 학교 정문에 덩치 큰 남학생 하나, 포동포동한 여학생 하나가 우산을 하나씩 펼쳐 들고 여유분 우산도 하나씩 손에 쥐고 서 있었다. 둘은 초조한 기색으로 서성이다가 차를 보고는 이쪽으로 다가왔다. 걸음이 점차 빨라졌다.

유은우는 정윤환이 몸을 일으키도록 도왔다. 바닥에 떨어진 부토니에는 주워서 주머니에 쑤셔 넣었다. 차 문을 열었다. 빗소리가 사나웠다. 막 몸을 빼내려는데, 이선규가 핸들에 한쪽 팔을 걸치고 뒤를 돌아보았다. 그는 평소처럼 싱긋 웃고 있었지만, 습관이 아니라 애쓰고 있었다. 그가 말했다.

"시계, 대장이 가지고 있던데."

유은우는 차 문을 연 채 대답했다.

"내가 버리고 왔어."

"다른 무기 구할 거지?"

"그래야지."

"오른손 아물 때까지 그냥 놀지 말고, 왼손으로 연습해. 지금도 대단하긴 한데, 너무 근접이야. 양손 다 쓰면 사정거리가 그나마 좀 늘어나니까."

반쯤 일어나 앉아 유은우의 어깨에 머리를 기대고 있던 정윤환이 쌕쌕거리며 웃었다. 그가 툭 뱉었다.

"적한테 너무 친절한 거 아냐?"

"내 맘이야."

이선규가 가볍게 대꾸했다. 유은우는 여전히 차에서 내리지 못한 채 밖을 힐끗 보았다. 학생 두 명은 이제 달려오고 있었다. 둘의 발밑에서 빗물이 마구 튀었다. 유은우는 그들이 이선규의 얼굴을 확인하지 못하도록 차 문을 도로 살짝 닫았다. 빗소리가 수그러졌다. 이선규를 향해 물었다.

"괜찮겠어? 이렇게 늦게 돌아가도."

"이제 와서 걱정은. 나도 몰라. 징계나 안 먹으면 다행이지. 그래도 서재희한테 털리는 것보다는 나아. 내 걱정은 하지도 마. 난 철저히 내 위주로 움직이고 있으니까. 그리고 윤환이."

이선규가 정윤환을 바라보았다.

"네가 기억할지 모르겠지만, 내가 너한테 조언한 적 있었지. 이상한 사상 기웃거리지 말라고. 그거 아직도 유효해. 늦지 않았으니까 잘 생각해. 은우 데리고 오면 더 좋고. 서재희가 아무리 난다 긴다 해도 대장은 못 이겨. 임유현 죽었다고 서재희

296

가 자유로워진 건 아니야. 그는 차인호 밑으로 들어갔고, 그 굴레 벗기 힘들 거야. 상황이 빤해. 대장, 이기는 싸움만 하는 거 알지?"

"옳다고 생각하면 지는 싸움이라도 해야지."

유은우가 대신 대답했다. 차 문을 활짝 열어젖히고 나왔다. 새벽 빗줄기는 차갑게 아팠다. 삽시간에 흠뻑 젖었다. 정윤환을 끌어내서 부축하자 손이 모자랐다. 발로 문을 걷어차 닫았다. 차는 빗물이 튀지 않도록 부드럽게 출발했다. 곧 멀어졌다.

유은우는 정윤환을 부축하고 서서 텅 빈 도로를 바라보았다. 뿌연 물안개가 아스팔트 위에서 들끓었다. 다급한 발소리와 함께 우산이 불쑥 다가들었다. 그늘이 지면서 온몸을 때리던 비가 멎었다. 뒤늦게 오한이 들었다. 유은우는 몸을 부르르 떨면서, 바짝 다가온 두 학생의 명찰을 확인했다. 김산. 연다희.

김산이 황급히 유은우의 어깨에서 정윤환을 걷어 갔다. 뜨끈하던 열기가 멀어지니 더 으슬으슬했다.

"정윤환 왜 이렇게 많이 다쳤어? 재희는? 재희는 같이 안 왔어? 누가 데려다줬어? ……유은우 넌 또 옷이 왜 그래? 너 손목은?"

유은우에게 우산을 씌워 주던 연다희가 말했다.

"우산만 챙기는 게 아니라, 들것도 가지고 올 걸 그랬어요. 재희 선배가 조용히 마중 가라고만 했지, 다쳤을 거란 소리는 안 해서."

그녀가 우산 손잡이를 내밀기에, 유은우는 그것을 받아 들었다. 연다희는 새 우산을 펼치며 유은우에게서 떨어져 나갔다.
그녀는 뛰다시피 종종 걸으며 앞장섰다. 정윤환을 둘러업은 김
산이 그 뒤를 성큼성큼 따라갔다. 유은우는 그 둘을 따라 푸르
스름한 장막을 통과했다. 물속으로 들어가듯 저항이 느껴졌으
나 잠시였다. 정문을 지나 교정을 가로질렀다. 폭우를 헤치며
병원으로 향했다.

　김산이 빠르게 걸으며 정윤환을 고쳐 안았다. 정윤환의 품
에서 총이 툭 떨어져 바닥을 뒹굴었다. 유은우는 우산을 어깨
에 걸치며 몸을 숙였다. 왼손으로 총을 집었다. 일어서려다 도
로 주저앉았다. 우산이 미끄러지며 비가 와락 쏟아졌다. 머리
가 핑 돌았다. 바닥을 짚으며 고개를 숙이는데 속이 메스꺼웠
다. 연다희가 뛰어서 다가왔다. 그녀가 다급히 외치는 소리가,
윙윙거리는 이명과 뒤섞여 시야를 메웠다.

　"안 되겠다. 산 선배, 병원에 연락해서 데리러 나오라고 해요."
　"재희가 최대한 조용히……."
　"불러요. 이러다 죽겠어!"

　똑, 똑, 약물 떨어지는 소리가 났다.
　유은우는 소스라쳐 깨어났다. 아무 생각 없이 오른손으로 옆
을 짚으며 몸을 일으키려다가 통증에 다시 쓰러졌다. 침대에
파묻히며 오른손을 들어 보았다. 손목에 두꺼운 치료기가 수갑
처럼 채워져 있었다.

　쌉쌀한 소독약 냄새. 정갈한 침대. 정윤환과 나란히 입원했

던 그 병실이었다. 크고 작은 통증이 뼈와 근육 사이에서 지글거렸다. 유은우는 가만히 천장을 바라보았다. 천천히 숨을 골랐다. 창문을 두드리는 폭우 사이로, 그제야 소음이 또렷해졌다. 벽면의 스크린이 켜져 있었다.

— ……30명이 숨지고 50여 명이 중경상을 입었습니다. 군 당국은 반란군이 내부로 침투해 테러를 벌였을 가능성을 높게 보고, 정확한 사고 경위를 조사하고 있습니다…….

정윤환이 옆 침대에 비스듬히 누워 있었다. 리모컨을 잡은 손이 희게 마른 넝쿨처럼 침대 아래로 늘어뜨려져 있었다. 그가 건성으로 리모컨을 꾹꾹 누를 때마다, 화면이 툭툭 바뀌며 각 채널의 아침 뉴스가 번갈아 떴다.

— ……안심하십시오. 학생 및 교직원 등 도시연합 중앙학교의 인명 피해는 없었습니다. 간밤의 테러로 인하여 시스템이 오작동하여 일부 법이 개정되면서 생긴 혼란으로 도시연합에서 신속한 복구를 장담하고 있으며…….

— ……그렇지 않습니다. 중립지대는 그보다 훨씬 전부터 논의되어 왔습니다. 도시연합 24년에 황종주 의원이 대표 발의한 동조자 진흥법 개정안에 중립지대가 포함되었으나, 폐쇄된 지역 안에서 비동조자가 소수의 동조자 밑으로 들어가 경제활동을 자처하며 자발적으로 탄압받을 수 있다는 시민들의 우려로 공개 투표 때 불발된 전적이 있습니다. 중립지대는, 시민이 외치고 시민이 외면하며 법안에서 살고 죽기를 반복했습니다. 중립지대는 양날의 검입니다. 새로운 도시의 베타테스트가 될 수

도 있고, 또 다른 기득권을 형성하는 데 그칠 수도 있으며…….

정윤환은 탁자에서 호흡기와 신경안정제를 차례로 집었다. 호흡기에 약을 끼우고 깊이 빨아들이더니, 후우 불어 뱉었다. 수증기가 빛 무리와 엉기며 퍼져 나갔다. 스크린의 창백한 빛이 그의 섬세한 얼굴을 휙휙 스쳐 지나갔다.

— ……시스템의 오작동으로 법에 항목이 추가되었다는 도시연합 측의 해명에 많은 시민이 의문을 제기하고 있습니다. 왜 하필 중립지대이며, 왜 하필 학교인가에 대해서. 일각에서는 테러가 아닌 내란을 은폐하기 위해서가 아니냐는 의견과, 시민의 동의 없이 멋대로 법을 개정하려는 눈속임이 아니냐는 의견이…….

— ……임유현 도시연합 중앙학교장의 사망으로 인하여 그의 지위가 일부 학생 임원에게 자동 승계되지 않았습니까? 학생회나 파견부 소속 학생들 말입니다. 특히 서재희의 인망이 대단하여 내부의 혼란은 크지 않을 것으로 예상합니다만, 현재 그의 행적이 묘연합니다. 간밤의 테러가 진압된 지금도 그를 보았다는 사람은 없으며, 함께 행사에 참석했던 두 학생은 현재 부상으로 교내 병원에 입원 중입니다. 테러 현장에 남아 있는 설계 패턴에서 서재희의 서명은 추출되지 않았으나, 일각에서는 김서혁 총사령관이 테러의 혼란을 틈타 서재희의 살해를 지시하였다는…….

정윤환이 무표정하게 뉴스를 보며 눈을 천천히 감았다가 떴다. 지쳐 벌겋게 충혈되어 있었다. 그가 입에 물고 있던 호흡기에서 빈 약물 케이스를 빼 바닥에 떨어뜨렸다. 그 움직임에 이불 밖으로 맨발이 살짝 나왔다. 발목에 치료기가 채워져 있었다. 치료기에 부착된 가느다란 관들이 부딪히며 차가운 금속음을 냈다. 치료기의 스크린에서 그래프가 맹렬히 파도쳤다.

"서재희가 없네."

정윤환이 중얼거렸다. 리모컨을 누르는 속도가 차츰 빨라졌다. 뉴스, 광고, 쇼 프로가 다채롭게 획획 지나갔다. 그가 다시 말했다.

"서재희가 없어."

그러더니 리모컨을 바닥에 던져 버렸다. 리모컨은 바닥을 쭉 미끄러지다가, 아파트 광고가 현란한 스크린 밑에 멈추어 섰다. 정윤환이 눈을 찡그리며 탁자를 더듬었다. 손에 잡히는 게 없자 그가 유은우를 보지 않고 말했다.

"네 옆의 서랍에서 안정제 좀 꺼내 줘."

유은우는 서랍을 열어 보았다. 색깔별로 용도별로 약물 케이스가 정갈하게 나란했다. 유은우는 서랍을 탁 소리 나게 닫았다. 냉담하게 말했다.

"없는데."

그제야 정윤환이 유은우를 바라보았다. 기가 찬다는 표정이었다.

"웃기지 마. 있잖아. 서재희가 네 자리에 무엇이든 못 갖다 놓아서 안달인 걸 내가 다 아는데 약이 없다고?"

"없는 걸 어쩌라고."

"내가 가서 보고 있으면 알아서 해."

"와서 본다고? 일어날 수는 있냐?"

"유은우, 사람 놀리지 말고 약 달라니까."

"약 빨지 말고 잠을 자. 눈은 벌게서."

"잠이 안 온단 말이야."

"몸이 그렇게 엉망인데 잠이 안 온다고?"

"몰라."

"지금 너 수면제 공급받고 있는 거 아니야?"

정윤환이 뒤를 돌아보았다. 유은우도 그 시선을 따라갔다. 정윤환의 침대 옆에 설치된 치료기에서 색색의 실린더가 약물로 부글거렸다.

"의사가 신참이더라. 학생 데이터를 못 본 건지 일반 수면제로 처방하고 갔네. 나 저거 안 들어. 내성 있어."

"의사 부를까?"

"됐어. 안정제나 줘, 빨리."

"안아 줄까?"

"……어?"

정윤환이 반 박자 늦게 반응했다. 입술 틈이 살짝 벌어지다 멈추었다. 유은우는 찬찬히 정윤환을 살폈다. 정전기가 일어나 부스스하게 엷은 머리칼. 한숨도 못 자 안색이 푸석했다. 유은우는 조심조심 몸을 일으켰다.

"너 가만 보니까 나한테 기대서는 잘 자더라."

죽이니 살리니 눈 마주칠 때마다 할 말 못 할 말 해 대더니,

정윤환은 대답이 없었다. 정말로 이상했지만, 그는 약간 겁을 먹은 것처럼 보였다.

유은우는 슬리퍼를 꿰어 신고 치료기를 밀며 그에게 갔다. 치료기 바퀴에서 돌돌 소리가 났다. 정윤환은 두 손으로 호흡기를 꼭 쥔 채 멍하니 유은우가 하는 모양을 지켜보았다. 유은우는 정윤환의 손에서 호흡기를 빼다가 탁자에 소리 나게 내려놓았다. 슬리퍼를 벗고 침대로 올라가려는 순간, 정윤환에게 거칠게 밀렸다. 공격이 아니라, 필사적인 방어 같았다. 유은우는 그대로 중심을 잃고 침대에서 요란하게 굴러 떨어졌다.

악, 유은우는 신음을 속으로 삼켰다. 눈물이 금세 그렁해졌다. 안 그래도 부러진 손목이 바닥에 부딪히며 찡하게 아팠다. 소리를 지른 건 정윤환이었다.

"뭐 하는 거야!"

지금 소리 지르고 싶은 게 누군데. 유은우는 발딱 몸을 일으켰다.

"너야말로 사람을 왜 밀치고 난리야. 재워 준다니까. 너 그렇게 신경 곤두세우고 안정제 안정제 노래만 부르다가 저세상 가고 싶어?"

"네가 무슨 상관이야!"

"한팀이잖아!"

유은우는 똑바로 선 채로, 정윤환은 침대에 앉은 채로, 둘은 한참을 씨근덕거렸다. 숨은 서서히 가라앉았다.

"우리 한팀이잖아. 재희 선배는 행방도 모르고, 어쩌면 둘만 남았을지도 모르는데. 앞으로 밤이 얼마나 길어질지, 아침이 올지 안 올지도 모르는데."

그러나 조용조용한 유은우의 말에도, 정윤환은 날카로운 눈을 했다.

"유은우, 너 올라오면, 올라오면 진짜 후회해. 경고했다. 오지 마. 너 올라오면 그다음부턴 나도 몰라. 알아들어?"

이쯤 되자 오기였다.

"어, 그래."

유은우는 잽싸게 이불을 젖히며 침대로 올라갔다. 정윤환을 제압하는 건 쉬웠다. 그는 거의 반 죽어 있었다. 힘이 빠져 나달나달한 정윤환의 두 손목을 잡아채고 이어 꽉 끌어안았다. 정윤환은 처음엔 사납게 저항했으나, 상대적으로 덜 다친 데다가 잠까지 푹 자서 팔팔해진 유은우를 이기지는 못했다. 곧 숨이 잦아들었다.

유은우는 살짝 힘을 풀었다. 느리고 고른 숨이 느껴졌다. 정윤환은 눈을 반쯤 떴다가 느리게 감았다가 또 천천히 들어 올렸다. 유은우는 살짝 고개를 틀어 그의 발목에 붙은 치료기를 살폈다. 아까까지만 해도 미친 듯 요동치던 그래프는, 이제 제법 잠잠하게 흐르고 있었다.

여전히 광고가 한창이었다. 스크린을 끄지 않길 잘했다고 생각했다. 정적 속에서 정윤환의 숨소리만 들린다면, 이렇게까지 오래 끌어안지는 못할 것 같았다. 유은우에게는 단순한 포옹이지만, 정윤환에게는 어떤 의미일지 알 수 없었다. 알면 안 될 것 같기도 했다. 유은우는 그가 조금이라도 빨리 잠들기를 바랐다.

정윤환의 눈에서 초점이 가물가물 흩어졌다. 그렇게 뾰족하게 가시를 세웠다고는 믿지 못할 만큼, 날 선 경계는 공기 중으로 부드럽게 풀어졌다. 그가 거의 잠들었을 때, 유은우는 천천히 몸을 일으켰다. 혹여나 깨지 않도록 조심스럽게 정윤환에게서 떨어졌다. 막 침대에서 내려오려 할 때였다. 푹 잘 수 있게 스크린부터 꺼야겠다고 생각하며 정윤환이 내던진 리모컨의 위치를 확인하는데, 느닷없이 확 끌어당겨졌다.

거친 힘은 아니었지만 방심하던 차라 그대로 침대 위로 쓰러졌다. 유은우의 어깨 위로 정윤환의 두 팔이 단단하게 섰다. 그가 유은우 위로 고개를 숙이자 밤처럼 그늘이 졌다. 유은우는 정윤환의 달아오른 시선과 간절한 숨을 느꼈다.

문득 가슴이 차게 식었다. 아무리 과거를 소상히 알게 되더라도 정윤환을 온전히 이해할 수는 없을 거라는 생각이 들었다. 아무리 그를 가까이 안는다 해도, 둘 사이에 메울 수 없는 낭떠러지가 있어 마음은 자꾸만 아래로 미끄러지리라는. 순간을 공유하지 못했기 때문에. 서로가 서로에게 다른 사람이라.

"구해 주고 싶었어."

정윤환이 속삭였다. 그가 눈으로 천천히 유은우를 만졌다.

"믿기 어렵겠지만, 진심이야."

정윤환이 고개를 숙였다가 다시 들었다. 눈물을 삼키듯. 창으로 들어오는 햇빛이 그의 뺨을 베어 내듯 스쳤다.

"만약에 내가 아니라 서재희라면 어땠을까. 걘 잘 해냈을 거야. 너무 잘 해냈겠지. 널 철저히 도구로 삼든, 지옥에서 빼내서 인간다운 삶을 주든, 그 어떤 쪽이든, 망설임도 실수도 없이. 그는 쓸모없다고 생각하고 널 바로 폐기했을지도 몰라. 그럼 인연은 거기서 끝났겠지. 또는, 널 살리기 위해 수단과 방법을 가리지 않고 빼내는 데 성공했을지도 몰라. 다 내 탓이야. 서재희가 아닌 나라서."

그의 목소리 끝이 떨려 나왔다. 눈물로 색이 빠진 옅은 눈빛이, 유은우가 모르는 감정을 담고 아래로 함빡 쏟아졌다.

"정말 노력했는데. 중요한 순간마다 잘못된 선택을 해서 이 지경에 이르렀어. 정신 차리고 보니 이렇게 되어 버렸어."

유은우는 뺨으로 정윤환의 손끝이 가까워지는 걸 느꼈다. 오랫동안 몇 번이나 유은우의 뺨을 매만졌다는 듯, 그는 익숙하게 다가왔다. 그러나 유은우에게는 처음이었다. 정윤환이 문득 손을 멈추었다. 유은우의 뺨에는 닿지 않으나 온기는 전해질 틈만 두고.

"살아 움직이는 널 보니 이젠 겁이 나더라. 큰일 났다고 생각했어. 네가 인형처럼 무표정할 때 생긴 감정이라, 네가 살아 움직이면 내 감정도 수그러질지 모르겠다고 기도했던 것이 아무 소용이 없어져서. 도리어 짙어져서. 희망을 갖게 해서. 이제 어엿하게 사랑이라고 정의해도 되지 않을까 혼자 기대하는 내가 끔찍해서."

정윤환의 눈에서 눈물이 툭 떨어져 유은우의 뺨을 타고 흘러

내렸다.

"서재희는 길이 필요하면 만들어. 정말 눈물 나게 부럽지. 나는 널 회유하고 협박할 수밖에 없다고 생각했는데, 서재희는 널 살릴 길을 만들겠다고 해. 나는 절박하게 협조하지만, 자꾸 화가 나. 난 왜 이렇게밖에. 내가 널 먼저 만났는데. 내가 먼저. 네가 기억 못 한다고 해서 내 기억이 없던 게 되는 건 아니잖아."

간곡한 시선이었다.

"네가 내게 물었지. 나한테 넌 뭐냐고."

유은우는 자신의 질문을 기억했다. 그러나 대답이 두려워, 저도 모르게 정윤환의 눈을 피했다. 곧바로 턱을 잡혔다. 다시 시선이 얽혔다.

"나 봐. 고개 돌리지 마. 너도 궁금해서 물어본 거 아니었어? 아니면 그냥 해 본 말이야? 네 질문 하나에 네 눈빛 한 번에 난 숨이 막혀 죽을 것 같은데. 그러니 들어. 내가 먼저 말하는 거 아니잖아. 네가 물어서 내가 대답하는 거야."

거친 어조와 달리 턱을 붙든 손길은 이미 부서진 것처럼 연약했다.

"넌 내 전부야."

유은우는 제 턱을 잡은 정윤환의 손이 부드럽게 미끄러져 뺨을 감싸는 것을 느꼈다.

"나도 이런 내가 싫어. 네가 전부인 내가 싫어. 내가 원해서 이렇게 된 게 아니잖아. 너도 원하지 않고, 나도 원하지 않는데. 아무도 나보고 너만 보라고 하지 않았는데. 왜 내가 이런 기분을 겪어야 해? 내가 왜? 죽으면 끝이 나? 언제쯤 난 네게서 놓여날 수 있어? 그런 날이 오기나 해? 혹시 네가 날 바라봐 준 다면, 그럼 나도 숨이 좀 트일 수 있을까? 그렇지만 그런 일은 일어나지 않을 거잖아. 그렇잖아."

정윤환의 눈에서 눈물이 후드득 떨어졌다. 그가 낮게 속삭였다.

"절대 그런 일 없을 거라고 말해 줘."

햇빛이 바람을 타고 불어왔다. 창밖으로 구름이 움직이는지, 정윤환의 낯으로 빛 무리가 조각조각 머물렀다. 유은우는 손을 내밀어 정윤환의 이마에 서린 빛을 어루만졌다. 손을 미끄러뜨려 간절한 눈물을 닦아 냈다. 정윤환이 고개를 기울여 유은우의 손바닥에 제 뺨을 묻었다. 온기가, 눈물이, 오래된 마음의 무게가 빛으로 흘러내렸다.

"말해 줘. 날 사랑할 일 없을 거라고."

유은우는 몸을 굳혔다. 정윤환의 어깨 너머로 보이는 스크린에 속보 한 줄이 떠 있었다.

서재희, 임유현 살해 자수.

― 속보입니다.

정윤환이 딱 멈췄다. 그가 유은우 위에서 몸을 일으키고, 고개를 돌려 스크린을 보았다.

— 도시연합 중앙학교 5학년 파견부장 서재희가 방금 도시
연합 중앙수사부에 출두하여 본인이 임유현을 살해했다고 자
수하였습니다.

008. 캐슬링

유은우는 왼손으로 검집을 집어 들었다. 검집 위로 두껍게 엉켜 있던 거미줄이 딸려 올라오다가 뚝 끊어지며 나른히 내려 앉았다. 검집에서 검을 힘껏 뽑아냈다. 검날이 서늘한 소리를 내며 흰 뱀처럼 기어 나왔다. 크게 휘둘렀다. 부러져 치료 중인 오른손은 쓰지 않았다. 왼손으로만 서툴게 그어 내린 검 끝에서 빛이 새파랗게 일었다가 금세 스러졌다. 그 동작에 먼지가 부옇게 일어났다. 유은우는 소매로 입을 막고 기침을 했다.

혼자 있으니까 목이 더 따가워.

전에는 서재희와 같이 왔었다. 이름만 전시관일 뿐 창고나 다름없는 이곳에서 둘은 먼지며 거미줄이며 오래 방치된 시간을 흠뻑 뒤집어썼다. 늘 단정하던 서재희는 금세 머리며 옷이 엉망으로 흐트러졌고, 많이 웃었다. 그때는, 창으로 비춰 드는 햇살에 반짝이며 유영하는 먼지가 별이 부서진 가루 같았다. 그러나 홀로 다시 돌아온 지금, 먼지는 그저 목구멍을 콱 틀어 막아 괴로울 뿐이었다. 공간은 달라진 게 없는데. 그저 둘이었다가 혼자가 되었을 뿐인데.

눈을 문질렀다. 먼지 때문인지 자꾸 눈물이 났다.

유은우는 검을 도로 검집에 집어넣고 돌아섰다. 문가에 세워 놓은 수레는 이미 활이며 창이며 봉 등의 온갖 무기들이 한가득 담겨 터지기 일보 직전이었으나, 유은우는 골라잡은 검을 그 사이로 쑤셔 넣는 데 성공했다. 그리고 돌아서서 사방의 무기를 샅샅이 훑어보았다. 천장에 매달리고 벽에 걸리고 바닥에 쌓인 무기 하나하나 전부 눈으로 뒤지고 손으로 들어 보았다.

기준은 단순했다. 휴대 가능할 것.

유은우는 바닥에서 괴상하게 생긴 목걸이도 하나 주웠다. 손에 쥐자마자 그것은 붉게 꿈틀거리며 채찍처럼 사방을 이리저리 할퀴어 댔다. 무기가 멍청해서 적과 아군을 구분 못 하는 건지, 잡은 사람이 다루는 요령이 없어 그런 건지 가늠하기 어려워 망설이는 사이, 허벅지를 호되게 얻어맞았다. 미련 없이 저만치 던져 버렸다. 목걸이는 쨍강 소리를 내며, 유리함에 거칠게 부딪혔다가 바닥으로 스르륵 떨어져 내렸다. 유은우는 다른 무기를 살피기 위해 무심코 고개를 돌렸다가 다시 그쪽을 보았다. 유리함이 익숙했다. 다가가서 들여다보았다. 짧고 투박한 단검이 천에 곱게 둘러싸여 있었다. 조심조심 유리함을 쓸어 보았다. 여기 어딘가 서재희의 손길이 닿았을 터였다.

유리함을 열고 단검을 꺼내 쥐었다. 온디딤 특유의 청량감. 쥐는 순간, 자신이 옅어지고 감각이 활짝 열렸다. 전신으로 온이 스몄다가 맴돌고 빠져나갔다. 왼손으로 손잡이를 움켜쥐고 오른손으로 칼날 위를 더듬었다. 꽃잎이 희게 돋아나다가 만개하지 못하고 스러졌다.

보고 싶어.

그리움은, 깜짝 놀랄 정도로 갑작스럽게 밀려들었다. 유은우는 그 자리에 주저앉았다. 무릎을 세우고 얼굴을 묻었다. 숨을 골랐다. 눈물은 안으로 흘렀다.

그리움은 파도와 같아서 주기적으로 밀려왔다가 또 금세 쓸려 나갔다. 안타까워 젖은 마음이 햇볕에 바짝 마르기도 전에 먹먹히 다시 밀려오고, 또 쓸려 나가기를 반복했다. 그러니 마음 한쪽 구석, 눈물샘이 가까운 곳은 마를 새가 없었다.

처음 겪어 보는 감정이라 유은우는 정신이 하나도 없었다. 그러면서도 서재희 또한 같은 마음이기를 바라는 자신이 당황스러웠다. 가끔 가슴이 꽉 막혀 숨이 쉬어지지도 않는데, 이 고통을 서재희도 느꼈으면 하는 제 마음이 정상인지 혼란스러웠다. 그가 괜찮길 바라면서도, 또 한편으로는 나 때문에 힘들길 바라는 마음이.

힘내자.

유은우는 발딱 일어났다.

무엇을 해야 할지 모를 때는, 할 수 있는 걸 하는 거야.

유리함에 단검을 도로 넣었다. 다시 한번 주위를 훑어보았다. 무시무시하게 버티고 선 가시 돋친 곤봉들 사이에 얇지만 단단한 방패가 비스듬히 세워져 있었다. 유은우는 그것을 집어다가 수레 위에 지붕처럼 얹었다. 아슬아슬하게 쌓은 무기들이 쏟아지지 않도록 조심해서 수레를 밀며 나왔다. 문을 발로 차서 열고, 발로 차서 닫았다. 아까 들어올 때 때려 부순 잠금장치가 덜렁거렸다.

수레를 돌돌돌 밀며 건물 밖으로 나왔다. 왼손으로 어설프게 밀다 보니, 중간에 몇 번 수레를 쏟을 뻔했다. 오전에 정윤환과 나란히 재활을 받았음에도, 아직 오른손을 자유자재로 쓰기 어려웠다. 오히려 잘되었다고 긍정적으로 여기기로 했다. 왼손만으로 바짝 훈련할 기회라고. 유은우는 김서혁에게 시계의 주도권을 빼앗겼던 순간을 생생히 기억했다. 다시 한번 김서혁과 마주한다면 그때는…….

"유은우."

누군가 불쑥 앞을 막아섰다. 유은우는 반사적으로 다친 오른손을 움직여 수레 위로 비죽 튀어나온 검 손잡이를 움켜쥐려 했다. 그러나 휴대용 치료기를 부착해 둔해진 오른손은 수레 모서리에 부딪히는 데 그쳤다. 선연한 통증에 정신이 번쩍 들었다.

"너 말이야. 재희 선배랑 정윤환이랑 같이 기념 연회 갔다고 알고 있는데."

낯선 남학생. 레몬색 배지. 2학년. 그의 뒤로 남학생과 여학생 다섯이 뒤섞여 서 있었다. 차고 있는 배지 색깔은 다양했으나, 낮은 똑같이 불안했다. 그들은 유은우와, 유은우가 잡고 있는 수레를 번갈아 바라보았다. 한 1학년 남학생은 허옇게 질린 얼굴로, 수레 철망 사이로 번득이는 창끝을 빤히 응시하고 있었다.

"그런데?"

딱딱하게 묻고, 유은우는 곤두선 신경을 가라앉히려 노력했다. 그냥 같은 학교 학생이야. 긴장하지 마. 쉽지 않았다. 새벽의 치열했던 피비린내가 아직도 코끝에 달라붙어 있었다. 사방이 온통 적 같았다. 그러나 다음 질문을 듣는 순간, 온몸의 긴장이 탁 풀려 버렸다.

"재희 선배 왜 안 와?"

어린 한마디가 신호탄이 되어, 옹기종기 모여 선 학생들이 일시에 울먹거렸다. 새벽에 내리던 비는 말끔히 개어 날이 이토록 화창한데, 갑자기 학생들 머리 위로 작은 먹구름이 뭉글뭉글 피어나는 것만 같았다. 유은우는 왠지 코가 시큰했다. 다른 여학생이 물었다.

"유은우 너도 봤을 거 아냐. 거기서 무슨 일이 있었는지. 우리 부모님은 빨리 학교에서 나오라고 난리야. 중립지대인지 뭔지 무법지대나 다름없다면서. 일반 도시연합법 적용이 안 된다며? 그게 사실이야? 나는 부모님께 무조건 학교 입장을 들어 보고 결정하겠다고 했어. 괜히 몸 사려서 나 혼자 집으로 돌아갔다가 성적에 불이익 받고 싶지 않으니까. 그런데 부모님이 너무 걱정하셔서. 그냥 다 버리고 나오래. 나 어떻게 해야 해?"

유은우가 머뭇거리는 사이, 다른 남학생이 한 발짝 다가왔다.

"다른 사람 말은 못 믿겠어. 언론도 못 믿어. 재희 선배가 있었다면 분명히 우리한테 말을 해 줬을 텐데. 재희 선배 왜 안 와? 무슨 일 있는 거야? 자수했다는 건 또 무슨 소리고? 너 거기서 재희 선배 봤을 거 아냐. 마지막으로 본 게 언제야? 교장 선생님이 첩탑에 걸려 있었다던데, 그것도 사실이야? 또 뭐 이상한 거 없었어? 본 대로 다 말해 줘."

보고 들은 것은 차고 넘쳤으나 입 밖으로 낼 만한 건 하나도 없었다. 유은우가 뭐라 선뜻 대답하지 못하고 입술만 달싹이자, 다른 학생들이 앞다투어 떠들었다.

"재희 선배가 교장 선생님을 죽였을 리가 없어. 분명히 어디서 모함받았을 거야. 누군가 뒤집어씌운 거라고."

"맞아. 누명이야. 우리 아빠 서재희 소리 소문 없이 살해당할 거라고 했어. 명예욕이 하나도 없는데 재능만 있는 사람이 이용 안 당하고 여태 살아 있었던 것도 운이 좋은 거라고. 서재희 아끼던 교장도 죽었겠다, 누군가 교장을 죽이고 서재희한테 그 죄를 다 뒤집어씌우고 강제로 자수하게 시켰을 거야. 병원에 있는 부모님을 미끼로 그랬을지도 몰라."

"재수 없는 소리 좀 그만해! 이정수, 너 진짜 나한테 죽고 싶어? 재희 선배가 네 친구야? 똑바로 안 불러?"

"아니, 난 그냥 아빠가……."

"부모님 미끼는 아니었을걸. 재희 선배 부모님 기념식 당일에 이미 돌아가셨대. 병실 뺐다더라고."

잠시 침묵이 감돌았다.

유은우는 학생들에게 지난 새벽 자신이 겪었던 혼란을 전부 말할 수는 없지만, 그래도 무언가 안심할 수 있는 말을 해야 한다고 생각했다. 서재희라면 이런 상황에서 뭐라고 했을까. 뇌를 바닥까지 긁어 보았지만 아까 전시관에서 들이마신 먼지만 뭉텅이로 나왔다. 유은우가 말을 뱉지 못하자, 여학생 하나가 급기야 두 손을 뻗어 유은우의 환자복 소매를 잡았다.

"지금 다들 이러지도 저러지도 못하고 재희 선배만 기다리고 있어. 다른 임원들도 마찬가지고. 재희 선배 소식 모르면, 예원 선배는 어떻게 되었는지 알아? 예원 선배도 전혀……."

"나 여기 있어."

학생들이 파드닥 놀라 일제히 뒤를 돌아보았다.

"뭐가 궁금하니? 물어봐."

차예원이었다. 유은우는 무의식적으로 그녀가 어디 다친 곳은 없는지 빠르게 훑어 내렸다. 차예원은 평소와 같았다. 딱 달라붙은 교복 위로 얇은 코트를 걸치고 양손을 주머니에 넣은 채 이쪽을 보고 있었다. 다만 평소 올려 묶던 긴 머리가 부드럽게 풀어져 가슴 아래로 흐르고 있었다. 낯이 차가웠다.

다들 놀라 빤히 쳐다보기만 하는 가운데, 누군가 황급히 물었다.

"선배, 재희 선배는……."

"뉴스 안 보고 사니? 자수했어. 도시연합 중앙수사부에 있겠지. 무슨 일이 있었는지는 한 시간 뒤에 진술 생방송하는 거 보렴. 도시연합 중앙학교장 살해 용의자니, 모든 진술을 시민 앞에서 할 의무가 있어."

"……중립지대는 뭔가요? 지금 우리 학교를 둘러싼 이 파란 장막……."

"법 안 찾아봤니? 동조자 진흥법 거기에 다 나와 있잖아?"

"……제가 해석하기로는 중립지대란 동조자 자치구역처럼 느껴지는데, 그럼 현재 우리는 도시연합법에 반하는 그 어떤 법도 제정할 수 있다는 말인가요? 현재는 무법지대라고 봐도 무방한가요?"

"학교가 중립지대로 설정되면서 이 안에서 새로이 법을 제정할 수 있는 권한은 교장으로 지정되었고, 교장이 사망했으니 그 권한은 우리 학생회 및 파견부 임원들이 나눠 가지고 있어. 중립지대라고 무에서 시작하는 건 아니야. 교장이 여태 도시연합법을 따르고 있었으니까. 그러니 우리도 현재의 도시연합법을 그대로 준수한다. 물론 바꿀 수도 있겠지. 권한을 가진 자가 전원 동의하면 법을 발의할 수 있으니까. 하지만 불가능해. 왜냐면 권한을 가진 한 사람이 부족하니까. 재희가 여기 없잖아. 답이 됐니?"

"그럼 왜 우리는 밖으로 못 나가죠? 출입이 불가능하다는 법이 새로 만들어진 것도 아닌데."

"왜 출입이 불가능해? 나 방금 내 발로 걸어서 들어왔어. 푸른 유리처럼 보여도 통과할 수 있어."

"군인들이 지키고 있던데요. 나오지 말라는 뜻 아닌가요?"

"재학생이나 교직원처럼 현재 학교에 소속된 사람들은 출입에 아무 문제가 없어. 법적으로는. 하지만 군인이 눈치를 주고 있다면, 이유는 몰라도 알아서 몸 사려야겠지? 그리고 재희가 없어도 우리 임원은 최선을 다해 모든 일에 책임을 질 거야. 교직원보다 많은 혜택을 누린다는 소리도 듣는데 받은 만큼 일해야지."

차예원이 기계적으로 대답했다. 학생들은 의문을 하나도 해소하지 못한 채 차예원의 쌀쌀한 분위기에 그만 자리를 떠 버렸다.

유은우는 차예원을 바라보았다. 안 그래도 불안해하는 학생들에게 그렇게 쏘아붙일 필요가 있냐고 묻고 싶었다. 어차피 남들 다 아는 얘기만 반복할 거라면. 그러나 입술을 꽉 문 차예원이 제 발끝만 내려다보다가 코끝이 빨개지고 이어서 눈물까지 그렁해지는 걸 보고 있자니, 차마 뭐라고 하기가 어려웠다. 사실 학생들에게 이렇다 할 답을 하지 못한 건 유은우도 마찬가지였으니. 차예원이 그대로 가만히 서서 눈을 빠르게 깜박이는 동안, 유은우는 모른 척 바닥에 깔린 돌의 무늬를 세었다. 이내 차예원이 말했다. 목소리가 잠겨 있었다.

"우리 아버지가 궁지에 몰린 것 같아. 재희 때문에."

뜸을 들인 후, 차예원이 말했다.

"아버지가 학교로 돌아가지 말라고 했어. 위험하다고. 서재희가 김서혁의 눈을 피하려고 딱 서너 시간만 날 이용하고 바로 배신한 것 같다고 하셨어. 어쩌면 단순히 김서혁에게 도시연합장의 권력 일부를 빼앗기는 게 아니라, 더 큰일이 닥칠 것 같은 불길한 예감이 든다고."

유은우는 물끄러미 차예원을 바라보았다. 그녀는 교복 차림이었다. 까만 넥타이에 작은 배지까지 갖춘. 유은우는 그녀에게 왜 학교로 돌아왔냐고 묻는 것은 그만두기로 했다. 답은 뻔했으니. 다른 질문을 했다.

"통신이 중간에 끊어졌어요."

"재희가 끊으라고 했어. 끊고 도망치라고. 재희가 사람을 조금만 늦게 보냈어도, 나 죽었을 거야."

차예원이 몸을 부르르 떨었다.

"그럼 재희 선배가 어떻게 되었는지는 몰라요?"

"응. 몰라."

차예원이 유은우를 빤히 응시했다. 묘한 표정이었다. 그녀가 덧붙였다.

"난 네가 알 줄 알았는데."

유은우는 고개를 저었다. 차예원이 유은우가 쥔 수레를 보더니 미간을 좁혔다.

"그게 다 뭐야?"

"시계를 잃어버렸어요. 새 무기를 찾아야 해서. 예전이야 몸 사리느라 눈에 안 띄는 시계나 차고 다녔지만, 지금은 상황이 다르잖아요. 이렇게 된 마당에 다 시험해 보려고."

"전시관은 우리 학생회 소관인데 어떻게 들어간 거야?"

"부수고 들어갔는데. 낡아 빠져서 쉽던데요."

"태연하게도 말한다. 너 재희 없다고 그렇게 행동해도 돼?"

"서재희 선배 있어도 이렇게 행동할 건데요. 어차피 이런 고철 덩어리 신경도 안 쓰면서. 있는 줄도 몰랐던 거 아니에요?"

유은우는 수레를 밀었다. 가득 실린 무기들이 덜컹거렸다. 차예원은 한 발짝 물러났다가 옆으로 빙 돌아서 다시 유은우의 옆으로 왔다. 유은우는 그녀를 무시하고 수레의 균형을 유지하며 타박타박 걸었다. 차예원은 팔짱을 끼고 아무렇지 않은 척 유은우의 뒤를 따라왔다. 이상할 정도로 텅 빈 교정을 둘러보며 그녀가 작게 물었다.

"윤환이는?"

"오전에 저랑 같이 재활 받았어요. 지금은 자고 있을 것 같은데. 총이 부서졌어요. 그래서 새 총을 구해야 하는데 바깥으로 나갈 수 없는 상황이라, 이따가 모의 전투실 가서 남는 총 잡아 본다고 했어요."

"총이 부서졌어? 침식된 거 아니야?"

"침식 초기래요. 부작용 감수해야 한다고."

"은우 네가 너무 멀쩡해서 이상하다 했더니, 윤환이가 네 몫까지 다쳤구나."

맞는 말이라 유은우는 반박할 수 없었다. 유은우가 시계만 잃지 않았어도 정윤환이 그렇게까지 무리하지는 않았을 텐데.

"지금 학교 상황은 어때?"

"살얼음판이에요. 아까 병원밥 안 먹고 일부러 학생 식당에서 먹으면서 분위기 좀 봤는데, 다들 불안한 눈치예요. 근데 진짜 웃긴 게 뭔지 알아요? 교수들. 다 도망갔어요. 새벽에 중립 지대로 지정되자마자 전부 다 빠져나갔는지 교수동이 텅텅 비었대요. 이런 상황에 의사들까지 싹 다 도망가 버렸으면 진짜 큰일이었을 텐데, 그 사람들 정보가 늦었던 걸 다행으로 알아야 하는 건지."

차예원은 사색이 되었다.

"교수님이 한 명도 없어?"

"한 명은 안 가고 남았다던데요. 황종길 교수님."

차예원이 이마를 짚었다.

"알 만하다."

유은우도 그의 수업을 들어 본 적이 있었다. 도시의 역사. 의도치는 않았지만, 정윤환과 함께 들었다. 그때 교수는 온디딤을 언급했었고, 서재희는 총과 온디딤의 차이점을 가르치는 것은 금지되어 있다고 말했었다. 남들 다 체면이고 뭐고 버려두고 떠나간 마당에 홀로 남아 정해진 시간에 맞춰 강의까지 계속한다는 걸 보면 황종길도 보통 사람은 아닌 게 분명했다.

"지금 이 상황에서 학생들이 그래도 재희 선배 얘기는 들어 보고 움직이자면서, 단 한 사람도 이탈 없이 머무는 게 믿기지 않아요."

"애들이 재희 믿는 것도 있고, 괜히 혼자 튀는 행동 했다가 불이익 받을까 두려운 것도 있고. 학교 밖으로 무단 외출해 버리면 출석 일수가 모자라니까…… 여러 가지 이유가 있겠지."

둘은 한동안 말없이 걸었다. 푸르스름한 장막을 통해 바라보는 구름은 연하게 푸릇했다.

"은우 너는……."

차예원은 잠시 망설이다가 다시 입을 열었다.

"은우 너는 재희가 무슨 생각인 것 같아?"

차예원은 조심스레 질문을 뱉고 입술을 짓씹었다. 불편한 기색이 역력했다. 유은우는 차예원을 빤히 바라보았으나 그녀는 기어코 유은우의 시선을 피했다. 유은우가 차예원에게 한눈을 판 사이 수레가 비틀거렸다. 위험한 무기들이 막 쏟아지기 직전에, 차예원이 얼른 손을 뻗어 수레 모서리를 잡아 지탱했다. 유은우가 균형을 잡고 나서도, 차예원은 수레에서 손을 떼지 않았다. 둘은 어색하게, 그러나 안정적으로 수레를 같이 밀면서 아무도 없는 교정을 가로질렀다. 바퀴에서 부드럽게 돌돌돌 소리가 났다.

"재희는 부모님이 돌아가시자마자 우리 아빠하고 약속했어. 자신을 낙원의 이론 후보로 강력히 밀어준다면, 그 대가로 임유현을 제거해 주겠다고. 거기다 13위원 명단을 우리 아빠 입맛대로 전부 물갈이하겠다고 장담했어. 우리 아빠는 그동안 재희의 모호한 태도에 몹시 화가 나 있었지만, 별 기대 없이 수락했어. 재희가 그 모든 것을 해낼 리 없다고 생각하면서도, 그를 낙원의 이론 후보로 미는 것에 손해는 없었으니 알겠다고 한 거지. 밑져야 본전이었던 거야. 그런데 재희는 임유현을 죽이는 데 성공했어. 하지만 그런 퍼포먼스는 미리 상의된 부분이 아니야. 누구 좋으라고 그렇게 대놓고 전시했는지. 분명 몰래 죽이겠다고 했는데. 거기다 위원회 물갈이는 어찌 되었는지 모르겠어. 학교로 복귀하는 문제로 아빠랑 싸우느라 물어보지도 못했어."

"자수한다는 계획도 들어 있었어요?"

"없었지. 왜 갑자기 노선을 틀었는지 모르겠어. 재희가 자수하면 우리 아빠가 필연적으로 다쳐. 누가 봐도 임유현을 살해할 만한 동기가 가장 강한 사람은 우리 아빠야. 임유현이 우리 아빠를 배신하고 김서혁에게 붙기가 무섭게 살해당했으니. 거기다 재희가 여태 쌓아 놓은 이미지가 너무 견고해. 아까 애들 봤지? 재희가 누굴 죽일 만한 사람이 아니라고 굳게 믿고 있는 거. 자수했다는데도. 모든 시민이 재희는 결백하다고 생각할 거야. 분명 배경이 있을 거라고."

"……애들이 강당에 대책본부 비슷한 걸 차렸어요. 사방에서 말이 다 다르니까. 언론 보도. 부모님에게서 걸려오는 전화. 그리고 지금 실제로 학생들이 겪는 상황. 일치하지 않으니까 서로 정보를 공유하고 인과를 밝혀서 만약의 사태에 대비하자는 취지예요. 학생회랑 파견부가 주축이 되어서 적극 협조해 달라고 다른 학생들을 설득하더라고요. 식당에서."

차예원은 수레를 잡고 있지 않은 손으로 관자놀이를 가볍게 눌렀다.

"그래야지. 그게 우리 임원들 역할이야. 나도 가야겠어. 너도 모의 전투실은 그만두고 나랑 같이 가자."

유은우는 차예원의 도움을 받아 본관 입구 옆 자전거 보관소에 수레를 세워 두었다.

본관 2층에 위치한 학생 강당은 발 디딜 틈이 없었다. 전교생이 거의 다 모여 있었다. 1층 학생 휴게실에서 끌어왔는지 책상과 의자도 가득 널려 있었고, 몇몇은 창턱에 걸터앉아 다리를 늘어뜨리고 있었다.

거대한 스크린에선 뉴스가 한창이었다. 다른 한쪽 벽면엔 전자 칠판이 붙어 있었다. 학생회와 파견부 임원 몇이 소매를 둘둘 걷어붙이고 의자에 올라서서 열정적으로 전자 칠판을 채우고 있었다. 학생들이 빼곡히 들어차 있었으나 소란하지는 않았다. 아나운서의 멘트와 전자 칠판에 펜을 갈기는 소리를 제하면, 온통 불길한 적막뿐이었다.

한 학생이 손을 번쩍 들었다.

"2학년 설계부 박수정입니다! 방금 저희 아버지하고 연락이 닿았어요. 의식이 돌아오셨다고. 아버지께서 본 바로는 임유현 교장 선생님 사체를 직접 목격하지는 못하고 영상으로 접했다고 합니다. 영상이라면, 조작 가능성이 있다고 생각합니다."

강당 드문드문 웅성거림이 일었다. 김산이 손뼉을 치자 다시 조용해졌다. 김산 옆에 서 있던 학생회 소속 고세민이 물었다.

"몇 시에 목격하셨대?"

박수정이 대답했다.

"11시쯤? 2부 시작하기 전이요."

고세민이 펜을 들더니 전자칠판에 '영상'이라고 덧붙여 썼다. 그러더니 그가 학생들을 돌아보며 말했다.

"도시연합 발표랑 일치하긴 하네. 그런데 왜 도시연합에서는 영상을 공개할 수 없다고 하는 거지? 원본이 소실되었다고…….."

순식간에 강당이 소란해졌다.

"거짓말인가?"

"교장 선생님 사실 납치 감금되신 거 아냐?"

"도시연합에서 사망이라고 발표했잖아. 영상이 없는 것뿐이지, 시신은 중앙병원에 안치되셨다니까."

김산이 무뚝뚝하게 다시 손뼉을 치더니 말했다.

"모두 조용히 해! 교장 선생님의 생존 가능성은 없어. 아까 내가 말했잖아. 우리 이모가 중앙병원에서 일하신다고. 교장 선생님 시신 들어온 거 확인하셨다고 했어. 새벽에…….."

차예원은 성큼성큼 입구로 들어섰다. 학생들은 금방 그녀를 알아보았다. 모두 반색하며 손을 번쩍 들었다.

"예원 선배 왔다!"

"선배!"

"야, 좀 비켜 줘. 선배, 이쪽으로 지나가세요!"

"다행이다. 선배 안 다쳤어…….."

"예원 선배, 재희 선배는 어디……. 야, 저기 유은우 아냐?"

"유은우도 거기 갔었지 않아?"

"어. 쟤 새벽에 정윤환이랑 같이 들어왔대."

차예원은 학생들이 길을 터 주는 대로 몇 걸음 걷다가, 뒤돌아 유은우를 보고 손짓했다. 유은우가 귀를 가까이 대자, 차예

원이 속삭였다. '일단 넌 앞에 나서지 마. 어차피 말할 만한 것
도 없잖아.' 빠르게 속삭이고는 툭 밀었다. 유은우는 얼결에 넘
어질 뻔하다가 책상을 짚고 멈춰 섰다. 손 밑에서 종이 구겨지
는 느낌이 났다.

"아, 미안……."

손을 떼며 급히 사과했다. 종이에 무언가 그림이 그려져 있
었다. 연필로 아름답게 스케치한 용이었다.

"어? 은우, 오랜만이네. 너 살아 돌아왔구나. 그 난리 통
에……. 넌 교복보다 환자복을 더 자주 입는 것 같다? 많이 다
쳤니?"

손도연이었다. 그녀는 동그란 안경 너머로 유은우를 바라보
더니 유은우의 손을 밀고 구겨진 종이를 가져가서 조심조심 펴
기 시작했다. 주위의 따가운 시선이 느껴졌다. 그들은 당장이
라도 유은우에게 이것저것 묻고 싶으나, 방금 차예원이 유은우
를 감싸는 듯한 분위기에, 섣불리 말을 걸지는 못하는 눈치였
다. 사위가 조용했다. 유은우가 어찌할 바 모르는 사이, 손도연
이 옆 의자에 놓여 있던 큼지막한 가방을 번쩍 들어 올렸다.

"여기 앉아."

"고마워."

손도연은 이프로 용 동영상을 띄워 놓고 그것을 그림으로 옮
기고 있었다. 갑자기 학교가 중립지대로 설정되는 바람에 혼란
한 다른 학생들과 달리 그저 평온하기만 했다.

유은우는 의자에 앉은 채 몸을 돌려 차예원을 찾았다. 그녀

는 어느새 저만치 앞으로 걸어가, 학생 임원들에게 무언가를 전해 듣고 있었다. 유은우는 전자 칠판을 찬찬히 살폈다.

〈사망자 명단 : 3/23 14:30 현재〉

조승일, 박경훈, 문화영, 류정아, 안재호, 노민영, 신해경, 강진욱, 이금하……

〈시간대별 상황〉

19:00~23:00

– 도시연합 133주년 기념 연회(생방송)

23:05

– 정전. 생방송 중단. 임유현 사망 추정(영상). 통신 불안정으로 연회에 참석한 가족들과 연락 두절(다수 학생 증언 및 당시 통화 녹음)

01:30

– 반란군 도시연합 본부 침입 및 테러로 인한 도시연합 전 시민 비상경계명령(속보)

–임유현 사망 및 제1도시 중앙병원 안치(속보)

03:20

– 중립지대 설정(새벽에 도서관에서 공부하던 학생 다수 목격 후 임원에게 신고)

04:00

– 교수 34인 중 33인 부재 확인(파견부 김산)

– 최현 교수가 캐리어를 끌고 4호관을 지남(3학년 김수영 외 다수)

- 구인영 교수가 실험실 학생을 급히 호출하여 짐을 꾸리는 것을
  도와 달라고 함(4학년 하정인)
- 교장의 사망만으로는 임용이 해제되지 않기 때문에, 교장의 권한
  을 승계받은 임원들의 특별한 의견이 있기 전까지 정상 강의할 예
  정(황종길 교수)

05:00
- 유은우, 정윤환 학교 도착(파견부 연다희, 파견부 김산)

06:30
- 관리 직원 5인 행방 묘연 및 연락 두절. 급히 짐을 꾸린 흔적 남
  아 있음(관리부장)

08:20
- 서재희가 파견부에 부탁한 우편물 특급 발송. 내용물 모름. 각
  0.5kg 내외. 82개. 재학생 및 졸업생 본가로 발송(파견부 연다희)

09:40
- 서재희, 임유현 살해 자수(속보)

10:10
- 군대 주둔. 관련 언론 보도 없음. 5학년 졸업반이 시험 삼아 단체
  로 외출을 시도하였으나 군인에게 가로막혀 실패. 무력 진압 없
  음. 중립지대이므로 혼란을 막기 위해 군을 투입했다는 답변만 들
  음. 증거 확보를 위해 학생부에서 촬영용 드론을 띄웠으나 군에
  의해 파손(임원 및 학생 다수)

11:00
- 도시연합 중앙수사부, 서재희 진술 대국민 공개 결정(속보)

11:10
– 도시연합 정예군, 백정명 전 의원을 임유현 살해 유력 용의자로 체포하였으나, 백정명 의식 불명(속보)
– 도시연합장, 정황상 임유현 살해 용의자에 백정명도 포함되므로, 서재희 단독 진술 공개 불허(속보)
13:00
– 도시연합 중앙수사부, 도시연합 특별 범죄에 대한 처분의 기준과 절차에 관한 규칙에 근거하여, 도시연합장 불허와 관계없이 서재희 진술 공개 확정 및 시간 예고(속보)
15:00
– 서재희 진술 생방송 예정

유은우는 문득 불편한 시선을 느꼈다. 옆에서 누군가 유은우를 곁눈질하더니 손도연의 어깨를 툭 쳤다. 굳이 목소리를 낮추지도 않았다.

"야, 손도연. 쟤 뭐야? 친해? 왜 앉으라고 해? 저리 가라 그래. 지금 얼마나 흉흉한 소문이 도는데. 쟤가 막 사람 죽이고 다녔다는……."

손도연이 용의 날개를 색칠하며 아무렇지도 않게 대답했다.

"유은우 내 친구야."

동영상을 정지시키고 용의 콧구멍을 확대한 후에 비늘의 개수를 세는 손도연을 보고 있자니, 한세연에게 받았던 사인이 떠올랐다. 손도연에게 전해 줄 수 있었으면 좋았을걸. 사인을 받은 리본으로 머리를 묶고 이리저리 뛰어다니느라 진득하게 피가 묻는 바람에 그냥 버린 것이 못내 아쉬웠다. 소중하게 가지고 있다가 주었으면 좋아했을 텐데.

유은우는 잠시 망설이다가 손도연에게 속삭였다.

"나 어제 연회에서 한세연 연구관님 뵈었는데, 그분이 네 이름을 기억하더라. 이번 공모전에서 글이랑 그림이 인상 깊었대."

"뭐? 진짜?"

손도연이 고개를 번쩍 들었다. 눈이 환하게 빛났다. 그녀는 뭔가 물어보고 싶은 게 많았으나 가슴이 벅차서 말도 잇지 못하는 것 같았다.

"따뜻해서 좋았대. 심사 기준에 안 맞아서 상은 줄 수 없었지만, 따로 액자에 넣어서 가까이 두고 보고 있대."

"그렇구나. 기준에 안 맞았구나. 그럴 것 같았어. 그림 크기가 규격보다 좀 크긴 했거든. 줄여서 보낸다는 걸 깜박했어. 그럼 내 실력이 모자란 건 아니었구나. 아, 물론 규격을 맞췄다고 해서 내가 상을 받을 거라는 말은 아니고. 그냥 그럴 수도 있는 거잖아? 되게 열심히 그렸거든. 작문도 며칠에 걸쳐서 수정하고……."

손도연은 뺨이 새빨갛게 달아오른 채 횡설수설했다. 어디선가 진동이 울렸다. 손도연이 교복 재킷 주머니를 더듬더니 인터컴을 꺼냈다.

"여보세요? 엄마? 왜 울어? 뭐라고? ……잘 안 들려."

손도연이 당황한 기색으로 인터컴을 고쳐 끼웠다.

곧 강당 이곳저곳에서 전화가 울리기 시작했다. 학생들이 너도나도 전화를 받고, 놀라고, 되묻고, 또 되물었다. 웅성거림은 서서히 불어났다. 누군가 비명을 질렀다. 어디선가 흐느끼는 소리가 났다. 차예원을 비롯한 임원들은 당혹스러운 얼굴로, 전화를 받는 학생들을 주시하고 있었다.

유은우는 왠지 모를 불안감에 자꾸만 가슴이 뛰었다. 귀로는 손도연의 통화를 들었다.

"집에 뭐가 왔다고? 언니? 무섭게 왜 그래. 언닌 죽었잖아…….
뭐? 유리병?"

손도연이 눈을 찡그리며 되물었다.

"머리카락?"

"머리카락?"

손도연은 그 후로 한참 말이 없었다. 그녀는 가만히 듣기만 했다. 내리깐 눈은 초점이 흩어져, 그러다 만 용을 보고 있는지, 그 너머 먼 곳을 보고 있는지 가늠할 수 없었다. 이내 손도연이 눈을 감았다. 그녀는 힘없이 팔꿈치를 세운 후 두 손에 얼굴을 묻었다. 어깨가 한 차례 부르르 떨렸다.

충격을 받은 건 손도연만이 아니었다. 전화를 받은 많은 학생이 덜덜 떨며 웅크리거나 정신없이 숨을 몰아쉬었다. 대체 무슨 일이냐는 주위의 걱정에도, 그들은 쉽게 입을 열지 못했다.

"무슨 일이야? 지금 전화 받은 학생들 설명 좀 해 봐. 보아하니 재희가 보낸 우편물 때문인 것 같은데."

보다 못한 김산이 나섰다. 그러다 흠칫 몸을 굳혔다. 김산이 천천히 홀스터에서 인터컴을 뽑았다. 진동이 웅웅 울리고 있었다. 그가 사색이 되어, 바로 옆에 선 차예원을 돌아보았다. 차예원은 희게 질린 낯으로 김산의 인터컴을 뚫어져라 바라보고 있었다. 그녀는 당장이라도 도망치려는 듯 주춤 몸을 물리다가, 이내 눈빛을 단단히 하고 바로 섰다. 김산은 다시 제 인터컴을 내려다보고, 이번엔 전자 칠판 앞에 펜을 들고 서 있는 연다희를 돌아보았다. 그가 떨리는 목소리로 물었다.

"우리 집 주소도 있었어?"

연다희는 완전히 겁에 질린 얼굴로 더듬더듬 대답했다.

"모, 모르겠어. 워낙 많아서. 일일이 대조하진 않았어. 개수만 맞는지 확인했어. 재희 선배가 이미 우편물에 주소를 다 적어 두어서."

"……그래."

김산은 더 지체 않고 전화를 받았다.

유은우는 가만히 손도연의 등을 어루만졌다. 조심스레 물었다.

"무슨 일인지 물어봐도 돼?"

손도연은 손에 얼굴을 묻은 채 움직이지 않았다. 대답이 희미해, 유은우는 더욱 숨을 죽여야 했다.

"집에 우편물이, 유리병에 머리카락이 담겨서 왔대. 병에 우리 언니 이름이 쓰여 있고. 그리고 편지도 같이 왔다는데. 재희 선배 이름으로."

가슴이 거칠게 뛰기 시작했다. 유은우는 가빠지는 숨을 누르려 애썼다.

병원. 차가운 소독약 냄새. 303호. 물 떨어지는 소리. 선반에 줄지어 있던 유리병. 뿌리까지 뽑혀 있던 혀. 손가락. 머리카락. 눈알. 토막난 장기. 묵직한 수증기와 섞여들던 서늘한 밤바람. 서재희의 까맣게 젖은 머리에서 흘러내리는 하얀 수건. 바투 깎은 손톱 밑엔 핏기가 서려 있었다. 그 불그스레한 기억 속에서, 백일서의 혀가 든 유리병이 다시 한번 산산조각으로 부서졌다.

"내가 전에 은우 너한테 말한 적 있지? 실력자로만 구성된 전도유망한 팀이 사해로 파견 나갔다가 정윤환만 빼고 다 죽어 버렸다고. 우리 언니도 그중 한 사람이었어. 시체도 못 찾았어. 그랬는데."

손도연이 손바닥으로 눈을 문질렀다. 미처 닦이지 못한 눈물이 뺨을 타고 흘러내렸다. 손도연이 중얼거렸다.

"나도 이게 대체 무슨 일인지 모르겠어……."

"편지에 뭐라고 쓰여 있었대?"

"엄마가 우시느라 말을 잘 못 하셔. 사진으로 찍어서 보내 주시겠대."

손도연이 간신히 대답하자마자, 그녀의 손목에서 이프가 웅웅 울렸다. 손도연이 유은우의 소매를 꾹 잡아당겼다. 눈이 떨리고 있었다.

"무서워서 못 보겠어. 네가 좀 봐 줘."

유은우는 손도연이 밀어주는 창을 받아 끌어왔다. 이상하게
도, 사진은 바로 뜨지 않았다. 먼저 절반이 떠오르고, 남은 절반
은 조각조각 느릿하게 떠올랐다.

왜 이렇게 느리지?

유은우는 초조하게 화면을 만지작거렸다. 손아귀로 땀이
찼다.

고화질 동영상도 아니고 고작 사진인데. 학생들이 강당에 한
꺼번에 모여 있어서 그런가? 아니, 아무리 그래도 그렇지…….

유은우는 일단 전송된 편지 반쪽만이라도 빠르게 훑어보았
다. 그동안 편지는 천천히 완성되었다.

고 손주연의 부모님께.

안녕하십니까.

도시연합 중앙학교 파견부장 5학년 서재희입니다.

직접 찾아뵙고 말씀드려야 마땅하나, 사태가 긴급하여 부득이
편지글로 인사드리게 되어 대단히 죄송하게 생각합니다.

저는 파견부장으로 학생들의 어려움을 살피는 데에 최선을 다
하고 있습니다. 그러나 제가 너무나 부족한 탓에, 학교에서 자행되
는 일련의 잦은 사건 사고에 대한 내막을 지금에서야 인지하게 되
었습니다. 저의 부주의로, 이 끔찍한 시스템이 교내 깊숙한 곳에서
조용히 돌아갈 수 있었습니다. 그동안 많은 학생이 희생되어 깊은

책임을 통감합니다. 고개 숙여 사죄드립니다.

오랜 고민 끝에, 제 모든 것을 잃을 각오를 하고, 손주연의 사망에 대하여 제가 알고 있는 모든 사실을 아래와 같이 알려 드립니다.

도시연합은 낙원의 이론을 이용하여 시민을 관리하고 있습니다. 항간에 떠도는 예언과 동일한 명칭이라 혼동되시겠지만, 그것과 다릅니다. 낙원의 이론이란 오랜 시간 동안 인류의 행동양식과 유전자 등을 축적한 방대한 데이터입니다. 사용자가 원하는 기준을 제시하면 그에 따른 결과물을 도출해 내는 시스템으로, 그 존재가 시민들에게 철저히 은폐되어 왔습니다.

낙원의 이론은 제국시대 때 고안되었으며 실제 공공의 목적으로 활용되기도 하였으나 비도덕적인 부작용을 우려해 취급이 엄격히 금지되었습니다. 그러나 처음 도시가 건설되고 그 안으로 들여보낼 인간을 선별해야 하는 상황이 오자 정부는 낙원의 이론을 비밀리에 도입하였습니다. 그 후 여덟 도시의 최초 연합부터 근 40년에 이르는 도시연합 제1기 동안, 낙원의 이론은 제한된 도시 내에서 폭발적으로 늘어난 동조자를 관리하는 데에 유용하게 쓰였습니다. 잠재적 범죄자를 가려내어 집중적으로 추적 감시하고, 범죄를 미연에 방지하며 적법한 격리를 가했습니다. 그러나 현재에 이르러, 낙원의 이론은 기득권을 유지하는 도구로 변질되었습니다. 낙원의 이론 잣대는 도시연합 중앙학교 학생들에게 특히 엄격합니다. 그 실력이 객관적으로 입증되었을 뿐만 아니라 고등교육의 혜택까지 받은 동조자이므로 차후 기득권을 위협할 가능성이 가장 크기 때문입니다. 낙원의 이론은 유능한 동조자를 소수만 남겨 두고 싶어 합니다. 기득권이 대중의 우둔함을 선호하기 때문입니다.

손주연은 그 피해자 중 한 명입니다.

그녀는 시대에 깨어 있었던 유망한 인재였기에, 기득권의 경계를 받아 살해되었습니다.

손주연은 입학 당시 평균에 미달하는 동조율을 가지고도 상당한 집중력으로 정확한 조준에 능하여, 저의 제안으로 한팀으로 뛴 적도 있습니다. 당시 저는 눈치채지 못하였으나, 팀 내에서 도시연합의 비리를 추적하자는 일종의 비밀스러운 이야기가 오갔던 것으로 보입니다. 학생들은 제가 임유현 교장 선생님을 후원자로 두고 있던 탓에, 차마 저에게까지 의논하지는 못하고, 당시 1학년이었던 정윤환을 주축으로 움직였습니다.

도시연합은 제국시대 때 중앙 산업단지가 대규모로 폭발하면서 유해 물질이 흘러나와 온이 오염되고 사해화되었다고 주장합니다. 그러나 학생들의 생각은 달랐습니다.

도시연합의 주장에 의하면 최초 오염 발생지인 산단 근처로 접근할수록 온의 오염도가 증가해야 합니다. 그러나 도시연합은 산단의 정확한 위치를 공개하고 있지 않습니다. 학생들은 도시연합에서 산단을 은폐하는 까닭이, 과거 사해화가 시작된 진짜 이유를 숨기는 것이라고 짐작했습니다. 또한 도시연합에서 제작 배포한 사해 지도에 표기된 온 오염도 평균 수치와 실제 오염 수치가 유독 제7유적지에서 상당 부분 불일치한다는 점을 미루어 보아, 제7유적지 근처 1급 보안지역이 바로 과거 제국시대의 산단일 거라고 추측하였습니다. 그들은 제게 지침을 변경해서라도 전례 없는 대규모 파견팀을 꾸려 달라고 요청하였습니다. 저는 당시 이 내막을 알지 못한 채 교육을 목적으로 그 요청을 수락하였습니다. 그들은 파견을 나가 일부러 낙오한 뒤 제7유적지부터 보안지역 경계까지 일직선으로 달리면서 오염도 수치를 직접 측정할 계획이었습니다. 그렇게 도시연합이 온 오염도를 거짓 표기했다는 증거를 확보하여, 비리를 파헤칠 최초의 단서로 쓰고자 했습니다.

그러나 누군가의 밀고와 최악의 기상으로 학생들의 계획은 무산되었을 뿐만 아니라, 리더였던 정윤환을 제외한 전원이 사망했습니다. 학교 측은 사망 지점을 레이더에 표시해 두었다가, 후에 기상이 안정된 후에 비밀리에 나가 그 시체를 수습해 왔으나 유가족에게는 그 사실을 숨겼습니다. 그래서 시신 없이 장례를 치르셨을 겁니다.

나중에 알게 된 사실이나, 현재 3학년에 재학 중인 정윤환은 당시 사고를 막으려고 고군분투했었습니다. 그러나 누군가 그의 총을 미리 망가뜨려 놓는 바람에 혼자 겨우 살아남아 돌아왔습니다. 그는 후에 부모님을 미끼로 도시연합의 협박을 받았습니다. 타고난 설계 실력을 도시연합의 발전에 기여하겠다고 약조하고 낙원의 이론을 들쑤시지 않고 조용히 살겠다고 맹세했습니다. 따라서 행동반경이 크게 줄어들었습니다만, 그는 아직도 포기하지 않고 낙원의 이론을 폭로하기 위한 증거를 모으고 있습니다.

부모님께서 이 편지를 받아 보시는 지금 저는 아마 학교에 없을 겁니다. 어쩌면 시스템 오류라는 명목으로, 학교 전체가 중립지대로 지정되어 있을지도 모릅니다. 그렇게 되기 전에 저는 학생들을 전부 본가로 돌려보낼 계획입니다만, 제 역량이 부족하여 여의치 않다면 현재 학생들은 중립지대에 갇히는 형국이 되었을지도 모르 겠습니다.

만약 그런 상황이더라도, 정윤환이 학교에 있을 겁니다. 항간에 떠도는, 정윤환에 대한 좋지 않은 소문들은 사실이 아닙니다. 그는 몇 번이나 낙원의 이론에 정면으로 맞선 정의로운 성품을 가지고 있으며, 동시에 설계에 천부적인 재능을 가진 탁월한 동조자입니 다. 그리고 그는 김서혁 총사령관의 전리품으로 등록된 1학년 유 은우와 서로 각별한 사이입니다. 유은우 또한 낙원의 이론 때문에 시민권조차 받지 못하고 기득권의 도구로 부려지는 피해자로, 정 윤환과 함께 낙원의 이론을 폭로하기 위해 제 몸을 아끼지 않고 있 습니다. 또한 자신의 아버지를 등질 만큼 학생에 대한 책임감이 투 철한 차예원을 비롯, 우수한 임원들이 있습니다. 더불어 똑똑하고 정의로운 학생들이 모여 역사 연구 모임이라는 미명 아래 도시연 합이 자행한 역사 왜곡을 파헤치고 있습니다.

그러니 손주연 학생 같은 피해자가 더는 발생하지 않도록, 부디 그들에게 힘을 실어 주십시오. 간곡히 부탁드립니다.

또한, 유가족분들이 받을 충격이 염려되어 쉽지 않은 결정이었 습니다만, 손주연의 시신 일부를 함께 보내드립니다.

결코 동의하신 적 없으시겠지만, 도시연합은 동조자의 사체를 귀중한 자원으로 활용합니다. 도시연합 중앙학교 및 군의 큰 자랑 거리인 모의 전투 시스템을 아실 겁니다. 물리적으로 한정된 공간 을 팽창시켜 실제와 같은 현장감을 부여하는 그 경이로운 시스템을 원활하게 운용하기 위해서는 아주 강력한 매개가 필요합니다. 도덕적으로 충분히 납득 가능한 여러 연료 또한 사용 가능합니다만, 역시 비용 면에서 가장 효율적인 재료는 동조자의 신체입니다. 작년 하반기의 경우 동조자 사체 서른아홉 구만으로 도시연합 중앙학교 및 군의 시설비가 78% 가까이 절감되었습니다.

학교 측은 낙원의 이론을 빙자한 기득권의 견제와 알력으로 학생들의 생사를 결정해 왔습니다. 그리하여 죄 없는 학생들을 살해하고 사고사로 가장했습니다. 그 시신을 집으로 돌려보내면 부검을 통해 살해당했다는 사실이 알려질 수 있으므로 침식되었다고 거짓말하고는, 활용이 쉽도록 전처리하여 교내 깊숙이 비밀리에 보관해 두었다가 필요할 때 연료로 사용해 온 일련의 과정은 비단 최근 한두 해에만 일어난 일이 아닙니다. 물론 사해에서 사망한 학생들의 시신을 수습해 오는 것도 학교 측의 중요한 수입원입니다. 개교 이래, 학교 밖으로 온전히 빠져나간 시신은 단 한 구도 없었으며, 죽은 자녀를 돌려받았다는 학부모의 사례 또한 전무합니다.

이 모든 사실에 대한 근거 자료를 메모리에 담아 동봉합니다.

파견부장으로 학생들의 안위를 살피지 못한 데에 다시 한번 고개 숙여 깊이 사죄드립니다. 저는 이 모든 참사를 막지 못한 책임에 대하여 그 어떤 벌이든 마땅히 치르겠습니다.

삼가 고인의 명복을 빕니다.

서재희 드림.

"……뭐라고 쓰여 있어?"

손도연의 질문은 먼 곳에서 들리는 듯 아득했다. 속이 뒤집어졌다. 유은우는 배를 꽉 움켜쥐며 몸을 말았다. 숨이 잘 쉬어지지 않았다.

"어디 아파? 괜찮아?"

유은우는 손도연이 자신의 어깨를 다급히 흔드는 것을 느꼈으나, 고개를 들지 않았다. 어지러웠다. 윙윙거리는 이명 사이로, 소란이 들렸다.

"어? 여보세요? 여보세요? 아빠? ……뭐지? 전화가 끊어졌어."

"다시 걸어 봐."

"안 걸어져. 왜 이러지? 인터컴 좀 빌려 줘."

"나도 안 된다."

"메신저는?"

"안 돼. 아무것도. 아예 안 터져."

"인터넷도 안 된다. 아까부터 느려지더니. 왜 이러지? 아, 잠깐만, 또 된다."

유은우는 가까스로 고개를 들었다. 손도연의 손목에서 이프가 한 차례 부웅 진동했다. 동영상 수신 창이 떴다. 손도연이 수락 버튼을 눌렀으나 갑자기 화면이 까맣게 변하며 안내창이 떴다. 수신 불가.

쿠웅! 현란한 배경음악이 폭발적으로 터져 나왔다. 살갗 위로 공기가 진동했다. 스크린이 휘황찬란했다. 도시연합의 상징이 스크린을 짙푸르게 가득 채우고 있었다. 웅장한 영상과 효과음이 강당을 압도했다.

누군가 볼륨을 더욱 높였고, 학생들은 숨을 더욱 죽였다. 전교생 대부분이 **빽빽**하게 모인 강당에서 이제 누구 하나 말하는 이 없었다.

— 안녕하십니까, 여덟 도시 시민 여러분. 도시연합 중앙수사부장 박선호입니다. 지난밤 일어난 테러로 임유현 도시연합 중앙학교장을 포함하여 다수의 사상자가 발생하였으며, 도시연합의 중앙 제어 시스템 기능 일부가 마비되었습니다. 현재 가장 큰 문제는 시스템 오작동으로 인한 도시연합 중앙학교의 중립지대 설정입니다. 많은 시민이 학생들의 안위를 우려하고 있으므로, 김서혁 총사령관이 만약의 사태를 대비하여 중립지대 경계선에 군을 배치하겠다고 밝혔습니다. 이는 학생회 및 파견부 등 학생 임원과 충분히 협의된 결과입니다. 학생들의 신상이 도시연합에서 중립지대로 이동한 상태에서 학교를 벗어나 본가로 돌아가게 되면 시민등록번호 등 고유 정보가 엉킬 수 있음이 염려되기 때문입니다. 또한 혼란한 상황을 틈타 불미스러운 상황이 생길 수 있기 때문에, 침착하게 학교에 남아 시스템이 복구되고 중립지대가 해제되기를 기다리⋯⋯.

스크린이 지지직거렸다. 영상이 일그러지고 소리가 뭉개졌다.

유은우는 이프를 확인했다. 통신망이 불안정하게 깜박거리고 있었다.

쾅! 누군가 탁자를 내리쳤다. 한 여학생이 분개하며 자리를 박차고 일어났다. 옷깃에서 자주색 배지가 반짝거렸다. 5학년이었다.

"협의한 적 없었잖아! 우리가 모든 언론을 주시하고 있었는데!"

강당의 온도가 삽시간에 치솟았다. 학생들이 곳곳에서 벌떡벌떡 일어섰다. 의자 다리가 거칠게 바닥을 긁고, 몇 개는 뒤로 넘어가며 요란한 소리를 냈다.

"군인들이 학교를 빙 둘러싼 이유가 정말로 저런 거였다면, 왜 진즉 말해 주지 않은 거야? 뒤늦게 핑계 대는 거 아냐?"

"이상하네. 설사 저 발표대로, 우리가 학교 밖으로 나가는 순간 신상 정보가 엉켜 버린다면, 그럼 교수님들 새벽에 다 도망간 건 어떻게 설명할 건데?"

"교수들이 앞을 내다본 거지. 신상 정보 꼬이든 말든, 최대한 빨리 여기서 벗어나는 게 이득이란 걸. 어쩌면 정보 어쩌고 저것도 다 거짓말인지도 몰라."

"그냥 나가지 말라고 하면 되지. 왜 경찰이 아니고 군인인데? 쓸데없이 살벌하잖아."

"불미스러운 상황? 무슨 불미스러운 상황? 대체 우리를 무엇으로부터 보호하겠단 뜻이야? 학교엔 그저 우리밖에 없는데……."

"교수들 다 도망가고 우리끼리 모여 있으면 서로 살육이라도 저지르는 미개한 종족이라도 되는 줄 아나 보지."

"야! 아까 나랑 같이 외출하려다가 군인한테 막혔던 5학년 다 일어나 봐! 너희도 봤지? 그 태도? 군이 지금 중립지대 경계를 못 넘어서 그 정도로 끝난 거지, 그놈들이 푸른 장막 뚫고 학교로 들어올 수만 있었으면 진즉 쳐들어와서 학교를 점령할 기세였던 거 다들 봤잖아!"

"대체 뭐지? 군에서 왜 우릴 감시하는 거지? 뭘 염려하는 건지 모르겠네. 왜 우리 학생들을……."

"잠깐. 조용!"

김산이 앞으로 나섰다. 그는 안색이 좋지 않았으나 침착하게 한 학생을 지목했다.

"너도 아까 전화받았었지? 의견 있으면 말해 봐."

김산의 시선을 받은 남학생은 높이 들고 있던 손을 내리고, 자리에서 일어났다. 일어선 남학생의 얼굴은 눈물로 얼룩져 엉망이었다. 사납게 들끓던 학생들이 차츰차츰 수그러들며 곧 조용해졌다. 남학생은 소매로 창백한 낯을 한번 문질렀다. 그는 눈을 아래로 내리깔고 있었으나 발음은 또렷했다.

"전화받은 애들은 대충 감이 잡힐 거야. 우리 학교 5학년 졸업반쯤 되면, 처음 입학생의 절반, 혹은 3분의 2까지도 줄어드는 거 다들 알지? 그만큼 파견 수업이 위험하기 때문이야. 그리고 굳이 파견이 아니더라도 교내에서 인명 사고가 빈번한 편이고. 우리 누나도 나 입학하기 전에 여기 학생이었어. 파견 나갔다가 죽었어. 흔한 일이지. 난 여태 사고라고 알고 있었지만, 사실이 아니었던 것 같아. 서재희는 편지에서 그것이 조작된 살해라고 주장해. 서재희가 근거 자료까지 첨부해서 발송했대. 우리 누나 이름이 붙은 유리병에 귀가 들어 있었고, 메모리엔 증거 동영상도 담겨 있대. 그 동영상 전달받으려고 했는데 통신이 불안정해서 수신이 안 돼. 어쨌든, 짐작해 보자면……."

남학생이 눈을 들어 올렸다.

"……도시연합에서는 우리가 서재희에게 어떤 언질을 받고 폭동이라도 일으킬까 봐 겁이 나서 군을 파견한 것 같아. 만약의 사태가 일어나면 진압하려고. 그게 경찰이 아닌 군인인 이유야. 폭동이라는 단어가 적합한지는 잘 모르겠지만, 어쨌든."

침묵이 감돌았다. 오직 스크린의 지지직거리는 소음뿐이었다. 그마저도 누군가 다급히 볼륨을 줄여 곧 조용해졌다. 숨소리조차 조심스러운 가운데, 한 여학생이 손을 들었다.

"우린 그냥 학생이야. 나는 폭동 같은 거 휘말리고 싶지 않아. 난 그냥 다른 애들 아무도 집에 안 가기에 나만 가기도 좀 그래서 여기 남은 것뿐이야. 뭘 일으킬 생각 같은 건 없단 말이야. 아무리 재희 선배가 그런 걸 보냈다고 하더라도, 그게 사실인지 아닌지 어떻게 알아? 그냥 누군가 재희 선배 이름으로 보낸 가짜 귀일 수도 있고……."

"재희 선배가 나한테 직접 부탁했어. 진짜야. 여기서 맹세할수도 있어."

연다희가 강하게 말했다. 옆에서 김산이 덧붙였다.

"귀가 진짠지 아닌지는 유전자 감식해 보면 금방 나오는 결과야. 재희가 며칠 만에 들킬 가짜 모형을, 그것도 82건이나 손수 포장해서 발송하는 수고를 하진 않았을 것 같네. 거기다 나도 전화받았어. 작년에 사망한 내 동생. 솔직히 말하자면……."

김산은 잠시 입을 꾹 다물었다. 이내 그가 조용히 말을 이었다.

"······그 폭동, 지금 내가 일으키고 싶어."

"폭동이든 시위든, 무언가 일으키기에 아주 최적의 조건인데요?"

학생회 소속 고세민이 말했다. 그는 연다희 옆에 의자를 가져다 놓고 등받이를 앞으로 해서 걸터앉아 있었다. 형형한 안광에, 초점이 어긋난 시선. 그는 반쯤 미친 것 같았다. 유은우는 고세민 바로 옆 바닥에 인터컴이 팽개쳐져 있는 걸 발견했다. 박살 나 있었다. 고세민이 씹어뱉듯 말했다.

"아주아주 조건이 좋아요. 왜냐하면 지금 우리 신상은 도시연합이 아닌 중립지대에 속해 있으니까. 우리 정보를 도시연합에서 수집도 못 하고 통제도 못 한다는 뜻이죠. 거기다 우리가 마음만 먹으면 학교 안에서 법도 새로 제정할 수 있어요. 물론 재희 선배가 중립지대 안으로 들어온다는 조건 하에. 그런데 난······."

의자 등받이를 움켜쥔 고세민의 손가락에 힘이 들어가면서 마디마디가 허옇게 질렸다.

"······솔직히 말하면 지금 이 상황이 마치 재희 선배가 판을 깔아 준 것처럼 보이는데? 타이밍이 기가 막히잖아. 물론, 하고 안 하고는 우리 선택이죠. 내 쌍둥이 동생도 죽었지만, 그게 뭐 대순가? 일단 산 사람은 살아야 하지 않겠어요? 입 닥치고 얌전히 있다가 도시연합에게 구출되든가, 아니면 우리끼리 뭐라도 해 보겠다고 지랄 발광하다가 빙 둘러싼 군인들한테 맞아 뒈지

든가. 나는 아무리 생각해도 전자를 택해야 할 것 같단 말이야.
그런데…….”

고세민의 얼굴이 일그러졌다.

“……기분이 너무 더러워서 도저히 가만히 못 있겠어. 동영
상까지 보고 나니까 더욱.”

고세민의 충혈된 시선이 바닥을 더듬었다. 망가진 인터컴.
그 시선을 눈치채고 연다희가 허리를 굽혀 그것을 주우려고 했
다. 그러나 고세민이 더 빨랐다. 그는 의자에서 벌떡 일어나 거
칠게 인터컴을 걷어찼다. 인터컴은 쨱 소리를 내며 바닥을 긁
으며 날아가, 벽에 부딪히고 파편으로 흩어졌다.

유은우는 문득 오한을 느꼈다. 바로 옆에서 손도연이 숨을
들이켰다. 유은우는 손도연의 이프를 건너다보았다. 동영상 수
신 여부를 묻는 창이 떠 있었다. 유은우는 제 이프를 보았다.
깜박거리던 통신망이 활성화되어 있었다.

스크린이 반짝 돌아왔다. 언제 그렇게 지지직거렸냐는 듯,
화면이 깨끗했다.

— ……중립지대 해제를 위해서는 법의 개정이 필요하나 현
재 발의 권한을 가진 의원의 대다수가 사망한 상태입니다. 고
로 도시연합 중앙학교장의 지위를 승계한 학생 임원 전원의 동
의하에 중립지대의 해제가 가능한 상황에서, 파견부장 서재희
가 우리 중앙수사부로 자진 출두하여 본인이 임유현 도시연합
중앙학교장을 살해하였다고 자수했습니다.

중앙수사부장 명패를 앞에 둔 박선호가 건조하게 말을 이

었다.

— 김서혁 도시연합군 총사령관은 서재희가 반란군일 가능성을 높이 보고, 중앙수사부에서 군으로의 인도를 요구하였습니다. 그러나 이는 중앙수사법에 위배되는 사항입니다. 또한, 차인호 도시연합장은 다음과 같은 견해를 밝혔습니다. 첫째, 임유현의 시신을 훼손한 설계를 복구한 바 백정명의 서명이 나왔고, 그 이전의 살해 흔적에서는 서명이 휘발되어 복구가 불가하므로 서재희는 임유현의 사망과 직접적인 연관이 없다. 둘째, 임유현의 사망 시점에 서재희가 중앙홀에 다수의 의원과 같이 머물렀던 정황이 명료하다. 셋째, 후원자임과 동시에 유일한 보호자였던 임유현의 갑작스러운 사망이 서재희에게 정신적인 충격을 주었을 것이다. 도시연합에서는 이와 같은 근거로, 서재희가 공개 진술에 적합하지 않다는 의견을 피력하였습니다. 그러나 의원 과반수의 동의가 뒷받침되지 않은 도시연합장 개인의 의견은 효력이 없습니다. 따라서 우리 중앙수사부에서는 도시연합 특별 범죄에 대한 처분의 기준과 절차에 관한 규칙에 근거하여, 서재희의 최초 진술을 다음과 같이 공개합니다. 다만, 사태의 심각성을 고려하여, 정제되지 않은 진술이 시민들에게 혼란을 주지 않도록, 30분간 자유 진술 후, 청문 형식으로 진행됩니다. 또한, 추후 서재희의 처분에 대한 모든 절차는 총 유효 시민의 투표에 근거함을 알려 드립니다.

화면이 바뀌었다.

유은우는 숨을 쉴 수가 없었다. 모든 소리가 사라졌다.

스크린에 비친 서재희는, 다소 지쳐 있었으나 언제나처럼 단정했다. 그는 깨끗하게 다려진 셔츠 차림이었다. 창백하게 반듯한 이마로 까만 머리칼이 흩어져 있었다. 그 아래 가지런한 눈썹. 차분한 눈매. 곧게 떨어지는 콧날. 다물려 있던 그의 입술이 천천히 떨어졌다. 아득하게 멀어졌던 모든 감각이 한 번에 밀어닥쳤다.

— 안녕하십니까. 서재희입니다.

낮은 목소리가 부드럽게 울렸다. 몇 마디뿐이었지만, 발음이 정확했고, 끝맺음이 확실했다. 늘 그랬듯이.

— 본인은 임유현을 살해했다고 자수하였습니다. 사실입니까?

박선호의 질문에 서재희가 담담히 대답했다.

— 사실입니다.

— 살해 정황에 대하여 30분간 자유 진술하십시오.

— 저는 학교에서 은폐하는 시스템, 낙원의 이론을 폭로하고자 했습니다. 그러나 임유현 교장 선생님의 의견은 달랐습니다. 그분은 제가 그 모든 것들을 함구하길 바라셨습니다. 만약 제가 입을 연다면, 후원을 중지함은 물론이거니와 학교에서 퇴학시키겠다고 화를 내셨습니다. 하지만 저는 그분을 믿었습니다. 차마 그렇게는 못 하실 거라고. 교장 선생님은 저의 오랜 후원자이며 동시에 하나뿐인 가족입니다. 고향이 폭격을 맞았을 때, 혼자가 된 저를 교장 선생님께서 손수 거둬 주셨습니다.

서재희는 잠시 미동도 하지 않았다. 입술을 깨물거나 이를 악물거나 숨을 거칠게 쉬지도 않았다. 감정은 갈무리되어 깨끗했다. 그는 그저 시선만 부드럽게 내리깔았다. 그늘처럼. 이어 말했다.

— 저는 제 신념대로 밀어붙이기로 했습니다. 오랜 기간 자행되어 온 악순환을 끊고 더 이상의 피해자가 생기지 않도록. 제 판단으로 교장 선생님의 신변이 위험해진다 하여도 그게 옳은 결정이라고 믿었습니다. 저는 교장 선생님을 깊이 존경하나, 죄가 있다면 합당한 대가를 치러야 한다는 것 또한 잘 알고 있습니다. 비록 지금은 교장 선생님께서 반대하시지만, 시간이 지나면 결국 저를 이해해 주실 거라고 생각했습니다. 자식 이기는 부모 없으니까요. 그래서 교장 선생님께 더 이상 상의하지 않고 혼자 준비했습니다. 우선 동영상. 당시 기념 연회를 앞두고 있었고, 그 행사는 전 도시에 생방송으로 중계됩니다. 저는 낙원의 이론뿐만 아니라 사해에서 자행되는 불법 인신매매상과 도시연합의 유착관계 등 정부의 오랜 비리가 담긴 증거 자료를 편집하여 짧은 동영상을 만들었습니다. 1부와 2부 사이에 중앙 스크린에 그 동영상을 띄워 모든 시민에게 진실을 알리고 싶었습니다. 그리고 우편물. 저는 희생된 학생들의 시신을 부모님들께 돌려보내기 위해 82건의 우편물을 꾸려 믿을 만한 학생에게 맡겼습니다. 연회에서 무슨 일이 생기면 바로 발송해 달라고 부탁하면서요. 그런데 문제가 생겼습니다.

서재희가 내리깔고 있던 눈을 들어 올렸다. 촘촘한 속눈썹 아래 새까만 눈동자는 거울 같아서, 그 어떤 것도 배어 나오지 않았다.

― 바로 어제 저희 부모님께서 돌아가셨습니다. 저는 부모님의 시신을 수습하기 위해 병원에 방문했습니다. 그때, 차인호 도시연합장님께서 병실로 저를 찾아오셨습니다.

학생들의 시선이 차예원을 향했다. 차예원은 새파랗게 질린 채 스크린의 서재희를 뚫어져라 응시하고 있었다.

― 차인호 도시연합장님께서는 이미 눈치채고 계셨습니다. 제가 어떤 폭로를 준비하고 있음을. 제가 미숙하여, 정보를 수집하면서 흔적을 남긴 모양입니다. 그분은 제게 협상을 제안했습니다.

유은우는 문득 어깨로 닿는 손길을 느꼈다. 고개를 들었다. 정윤환이었다. 그는 가쁘게 숨을 몰아쉬고 있었다. 그의 손목 근처에서 손바닥만 한 창이 떠다니고 있었고, 화면 속에서 서재희가 진술을 잇고 있었다. 정윤환은 말없이 유은우를 한번 응시한 다음, 이프의 화면을 끄고, 고개를 들어 강당의 스크린을 보았다.

― 이번에 열릴 기념 연회에서 반란을 가장한 내란을 일으키겠다고 하셨습니다. 도시연합의 주요 정책을 비밀리에 심의하는 13위원을 제거하여 후에 새로운 위원회를 구성할 때 본인에게 유리하도록 하기 위함이었습니다. 선거가 얼마 안 남았고, 지지율은 폭락하여 초조해 보였습니다. 그분께서는 만약 낙원의 이론을 발설할 시 저를 소리 소문도 없이 죽이겠다고 협박했습니다. 뿐만 아니라 임유현 교장 선생님 또한 무사치 못할 거라며, 그것도 아주 악랄한 방식으로 서서히 괴롭게 죽게 될

거라고 했습니다. 저는 시간을 벌기 위해 낙원의 이론은 묻어 두겠다고 했습니다. 그러자 차인호 도시연합장님께서는, 차예원과 약혼을 유지하고 싶다면 이번 내란에서 위원회 물갈이를 할 수 있도록 도와 달라고 했습니다. 저는 그 또한 수락하였습니다. 일단은 그 자리에서 벗어나야 했습니다.

정윤환이 숨을 토하며 이마를 짚었다.

— 돌아가신 부모님의 장례를 치를 시간은 없었습니다. 병원에서 나와 기념 연회장으로 가는 동안, 수없이 고민했습니다. 낙원의 이론을 폭로하고 교장 선생님과 더불어 살해당하겠는가, 혹은 아무것도 몰랐던 때처럼 전부 없던 일로 하고 현재를 유지할 것인가. 저는 이번이 마지막 기회라는 걸 알고 있었습니다. 이 순간을 놓치면 다시는 낙원의 이론을 발설하지 못할 거라고. 나 자신은 나약하여 금방 순응하게 될 거라고. 그렇게 현실과 타협하며 살고 싶지 않았습니다. 미처 알아채지 못한 제 책임도 있었습니다. 학생들과 함께 수없이 파견을 나가면서도, 교내에서 일어난 약물 과다 남용과 같은 인명 사고를 처리하면서도, 희생이 아닌 사고로 알고 있었으니까요.

서재희는 그로부터 한참 동안 말을 잇지 않았다.

— 저는 1부 시작 전에, 영상 송출실로 가서 제가 만든 동영상을 1부와 2부 사이에 끼워 넣었습니다. 그리고 중앙홀로 내려와, 교장 선생님께서 벗어 둔 겉옷 안주머니를 뒤졌습니다. 평소 드시는 혈압약을 몰래 빼내고, 그 자리에 제가 가지고 있던 수면제를 넣어 두었습니다. 육안으로 봤을 때 구분이 되지 않도

록 병원에서 특별히 받은 약이었습니다. 도시연합에 의해 참담한 죽음을 맞이하느니 차라리 수면제가 낫다 생각했습니다.

"나가자."

정윤환이 유은우의 손목을 거칠게 잡아챘다. 그대로 성큼성큼 강당 입구로 향했다. 모든 학생이 꼼짝도 하지 않고 서재희에게 집중하고 있었기 때문에 인파를 헤치고 나가는 데 시간이 걸렸다. 유은우는 그에게 끌려가면서도 드문드문 뒤를 돌아 스크린의 서재희를 주시했다.

─ 그 뒤는 익히 아시는 대로입니다. 저는 완전히 실패했습니다. 제가 끼워 둔 영상은 날아갔습니다. 대신 교장 선생님의 처참하게 찢긴 모습이 스크린 가득 띄워졌습니다. 그렇게 되시기 전에 약 기운이 돌았기를 간절히 바랐으나, 오늘 오전 속보를 보니 그것도 아닌 것 같습니다. 교장 선생님의 사인은 수면제가 아니더군요. 누군가 직접 설계를 써서 살해했다고.

서재희의 목소리가 떨렸다. 유은우는 무의식적으로 정윤환의 손을 뿌리치고 멈춰 서서 스크린을 똑바로 보았다. 단단한 유리알 같던 서재희의 눈동자가 천천히 젖었다. 서재희는 가만히 눈을 감고 고개를 숙였다. 이를 악다무는지 희고 곧은 목덜미로 핏대가 도드라졌다가 서서히 가라앉았다. 그가 고개를 들었다.

─ 제가 침묵했다면 교장 선생님은 그렇게 돌아가시지 않았을 겁니다. 하지만…….

서재희의 메마른 눈에서 눈물이 툭 떨어졌다.

— ……후회하지는 않습니다. 누군가는 해야만 하는 일이었습니다.

스크린이 일그러졌다. 지지직, 잡음이 터졌다. 유은우는 다시 정윤환에게 손목을 잡혔다. 누군가 다급히 볼륨을 줄였다. 학생들이 소리를 지르며 자리를 박차고 일어서면서 순식간에 혼란해졌다. 유은우는 몇 번이나 밀려 넘어질 뻔했으나 그때마다 정윤환이 요령 있게 감싸 준 덕에 간신히 입구 밖으로 나올 수 있었다. 둘은 텅 빈 복도를 달려 1층으로 내려왔다. 정윤환이 주위를 살피더니 유은우를 층계참 밑으로 끌어당겼다. 이어 그는 유은우를 벽에 밀어붙여 놓고 허리를 굽힌 채 한참 동안 숨을 몰아쉬었다. 얇은 환자복 위로 식은땀이 흥건했다. 그가 고개를 들었다. 눈빛이 선연했다.

"저거 다 거짓말인 거 알지?"

유은우는 쉽게 대답할 수 없었다. 서재희에게 한바탕 홀리기라도 한 것 같았다. 그와 교장 선생님의 사이가 원래 어땠는지 헷갈릴 정도였다. 유은우가 선뜻 대답하지 못하자 정윤환이 버럭 소리를 질렀다.

"야, 유은우! 나 속 터지게 자꾸 바보 같은 표정 지을래? 알아, 몰라? 설마 너 서재희 눈물 연기에 속은 거 아니지?"

정윤환의 불같은 시선을 고스란히 받아 내면서, 유은우는 가까스로 기억의 한 조각을 그러잡았다. 교장 선생님과 통화할 때 치를 떨던 서재희의 표정.

'내가 뼛속부터 원했던 일이야.'

"유은우, 제발 정신 차려. 우리 그냥 서재희만 믿고 있으면 안 돼. 이대로 있다간 큰일 나."

정윤환이 거칠게 유은우의 어깨를 잡았다. 그가 유은우의 바로 옆 벽에 툭 하고 이마를 댔다. 열에 들뜬 숨.

"서재희는……."

정윤환이 속삭였다.

"……임유현을 죽이고, 김서혁과 척지고, 방금 차인호까지 배신했어. 그리고 대신 시민을 등에 업으려고 해. 하지만 저 진술의 대부분은 거짓말이야. 깨끗한 척하고 있지만, 손에 피가 묻어 있다고."

유은우는 서재희의 손톱 밑에 서려 있던 불그스름한 핏기를 떠올렸다.

"모든 게 기록으로 남아 있어. 금방 탄로 날 거야. 동조자 시체 전처리? 그거 나랑 차예원, 서재희가 돌아가면서 했어. 그래도 나랑 차예원은 좀 나은 편이네. 서류에 서명은 안 했으니."

유은우는 정윤환의 옷자락을 그러쥐었다. 뭐라도 잡고 있어야 안심될 것 같았다. 가까스로 물었다.

"그게 무슨 말이야?"

"학생들 죽이고 나서 서명하는 절차가 있었어. 차인호는 자기 딸이 나중에 불리해질까 봐 절대로 서명 못 하게 했고, 그래서 서재희가 쭉 하고 있었어. 그 뒤에 내가 합류했는데, 서재희가 절대 나한테 서명하지 말라고 했어. 이미 자기가 해 버렸으니 굳이 한 사람 더 더할 것 없다고. 이왕 자기 이름 남아 버린 거, 자기가 쭉 한다고 했어.”

백일서가 죽던 밤, 유은우도 똑똑히 봤다. 직원 몇이 살해 현장을 수습했었다. 차예원과 정윤환은 먼저 일찍 가 버리고, 서재희만 끝까지 남아 있었다. 그는 직원이 내미는 서류에 서명했었다. 익숙하게.

“시민이 들고일어나면 일어날수록 진실은 드러날 거고, 그럼 서재희도 끝장이야. 지금 서재희가 말한 게 다 거짓말이고, 실은 낙원의 이론에 깊이 협조했던 주요 인물이란 게 밝혀지면 어떻게 되겠어? 시민들이 서재희를 가만히 놔두겠어? 임유현이 갈기갈기 찢긴 것보다 더 심하게 당할지도 몰라. 그걸로 끝나는 것도 아냐. 서재희를 구심점으로 변화의 물결이 모이더라도, 실체가 알려지면 시민들은 배신감을 느끼고 금방 흩어져 버릴 거야. 혁명이 일어나더라도 서재희만으로는 유지될 수 없단 말이야. 그런데 왜 거짓말을 하는 거야? 전 시민이 보고 있는데. 설마 안 들킬 자신이 있는 건가? ……아냐, 그건 말도 안 돼. 그럼 들키기 전까지 어떻게든 상황을 유리하게 만들어 보려고?”

유은우의 어깨를 잡은 정윤환의 손에 힘이 들어갔다.

“이건 도박이야. 서재희는, 혁명의 상징이 되기엔 너무 과거가 많아.”

정윤환의 숨이 거칠어졌다. 그가 한 차례 비틀거려, 유은우는 다급히 그를 껴안아 부축했다. 정윤환이 유은우의 목덜미로 파고들었다. 유은우는 손을 들어 그의 등을 천천히 쓸어내렸다. 열에 들뜬 그와 달리, 층계참은 서늘했다.

유은우는 정윤환의 숨을 달래면서, 오히려 점점 더 차분해졌다. 편지의 가지런한 글씨가 떠올랐다.

'그러니 손주연 학생 같은 피해자가 더는 발생하지 않도록, 부디 그들에게 힘을 실어 주십시오. 간곡히 부탁드립니다.'

유은우는 조심스레 정윤환을 밀어냈다. 손을 뻗었다. 땀에 젖어 이마에 달라붙은 옅은 머리칼을 걷어 내어 주었다. 눈을 맞추었다. 낮게 말했다.

"혁명이 일어나서 낙원의 이론이 파괴되면, 그럼 재희 선배한테 조금이라도 정당성이 생기는 거잖아. 결국 거짓말을 들키게 되더라도, 그 거짓말로 인해 변화가 일어났다고, 역사가 그렇게 기록할 수 있는 거잖아. 선의의 거짓말까지는 아니더라도, 계기임은 부정할 수 없을 거야."

유은우는 정윤환을 향해 또박또박 말하면서, 동시에 자신을 다졌다. 서재희는 팀을 맺자고 했다. 서재희가 혁명의 불길을 지피기 위해 스스로를 낭떠러지까지 몰아넣었으니, 이제 자신과 정윤환이 움직일 차례였다.

"지금 우리는 굉장히 안전해. 전 시민이 너와 나, 그리고 차예원까지 보호할 거야. 재희 선배가 그렇게 해 달라고 부탁했기 때문에. 그러니까 네 말대로 곧 재희 선배의 실체가 드러났을 때, 성난 시민으로부터 그를 감싸려면 우리가 혁명의 중심이 되어야 해. 재희 선배의 거짓말이 시민들을 들끓게 만든 이 짧은 순간 동안, 우리가 주도권을 잡아야 해. 그래야 사람들이 재희 선배한테 실망하더라도 혁명을 유지할 수 있어."

정윤환은 눈을 깜박이지도 않고 유은우를 빤히 바라보았다.

"정윤환 너도 돌아가면서 시체 처리했다며? 그러면 너도 과거가 완전히 깨끗한 건 아니지. 그럼 내가 해야겠네. 딱 맞잖아. 나는 낙원의 이론에 협조한 기록이 없음은 물론이고. 인권도 없고, 시민권도 없고, 사해 출신에, 군에 전리품으로 등록되어 있어. 누가 봐도 명백한 기득권의 희생양 아닌가?"

정윤환이 유은우에게서 한 걸음 물러섰다. 그가 딱딱하게 굳은 낯으로 고개를 돌려 버렸다. 유은우는 한 걸음 다가가 그의 코앞에 얼굴을 들이밀었다. 일부러 장난스럽게 말했다.

"그리고 너 그거 아는지 모르겠는데, 나 예능도 한번 나갔었다? 시민들 내 얼굴 다 알아."

정윤환은 대답하지 않았다. 그는 거칠게 머리를 쓸어 넘겼다. 정윤환이 입을 꾹 다문 채 바닥 어딘가를 노려보고, 유은우가 그런 정윤환을 응시하면서, 수 초가 팽팽하게 지나갔다. 이윽고 정윤환이 제 눈을 문질렀다. 그리고 손을 뻗었다. 유은우는 거칠게 끌어당겨져 그대로 정윤환의 품에 안겼다. 그의 가슴에 이마를 대고, 유은우는 조용히 말했다.

"우리가 원하든 원치 않든, 재희 선배는 이미 낙원의 이론을 폭로했어. 그가 그럴 자격이 없다는 거 사람들 금방 알게 될 거야. 그러니까 네가 나 좀 도와줘. 혁명의 상징, 재희 선배가 아닌 내가 될 수 있도록. 운이 좋으면 우리 셋 다 살아남을 테고, 설사 그렇지 않더라도⋯⋯."

머리 위로 정윤환이 얼굴을 묻는 게 느껴졌다.

"……최소한 세상은 흔들어 보고 가자."

서재희의 공개 진술이 있고 그다음 날이었다. 학생들이 사건을 정리하고 논의하기 위해 다시 강당으로 모여 들었을 때, 손도연이 그 인파를 헤집고 앞으로 나아가 강당의 스크린에 자신이 받은 동영상을 띄웠다.

동영상의 시체는 손도연의 이목구비를 그대로 닮아 있었다. 조각난 얼굴을 이어 붙인다는 전제하에 그랬다. 시체는 잘게 토막 나 있었기 때문에 콧대, 귀, 혀, 손목과 발목, 그리고 넓적한 피부들이 쉽게 상상할 수 없는 배열로 뒤엉켜 있었다. 장갑을 낀 손이 화면 안으로 들어와서 마른 나무 같은 발목을 골라잡아 정교하게 돌아가는 기계 안에 집어넣을 때 강당은 다시한번 침묵했다. 이어 익명의 손은, 가까이 있는 통에서 까만 씨앗 같은 것을 신중하게 몇 톨 집어다가 저울로 무게를 잰 뒤 기계에 함께 넣었다. 기계는 안쪽이 투명하여 시체와 까만 조각들이 뒤엉켜 피부가 녹고 뼈가 허물어지는 과정이 그대로 보였다. 한때 인간이었던 그것은 곧 진득한 액체가 되어 길고 투명한 관을 통해 어디론가 빠져나갔다. 서늘한 소리와 함께.

많은 학생이 그 동영상을 끝까지 보지 못했다. 정윤환도 마찬가지였다. 그는 스크린에 핏기가 비치자마자 손등으로 입을

틀어막고 헛구역질을 했다. 유은우는 정윤환의 마른 등을 어루
만져 주었다. 속삭여 물었다.

"알고 있던 거 아니었어?"

"그렇긴 한데……."

정윤환은 말을 다 잇지 못했다. 그가 정말로 속을 게워 내려
는 듯 몸을 크게 들썩거렸기 때문에 유은우는 다급히 그를 보
호하듯 등을 도닥여 주었다.

유은우는 사위를 살폈다. 묻고 싶은 말이 많았으나 사방에
눈과 귀가 너무 많았다. 서재희가 학생회와 파견부, 그리고 유
은우를 믿을 만한 인물로 직접 언급함으로써 그 시선은 더욱
집요하고 치밀해졌다. 유은우는 물먹은 솜처럼 늘어지는 정윤
환을 강하게 잡아끌고 강당을 나왔다. 아무도 없는 복도 벽에
정윤환을 기대어 놓고 그가 정신을 차릴 때까지 인내심 있게
기다렸다.

복도의 창문 너머로는 강당 내부가 보였다. 동영상은 어느새
종료되어 있었다. 학생들은 침묵하고 있었다. 빽빽한 학생들
사이로 손도연이 보였다. 그녀는 새파랗게 굳은 채 두 눈을 똑
바로 뜨고 꺼진 스크린을 응시하고 있었다.

정윤환은 여전히 안색이 좋지 않았지만 곧 헛구역질을 멈추
었다. 힘이 쪽 빠져 마른세수를 하는 정윤환에게 물었다.

"저거 303호에서 있었던 일 아니야?"

"맞아."

"새삼 왜 그래? 너도 했던 일 아니야?"

정윤환이 불편한 표정을 지었다.

"내가 했다고 해서 익숙해지는 건 아니잖아."

"그건 그렇지만."

"하고 싶어서 한 게 아니란 말이야."

"알겠어. 화내지 마."

유은우는 두 손을 들고 아이 어르듯 쉬 소리를 냈다. 정윤환이 황당하다는 표정을 지었다. 그가 말했다.

"나랑 서재희랑 차예원이 번갈아 돌아가며 했어. 특히 서재희 차례가 잦았어. 서재희가 말을 잘 안 듣는다 싶으면 교장이 길을 들이는 식으로 배정하곤 해서. 원래 영상 같은 거 절대 찍으면 안 되는데, 서재희가 몰래 찍었나 봐. 아니면 교장이 미끼 삼아 협박하려고 몰래 카메라 설치해 놓은 걸 서재희가 빼돌렸거나. 그것도 아니면 교장을 협박해서 한몫 단단하게 뜯어내려고 직원 중 하나가 촬영했을 수도 있고. 원래는 직원들이 하는 일이야."

"직원?"

"응. 그들은 늘 갈아 버린다고 표현했어."

유은우는 기억을 되짚었다. 백일서가 죽던 밤, 경비원들이 살인의 흔적을 신속히 지웠었다. 피를 닦아 내고 소독을 하고 시체를 실어 갔다. 유은우가 물었다.

"그럼 그 직원들은 지금 어디 있어?"

정윤환은 유은우를 바라보면서 손을 말아 쥐었다. 불거진 손마디로 제가 뒤통수를 기대고 있는 창문을 톡톡 쳤다. 유은우는 창문 너머로 강당 한쪽 벽에 붙어 있는 전자 칠판을 보았다. 연다희가 빼곡히 기록해 놓은 사건 정황을 빠르게 훑어 내렸다. 시선에 턱 걸리는 메모가 있었다.

관리 직원 5인 행방 묘연 및 연락 두절.

"도망간 거야, 죽은 거야?"

유은우가 중얼거렸다. 정윤환은 거칠게 제 머리를 쓸어 넘겼다.

"모르지, 나도."

잠시 침묵이 흘렀다. 정윤환은 이제 유은우를 보지 않았다. 그는 무언가를 골똘히 생각하며 아래 어딘가를 노려보고 있었다. 섬세한 눈가가 딱딱하게 굳어 있었다.

"너 재희 선배 편지 봤어?"

정윤환은 유은우를 보지 않고 대답했다.

"어. 아빠가 보내 줬어."

"……너도 가족이 여기서 죽었어?"

"아냐. 사촌 형이 하나 있긴 한데 군에서 죽었어. 학교는 무사 졸업했지."

아. 유은우는 그제야 드레스를 고르며 엿들었던 대화를 떠올렸다. 배우인 엄마의 이목구비를 그대로 물려받아 화려한 정윤환에 비해 그의 형은 아빠를 닮아 선하게 잘생겼다고 했고, 군에서 자살했다는 소문이 돈다고 했다.

"그럼 왜 편지가?"

"우리 집으로 우편물이 온 건 아니고. 그냥 우리 아빠가 워낙 정보가 빠르니까. 의원이거든. 서재희가 말하는 13위원에 포함되진 않는데, 어쨌든 간판 의원이야. 잘생긴 데다가 몸 안 사리고 말을 시원하게 해서 인기가 많거든. 그러니까 아빠가 두 명인데 그중 하나 말이야. 어제 병실에서 서재희 공개 진술 기다리고 있는데, 아빠가 어디서 제보를 받았는지 바로 나한테 보내 주더라고."

"집에서 뭐라고 안 하셔? 당장 학교에서 빠져나오라든가."

유은우는 자신의 목소리에 왠지 힘이 없다고 느꼈다. 정윤환은 그제야 눈을 들어 유은우를 보았다. 그가 피식 웃었다.

"왜 물어? 나 그냥 집에 갈까?"

"궁금해서."

"당연히 나오라고 펄펄 뛰시지. 거기 있다가 큰일 난다고."

"안 가?"

"나 혼자 어떻게 나가냐. 사람이 양심이 있지. 서재희 개고생하는 거 뻔히 다 알고 있는데. 거기다 낙원의 이론을 폭로하는 건 나도 늘 소망해 왔던 것이고. 학생들이 희생된 데에 당연히 나도 책임이 있으니 죗값도 치러야 하고. 그리고……."

정윤환이 담백하게 말했다.

"……유은우 너도 있고."

정윤환의 대답엔 망설임이 없었다. 너무나 당연하다는 듯 매끄러웠다. 그러나 누구나 그런 말을 할 수 있는 건 아니었다.

어떤 사람에게는, 정윤환과 같은 상황이 닥친다면 자신의 몸을 피하는 것이 그 무엇보다 우선순위일 수 있었다.

유은우는 새삼 정윤환을 빤히 바라보았다. 그가 본인만을 위해 욕심을 부린 적이 있는지 생각해 보았다. 설계 천재라는 압도적인 타이틀 때문에, 살인을 극도로 꺼리는 올바르고 연약한 부분이 얼마나 훼손되었을지. 날것처럼 거친 행동들은 도리어 겁을 먹어 그런 것은 아니었는지.

"있잖아."

정윤환이 불쑥 물었다.

"이선규가 강진욱 제압했다고 했잖아. 그 제압이 어느 정도였어? 아예 죽였어?"

지나가는 말처럼 툭 물어 놓고 정윤환은 유은우의 시선을 피해 엉뚱한 쪽을 바라보았다.

유은우는 그만 말문이 막혔다. 정윤환의 질문에 놀라서가 아니라, 정윤환의 낯에 놀랐다. 정윤환은 강진욱에게 호되게 당하고도, 마치 그런 일은 전혀 없었다는 듯 초조해 보였다.

"……아마도. 이선규가 봉으로 강진욱 머리를 가격했어. 피가 많이 나왔고 그 뒤로도 움직임이 없었으니 죽었을 거라고 생각해. 산다고 해도 큰 부상이라 완전히 회복되긴 힘들 거야."

"그래."

정윤환은 아무렇지도 않게 대꾸했으나 이내 눈가가 말갛게 젖었다. 그는 눈을 몇 번 깜박이더니 한숨처럼 말했다.

"참 이상하지. 내가 지키려고 하는 건 항상 그렇게 돼."

유은우는 문득 기시감을 느꼈다. 입학한 지 얼마 되지 않았을 때, 정윤환이 심리안정술 강의실로 자신을 데려가서 페어 조건이 뭐냐고 윽박지른 적이 있었다. 그때는 그저 정윤환이 두려워서 덜덜 떨었으나, 지금 와서 돌이켜 보면 그 낯은 낡아 바삭거리는 모래 같았고…….

"내가 살아 있잖아."

불쑥 그렇게 말했다. 정윤환이 눈을 동그랗게 떴다. 그의 빤한 시선을 받으며 유은우는 또박또박 말했다.

"내가 있잖아. 한세연도 사망자 명단에 없어. 그리고 부모님도 무사히 살아 계시잖아. 일이 그렇게 된 게 꼭 네 탓만은 아니야."

정윤환의 입술 틈이 나붓이 벌어졌다. 유은우가 덧붙였다.

"네가 나한테 그랬잖아. 너 없었으면 나도 없었을 거라고."

정윤환은 여전히 대답이 없었다. 그는 그저 빨려 들듯 유은우만 응시하고 있었다. 유은우는 잠시 고민하다가, 간이 치료기가 채워져 무거운 오른손 대신 멀쩡한 왼손을 들어 올렸다. 다섯 손가락을 가지런히 폈다.

"나 유은우는 정윤환 앞에서 열심히 살아남을 것을 굳게 맹세합니다."

정윤환은 반응이 없었다. 이젠 눈도 깜박이지 않고 있었다. 유은우는 괜히 무안해져서 들고 있던 손을 슬그머니 내렸다. 이내 정윤환이 천천히 숨을 들이쉬었다. 그가 손을 들어 제 명치 부근을 꾹 눌렀다. 그러더니 깊이 숨을 토했다.

"와······."

"왜?"

"아니. 그냥."

열에 들뜬 상기된 뺨과 어쩔 줄 모르는 눈빛과 달리 싱거운 대답이었다. 정윤환은 손끝으로 명치를 누르다가 그것으로도 진정이 되질 않는지 몇 번 문지르기도 했다. 이윽고 그가 얼굴을 확 일그러뜨리고는, 한 손으로 제 머리를 마구 헝클어뜨렸다.

"아, 정말 짜증 나."

"뭐야, 갑자기? 약속한대도 반응이 왜 그래?"

"아까워 죽겠다, 정말. 서재희한테 주기 싫다고."

"······그거 내 얘기야?"

"몰라."

"내가 무슨 물건이야? 왜 네 마음대로 주네 마네 하는데? 내가 널 좋게 보려고 해도, 너 뱉는 말마다 그따위······."

유은우는 말을 다 잇지 못했다.

허리가 확 당겨졌다. 휘청거릴 새도 없이 정윤환의 품에 쏙 안겼다. 급한 대로 그의 가슴을 밀어냈지만 뒤통수가 꽉 틀어잡힌 후였다. 얼굴이 가까웠다. 숨이 뒤섞였다. 바로 코앞에 정윤환의 눈동자가 있었다. 긴 속눈썹의 그늘이 예쁘게 드리운 옅은 갈색 눈동자가 유은우의 입술을 뚫어져라 보고 있었다. 입술과 입술의 틈은 분명히 떨어져 있긴 했지만 서로의 온기로 이미 닿은 거나 다름없었다.

유은우는 여차하면 정윤환을 걷어찰 셈으로 무릎에 단단히 힘을 주었다. 그러나 정윤환은 더 이상 가까이 오지 않았다. 잠깐을 그렇게 팽팽히 인내하다가, 이내 유은우를 확 밀어젖혔다. 유은우는 고꾸라질 뻔했으나 기민하게 중심을 잡고 바로 섰다. 고개를 드니 정윤환이 복도 벽에 이마를 붙이고 끙끙거리고 있었다. 무어라 욕을 중얼거리는 것 같기도 했다.

유은우는 자신이 실수를, 그것도 대단한 잘못을 했고, 앞으로는 정윤환에게 확실히 거리를 둬야 함을 직감했다. 그러나 한편으로는, 내가 뭘 그리 실수했나, 내가 뭘 그리 잘못했나, 이이상 거리를 어떻게 두나, 다소 억울한 마음도 없진 않았다. 온갖 말을 삼키며 구겨진 환자복을 주섬주섬 정리하고 나니, 정윤환도 한결 열이 가셔 이마를 문지르고 있었다. 그가 자못 당당하게 툭 뱉었다.

"미안."

그러더니 냉큼 덧붙였다.

"사실 별로 미안하지도 않지만."

"그래 보인다."

유은우가 대꾸하자마자 뒤가 소란해졌다. 둘은 동시에 고개를 돌려 창문 너머로 강당 안을 보았다. 학생 몇이 서로 멱살을 잡더니 급기야 총성까지 울렸다. 곧바로 연다희가 총을 들어 싸움 한가운데로 사격했다. 흥분한 학생들이 사납게 뱉어 놓은 타격은 연다희의 설계에 잡혀 깨끗하게 소멸했다. 김산이 화가 난 모습으로 성큼성큼 다가가 시비가 붙은 학생들을 강경히 떼어 놓았다.

"서재희의 편지는 진실이 짜깁기된 거야."

유은우는 정윤환을 바라보았다. 아까까지만 해도 붉던 그의 뺨은 서늘하게 가라앉아 있었다. 정윤환이 이어 말했다.

"거짓으로 예쁘게 포장된 진실이야. 그가 그렇게 한 이유는 극적인 스토리텔링 때문이지. 구구절절 항목별로 건조하게 설명만 하면 듣는 사람도 냉정해져 분석에 들어가기 쉬워. 그럼 단시간에 여론을 일으킬 수가 없어. 단 한 장의 편지로 시민들의 감정을 최대한 흔들기 위해 어쩔 수 없는 선택이었을 거야. 모든 진실을, 소중한 자녀의 죽음과, 그 비슷한 나이 대인 서재희 본인의 희생에 집중시켰어. 탁월한 선택이지. 들키지 않고 얼마나 갈지 모르겠지만."

유은우는 고개를 끄덕였다.

"재희 선배가 교장을 정말로 사랑하고 존경해서 살해를 망설였다는 멘트는 확실히 거짓이란 거 알겠어. 시민들에게 동정표를 사고 자신에게 정당성과 인간성을 부여하기 위해 넣었겠지. 그럼 나머지는? 정확히 어디가 거짓이야?"

"서재희가 3학년이고 내가 1학년 때 우리가 대규모 파견팀을 꾸리긴 했지. 편지에선 내가 주도한 것처럼 써 놨지만 그거 서재희가 제안한 거야."

정윤환이 벽에 비스듬히 기대었다.

"그때 나랑 서재희는 낙원의 이론에 대해 몰랐어. 교내에서 자꾸 인명 사고가 나니 뭔가 이상해서 추적만 하고 있었지. 교내 통신망이 감시당한다고 생각했기 때문에 유적지의 외부망을 우회하는 비공개 사이트를 하나 개설했어. 온하나비. 마음 맞는 학생 몇을 모아 온하나비를 통해 정보를 정리하고 의견을 모았어. 우리는 처음에 교내 인명 사고가 정말 사고인지 어떤 계획적 살해인지만 캐내려고 했는데, 참여하는 학생들이 스무 명으로 늘어나고, 각자 관심 있는 분야로 파고들다 보니 미심쩍은 게 한두 가지가 아니라 일이 점점 커졌어. 온 오염도 측정하자는 얘기도 그때 나왔고."

정윤환이 환자복 주머니를 뒤적거리다가 그대로 손을 꽂은 채 말을 이었다.

"그래서 우리는 파견 때 일부러 낙오해서 그쪽으로 가 보자고 뜻을 모았어. 위험부담이 컸기 때문에 서재희가 지침까지 개정해서 대규모 팀을 꾸린 거야. 당연히 서재희가 리더였어. 그런데……."

정윤환이 미간을 좁혔다.

"……사출 전날, 서재희가 전부 없던 일로 하자고 했어. 첫째, 기상이 너무 안 좋아서 실력자가 스무 명이나 경로를 이탈하면 사실상 선발대가 없어져 버리는 거니까 가뜩이나 파견이 처음인 1학년 초보들이 극도로 위험해질 수 있으며, 둘째, 교수들의 움직임을 봤을 때 이미 우리 계획을 들켰고 감시받고 있다는 게 그 이유였어. 하지만 내가 밀어붙였고, 오랫동안 준비한 다른 애들도 자신감에 차 있었기 때문에 서재희보다는 내게 찬성했어. 만약에 내가 없었으면 서재희는 늘 자기 하던 대로 애들을 제 편으로 만들 수 있었을 텐데, 내가 있어서. 서재희가 내게 거짓말하지 않고 상황을 그대로 말해서 애들이 날 지지할 수 있었던 것 같아. 항간에는 서재희와 내가 싸워서 서재희가 팀을 나가 버렸다고 소문나 있지만 사실이 아니야. 나는 서재희가 우리 팀에 있어 줬으면 바랐고, 서재희는 이 모든 것을 없던 일로 하자고 했기 때문에 남들 보기에 큰 소리가 난 건 맞아. 그렇지만 끝에는 합의했어. 나 같은 놈 두 명이었으면 싸우다가 한 놈이 죽었겠지만, 나랑 서재희니까 당연히 합의했지. 나는 우리 팀에 남고, 서재희는 우리 팀에서 나가 다른 학생들을 보호하기로. 확실히 상위 실력자가 스물이나 빠지면 다른 학생들이 위험하긴 해. 그래서 서재희가 약한 쪽에 붙기로 한 거야. 우린 자신이 있었어. 서재희가 빠져도 열아홉 명이나 되니까. 그땐 몰랐지. 내 총이 고장 나 있을 줄은."

정윤환이 조용히 이어 말했다.

"누군가 우리 계획을 밀고하고, 내 총을 망가뜨리고, 나중엔 온하나비까지 공개 사이트로 돌려 버렸어."

"누가?"

정윤환이 유은우의 어깨 너머로 턱짓을 했다. 유은우는 뒤를 돌아보았다.

차예원이 서 있었다. 그녀는 눈을 약간 찌푸린 채 정윤환을 보고 있었다.

정윤환이 차갑게 말했다.

"안녕. 한배를 탄 기분이 어때?"

차예원이 코웃음을 치더니 가까이 왔다. 그녀는 지쳐 보였지만, 품에 타고난 여유가 여전했다. 차예원이 창문을 통해 강당 안을 쓱 확인하더니 유은우를 보았다. 그녀가 말했다.

"우리 아빠가 병원에 찾아가서 재희를 협박한 게 아니야. 재희가 우리 아빠를 병원으로 불렀지. 임유현을 살해하고 13위원을 물갈이하는 것, 그것도 우리 아빠가 제안한 거 아니야. 재희가 내민 카드였지."

"어쨌든 도시연합장이 재희 선배에게 동의했잖아요? 재희 선배가 순서를 바꾸면서 자기만 쏙 빠져나오긴 했지만, 그렇다고 해서 선배 아버지가 정당화되는 건 아니에요."

유은우의 말에 차예원은 긍정도 부정도 하지 않았다. 정윤환이 말했다.

"네 아빠는 망했지만 넌 안전해. 최소한 지금은."

차예원이 팔짱을 끼며 대답했다.

"그렇지. 나는 아빠와 등지고 대의를 위해서 학교로 온 거니까. 재희의 표현에 의하면."

"서재희는 널 보호한 거야. 서재희가 편지에서 널 언급하지 않았으면, 넌 지금 강당에서 애들한테 맞아 죽었을걸. 이 혼란한 상황에서 누구 하나 안 다치고 긴장 유지하는 것만도 벅찬데, 한번 터지면 그 뒤는 끝이야. 마지노선 무너지고 서로 핏발 서서 죽고 죽이고. 여긴 도시연합의 온갖 라인이 한꺼번에 다 모여 있으니까."

"재희는 알고 그 말을 넣었겠지? 내가 재희 포기 못 하고 학교로 돌아올 걸 미리 알고?"

정윤환이 코웃음 쳤다.

"너 서재희만 보고 이쪽에 붙은 거 아니잖아? 난파선에서 탈출해 놓고 세기의 사랑인 척하지 마. 너 정도 되는 기회주의자는 지옥에서도 안 받아 준다."

차예원이 정윤환을 노려보았다. 죽어 있던 눈에 생기가 확 돌았다. 그녀가 빈정거렸다.

"너만 정의라고 생각하지 마. 그때 기상이 어땠는지 기억해. 온 오염 수치가 얼마나 기록적이었는지도. 넌 네가 천재라고 남들도 다 너만큼 하는 줄 아는 모양인데, 너한테 쉽다고 남들도 쉬운 거 아니야. 나는 학생들을 고려했어. 너희의 그 알량한 호기심을 충족하느라고 아무것도 모르는 1학년들을 사지로 내모는 걸 두 눈 뻔히 뜨고 보고 있으라고?"

"알량한?"

"그때 내가 우리 아빠한테 너희의 그 끔찍한 계획을 말하지 않았다면 전부 다 개죽음당했어. 괴물한테 먹히기도 전에 오염된 온에 휘말려서."

정윤환은 화를 억누르듯 잠깐 다른 곳에 시선을 두었다가 다시 차예원을 보았다.

"차예원, 기상은 문제가 안 됐어. 충분히 버틸 수 있는 정도였어."

"너한테나 문제가 아니었겠지. 그래서 네가 리더가 못 되는 거야. 재희는 평범한 학생 입장에서 생각할 줄 알아. 하지만 넌 범인을 이해하지 못하지. 타고나길 잘 타고나서."

"너도 하층민 이해 못 하는 건 피차일반 아닌가? 네가 내 총을 건드리지만 않았으면 다 살아 돌아왔어."

"남 탓 좀 그만해! 나한테는 그게 최선이었어. 모함 창문에 다닥다닥 붙어서 기상을 걱정하는 어리고 서툰 1학년들은 정윤환 네 잘난 눈엔 보이지도 않았겠지만!"

"제가 이제 선배들 싸움까지 말려야겠어요? 네? 그만 좀 합시다, 그만 좀!"

불쑥 카랑카랑한 목소리가 끼어들었다. 팽팽하게 맞붙던 정윤환과 차예원, 그 사이에 속절없이 껴 있던 유은우는 동시에 고개를 돌렸다. 강당 입구에서 연다희가 고개를 내밀고 이쪽을 보고 있었다. 그녀는 동그랗게 앳된 얼굴로 노인처럼 끌끌 혀를 차더니 손짓을 했다.

"빨리 정리하고 들어와요. 사람 열 받게 하지 말고!"

그러더니 쑥 들어가 버렸다. 그 뒤로 김산이 성큼성큼 걸어나왔다. 그는 마른 눈으로 복도의 셋을 쓱 훑어보더니, 건조하게 말했다.

"들어와서 발언해. 재희가 공개 진술한 지 꼬박 하루가 지났어. 이제 네 입장을 밝힐 때도 됐잖아. 재희가 널 공개적으로 지목했는데."

아무도 대답하지 않았다. 김산이 무뚝뚝하게 말했다.

"정윤환 너한테 말하는 거야."

"……나?"

"그래. 얼른 들어와. 네가 생각하고 있는 걸 말해. 함께 조율하고, 의지하면서 버티자. 재희 올 때까지."

정윤환이 소름 돋는다는 표정을 지으며 제 팔뚝을 쓱쓱 문질렀다.

"돌겠네. 체질 아닌데."

"이 상황이 체질인 사람이 어디 있어. 들어와. 애들 기다려."

김산이 인내심 있게 반복했다. 정윤환은 잠깐 가만히 서 있다가, 이어 유은우의 손을 낚아챘다. 유은우는 정윤환의 큰 보폭에 딸려서 강당으로 들어갔다. 학생들의 시선을 받으며 연단에 서자, 편지가 떠올랐다.

'그는 김서혁 총사령관의 전리품으로 등록된 1학년 유은우와 서로 각별한 사이입니다.'

서재희는 한 장의 편지 안에 수많은 진실을 통일성 있게 밀집시키기 위해 거짓도 불사했다. 그런 그가 몇 문장이나 기꺼이 할애하면서 정윤환과 유은우를 '서로 각별한 사이'라는 표현으로 묶었다. 왜 굳이 그런 말을 집어넣었을까?

처음에 서재희는 필요에 의해서 정윤환과 유은우가 연인인 척하길 바랐다. 자신이 움직이는 데에 유은우가 약점이 되어서는 안 된다고 여겼기 때문에. 그래서 연회에서 팔자에도 없는 애정을 과시하며 딱 붙어 있지 않았는가. 그러나 이젠 그 헛소문을 유지할 이유가 없었다. 임유현은 죽어 버렸고, 차인호는 배신했으며, 김서혁은 애초에 통하지도 않았으니.

연다희가 제 옷깃에 부착하고 있던 무선 마이크를 떼어 정윤환의 환자복 옷깃에 매달았다. 정윤환이 유은우의 손을 놓고 한 발짝 앞으로 나섰다. 유은우는 그의 등을 바라보았다.

"잘 들어. 반복도 번복도 없다."

정윤환이 운을 떼었다.

"어제부터 통신 깜박깜박하지? 장담컨대, 곧 전화도 인터넷도 방송도 완전히 다 끊겨. 그러나 온하나비만은 유일하게 접속 가능할 거야. 그 사이트는 내가 1학년 때 서재희랑 만들면서 기반을 외부망으로 잡았기 때문이야. 하지만 그 사실은 극소수만 알고 있어. 도시연합에서 알게 되면 온하나비마저 바로 차단하겠지. 그러니까 온하나비에 글을 올리거나, 댓글을 달거나, 로그인을 하는 멍청한 짓은 삼가길 바란다. 그냥 입 닥치고 들어가서 보기만 해. 그래야 우리가 몰래 바깥의 정보를 수집할 수 있어. 도시연합이 우리의 눈과 귀를 제한했다고 착각할 때, 온하나비는 우리의 가장 큰 무기가 될 거야."

누군가 드론을 띄웠다. 드론은 공중을 매끄럽게 날아올라 정윤환을 잡아냈다. 카메라의 빨간 불이 반짝반짝 들어왔다. 정윤환은 그것에 질색하는 눈치였지만 언급하지는 않았다.

"학교 주위는 군이 통제하고 있어. 교수나 직원들은 도망갔고. 지금 학교에 남아 있는 건, 도망갈 타이밍을 놓친 의료진과 일부 직원, 그리고 서재희의 복귀를 기다리거나 혹은 혼자 불이익 받을까 봐 다수의 눈치를 보면서 머뭇대는 학생뿐이지. 교장은 죽고 그의 권한은 나와 여기 있는 임원, 그리고 중앙수사부에 있는 서재희에게 자동으로 승계되었어. 지금 이 상황에서 우리가 무엇을 해야 하는가. 엄선된 엘리트. 예비 기득권.

희생자의 가족 또는 친구. 그리고 시민의 한 사람으로서."

유은우는 옆걸음질로 정윤환과 거리를 두었다. 그제야 정윤환의 옆모습이 보였다. 지쳐 흐트러진 낯에, 환자복을 입고 있었고, 총도 없었다. 발목엔 간이 치료기가 채워져 있었다. 그러나 목소리는 단단하여 흔들림이 없었다. 강당의 모든 조명과 숨, 긴장을 홀로 붙들고 있었다.

"우리는 동조자로 태어났다는 그 이유 하나만으로 이미 사회에서 어느 정도의 지위를 보장받았어. 하지만 우리의 무의식적인 선택이 낙원의 이론이라는 시스템에 의해 재차 검증되고, 그 결과 기득권을 위협하는 인물로 지목되는 순간 조용히 제거될 위험 또한 지니고 있지. 어떤 사람은, 낙원의 이론이 순수한 도구일 뿐이라고 말해. 그것을 다루는 기득권의 교체만이 답이라고. 하지만 나는 그렇게 생각하지 않아. 그 시스템을, 낙원의 이론 자체를, 불완전하나 따뜻한 인간의 판단으로 대체할 가능성을 바라보고 있어."

정윤환은 말을 멈추었다. 견고한 적막 뒤에, 그가 다시 입을 열었다.

"유능한 범죄자를 사회의 요직에 세우며 발전만을 꾀하는 것이 답이 아니라, 정당한 죗값을 치르게 하여 사회가 건강해지기를 원해. 그로 인해 우리 사회가 발전이라는 측면에서 한두 발짝 혹은 훨씬 퇴보하더라도. 우리는 차세대의 기득권자로 어쨌든 지금까지 살아남았어. 따라서 누구보다 현재의 사회를 유지하길 원할지도 몰라. 하지만 나는 다시 한번 묻고 싶어. 교장이 작성했던 수많은 제거 리스트에 네 이름이 추가되었다가 삭제되었을 수도 있고, 그 빈자리는 네 동기나 형제자매로 채워졌어. 너는 살아남아 사회의 요직을 차지할지 몰라도, 네가 사랑하는 자녀 혹은 연인은 후에 끊임없이 시스템에 시험당할 것이며, 그들이 다만 덜 영민하거나 더 우직하다는 이유 하나만으로, 혹여나 삐끗하여 그 틀에서 벗어나게 될지도 몰라. 그런 최악의 경우가 닥친다면 네가 아무리 그들의 손을 잡아 주고 싶어도 그럴 수가 없을 거야. 침묵이 오래되면 악으로 굳어지니."

정윤환이 천천히 말을 이었다.

"도시연합 초기엔 낙원의 이론이 최선이었는지도 몰라. 제국 시대와 달리 갑작스레 폐쇄된 공간에, 미처 세우지 못한 사회 체계까지 모든 것이 낯설고 혼란스러웠을 테니까. 그런 혼란기엔 악의를 가진 동조자 하나가 상당한 위협이었을 테고, 정부는 어떻게든 색출하고 싶었을 거야. 하지만 아직도 그런가? 우리 사회가, 우리 인간이, 고작 그런 시스템에 의지해야만 하는 존재인가 다시 생각해야 해."

정윤환은 학생들을 향해 말하고 있었지만, 동시에 자기 자신에게 되뇌는 것처럼 보였다.

"지금 우리의 부모가 앉은 자리, 빠르면 졸업 후에, 늦어도 10년 안에 우리가 앉게 돼. 답습할지 변화할지는 바로 우리 손에 달려 있어. 남에게 맡길 수도 기댈 수도 없어. 밑에서 약자들이 뭉쳐서 움직이면 시간도 오래 걸리고 희생도 깊어. 하지만 우리가 움직인다면 달라지지. 영향력이 큰 만큼 변화할 가능성도 훨씬 높아져. 이건 마음 내키면 하고 아니면 말고의 문제가 아니라고 생각해. 우리는 남보다 확연히 좋은 조건을 타고났어. 동시에 정의에 앞장설 도덕적 의무 또한 함께 부여받았지."

숨소리 하나 들리지 않았지만, 유은우는 눈에 보이지 않는 무언가가 서서히 바뀌고 있음을 알았다. 항해사가 키를 한 뼘만 돌려도 거대한 선박이 급격히 방향을 틀듯이. 그들은 어디든 갈 수 있었는데, 서재희가 정윤환에게 자리를 마련해 주었고, 정윤환이 그 키를 단단히 쥐고 있었다.

"우리는 도시연합과 정면 대결한다. 우리의 요구 사항은, 여태 은폐되어 온 악행에 대한 명백한 해명과 낙원의 이론 시스템 파괴, 그리고 관계자들에 대한 적법한 처벌."

유은우는 정윤환이 진심을 말하고 있음을 알았다. 후에 모든 것들이 밝혀져, 그 관계자에 혹여 자신이 포함되더라도 모든 걸 감수하겠다는.

정윤환도 결코 안전하지 않았다. 그도 서재희나 차예원처럼 과거가 있었다. 손에 피가 묻어 있었고 발끝의 그림자가 짙었다.

서재희는 왜 나를 정윤환과 연인으로 묶었을까. 앞으로 서재희 옆에 있으면 위험해지니까 보호하기 위해 그랬다고 보기는 어려웠다. 서재희보다는 증거가 덜하긴 했지만 정윤환도 결코 깨끗하진 않았으니. 오히려 파고들면 서재희보다 정윤환에게서 더 많은 죄가 드러날지도 모른다. 그럼 도대체 왜? 도무지 마땅한 이유가 떠오르질 않았다. 손끝만 자꾸 식었다.

"물론 동의하지 않는 사람도 있겠지."

정윤환이 고개를 비스듬히 기울였다. 그의 옅은 눈이 강당을 주르륵 훑었다.

"서재희라면 여기 있는 인원 다 끌고 갔을 거라고 생각해. 하지만 난 성질 더러워서 그렇게 못 해. 원래 팀전 같은 거 질색이기도 하고. 서로 안 맞는 사람들 조율하는 거 하지도 못하고 할 생각도 없어. 난 생각이 같은 사람들만 데려간다. 그 외는 빠져. 연다희, 총 좀 줘 봐."

정윤환이 연다희에게 손을 내밀었다. 연다희는 제 홀스터에서 총을 뽑아 내밀었다. 연다희가 잘 길들여 놓은 총을 정윤환은 망설임 없이 움켜쥐었다. 동조율이 불안정하게 널을 뛰었지만, 정윤환은 무리 없이 방아쇠를 당겼다. 총구가 튀고, 강당 중앙 허공으로 새파란 선이 반듯하게 그어졌다. 정윤환이 총을 들어 선의 오른쪽을 가리켰다.

"죽을 각오 하고 어떻게든 바꿔 볼 의지가 있는 사람은 여기 서고……."

정윤환이 총구를 움직여 선의 왼쪽을 가리켰다.

"……그딴 거 다 필요 없고 살아서 집으로 돌아가고 싶은 사람은 여기 서. 내가 설계하면 아주 잠깐 동안은 군의 통제를 무너뜨릴 수 있어. 그 틈에 탈출하면 되니까. 도시연합에서 중립지대를 벗어나면 정보가 꼬이네 어쩌네 겁을 줬지만 그건 말도 안 되고, 만약 그렇다 하더라도 지금 이 상황에서 눈에 보이지도 않는 정보보다 팔딱팔딱 뛰는 심장이 우선순위라는 건 다들 실감하겠지. 일단 나가고, 개인 정보 혼재에 대해서는 도시연합에 복구를 요청해. 일단 내가 학교에서 나가게는 해 주겠어. 나머진 너희들 몫이야. 그리고 집으로 돌아가더라도 우리 이프로 여전히 온하나비 접속이 가능하다는 건 함구해 줘. 그렇게 오랫동안 입 다물어 줄지도 의문이지만 일단 부탁은 해 둔다."

정윤환이 옆을 돌아보지도 않고 총을 휙 던졌다. 연다희가 그것을 가볍게 잡아챘다. 정윤환이 엄지로 이마를 문질렀다. 그가 말했다.

"지금 당장 결정하긴 힘들겠지. 이틀 뒤 이 시간에 여기 다시 와서 나뉜 인원 보고 탈출 계획을 구체적으로 잡겠다. 지금 여기 없는 의료진이나 직원들에게는 학생회 임원들이 의견을 수렴하면 될 것이고. 시간 충분하지?"

정윤환은 그대로 병원으로 돌아와 재활을 받는 도중에 정신을 잃듯 잠이 들었다. 간호사가 정윤환의 몸에서 재활기를 떼어 내며, 유은우를 향해, 둘의 회복 속도에 확연한 차이가 나니 불편하다면 병실을 옮겨 주겠다고 했다. 유은우는 즉각 사양했다.

유은우는 정윤환의 침대에 걸터앉아 밤이 되길 기다렸다. 정윤환이 이따금 무어라 웅얼거리며 아이처럼 뒤척이면 이불을 고쳐 덮어 주었다. 한번은 악몽을 꾸는 듯 감긴 눈으로 물기가 어른거렸다. 유은우는 달래듯 머리칼을 쓸어 주었다. 옅은 머리칼 사이로 식은땀이 흥건했다. 개의치 않고 그대로 어루만졌더니 잠잠해졌다. 늘 이리 고통스럽게 잠드는지, 매일 밤마다 어떤 벼랑에 매달리는지, 어떻게 이렇게 열병 도진 어린아이처럼 색색 애처로운 소리를 내며 자는지 가슴이 선득했다. 새벽이 깊었을 때, 유은우는 병원을 빠져나왔다. 본관에 들러 자전거 보관소에 세워 둔 수레에서 검을 빼 들고 단단히 틀어쥐었다.

교장실이 위치한 복도는 서늘했다. 찬 새벽이라 그런지, 원래 온도가 낮은 곳인지 알 수 없었다. 교장실 앞은 엉망진창이었다. 복도 벽, 바닥, 문에 시뻘건 락카 스프레이가 마구 갈겨져 있었다. 진상 규명, 탄압 중단부터 시작해서 지옥으로 떨어지라는 험한 욕설까지 뒤엉켜 어지러웠다. 굳게 닫힌 문짝은 날카로운 것으로 여러 번 긁혔는지 드문드문 금속이 벗겨져 있었다. 심지어 문손잡이는 뽑혀 나가 있지도 않았다. 보안장치도 한쪽이 찌그러져 있었다.

유은우는 환자복 주머니에 손을 집어넣어 작고 차가운 것을 꺼냈다. 임유현의 손가락은, 약간 마른 것 외에는 아직 멀쩡했다. 지문도 뚜렷하게 남아 있었다. 보안장치에 가져다 댔다. 희미한 기계음과 함께 문이 안쪽으로 달칵 열렸다. 다시 한번 복도를 살펴보고 안으로 들어갔다. 유은우의 움직임을 감지한 센서등이 탁 켜지면서 교장실 안이 단번에 환하게 밝혀졌다. 등 뒤로 문을 닫았다.

교장실은 끔찍할 정도로 정갈했다. 묘하게 서재희의 방을 연상시켰으나 분위기는 확연히 달랐다. 서재희의 기숙사 방이 세련되면서도 텅 빈 느낌을 주었다면, 교장실은 금고처럼 견고하게 정리되어 있었다.

창을 등진 묵직한 책상 위로 손끝을 미끄러뜨리면서 방을 한 바퀴 돌았다. 책상 서랍은 잠겨 있었다. 한 걸음 물러서서 검을 두 손으로 쥐고 서너 번 가늠한 후 강하게 내리쳤다. 책상이 형편없이 부서졌다. 무너진 상판을 걷어 내고 서랍이란 서랍은 죄 꺼내서 바닥으로 던져 놓았다. 안에 들어 있는 것들을 발로 차 흩어 놓고 우뚝 서서 눈으로 쭉 훑었다.

익숙한 낯이 눈에 띄었다. 파일 홀더 밖으로 서류 하나가 비죽이 튀어나와 있었다. 나이에 맞지 않게 앳된 정윤환의 증명사진이 붙어 있었다. 파일 홀더째로 집어 들어 티 테이블에 던져두었다.

한쪽 벽면은 장식장이었다. 유수한 상패와 기념사진이 고상하게 배치되어 있었다. 유은우는 팔을 한껏 벌려 장식장의 틈과 틈을 더듬었다. 어딘가 헐겁다고 느껴졌을 때 온몸을 밀어붙여 힘을 주었다. 처음엔 잘 되지 않다가 요령을 부리니 매끄럽게 밀려났다. 쪽문이 드러났다. 열쇠 구멍 하나 없는 평범한 문이었다. 열어 보았다.

골방이었다. 차가운 냄새가 났다.

손을 더듬어 스위치를 올렸다. 등이 켜졌으나 희미했다. 그러나 바닥의 불그스레한 흔적을 확인할 정도는 되었다. 한쪽 벽에 설치된 세면대 말고는 아무것도 없었다. 아무것도. 유은우는 몸을 천천히 낮추었다. 드문드문 깨진 대리석 바닥 틈으로 핏기가 어른거렸다.

유은우는 손으로 바닥의 핏기를 덮었다. 느리게 쓸어 보았다. 서재희의 뒷덜미를 매만졌던 것처럼.

이내 손을 거두고 일어섰다. 교장실로 돌아와 티 테이블에 딸린 의자에 무너지듯 앉았다. 탁자에 엎드려 숨을 골랐다. 이를 악물고 고개를 들었다. 파일 홀더에서 내용물을 잡아 뺐다. 정윤환의 프로필 사이에 은색으로 반짝이는 메모리가 있었다. 바로 이프에 끼웠다. 허공으로 음성 파일들이 날짜별로 주르륵 나열되었다. 유은우는 리스트에 손을 미끄러뜨리다가 낯익은 날짜를 눌렀다. 시민의 날이었다. 테러가 일어났던.

음성 파일의 첫 부분은 소음만 희미했다. 이따금 사락사락 종이 넘어가는 소리가 전부였다. 손을 움직여 파일의 중간으로 성큼 건너뛰었다.

— ……내가 이걸 어떻게 해석해야 하지?

카랑카랑한 목소리가 이어졌다.

— 말해 봐, 정윤환. 내가 네게 그렇게 지시했나? 공격하는 척 방어 설계를 구축하라고?

— ……죄송합니다. 광장처럼 넓은 공간에 며칠에 걸쳐 설계를 까는 것은 아무리 저라도 처음 해 보는 일이어서 미숙했습니다. 제 손으로 짰지만 저도 제한 설계가 그렇게 강하게 발휘될 줄은 몰랐습니다. 복기해 보니 중첩 과정에서 실수가 있었던 것 같습니다.

— 실수? 네 실력에?

— 교장 선생님, 시민이 너무나 많았습니다. 교장 선생님께서 예상하신 숫자의 배를 넘었습니다. 너무나 많은 희생이 예상되었기 때문에 그저 공격만 강화시키기보다는 적당한 방어도 같이 엮어 두어야 했습니다. 교장 선생님께서도 광장 전체가 날아가는 걸 바라지는 않······.

— 그래서 지금 네가 잘했다고?

뚜벅뚜벅 구두 소리가 났다. 서늘한 적막.

— 너무 오랫동안 충돌이 없었어. 반란군 이것들이 아주 틈만 나면 기어오르려고 해. 이번엔 우리 승인도 거치지 않고 다온에서 총까지 보급받으려고 했단 말이다. 한 번씩 주기적으로 밟아 줘야지 정신을 차리지. 그래서 네게 지시했는데, 그걸 아무 소득도 없게 만들어 놔? 네가? 거기다가 김서혁도 이 사태를 알고 있었던 것 같았어. 테러 내내 코빼기도 안 보이고 설계 핵을 추출하는 것을 본 사람이 한둘이 아니야. 내가 서명을 훼손해 놓지만 않았어도 꼬리를 밟힐 뻔했다.

— 맹세코 흘린 적 없습니다. 김서혁이 이번 테러를 수상하게 여겼다면, 그것은 제가 밀고해서가 아니라 그의 감이 좋았던 겁니다.

— 이번 테러의 목적이 뭐지? 알고나 있나? 네 입으로 똑똑히 말해 봐.

— 다수의 인명 피해로 반란군의 이미지를 크게 깎아내려, 그들이 도시 내 기업과 직접적인 교류를 시도하는 것을 통제하기 위함입니다. 또한 도시 내에서 테러가 자행됨으로 김서혁의

무능함을 부각시키고, 최근 반란군과 개인적인 접촉을 시도한
차인호에게 경고를 주기 위함입니다.

— 지금 그중 하나라도 성공한 게 있나?

— ······죄송합니다.

— 애초에 사망자가 적어. 역사상 이렇게 너그러운 테러가
없었다. 누구 탓이지?

— ······.

— 네가 그 귀한 몸뚱이의 절반을 김서혁한테 걸치고 있지만
않았어도, 나는 널 서재희 다루듯 했을 거다. 앞으로 처신 똑바
로 해.

— ······네?

— 그만 나가. 유은우 건까지 제대로 처리 못 하면 네 두 부
모 중 하나가 진창에 빠지는 꼴을 보게 될 거다. 내가 이렇게
기회를 주는 것도 올해가 벌써 9년째니 너도 정신이 해이해질
만하지. 주제를 모르고 기어오르는 건 반란군 하나로 족하다.

— 교장 선생님, 방금 서재희라고······. 그게 무슨······.

무언가 와장창 깨지는 소리가 났다. 음성 파일이 뚝 끊겼다.
유은우가 미처 손을 대기도 전에, 랜덤으로 다른 음성 파일이
재생되었다. 비교적 최근 날짜였다.

— 교장 선생님, 말미를 주십시오. 어차피 유은우를 조금 더
살려 두어도 우리에게 전혀 위협이 되지 않습니다. 지금 상태
론 제대로 된 소속도 없지 않습니까. 유은우가 교내에 있는 이
상 취하는 건 언제든지 할 수 있습니다. 그러니 조급하게 생각

지 마시고 이번 모의 전투까지는 지켜보시는 게 어떠신지요. 김서혁이 참관하러 온다는 소문이 돌고 있습니다. 그때 유은우에게 기회를 주고…….

— 왜 그렇게 아끼는 거지?

— ……무슨 말씀이신지요. 저는 단지 효용 가치를 따져 봤을 때…….

— 반란군에서 네가 실험체로 담당하게 되었을 때 애착이라도 형성된 건가? 그래서 내게 그 말도 안 되는 짜깁기 설계를 눈 가리고 아웅 식으로 제출한 거고?

— …….

— 흰 칼날 프로젝트 재개해. 테스트 영상을 보니 재료가 아주 좋던데.

— 교장 선생님, 그건 오래전에 실패했습니다. 불가능한 프로젝트입니다.

— 정윤환, 네가 군인 신분으로 반란군에 드나들 듯이, 반란군에서도 이쪽을 드나든다. 내가 너를 통해서만 네 동향을 파악한다고 착각하는 건 아니겠지?

— …….

— 머리 굴려 봤자 네놈은 짐작도 못 할 거다. 조금만 마음을 주면 다 믿어 버리는 그 성격에 의심이나 할 수 있겠나? 캐내서 피할 생각 말고 중심 잘 잡아.

유은우는 흠칫 고개를 들었다. 열린 문가에 정윤환이 서 있었다. 열꽃으로 흐드러져서 문에 비스듬하게 기댄 채, 그는 넋을 잃고 이쪽을 보고 있었다.

— 교장 선생님, 유은우는 제가 이쪽으로 끌어오겠습니다. 교장 선생님께서도 가까이 두고 살펴보시려고 입학을 허락하셨잖습니까.

— 내가 보기에 그 애는 뼛속까지 김서혁 사람이다. 괜히 수고스럽게 들여왔어. 그 애가 여기서 스파이 짓이나 안 하면 다행이지.

정윤환이 타박타박 힘없이 걸어와 유은우 앞에 섰다. 붉게 열 오른 손가락이 다가왔다.

— 교장 선생님, 시간을 주십시오. 제가 어떻게든······.

정윤환은 유은우의 오른손을 잡아, 녹음이 재생되고 있는 이프를 눌렀다. 딸깍 소리가 나면서 메모리가 튀어나와 바닥으로 툭 떨어졌다. 메모리를 주우려는 듯 정윤환이 몸을 숙였다. 그의 이마가 유은우의 무릎에 툭 닿았다.

정윤환은 일어나지 않았다. 그대로 고요하게 멈춰 있었다. 이윽고 그가 천천히 낙화했다. 그리 오만하던 두 무릎을 바닥에 꿇었다. 마른 손이 유은우의 다리를 쓸 듯하다가 바닥으로 물 흐르듯 떨어졌다. 뜨거운 이마만 여전히 유은우의 무릎에 머물러 있었다.

정윤환은 아무 말도 하지 않았다. 그러나 유은우는, 그가 몸을 낮춘 의미를 알았다.

유은우는 움직이지 않았다. 입을 열지 않았다. 이 잔인한 침묵이, 그의 순간을 영원으로 연장하고, 그의 죄를 선명하게 부각함을 아는데도 그랬다. 정윤환은 유은우가 허락하는 딱 그만큼만 무릎에 이마를 댄 채 눈을 감고 있었다. 오랜 정적 끝에, 유은우는 손을 들어 정윤환의 머리에 얹었다. 유은우의 다섯 손가락이 정윤환의 머리칼로 파고들고 천천히 미끄러져 목덜미를 지나 등으로 이어졌다.

"내가 널 미워하고, 네가 날 원망하고, 네가 네 죄를 덮기 위해 또 다른 죄를 짓고, 내가 널 용서하지 않으려고 되레 네게 죄를 짓는다면…….."

어린 짐승처럼 가엾게 웅크린 등.

"……이 불행은 끝이 없어."

유은우는 말끝에 의자에서 몸을 일으켰다. 정윤환은 숨을 삼키며 밀려났다. 다음 순간, 유은우는 완전히 무릎을 꿇으며 정윤환과 마주 앉았다. 정윤환이 초라하게 고개를 비껴 시선을 떨어뜨렸으나, 유은우는 그의 등을 강하게 당겨 완전하게 끌어안았다. 맥박이 뜨겁게 살아 뛰었다. 바짝 얼어 있던 정윤환이 어느 순간 와락 울음으로 밀려왔다. 그가 흐느끼며 유은우의 목덜미에 눈을 묻었다. 유은우가 기억하지 못하는 과거 수많은 밤을 그랬듯, 정윤환의 두 팔이 유은우의 등으로 더듬더듬 뻗어 오더니 옷자락을 겨우 움켜쥐었다.

"어디서부터 시작이었는지 모르겠다. 하지만 누군가 용서를 구하고 누군가 용서를 함으로써 이 불행을 끊어 낼 수 있다면……."

유은우는 정윤환을 보듬었다.

"……우리가 하자."

이튿날, 아침 식사를 받아 막 봉투를 뜯으려 하는데 병실 문
이 벌컥 열렸다. 차예원이 사색이 되어 빠른 걸음으로 정윤환
에게 다가왔다. 그녀가 다급히 말했다.

"교장실 열렸어."

정윤환은 차예원을 힐끔 보고는 비타민 젤리를 입에 털어
넣었다.

"듣고 있어? 교장실 열렸다고. 애들이 지금 거기 들어가서
문서 다 빼 오고 강당에서 정리하고 난리도 아니……."

"쟤가 열었어."

정윤환이 손을 뻗어 이쪽을 가리켰다. 유은우는 음료를 따
르다가 차예원에게 멱살을 잡힐 뻔했다. 간신히 피하자 차예원은
유은우의 어깨를 잡고 마구 흔들었다. 정윤환이 없었으면 또
뺨을 맞았으려나 싶을 만큼 격했다.

"너, 너, 거길, 어떻게, 어떻게 들어갔어?"

"저번에 연회 때 교장 선생님 손가락 주워 왔어요."

"뭐어?"

차예원이 입을 딱 벌렸다. 그녀의 어깨 너머로 정윤환이 픽
웃는 게 보였다.

"야, 차예원. 걱정하지 마. 우리 흔적 내가 어제 얼추 없애고
왔다. 교장 손가락 있으니까 쉽던데."

차예원은 숨을 길게 뱉으며 유은우의 침대에 걸터앉았다. 그

녀가 여전히 창백한 낯으로 중얼거렸다.

"우리가 연관된 거 애들한테 들키기라도 하면 끝장이야."

"임원들 입단속시켰어? 걔네들도 6.5층 드나들면서 성적 조작은 했었잖아."

"함구하라고 당부하긴 했어. 본인들도 충분히 인지하고 있어. 지금 그런 말 했다가 어떻게 될지 정도는."

"확실히 해 둬. 지금 전교생이 전부 우리한테 의지하고 있는데 교장 비리에 임원까지 연관된 거 발각되면 구심점 무너지고 다 같이 죽는 거야. 그렇게 되면 서재희가 와도 다시 뭉칠 명분이 없어져."

순식간에 학교가 발칵 뒤집혔다. 그동안 여럿이 매달려도 꿈쩍도 않던 교장실이 느닷없이 활짝 열려 있는 것을 발견하자마자, 학생들은 교장실이 다시는 닫히지 않도록 문을 열어 단단히 고정했다. 그들은 유은우와 정윤환이 이미 한바탕 뒤진 현장을 훼손하지 않도록 유의하며 드론으로 동영상을 꼼꼼히 촬영한 다음, 안에 들어 있는 모든 자료를 샅샅이 꺼내 넓은 강당으로 옮겨 놓고 머리를 맞대 찬찬히 정리하기 시작했다.

반나절도 채 지나지 않아, 교장실을 연 게 누구냐는 의문은 교장실에서 나온 이 자료들은 대체 무어냐는 경악으로 바뀌었다.

"임유현 개새끼야."

"미친 거 아니야? 이게 말이 돼?"

"교장은 그렇게 곱게 가서는 안 됐어. 살아서 죗값을 치렀어야 하는 건데."

학생들은 사다리를 끌고 와서 강당 한쪽 벽에 교장실에서 가져온 전자지도를 부착했다. 임유현이 오래도록 은닉해 온 청사진이 거기 있었다. 새로운 용의 성체를 아홉으로 나누고, 가장 강력한 심장으로 신도시를 건설하겠다는 포부가 강당 조명 아래 훤하게 드러났다. 남은 여덟 조각은 기존의 도시를 확장시키는 데에 쓰고 죄 식민지로 돌려 버리겠다는 얼토당토않은, 그러나 퍽 구체적인 계획이 강당 바닥에 쌓인 자료로부터 끝없이 쏟아져 나왔다.

"야, 여기 네 이름 있다. 축하한다."

임유현이 미리 뽑아 둔, 신도시 거주를 친히 허락하는 엄선된 시민 명단도 굴러 나왔다. 학생들은 처음에는 그 리스트를 벌레 보듯 들추며 욕을 퍼부었으나, 종국엔 그런 자료가 너무나 많이 나왔기 때문에 급기야 표기된 학생들을 호명하여 저들끼리 낄낄거리며 장난을 쳤다.

"한순간에 식민지 노예 돼서 김명훈 수발이나 들 뻔했네. 식은땀이 다 난다."

"이거 실현되었으면 너 여친이랑 결혼 못 했겠다. 여친은 이름 있는데 넌 없어. 네가 모자란가 봄."

"시끄러워. 이거 기준이 뭐지?"

"아까 보니까 저기 연단 밑에서 4학년 애들이 기준 뽑아 가지고 보기 좋게 정리하고 있던데. 몇 개 봤는데 기도 안 차더라. 일단 동조율이 50은 넘어야 돼. 거기서 넌 이미 탈락임."

"거기 2학년, 조용히 좀 해. 선배, 이건 뭐예요?"

"그거 용 심장박동 측정한 거. 사해에 새로 나타난 용 말고, 지금 우리 도시 받치고 있는 그 용 심장박동 같아. 기록이 엄청 옛날부터 있거든."

"심장은 잃어버리지 않았어요?"

"잃어버렸어도 어딘가 있나 봐. 그러니까 측정이 가능했겠지. 여기 보면 측정자는 안 나오는데, 측정 장소는 표시되어 있거든? 전부 다 좌표가 사해야……."

"왜 측정했지?"

"나도 모르지. 그런데 여기 보면 심장박동이 점점 느려진다? 이상하지? 용은 불사인데……."

"그보다 이것 좀 봐. 여기 왜 중간 검토자가 빠져 있어?"

"저기 보고서도 다 그렇던데요. 결재자 임유현만 있고 기안자랑 검토자, 협조자 다 빈칸이에요."

중요한 문서마다 기안자나 검토자가 드문드문 빠져 있었다. 정윤환이 유은우의 도움을 받아 매크로를 돌려 전자 보고서의 결재 라인을 밤새도록 삭제한 덕이었다. 원래는 서재희 이름이 다수 기록되어 있었고 정윤환도 가끔, 차예원은 드물게 있었다.

"원래라면 교수님들 서명이 들어가 있어야 하나?"

"행정실장이나 아예 외부 사람일 수도 있고."

"재희 선배는 이거 몰랐을까?"

"물품 관리나 용 사육실 관련 보고서에만 서재희 서명 있어."

어쩌다 서재희나 정윤환 이름이 나올 때마다 유은우는 가슴이 덜컹했다. 불안한 마음을 꾹 누르고 손도연 옆에 앉아 문서를 정리하고 메모리를 분류하는 것을 도왔다. 가끔씩 눈으로 정윤환을 좇았다. 그는 연단에 다리를 늘어뜨리고 걸터앉아 신경안정제를 연달아 몇 개나 빨아 대고 있었다. 이따금 학생들이 말을 걸면 귀찮다는 기색을 여과 없이 드러내어 당연하게도 주위에 사람이 없었다. 연다희가 탐탁잖은 표정으로 그런 정윤환을 몇 번 주시하더니 이내 서류 뭉치를 가져다가 정윤환 옆에 털썩 내려놓고는, 아프면 병원으로 돌아가고 안 아프면 일이나 도우라며 안 그래도 북적거리는데 자리 차지하지 말라고 잔소리를 퍼부었다. 정윤환은 짜증을 내더니 못 이기는 척 몇 번 훑어보는 시늉만 하고는 서류를 도로 밀어 두었다.

반면에 차예원은 다소 긴장한 얼굴로 부지런히 학생들의 자료 분석을 돕고 있었다. 혹여나 이미 알고 있는 것을 입 밖으로 내어 실수할까 봐 겁을 먹어서인지 말수가 극히 적었다.

어디에서도 언급된 적 없는 교장의 비리를 우리 손으로 밝혀내고 있다는 도취된 분위기는 해가 지면서 급격히 가라앉았다. 누군가 교장실 책장에서 보고서를 하나 찾아온 탓이었다. 그 보고서는 다른 자료와 달리 내용을 요약하여 이쪽에서 정리해라 혹은 저쪽에 추가해라 확성기로 크게 외치는 법 없이 그저 조용히 강당 이곳저곳을 돌아다녔다. 학생들은 제 손에 보고서가 들어오면 침묵으로 읽고 말없이 옆 사람에게 건네었다.

그도 그럴 것이 최근의 자료였다. 당장 강당에 있는 다수의 학생이 그 사건의 희생자와 가족 또는 동기로 얽혀 있었다. 보고서는 돌고 돌아서 어느덧 유은우가 끼어 앉은 1학년 무리까지 넘어왔다. 유은우 맞은편에 양반다리로 앉아 있던 남학생이 찬찬히 그것을 살펴보았다. 그가 이리 모이라는 손짓을 했다. 주위의 학생들이 한껏 그쪽으로 고개를 숙였다.

"이거 정윤환 1학년 때 파견 결과 보고서야."

"뭐어?"

유은우의 오른편에 있던 여학생이 두 손으로 입을 틀어막았다가 재차 물었다.

"그, 나가서 다 죽은?"

남학생이 심각한 표정으로 보고서를 팔랑팔랑 넘겼다. 사해 지도가 나오자, 그는 보고서를 바닥에 놓고 손으로 눌러 반듯하게 폈다. 빨간색 점선으로 경로가 그려져 있었다.

"이거 봐."

"잘 가다가 바로 꺾었네."

"그렇지? 사출하고 5분도 채 안 지나서 이미 원래 파견 경로를 한참 벗어났어. 아예 처음부터 작정하고 방향을 튼 거야."

"재희 선배 말 그대로네. 온 오염도 수치 측정하려다가 실패했다고 했지?"

"그리고 여기 봐. 여기 자료. 이건 개인별 동선이거든? 정윤환 거 보라고. 이 구간, 지그재그로 도는 거 보이지? 정윤환이 미쳤다고 제자리를 돌 리는 없고. 여기 나머지 애들 동선을 여기다가 갖다 대 보면, 아, 보기 힘들다, 잠시만……."

남학생은 아예 집게를 빼서 보고서를 낱장으로 만든 후 투명한 종이들만 차곡차곡 한데 모아 바닥에 놓고 양손으로 팽팽하게 당겼다. 열아홉 명의 동선이 한 번에 겹쳐 드러났다.

"정윤환이 나머지 팀원 열여덟 명하고 전부 한 번씩 접촉하는 거 보이지?"

"왜 이래?"

"아직도 모르겠어? 본인 총이 고장 난 거야. 그래서 다른 팀원들 총을 급한 대로 쥐어 보느라고 이렇게 한곳에서 지그재그로 움직인 거라고. 남이 쓰던 총, 자기 것만큼 익숙하진 않겠지만 그래도 그나마 상성이 맞는 걸로 골라야 했을 테니까."

"사출할 때 테스트 받았을 텐데 5분 만에 고장 났단 말이야?"

"아니면 일부러 테스트 피했을 수도 있고. 아무래도 학교 눈 피해서 증거 수집하러 가는 거니까 총에 수집 프로그램 깐다고 일부러 테스트 안 했을 수도 있어. 그러면 총 고장 난 것 모를 수 있잖아."

"총 웬만하면 고장 잘 안 나는데. 게다가 정윤환 총 아무거나 안 써. 고급 모델만 쓰던데."

"여길 봐. 다른 애들이랑은 한 번씩만 접촉하는데, 손주연하고는 두 번 접촉해. 두 번째 접촉하고 나서는 둘이 계속 붙어 다녀."

유은우는 왼쪽에 앉은 손도연이 몸을 바짝 굳히는 것을 느꼈다. 유은우는 손도연의 손을 살며시 잡아 주었다. 다른 학생이 살짝 손도연의 눈치를 보더니 조심스레 입을 열었다.

"손주연 총이 그나마 제일 맞았나 보다. 그래서 손주연 보호하려고 데리고 다닌 거고."

"그런 것 같아. 그 뒤에 이렇게 따라가다 보면, 이 구간 보이지? 팀원들이 한군데 뭉쳐 있고, 정윤환이랑 손주연만 이쪽에 있잖아. 기상 지도를 겹쳐 보면 온이 이쪽에서 이쪽으로 흐르고 있으니까, 정윤환이 여기서 팀원들이 안 다치게 혼자서 막았던 것 같……."

"야, 가자."

학생들이 일시에 반짝 고개를 들었다. 정윤환이 삐딱하게 서서 이쪽을 내려다보고 있었다. 동선을 해석하던 남학생이 머뭇머뭇 말했다.

"어, 은우 우리랑 저녁밥 같이 먹으려고 했는데……."

정윤환이 한쪽 눈썹을 치켜세웠다.

"뭔 헛소리야. 우리 애기 환자야. 병원밥 먹어야 돼. 야, 뭐 해? 빨리 가자. 배고파 죽겠다. 내일 아침에 재활 받으려면 오늘 빨리 자야 된단 말이야."

곧바로 손목을 잡혔다. 이어 정윤환이 돌아서서 성큼성큼 걸었다. 거의 반강제적으로 끌려가는 와중에 뒤를 돌아보니 학생들이 아쉬운 눈으로 너도나도 입을 모아 인사하고 있었다. 잘가. 은우 잘 가. 내일 봐. 오늘 고생했어. 그 사이에서 손도연은 고개를 숙이고 보고서를 정신없이 보고 있었다.

교정은 어스름이 드리워져 있었고 오가는 사람이 거의 없었다. 정윤환은 큰 보폭으로 병원을 향해 걸으며 다른 한 손으로 머리를 아무렇게나 쓸어 넘겼다. 유은우는 정윤환에게 잡힌 손목을 빼려고 비틀어 보았다. 그러나 정윤환은 꿈쩍도 안했다.

그는 정신이 홀라당 빠진 것처럼 쭉쭉 걷기만 했다. 급기야 유은우는 제 손목을 잡고 있는 정윤환 손을 탁탁 쳤다.

"이거 좀 놔. 애기 손목 부러지겠다. 왜 나 끌고 다녀. 혼자 좀 다닐 순 없어?"

정윤환이 눈을 찡그렸다. 그는 손목을 놓기는커녕 더 힘을 주었다.

"서재희가 너랑 나를 연인으로 묶었잖아. 서재희가 하라는 대로 하고 있을 뿐이야. 사심 같은 거 없다고."

"아아, 사심이 없으시다? 입에 침이나 바르고 거짓말해. 너 지금 손에 불붙은 것처럼 뜨거워. 그리고 막 손에서 심장 뛰는 게 느껴진다고. 네 손에 심장 붙어 있는 것처럼 손이 쿵쿵거리는데 사심이 없어? 이거 안 놔?"

"그……."

정윤환의 얼굴이 확 달아올랐다. 목부터 귓불까지 빨개져서는 정윤환이 잡고 있던 유은우의 손목을 탁 내쳤다.

"그렇게 꼭 따박따박 말로 해야겠어? 모른 척 좀 해 주면 안 돼? 몸이 멋대로 그러는 걸 나보고 어떡하라고. 내가 일부러 그러는 것도 아니고 심장이 너만 보면 알아서 미쳐 날뛰는데, 그러지 말라고 하면 내가 어떡할까? 혀 깨물고 확 죽어 버릴까? 어? 나 괴롭히는 것도 정도껏 해. 난 지금 너보다 더 많이 다쳤잖아."

정윤환은 완전히 토라졌다. 간밤에 교장실에서 무릎을 꿇고 울던 그 사람은 어디로 갔나 싶어 유은우도 유은우대로 어이가 없었다. 휘적휘적 앞서가는 정윤환을, 유은우는 잽싸게 달려가 따라잡았다.

"그때 어떻게 된 거야?"

"뭐?"

"파견."

정윤환이 우뚝 멈춰 섰다. 그만 좀 하라고 소리를 지를지도 모르겠다고 생각했으나, 정윤환은 큰 소리를 내지 않았다. 그는 손을 말아 눈을 비비더니 한숨처럼 대답했다.

"손주연 총이 나한테 잘 안 맞더라고. 처음에 잡았을 때는 내 총 느낌이랑 꽤 비슷하다고 생각했는데 내구성이 약하더라. 쓰다가 결정적인 순간에 터져 버렸어. 나는 몰랐지. 그런 싸구려 총은 중첩을 못 견디니까 나눠서 해야 한다는 걸 내가 어떻게 알았겠어. 난 항상 제일 좋은 것만 쓰는데."

그러더니 힘없이 중얼거렸다.

"차예원이 틀린 말 한 건 아니지. 내가 남 입장에서 생각 잘 못한다는 거."

"아직도 떠올리면 힘들어?"

"조금?"

정윤환이 유은우와 눈을 맞추었다. 그가 이어 말했다.

"그런데 괜찮아. 내가 그때 애들한테 나만 믿으라고 했거든. 그런데 아무도 못 지켜 주었으니까, 잊어버리고 속 편하게 사는 건 안 된다고 생각해. 아까 네 친구 표정 봤지? 손주연 동생. 걔도 아직 안 잊었잖아. 아마 평생 못 잊을걸. 그러니까 나도 잊으면 안 돼. 매일매일 기억해야 해."

서재희로부터 받은 편지와 첨부 파일(동영상 및 학생부 데이터)을 전부 공개합니다. ─71,298

안녕하세요. 제8도시에 거주하고 있는 시민입니다.

서재희는 공개 진술에서 총 82건의 우편물을 보냈다고 했습니다. 그 우편물의 대부분이 공개 진술 당일날 발송 완료되었습니다. 제게는 아무 소식도 없어 해당 사항이 없는 줄 알았습니다. 단 한 번도 그런 생각을 해 본 적 없었으나, 제 딸이 단순한 사고사여서 얼마나 다행인가 눈물마저 났습니다.

그런데 오늘 우편물이 도착했네요. 서재희의 공개 진술로부터 무려 나흘이 지났습니다. 아마도 82건의 우편물 중 가장 마지막으로 도달한 게 아닌가 싶습니다. 제가 제8도시에 거주하고 있으니 그리 놀랄 만한 일도 아닙니다. 가장 낙후된 곳으로, 가끔 우편물이 누락될 정도니까요. 사실 무사히 도착한 게 기적입니다. 도시연합에서는 강력히 부인하고 있지만, 미처 도착하지 못한 우편물을 회수하기 위해 도시연합 직원들이 우체국 전산을 통제하려 했다는 보도까지 나오고 있으니 말입니다.

제 딸은 3년 전에 사망했습니다.

사망 당시 도시연합 중앙학교 5학년 졸업반이었습니다. 딸은 늘 도시연합군에 들어가고 싶어 했으나 성적이 아슬아슬하게 모자라, 극도로 스트레스를 받고 있었습니다. 딸은 제게, 교내 랭킹을 뒤집을 수 있는 마지막 기회는 다가오는 모의 전투뿐이라고 여러 번 말했습니다.

꼭 이기겠다고요. 잠도 줄이며 팀원들과 치열하게 연습했던 것으로 압니다. 그러나 그토록 열심히 준비했던 모의 전투가 치러진 날, 저는 학교로부터 제 딸이 사망했다는 소식을 전달받았습니다. 학교 측의 설명에 의하면, 제 딸이 모의 전투 도중 복통을 호소했다고 합니다. 이어 정신을 잃고 쓰러졌으며, 병원으로 옮겨지는 도중 숨을 거두었다고요.

그날 바로 학교로 찾아갔으나 죽은 딸의 얼굴조차 볼 수 없었습니다. 학교에서는 제 딸의 시신이 빠르게 침식되고 있으므로 절대 접근해서는 안 된다고 강조했습니다. 저 또한 동조자입니다. 이미 숨이 끊어진 시체가 침식되면 얼마나 위험한지 아주 잘 알고 있습니다. 학교가 적절한 조치를 하고 있다고 믿었습니다. 학교에서 '침식과 전이에 관한 법률'에 의거하여 시신을 처분하겠다고 통보했을 때도 어쩔 수 없다고 여겼습니다. 딸 없이 딸의 장례를 치렀습니다. 그러나 미심쩍은 부분이 있었습니다.

학교에서는, 제 딸이 모의 전투에서 이기기 위하여 총에 불법 프로그램을 설치했다고 했습니다. 웹상에 전염병처럼 떠돌아다니는, 단시간 동안 패턴의 빠른 중첩을 가능케 하나 대신 안정성이 크게 떨어지는, 말도 안 되게 조잡한 그런 프로그램 말입니다. 모의 전투에서 바짝 긴장한 제 딸이 방아쇠를 당기는 순간 심하게 손을 떨었고, 불법 프로그램 설치로 불안정해진 총이 제어력까지 잃으며 온이 딸의 내부로 터졌다고 했습니다.

믿기 어려웠습니다. 제 딸은 불법 프로그램이라면 치를 떨었으니까요. 저도 마찬가지고, 비동조자인 제 아들도 마찬가지입니다. 오래전 남편이 업무를 수행하다가 총의 오작동으로 크게 고생한 적이 있었거든요. 침식까지는 아니었으나 다시는 총을 잡을 수 없을 정도로 크게 다쳤습니다. 당시 저희는 불완전한 총을 제작하여 유통한 업체, 다온을 상대로 소송을 제기했습니다. 또한 총의 오작동으로 일어난 사고의 책임을 개인의 부주의로 돌리고 행정처분까지 내린 도시연합에 행정심판을 청구했습니다. 소득 없이 길고 힘든 시간이었습니다. 잘 다니고 있던 제2도시의 회사를 그만두고 제8도시로 이사 올 만큼 가세가 기울었습니다. 그런데 다른 누구도 아니고 제 딸이 불법 프로그램에 손을 대다니요. 그럴 리 없다며 학교에 근거 자료를 요청하였으나 번번이 거절당했습니다. 알고 보니 입학하면서 서명한 동의서에, 학교 측에서 학부모에게 정보를 공개하지 않을 수 있다는 조항이 있더군요. 깨알 같은 글씨로 나열되어 잘 보이지도 않는 그 여러 장의 동의서 말입니다.

산 사람은 살아야 하기에 그리 묻어 두고 산 지 3년입니다. 눈물이 마른 지 오래라 여겼으나 아니었나 봅니다. 서재희의 편지에 제 딸이 살해당한 정황이 있었습니다.

현재 총을 제작 유통하는 업체는, 다온, 단 한 군데뿐입니다. 도시연합과의 유착 관계는 굳이 제가 설명치 않아도 잘 아시지요. 딸이 사망하기 몇 달 전부터, 저희 부부는 다른 피해자와 연대하여 총의 오작동이나 불량에 관한 사례집을 무료로 제작 배포하고자 했습니다. 순조롭게 진행되던 찰나, 딸이 죽었습니다. 저희는 정신을 차릴 수가 없었습니다. 침식 근거 자료를 요청하며 학교와 근 1년간을 맞붙고 나니, 이미 피해자 연대는 뿔뿔이 흩어져 있었습니다. 모아 놓은 돈이 바닥나자 생계가 캄캄했습니다. 사례집도 소송도 딸의 죽음을 밝히는 것도 좋지만, 우선 목구멍에 풀칠부터 해야 했습니다. 급히 직장을 구했습니다. 출근과 퇴근의 반복. 부끄럽지만, 놀랍도록 순식간에 무뎌졌습니다.

그러나 상자 속에 가지런히 정돈된 딸의 일부를 보고 결심했습니다. 더 이상 나 힘들다고 진실을 외면해서는 안 된다. 침묵으로 딸의 죽음을 헛되이 흘려보낼 수 없다.

주위 사람들은, 세월이 지나면 자연스레 잊힌다며 저를 위로했습니다. 그러나 아무리 오랜 시간이 흘러도 닳기는커녕 더 선명해지는 것들이 있습니다. 딸은 제 추억 속에서 갈수록 더 예뻐집니다. 아무리 죽었다고 해도, 여전히 소중한 제 자식이 은폐된 악의로 훼손되며 급기야 역겨운 무언가로 재구성되는 과정을 공개하기까지 쉽지는 않았습니다. 그러나 용기 내어 글을 씁니다. 제 작은 한 발짝이, 보장된 미래 대신 어둠을 지고 앞으로 나선 서재희의 발언에 신뢰를 더해 주기를 바랍니다.

많은 분이 서재희를 지지하고 있지만, 어떤 분들은 여전히 그의 모든 자료가 조작되었다고 주장합니다. 우편물을 받은 학부모 중 대다수가 감히 동영상까지는 공개하지 못하고, 편지만 노출했기 때문으로 짐작됩니다. 저는 서재희에게서 받은 동영상을 가감 없이 그대로 공개하겠습니다. 진위 여부를 직접 비교 판단하실 수 있도록, 아껴 간직하고 있던 살아생전 제 딸의 모의 전투 동영상을 함께 첨부합니다. 그 끔찍함을 견디고 끝까지 보신다면, 두 동영상의 주체가 조작 없이 동일 인물임을 명백하게 인지하시리라 생각합니다. 비록 끝에 가서는 더 이상 인간의 형태라 볼 수도 없지만 말입니다.

현재 도시연합 본부 앞에서 시위에 참여하고 있는 많은 분이 추측하시는 것처럼 저 또한 낙원의 이론에 희생된 학생들이 비단 82명만은 아닐 거라고 짐작합니다. 서재희가 보낸 82명의 희생자는 각자 살해된 경위나 학년, 출신이 겹치지 않고 다양합니다. 서재희가 골라서 보냈다고 추측합니다. 각 케이스의 대표적인 표본을 추출했겠지요. 그렇다면 실제 희생자는 이보다 훨씬 많을 겁니다. 어쩌면 학교 밖에도 그런 희생자가 존재할지 모른다는 신빙성 있는 주장도 제기되고 있다고 알고 있습니다.

서재희는 가족이나 다름없는 임유현을 포기하면서까지 낙원의 이론 폭로의 물꼬를 텄습니다. 그 불씨가 번져 어둠을 걷어 내며 나머지 진실까지 밝혀내도록 지켜 내는 것은 다름 아닌 우리의 몫입니다. 그러기 위해서는 중립지대를 보존해야 합니다. 도시연합 중앙학교는 범죄 현장인 동시에 도시연합의 법망을 공식적으로 피할 수 있는 유일한 공간입니다. 탁월한 학생들이 주체가 되어 유연하게 대응 가능하니, 도시연합에게 진실을 요구할 수 있는 가장 강력한 집단으로 성장할 수 있습니다. 하나 기득권의 자녀가 한공간에 모여 있으므로 첨예하게 대립할 위험이 존재합니다. 따라서 각기 다른 권력들을 한 번에 휘어잡을 만한 리더가 필요한데, 그 자리에 서재희가 가장 적합하다는 데에는 그 누구도 이견이 없을 겁니다. 그는 여덟 도시의 미래를 위하여 반드시 학교로 복귀해야 합니다.

앞으로 사흘 후면 서재희의 처분에 대해 유효 시민 총투표가 진행됩니다. 그에게 빚을 진 시민 중 한 명으로서, 서재희의 정상참작을 진심으로 지지합니다.

유은우는 차마 그 아래 첨부된 동영상을 재생시킬 수 없었다. 손가락은 화면과 약간의 틈만 두고 머뭇거렸다. 등으로 식은땀이 솟았다.

"보지 마. 어차피 도영인가 뭔가 네 친구가 틀어 줘서 내용 다 알잖아."

옆에서 정윤환이 한마디 했다. 유은우는 토분을 고쳐 안았다. 잎이 살랑대며 턱을 스쳤다. 유은우가 말했다.

"진짜 다 막혀도 온하나비는 접속이 되네."

"재활에 집중하세요. 유은우 학생, 이프 끄시고요."

간호사가 정윤환의 팔뚝에 주사를 놓으며 주의를 주었다. 유은우는 이프를 끄고, 재활기에서 울리는 신호음에 맞춰 손목을 규칙적으로 움직였다. 간호사가 재활실을 나가자마자 유은우는 안고 있던 토분을 내려놓고 다시 이프를 켰다. 결국 동영상은 건너뛰었다. 이미 손도연의 동영상을 보았으니 전말은 알았다. 다른 사람 것이라고 다르겠는가. 더 볼 필요는 없었다. 사실 한 번 더 볼 자신이 없었다. 손가락을 휙휙 움직여 댓글을 살폈다.

ㄴ 삼가 고인의 명복을 빕니다.

ㄴ 신고된 댓글입니다.

ㄴ 성숙한 시민분들, 오늘 오후 시위에 꼭 참석해 주세요. 시간 : 오후 7시, 장소 : 도시연합 본부 중앙대로.

ㄴ 도시연합장의 해명을 요구합니다.

ㄴ 용기 내 주셔서 감사합니다.

└ 다른 사람들이 왜 여태까지 동영상 공개 안 했는지 알겠다.......

└ 아 씨발 저게 뭐야ㅠㅠㅠㅠ 어후ㅜㅜㅜㅜㅜㅜ

└ 동조자들 비동조자 차별하는 거 꼴도 보기 싫었는데ㅋㅋㅋㅋㅋㅋ
ㅋㅋ 자기들끼리 아주 편 가르고 뒤에서 죽이고 난리 났네. 세상
참 잘 돌아간다^^

└ 저기 동영상에서 2분 3초에 시체 위로 뿌리는 거 뭔가요? 수박
씨 같은 거요.

└ 깨 아냐?ㅋㅋㅋ 양념.

└ 위에 미친놈아.

└ 꿈에 나올까 무섭네ㅋㅋㅋㅋㅋㅋㅋㅋ

└ 어, 진짜 저게 뭐지?

└ 삼가 고인의 명복을 빕니다.

└ 뭐지, 저거?

└ 이거 미성년자가 보면 안 되게 해야 하는 거 아니냐.

└ 난 오히려 애들이 더 봐야 한다고 생각함. 더러운 세상 안 보이
게 손으로 가려 주는 것만이 능사가 아님.

└ 토 나와.

└ 그럼 넌 어린애들한테도 저런 걸 여과 없이 다 보여 줘도 된다는
뜻이야? 말로 설명해 주면 되지 저걸 굳이 보여 줄 필요가 있냐
는 말이야, 내말은.

└ 그럼 네 자식 눈만 가려. 난 남녀노소 안 가리고 모두가 봤으면
좋겠다.

└ 진정한 시민이십니다. 가슴이 찢겨 말이 아닐 텐데 이렇게 공개

해 주셔서 감사합니다.

ㄴ 저거 용 비늘입니다.

ㄴ 도시연합장의 해명을 요구합니다.

ㄴ 이러고도 당신이 부모냐. 딸의 시체가 저렇게 취급되는데 이걸
   인터넷에 전부 공개하고 제정신이냐??? 죽은 딸은 뭔 죄임???
   진짜 부모인지 의심스럽다. 다른 사람 것을 자기 것처럼 올린 것
   은 아닌지?

ㄴ ?? 용 비늘? 확실함?

ㄴ 저 작년에 용 연구소에서 인턴 1년 했습니다. 분명히 용 비늘
   입니다. 제가 저 용 비늘을 매일매일 한 통씩 날라서 잘 압니다.
   되게 비싸고요. 보기보다 엄청 무거워요. 저기 저울에 무게 재는
   거 보이시죠?

ㄴ 글쓴 분 응원해요.

ㄴ 힘내세요.

ㄴ 글쓴이는 동영상 두 개를 비교해 보라는데 실상은 역겨워서 제
   대로 보지도 못하겠다..... 어후.

ㄴ 일단 동영상 봤을 때 조작은 아님. 손등에 점이나 눈매 이런 게
   다 똑같음.

ㄴ 비위 강한 누가 동영상 하나하나 캡쳐해서 비교문 올려 주겠지.
   그거나 기다려야겠다〜

ㄴ 너무 마음이 아프다... 빨리 진실이 밝혀지길....

ㄴ 용 비늘 용도가 뭔데? 저걸 왜 같이 넣는 거야? 비동조자라 그
   런가 뭔 말인지 하나도 모르겠네.

ㄴ 저도 모릅니다. 용의 부산물 중 싸구려는 용도가 만인에게 알려
져 있고, 비싼 건 기밀이죠.

ㄴ 뭐야. 그럼 결국 모른다는 거자나—— 장난하나.

ㄴ 용 비늘이라고요. 플라스틱 쪼가리가 아니라. 용도는 모르지만
뭔지는 알려 드렸잖습니까.

ㄴ 오늘 오후 7시부터 시위 재개합니다. 깨어 있는 시민이라면 도시
연합 본부 앞 중앙대로로 모두 모이세요!

ㄴ 흠... 이상하네? 하필이면 용 비늘? 학교 중립지대로 지정되고
나서 도시연합에서 용 연구소 잠정 폐쇄한다고 하지 않았어? 그
러고 보니 왜 용 연구소를 폐쇄함? 냄새가 난다....

ㄴ ㅇㅇ 맞음. 지금 용 연구소 직원들 완전 최상위 연구관 몇 명만
남고 전부 다 사해로 파견된 상태야.

ㄴ 왜?

ㄴ 신고된 댓글입니다.

ㄴ 바보냐. 잠정 폐쇄가 아니고 그냥 연구원들이 전부 사해로 나가
서 비어 있는 것뿐이야. 사해에 새 용 한 마리 나타났잖아. 그거
포획한다고 다 나가 있지.

ㄴ 제5도시 시민입니당. 현재 용 연구소는 단순히 비어 있는 상태
는 아니에요. 왜냐하면 우리 엄마가 거기 다니시는데 오늘도 출
근하셨거든요! 그리고 연구소 근방은 전부 교통 통제되고 있어서
일반인은 접근 불가합니다. 경찰이 막고 있어용!! 맨날맨날 학교
가는데 돌아가야 해서 시간 너무 오래 걸림ㅠ

ㄴ 이상하네. 누구는 잠정 폐쇄라고 하고, 누구는 단순히 비어 있는

거라고 하고.... 근데 왜 교통 통제까지 하지? 그리고 왜 용 비늘이 저기 쓰이는 거야.

ㄴ ㅋㅋㅋㅋㅋ 저렇게 사람을 연료로 때는 거에 용 연구소가 한몫하고 있는 거겠지. 아니면 비싸다는 용 비늘이 저기 쓰일 리가 있겠어? 용 연구소 보안 엄격한 거 알지? 저 짓 할 때마다 일일이 용 비늘을 훔쳐 왔다고는 도저히 믿기지가 않고, 지원받았겠지? 용 연구소 해명해야겠네ㅋㅋㅋ

ㄴ 글 삭제되기 전에 복사해서 옮겨 둡시다. 동영상 다들 다운받아 두시고요!!!!

ㄴ 삼가 고인의 명복을 빕니다. 이런 용기가 모여 비리가 밝혀지고 더 나은 세상으로 나아가길 기원합니다. 응원합니다.

ㄴ 저거 동영상 다운받았다가 내 컴터 썩는 거 아니야???ㅋㅋㅋㅋㅋㅋㅋ

ㄴ 말 함부로 하는 사람 많네. 사람이 죽었습니다. 그의 부모가 올린 글이고요. 생각하고 댓글 다세요.

ㄴ 이번 선거 어찌 되려나.

ㄴ 선거고 뭐고 일단 차인호 자리에서 내려와라!!!!!

ㄴ 동조자들 다 죽어 버려. 하는 짓 더럽네 진짜.

ㄴ 그래서 글의 요지가 뭔데? 결국 다온 때문에 이 지경에 이르렀으니까 피해 보상 요구하는 거 아닌가? 결국 돈 내놔라 이거 아니야?

ㄴ 글 좀 제대로 읽어.

ㄴ ㅎㅎ도시연합 중앙학교 지원 안 하길 정말 잘했당.

└ 못 간 거 아니고?

└ 비단 동조자에게만 일어난 일은 아닐 겁니다. 사회의 예비 기득
권이나 다름없는 어린 동조자들이 저렇게 소리 소문 없이 희생
당했는데 비동조자라고 무사했을까요? 우리가 모를 뿐이겠지요.
여기서 동조자와 비동조자의 판가름은 의미가 없다고 생각합니
다. 인간으로서 연대해야 할 때입니다.

└ 무서워서 세상 살겠냐ㅎ

└ 우리 오빠 중앙 학생이라서 중립지대 안에 있는데 너무 걱정된
다. 정말. 후.

└ 내 동생도 지금 중앙학교에 있어. 지금 연락이 안 돼.

└ 글쓴이는 도시연합 중앙학교를 지지하는 듯한 발언을 하네. 이
게 좀 위험한 것 같아. 왜냐하면 도시연합 중앙학교는 동조자, 그
것도 엄청나게 특출한 동조자들만 밀집되어 있음. 그야말로 준
비된 사회의 새싹 기득권이지. 당연히 기존 기득권의 견제나 견
인이 있을 것이고. 현재 기득권들의 아귀다툼에 따라 학생들도
희생됐을 거임. 학교 전체가 온갖 비리의 온상이요, 범죄의 구덩
이ㅋㅋㅋㅋㅋㅋ 그런데 쟤들이 세상을 뒤집는다고?? 말도 안
돼ㅋㅋㅋㅋㅋ 그냥 고개만 처박고 모르는 척 있다가 좀 진정되면
학교 계속 다닐걸?? 그러다가 졸업하고 차례차례 윗대가리에 앉
는 거고, 세상은 또 그렇게 돌아가겠지ᐯᐯ 글쓴이한테는 미안하지
만 당신 하나 글 올린 게 대체 무슨 소용이겠습니까~~ 더 이상
딸 얼굴 공개치 마시고 글 내리세요~ 생각해서 하는 말임.

└ 어휴... 그러니까 서재희를 학교로 복귀시켜야 한다고 이야기하

고 있잖아. 리더가 방향을 어떻게 잡아 주느냐에 달려 있다고.

ㄴ 학교 하나만 파도 도시연합 모든 비리가 다 밝혀질 듯. 주요 인사들 자녀가 전부 그 학교에 모여 있어서.

ㄴ 그래서 군이 학교를 통제하고 있잖아. 시한폭탄이나 다름없어.

ㄴ 군이 학교를 통제하는 게 아니고 미숙한 학생들 사고 일어날까 봐 군이 대기하고 있는 거야. 학생들하고 전부 합의된 내용이고. 뉴스 안 보냐.

ㄴ 아직도 언론에 휘둘리는 바보가 있네. 총 들고 완전무장한 군인들이 합의는 무슨 합의.

ㄴ 나는 오히려 그런 병아리 기득권이라서 더 희망이 보인다고 생각해. 일반 힘없는 시민들이 저런 꼴을 당했다면 이렇게 공론화될 수 있었을까? 중앙학교 애들이 낙원의 이론을 밝혀낸다면 그야말로 세상이 뒤집어지는 거겠지. 밑에서부터 위로 올라오는 일련의 과정이 짧아지잖아. 나름대로 의미가 있다고 생각해. 너야말로 검증된 동조자라고 해서 색안경 끼고 보는 건 아닌지?

ㄴ 맞아. 그리고 서재희는 그저 그런 기득권이랑은 차원이 다름. 이번에 졸업 후 진로도 도시연합군으로 안 썼어. 원체 욕심이 없는 사람임. 모의 전투 동영상에서 지휘 스타일 보면 딱 답이 나오지.

ㄴ 진짜? 원서 어디로 씀??

ㄴ 용 연구소.

ㄴ 그런데 동영상 보면 시체를 토막 내는 과정이 생략되어 있네요. 이미 잘려 있어요. 앞이 편집된 것 같은데 미심쩍네요. 동영상 원본 그대로 올린 거 맞습니까?

└ 의심할 걸 의심해라. 네 논리대로라면 저 애가 태어난 것부터 올려야 되니?

└ 와. 군으로 가면 인생 탄탄대로일 텐데. 서재희가 정윤환보다 김서혁 후임자로 더 적합하다는 사람도 많은데, 왜 굳이 용 연구소로 썼지.

└ 명예, 욕심 이런 거 다 버리고 하고 싶은 걸 선택한 거 아닐까.

└ 멋있다 진짜.

└ 반반한 낯짝 하나 보고 멋있긴ㅋㅋㅋ 속셈이 있겠지.

└ 무슨 속셈??ㅋㅋㅋ 무려 임유현을 버리고 모든 걸 폭로한 서재희가 대체 무슨 속셈이 있다는 거지? 도시연합 통틀어 최고로 든든한 후원자를 제 손으로 먼저 떠나보내는 각오까지 하면서 총대 메고 나섰어. 말 함부로 하지 말고 시위나 나와. 너 같은 놈들 때문에 이번에 서재희 정상참작 안 될까 봐 존나 불안하네.

└ 그래?ㅋㅋㅋㅋ 그게 그렇게 대단한가? 난 그냥 양아버지를 살해한 패륜아로밖에 안 보이는데ㅋㅋㅋㅋ

└ 걱정 안 해도 될 듯. 각 도시마다 인구의 3분의 1 가까이가 파업까지 불사하고 시청에 몰려가서 시위 중이라 서재희 정상참작 당연히 될 것 같아. 오히려 영웅이지. 솔직히 서재희가 직접 임유현을 살해한 것도 아니잖아.

└ 살인에 실패하면 죄가 줄어드니? 시도만으로도 이미 범죄자지.

└ 살인 미수?

└ 악의로 그런 게 아니잖아. 공개 진술 때 서재희 우는데 우리 가족도 티비 앞에서 다 같이 울었다. 아버지나 다름없는 사람 목숨

끊을 각오하면서 그 마음이 어땠겠어. 그리고 서재희가 자기 이
득을 위해서 그런 거야? 아니잖아. 도시연합을 위해서 자기가 가
진 것 다 내려놓고 한 일이야.

ㄴ 서재희 우는 거 처음 봤어. 임유현 특집 다큐 찍으면서 서재희
옛날 고향에 폭격 떨어지고 부모님 반 죽어 있는 거에 대해서 인
터뷰할 때도 담담하기만 하고 전혀 슬픈 기색 없길래, 눈물이 없
는 사람인 줄 알았는데.

ㄴ 여태 참은 거겠지. 그런 성격이잖아. 마음이 아프더라.

ㄴ 솔직히 웬만한 정치인보다 나음.

ㄴ 어떤 의도든 살인이 정당화돼서는 안 돼. 아주 위험한 발상.

ㄴ 글쎄, 난 좀 의심스러운데.... 도시연합 중앙학교 5년 내내 학생
회장이며 파견부장이며 도맡아 한 서재희가 정말 그 모든 정황을
몰랐을까? 터질 줄 알고 미리 실토하며 동정표를 사는 것 같기
도 하고... 흠...

ㄴ 서재희 권력욕 없기로 유명합니다. 그런 욕심 있었으면 진작에
조기 졸업했겠죠.

ㄴ 이상한 놈들 많네ㅋㅋㅋㅋㅋㅋ 깔 게 없어서 서재희를 까냐. 너
넨 씨발 얼마나 깨끗한데? 서재희 위치에 지금까지 행보 보면 어
떤 사람인지 감을 못 잡겠냐? 허구한 날 남 못 잡아먹어 안달이
니 도시연합이 이따위로 굴러가지ㅋㅋㅋㅋㅋㅋ

삐 삐 삐 삐…….

손목에 채운 재활기에서 종료음이 울렸다. 유은우는 화면에

서 눈을 떼고 재활기를 풀었다. 손목을 몇 번 돌려 보았다. 통증은 가셨지만 여전히 둔했다. 힐끗 옆을 보았다.

정윤환은 어느새 의자를 젖히고 누워 있었다. 그의 발목에 채워진 재활기에서는 간간이 기계음이 났다. 정윤환은 한쪽 팔뚝으로 눈을 가리고 미동도 없어, 자고 있는지 깨어 있는지 알 수 없었다.

달칵, 문이 열리고 의사가 간호사 둘을 데리고 재활실로 들어왔다. 의사는 유은우에게 눈길 한번 주지 않고 들고 있던 차트를 흔들며 바로 정윤환을 향해 말했다.

"정윤환 학생, 상태가 지금 너무……."

"나가서 얘기하죠."

정윤환이 의사의 말을 끊어 냈다. 그는 간호사가 제지하기도 전에 발목에서 재활기를 풀고 일어서더니, 의사의 등을 냅다 밀면서 성큼성큼 재활실을 나갔다. 유은우도 지지 않고 자리에서 튀어 올랐다. 슬리퍼를 신지도 않고 맨발로 달렸다. 재활실 문을 벌컥 열어젖혔다. 문에 뭔가가 거세게 부딪혔다.

"아!"

바로 코앞에 정윤환이 있었다. 그는 눈을 질끈 감고 제 머리를 붙잡고 있었다. 유은우는 문을 약간 당겨 닫으며 바로 사과했다.

"미안."

정윤환이 눈을 잔뜩 찌푸린 채 유은우를 한번 보고는, 의사를 향해 말했다.

"진료실에 가 계세요. 제가 따라 들어가겠습니다."

의사가 저만치 멀어지는 것을 확인하고, 정윤환은 머리를 문지르던 손을 떼어 냈다. 그는 묘한 표정으로 물끄러미 유은우를 바라보았다. 그러거나 말거나 유은우가 물었다.

"나도 결과 같이 들으면 안 돼? 상태 심각한 거 아니야?"

"……됐어. 들어가. 네가 들어서 뭐가 바뀌어?"

"그래. 그럼 너 진료실 가서 의사 선생님이랑 얘기해. 난 문에 귀 붙이고 있을 거야."

유은우는 막 재활실에서 나오려고 발을 쭉 내밀었다. 정윤환은 짜증 섞인 얼굴로 한 손으로 유은우의 어깨를 밀었다. 유은우는 버티다가 결국 도로 재활실로 밀려 들어갔다. 정윤환이 고개를 돌려 한숨을 쉬고는 다시 유은우를 보았다.

"너 나랑 사귈 거야?"

"……뭐?"

"너 나 불쌍하다고 이마 만져 주고, 등 쓸어 주고, 안아서 재워 주고, 내 침식 걱정하다가 점차 묘하게 신경 쓰게 되고, 서재희보다 날 더 좋아하게 돼서 사귀고, 키스하고, 자고. 나랑 그럴 거냐고."

유은우는 그만 말문이 막혔다. 정윤환은 아무런 기대도 없는 눈으로 유은우를 물끄러미 보다가 제 머리를 거칠게 쓸어 넘겼다. 갈색 머리카락이 부스스하게 떠올랐다가 사락사락 내려앉았다. 흐트러진 머리칼 아래 시선이 차가웠다.

"아니면 꺼져. 사람 욕심나게 하지 말고."

쾅, 문이 닫혔다. 유은우는 그 사나운 공기에 밀려 저도 모르게 한 발짝 주춤 물러섰다. 닫힌 문 너머로 꽤 긴 적막이 이어졌다. 이내 짧은 한숨과 함께 발소리가 났다. 멀어졌다.

결국 유은우는 정윤환의 침식이 얼마나 호전되었는지, 혹은 어떻게 악화되었는지 단 한마디도 듣지 못했다. 오전 내내 정윤환은 단단히 화가 나 있었다. 유은우는 정말 그러고 싶지 않았으나 어쩔 수 없이 위축되었다. 이게 내 잘못이냐 따지고 싶다가도 정윤환의 쌀쌀한 낯을 보면 도로 죄인이 되었다. 그러면서도 잘잘못의 경계를 따지는 건 무의미하다는 생각도 들었다.

"재희라면 교복 입었겠지."

강당이 있는 2층 복도로 막 들어선 정윤환과 유은우를 향해, 차예원이 냉담하게 말했다. 유은우는 바로 수긍했으나 정윤환은 발칵 화를 냈다. 오전 내내 차곡차곡 쌓여 있던 분이 만만한 대상을 찾고 한 번에 터진 듯했다. 유은우가 괜히 차예원에게 미안할 정도였다.

"서재희 얘기 좀 그만해라. 좋아하는 거 존나 티 내네."

"비교 안 하려야 안 할 수가 없으니 그래."

"옷이 뭐가 중요해? 난 환자야. 아프니까 입었다고. 그리고 난 서재희가 아니……."

"갈아입어. 네가 그렇게 아무 생각 없이 건들건들 올 줄 알고 내가 챙겨 왔지. 너 지금 동네 편의점 가는 거 아니잖아. 은우 너도."

차예원이 들고 있던 쇼핑백 두 개를 정윤환과 유은우의 품

에 하나씩 턱턱 밀어 안겼다. 정윤환은 쇼핑백을 복도 바닥에
패대기쳤다.

"안 입어!"

"더럽게 말 안 들어, 진짜! 지금 네 위치를 자각해!"

"나한테 이래라저래라 하지 마!"

소리가 커지자 차예원 옆에 아무 말 없이 서 있던 김산이 갑
자기 불쑥 다가왔다. 그는 두 손으로 정윤환의 상의를 냅다 잡
아당기더니 북 찢었다. 탄탄한 복부가 설핏 드러났다가 옷자락
이 천천히 내려앉으며 도로 가려졌다.

잠깐 정적이 있었다. 저만치 강당에서 이쪽으로 부지런히
걸어오던 연다희가 분위기를 읽었는지 그대로 휙 뒤돌아 가 버
렸다.

정윤환은 화가 머리끝까지 치민 것처럼 보였다. 그는 몇 번
이나 무어라 말하려는 듯 입을 열었다가 삼켰다가를 반복하다
가 거친 동작으로 바닥에서 쇼핑백을 잡아챘다. 그러더니 근처
빈 강의실로 쑥 들어가 버렸다. 강의실 문이 부서져라 쾅 소리
를 내며 닫혔다.

"세 살 애기 옷 입히는 것도 이거보단 쉽겠다. 잘했어."

차예원이 팔꿈치로 김산을 툭 쳤다. 그러더니 닫힌 문을 향
해 가볍게 소리쳤다.

"넥타이랑 다 매고 나와! 빼먹지 말고! 잘생긴 얼굴 옷발 받
고 확 사는 것 좀 보자!"

김산이 유은우를 보더니 말없이 맞은편 강의실을 가리켰다.

유은우는 강의실 문을 열어 보았다. 아무도 없었다. 들어가서 문을 닫고 등을 기대고 섰다. 오래 비어 있었는지 냉기가 바닥에 엷게 깔려 있었다. 쇼핑백을 근처 책상에 올려 두었다. 환자복 상의 단추를 하나씩 끄르다가 문득 손을 멈추었다. 고개를 들었다.

오후의 긴 햇살이 강의실을 비스듬히 가로질렀다.

여기서 서재희하고 페어 했었어.

유은우는 그대로 잠시 멈춰 있었다. 서로의 속을 경계하고 이익을 가려내던 순간이 아주 먼 옛날처럼 느껴졌다. 유은우는 마른 손으로 눈가를 덮었다가, 이내 빠르게 상의 단추를 풀었다. 교복으로 갈아입고 보니 쇼핑백에 총이 들어 있었다. 페이크가 아닌, 유은우의 이름이 새겨져 있는 진짜 총이었다. 유은우는 총신을 한번 쓸어 보고는 홀스터에 채웠다.

차예원의 조언은 탁월했다. 환자복 입고 설렁설렁 갈 자리가 아니었다. 교복을 갖춰 입고 정윤환과 강당에 들어서자마자 유은우는 그만 숨이 탁 막혔다.

여태 사람만 많았지 스산하기만 하던 강당은, 몰라보게 바뀌어 있었다.

도시연합을 질타하고 서재희의 정상참작을 요구하는 색색의 플래카드들이 수없이 걸려 강당의 벽이 아예 보이질 않았다. 드론 수십 개가 붕붕거리며 날아다녔다. 수많은 학생이 바삐 움직였다. 강당 드문드문 모여 앉아 영사기에 드론을 꽂아 놓고 홀로그램을 띄워 열렬히 분석하는 무리도 있었고, 직접 총을 들고 조준하며 다른 이들에게 시범을 보이는 학생도 있었다.

유은우가 멍하니 그 광경을 지켜보고 있는데, 몇몇 학생들이 거대한 전자 종이를 둘둘 말아 운반하며 바로 옆을 지나갔다. 유은우는 황급히 물러서 비켜 주었다. 학생들이 유은우를 알아보고 반갑게 인사를 했다. 그리고 정윤환을 보자마자 놀랍도록 공손하게 인사를 했다. 정윤환은 얼결에 그 인사를 받았다. 그 학생들은 부지런히 강당을 가로지르더니 이미 플래카드로 가득한 한쪽 벽에 사다리를 세우고 운반해 온 전자 종이를 펼쳐 부착했다. 그것은 거대한 도시연합 중앙학교 조감도였다. 조감도를 붙이고 나자 한 학생이 총을 꺼내 전자 종이 위로 사격했다. 그가 총구를 움직일 때마다 조감도가 확대 축소되고, 각 건물의 층수가 쪼개지며 세밀해졌다. 몇몇이 박수를 쳤다.

강당 한쪽에 서른 명 정도 되는 학생들이 오글오글 질서 정연하게 모여 있었다. 대부분이 1학년 다홍색 배지를 달고 있었다. 간혹 다른 학년 배지도 보였다. 그들은 자신의 옆에 캐리어를 하나씩 두고 쭈그려 앉아, 학생회 고세민이 무어라 열정적으로 설명하는 것을 집중해서 듣고 있었다.

정윤환이 그어 놓은 선은 이미 의미가 없었다. 그가 공중에 그어 놓은 푸른 선에는 하얗게 풍성한 종이꽃이 빽빽하게 매달려 있었다. 새하얀 종이꽃마다 까만 리본이 묶여 간간이 흔들렸다. 리본마다 희생자의 명찰과 배지가 달려 있었다.

"이게 다 뭐야?"

정윤환이 넥타이에 검지를 걸어 끄르며 숨을 토했다. 그는 완전히 질린 얼굴로 차예원을 돌아보았다. 차예원이 어깨를 으쓱했다.

"응? 뭐가? 희생자 명찰이랑 배지? 명찰은 행정실에서 틀 가져와서 찍어 낸 거야. 온하나비에 돌아다니는 명단 보고 82명 것 전부 만들었어. 배지는 사망할 당시 학년에 맞춰서 애들이 자기 것을 달아 놓은 거야. 음, 그리고 저기 벽에 붙어 있는 리스트는, 우편물 발송된 82명에 포함되지는 않지만 사해에 파견 나가서 실종되거나 미심쩍은 이유로 사고사한 학생들 리스트야. 은폐된 희생자라고 생각하고 애들이 만들었어. 지금 여기 없는 애들은 전부 모의 전투실에 있어. 연습 중이라. 시간 되면 곧 올 거야. 그리고……."

"아니, 아니, 아니, 그게 아니고."

정윤환이 손사래를 쳤다. 그는 황망한 얼굴로 강당을 둘러보고는 다시 차예원을 보았다.

"집에 간다는 사람은 없어? 내가 선까지 그어 놨잖아."

"없는데."

차예원이 가볍게 말했다. 그녀가 손을 들어 한쪽을 가리켰다.

"저쪽은 예외. 지병이 있거나, 다쳤거나, 부모님이 아프시거나, 랭킹이 낮거나, 가정 형편이 안 좋아서 온 가족이 동조자 하나에 의지하고 있는 학생들. 쟤네는 집으로 돌려보낼 거야. 안 가고 남아서 무엇이든 돕겠다고 고집 피우는 애들도 있어서 겨우 설득했어. 지금 고세민이 신신당부하고 있어. 절대 온하나비 발설하지 말고, 나가서 어떤 식으로 행동해야 이쪽에 도움이 될지…….”

“일단 캐리어는 빼라고 해. 어디 소풍 가나.”

발끝에 무언가 걸렸다. 인쇄된 종이였다. 유은우는 허리를 숙여 종이를 주워 들었다.

우리 동조자는 도시연합의 평화와 시민의 행복에 기여한다.

우리 동조자는 비동조자와 화합하고 약자를 위해 헌신한다.

우리 동조자는 타고난 재능을 악의 수단으로 쓰지 않는다.

우리 동조자는 그 어떤 상황에서도 불의에 굴하지 않는다.

“동조자 헌장이야. 애들이 인쇄해서 뿌린 모양이야.”

김산이 조용히 이어 말했다.

“아이러니하지. 동조자로 나고 자라면 온갖 행사에서 이 헌장을 수십 번 외곤 해. 너무 당연한 말이라 다들 잊고 살지만, 이제 기본으로 돌아가야 할 때가 온 것 같아.”

유은우는 종이를 꼭 쥔 채 고개를 들었다. 스크린에 학생들 명단이 빼곡하게 적혀 있었다. 팀 구성이었다. 유은우가 물었다.

“스크린에 저 팀 명단은 뭐예요?”

김산이 덤덤하게 대답했다.

“군과 충돌하고 전투로 번졌을 때 싸울 팀 짜 놓은 거야. 우리도 알아. 평화 시위는 언론이 지켜보고 있는 공개적인 장소에서만 가능하다는 걸. 가령 도시연합 본부 앞에서 벌어지는 시위 같은 거 말이야. 우린 지금 군에 의해 폐쇄되고 통신도 끊겼지. 부딪힌다면 무력뿐이야. 거기 대비하려고 짰어."

정윤환이 불쑥 말했다.

"팀은 서재희 오면 짜는 게 어때?"

"재희 선배가 짠 팀이에요."

연다희가 걸어오며 말했다. 정윤환이 미간을 좁혔다. 연다희
가 덧붙였다.

"이번에 팀전 앞두고 재희 선배가 각 팀의 리더만 골라 간 거
아시죠?"

"몰라."

정윤환의 대답에 차예원이 눈을 흘겼다.

"팀전에 관심이 없어도 그렇게 없니. 원래 팀전 날짜 공고 나
면 재희가 바로 본인 팀 먼저 짜고, 남는 애들끼리 거기에 대응
해서 짜곤 했어. 그런데 이번엔 재희가 유독 팀 짜는 게 늦었
어. 그래서 애들이 기다리다 못해 먼저 팀을 짜서 제출했는데,
재희가 그 팀들의 리더만 싹 뽑아 갔단 말이야."

연다희가 고개를 끄덕였다.

"애들 난리 났어요. 리더가 사라지니 팀을 재구성해야 하
고 연습까지 전부 처음부터 다시 해야 했으니까. 재희 선배 아
니고 다른 사람이 그랬으면 맞아 죽었을걸요."

"이걸 대비한 것 같아."

그리 툭 던지고는, 김산이 덧붙였다.

"팀 구성되고 처음 모인 날, 재희가 그러더라. 나는 이 팀에
따로 연습이 필요 없다고 생각한다. 개개인이 이미 특출하니

까. 그럼에도 내가 이렇게 리더만 모은 이유는, 졸업 전에 색다른 경험을 해 보기 위함이다. 팀을 어떻게 구성하고 어떻게 이끌어야 하는지. 우리가 졸업하고 사회로 나가면 어떻게든 겪게될 테니까, 기회가 있을 때 우리끼리 한번 해 보고 싶다. 우리는 따로 훈련하지 않아도 되니까 빈 시간에 다 같이 모여서 한번 가상으로 팀을 짜 보자. 여태 자기 팀만 최적으로 꾸려 왔다면, 이번에는 전교생을 대상으로."

유은우는 다시 고개를 들어 스크린을 보았다.

"그래서 짠 명단이 저거예요?"

"맞아. 할 때는 재미있었지. 이렇게 쓰일 줄은 몰랐어."

김산이 연단 위로 올라가자는 손짓을 했다. 유은우가 연단에 막 오르자마자 강당 입구가 소란해지더니 학생들이 와르르 쏟아져 들어왔다. 그들은 땀에 젖어 있었는데, 재킷과 조끼를 벗고 넥타이를 끄른 채였다. 홀스터에 꽂힌 총구가 불그스름했다. 학생들은 아직도 모의 전투의 여운에서 벗어나지 못했는지, 손짓으로 열렬하게 전투를 재현하며 강당 가운데로 진입했다. 몇몇은 의자를 끌어오고 대부분은 그냥 강당 바닥에 주저앉았다. 그럼에도 약속이나 한 듯 질서 정연했다. 모두가 한마디씩 하고 있었으나 서로를 배려하듯 조용조용해서 어수선하지는 않았다.

"이거 우리 학교 학생들 맞아? 맨날 치고받고 싸우던 애들 맞냐고."

정윤환이 기가 막힌다는 표정을 지었다. 차예원이 대답했다.

"처음이라 그래. 유지가 힘들겠지."

이윽고 강당이 빈틈없이 꽉 메워졌다. 삽시간에 조용해졌다. 이쪽 연단만 뚫어져라 응시하는 학생들을 마주하자니 긴장이 되어, 유은우는 숨도 잘 쉬어지지 않았다. 그러나 연다희는 이 렇게 주목받는 데 굉장히 익숙해 보였다. 심지어 그녀는 사무 적으로 보이기까지 했는데, 흡사 밀린 잡무를 싹 몰아서 해치 우고 얼른 퇴근하고 싶어 모니터에 코를 박고 있는 회사원 같 았다.

연다희가 이프를 조작하자 작은 스크린이 떠올라 허공 위에 거대하게 펼쳐졌다.

"우리가 협의한 32명의 학생, 탈출 의사를 표시한 324명의 직원, 도합 356명을 최대한 빨리, 늦어도 이번 주까지는 학교 밖으로 내보낼 생각입니다. 3학년 정윤환도 이의가 없다니, 그 대로 진행하겠습니다. 다만 우리가 상의해야 할 건이 하나 더 있습니다. 다들 기억하시겠지만, 오전 회의에서 나왔던 의견입 니다. 정윤환이 군의 통제를 부순다는 탈출 계획은 단 한 번의 기회뿐으로, 최대한 이용하자는 발언이 있었습니다. 군이 두 번은 당하지 않을 테니까요. 그래서 그 기회를 어떻게 쓸 것인 가 많은 학우의 생각을 들었고, 오후 2시까지 투표로 결정하자 고 했었습니다. 가장 많이 득표한 의견은…….'

연다희가 이프를 눌렀다. 스크린에 최다 득표한 의견이 반짝 표시되었다.

"……용 연구소 진입입니다. 현재 온하나비로 정보를 수집 한 결과, 5학년 서재희의 공개 진술 후 발생한 도시연합의 가장 큰 변화는 바로 용 연구소의 폐쇄입니다. 이런 이례적인 상황에는 분명히 어떤 배경이 있을 거라고 추측됩니다. 또한 우리가 수집한 모든 동영상에서 시체와 함께 까만 물체를 넣는 행위가 나타났고, 온하나비상에서 그것이 용의 비늘이라는 주장을 접했습니다. 따라서 우리는 소수의 학생을 선출하고, 그 학생을 탈출 인원에 섞어서 학교 밖으로 내보낸 다음, 용 연구소로 잠입시키겠다는 계획을 세웠습니다. 용 연구소가 학교에 용비늘을 공급해 줌으로써 도시연합의 악행에 관여하였는지 그 증거를 확보하는 것이 목표입니다. 현재 도시연합은 낙원의 이론과 관련한 모든 논란을 전부 허위 사실 유포로 치부하고 있으므로, 먼저 용의 부산물이 학생들의 시체 처리에 사용되었다는 증거가 필요합니다. 그러니 용에 대해 잘 아는 인재가 가야 합니다. 최소한 용의 비늘인지 아닌지 정도는 구분해야 하니까요. 이 점을 고려하여 자원 혹은 추천 바랍니다."

"제가 가겠습니다."

연다희의 말이 끝나자마자 누군가 손을 들고 자리에서 일어났다. 동그란 안경을 낀 1학년 여학생이었다. 손도연. 잠깐 정적이었던 강당이 서서히 웅성거리기 시작했다.

"……쟤 누구야?"

"이름이 뭐더라. 맨날 휴게실에서 용 그리는 애."

"그 있잖아. 재희 선배가 편지에서 말한 역사 연구 모임."

"1학년 하위권이잖아."

"간이 부었네. 교문 나가면서 죽는 거 아냐?"

"누가 손도연 쟤 좀 자리에 앉혀!"

손도연은 그 모든 수군거림은 전혀 개의치 않고 높이 든 손을 한 치도 내리지 않았다. 약간 긴장한 듯 턱에 힘이 들어가 있었으나 흔들림은 없었다. 오히려 그의 옆에 있던 동기들이 식은땀을 흘리며 쩔쩔매고 있었다. 그들은 손도연의 손을 잡아 당기고 어깨를 밀면서 도로 자리에 앉히려고 안간힘을 썼다.

"야, 손도연, 너 돌았어? 미쳤어?"

"너 언니 때문에 제정신 아닌 건 알겠는데 차분히 생각 좀 해. 너 개인전 승률 4%야. 넌 그냥 우리 학교 들어온 것만도 기적이라고. 학교 밖으로 나가는 동시에 죽고 싶어?"

손도연은 굽히지 않았다. 그녀는 굳건히 버티고 서서 김산만 뚫어져라 바라보고 있었다. 그런 손도연을 미친년 보듯 혀를 차는 학생들 사이로, 조용히 고개를 끄덕이는 학생들도 있었다.

"난 찬성해. 도연이 혼자만 안 보내면 돼. 다른 실력자가 같이 가면 되잖아."

"야, 손도연 실력이면 서재희 팀에 들어가도 짐이 돼. 아무리 용에 미쳐 있어도 그렇지, 너무 약하다고."

"손도연이 적임자야. 쟤만큼 용에 대해 잘 아는 사람 있으면 나와 보라 그래. 교수님 강의하실 때 티끌만 한 오류도 그 자리에서 딱딱 잡아내던데 용 연구소는 당연히 손도연이 가야지. 안 그래? 거기다 역사 연구 모임 멤버라잖아. 여태 아무것도 모르고 살던 우리랑은 다르겠지."

"아니, 가는 건 안 말리는데 쟤 때문에 우리 일이 틀어지면 안 된다, 이 말이라고."

김산이 손을 들어 학생들을 조용히 시켰다. 그가 말했다.

"당연히 도연이 혼자는 못 보내. 실력자가 옆에 붙을 거야. 도연이 말고 또 자원할 사람 없어?"

온갖 책임을 다 지고 불법적인 일에 앞장서야 하는데 누구 하나 선뜻 나서는 이가 있을 리 없었다. 게다가 학생들은 용에 대한 지식이 지극히 부족했다. 용에 대한 많은 정보가 열람 금지되어 있었다. 유일한 용 사육 수업은 단순한 노동일 뿐이었다. 매뉴얼대로 온도와 습도를 조절하고, 시간 맞춰 용의 입에 말린 무당벌레를 부어 주기만 하면 되었으므로.

김산이 강당을 둘러보며 말했다.

"아무도 없어? 그럼 도연이가 간다. 도연이는 서투니까 실력 자들이 보호해야겠지. 나하고 연다희, 고세민이 기본으로 붙고 5학년 중 상위권 열 명 정도 더 붙이겠어. 오늘 오후에 모의 전 투실에서 모두 합 한번 맞춰 보고 모자란다 싶으면 그때 더 추 가 혹은 변경하면 될 것 같아."

"잘 부탁드립니다."

모두를 위해 본인을 바치는 일인데도 도리어 손도연이 잘 부 탁한다는 인사를 했다. 그녀는 가볍게 묵례하고는 자리에 앉았 다. 즉각 불만이 쏟아졌다.

"지금 이런 위급한 상황에서 간부가 세 명이나 용 연구소로 빠지면 우리는 어떡하라는 거야. 거기다 5학년 상위권을 열 명이나 빼 간다니 만약에 학교에 무슨 일이 생기면 어떡할 거야. 재희 선배도 없는데."

"야, 손도연! 너 그거 용기 있는 행동 아니야. 민폐라고!"

"너무 손해가 커. 그냥 손도연 보내지 말고 다른 적당한 사람이 가면 그렇게 꽁꽁 싸매듯 보호할 필요 없는 거잖아."

"다들 웃기고 있네. 손도연 보내기 싫다고? 그럼 너희가 가세요. 안 갈 거면 좀 닥치고."

"여기서 손도연 다음으로 용 성적 잘 나온 사람 있어? 그 사람을 보내자."

"그건 기준이 안 되지. 그깟 단순한 강의 점수 못 나오는 게 되레 이상한 거니까. 그 수업은 손도연이 1등이고, 유은우가 꼴등, 나머진 전부 공동 2등이라고 보면 돼."

귓가가 왱왱거렸다. 유은우는 손도연을 응시했다. 그녀는 자리에 꼿꼿이 앉아 있었다. 언뜻 스치면 아무렇지도 않아 보였으나 찬찬히 살피면 상처가 확연했다. 얼마나 울었는지 눈가가 빨갛게 말라붙어 있었고, 얼마나 짓씹었는지 입술도 까맣게 터져 있었다.

유은우는 한 발짝 앞으로 나섰다. 손을 번쩍 들었다. 손도연이 그랬던 것처럼.

"그렇게 많이 필요 없습니다. 한 명만 붙죠."

강당이 일제히 침묵했다. 손도연의 눈동자가 커졌다. 유은우가 이어 말했다.

"제가 손도연하고 둘이 가겠습니다."

"유은우."

뒤통수가 따가웠다. 돌아보니 정윤환이 사납게 이쪽을 보고 있었다. 예전이라면, 그런 그의 눈빛이 두려워서 움츠러들었을 텐데, 이제는 하나도 겁나지 않았다. 안심시켜야 한다는 생각 뿐이었다. 그러나 다른 학생들은 정윤환의 분위기에 압도되어 섣불리 의견을 꺼내지 못하고 조용하기만 했다.

뜻밖에도 침묵을 깬 건 연다희였다.

"그럼 그렇게 할까요? 일이 잘 풀리네요."

연다희가 홀가분한 기세로 이어 말했다.

"손도연하고 유은우가 용 연구소로 가면, 핵심 인력이 하나 만 빠지는 셈이네요. 그럼 우린 남은 인력으로 또 다른 걸 시도 할 수 있죠. 어디 보자. 두 번째로 득표한 의견이……."

연다희가 이프를 빠르게 눌러 댔다. 스크린이 반짝 바뀌었다.

"……온 오염도 측정 및 1급 보안지역 진입이네요. 용 연구 소 진입과 불과 다섯 표 차이입니다. 어떤가요?"

"뭐야, 저게?"

정윤환이 아연실색했다. 옆에서 지켜보던 고세민이 불쑥 한 마디 했다.

"선배가 이루지 못한 거잖아요. 이번 기회에 재도전하자는 말이 많아서. 1급 보안지역이 도시연합 비리와 관련이 있을 거 라는 추측도 상당히 신빙성 있고요."

"나 그런 거 해 달라고 한 적 없는데. 대체 이 투표는 언제 한 거야?"

"어제 윤환 선배랑 은우가 병원 간 다음에요."

"미리 공지도 안 해 주고 이러는 게 어디 있어? 소중한 내 한 표는?"

"두 사람 빼고 다 참여한 거라 지금 한 표 행사하셔도 결과가 뒤집힐 것 같진 않은데요."

정윤환은 당황한 기색이 역력한 얼굴로, 그러나 단호하게 이쪽으로 다가왔다. 유은우는 그가 자신의 허리를 잡고 뒤로 돌려세워 강당의 학생들을 등지게 하기에 잠자코 따랐다. 이어 정윤환이 연다희를 향해 손짓을 했다. 연다희가 마이크를 김산에게 넘기고 이쪽을 보았다. 정윤환이 잇새로 말했다.

"아직 유은우 용 연구소 간다고 확정된 거 아니잖아!"

연다희가 태연하게 대답했다.

"네, 그럼요. 아직 의견 수렴 중이에요."

아닌 게 아니라 학생들이 술렁이고 있었다. 동의한다는 소리가 곳곳에서 흘러나왔다. 급기야 박수까지 터지자 김산이 나서서 상황을 정리하기 시작했다.

"내 생각엔 재희가 정상참작되어 학교로 복귀하게 되면 그 타이밍에 정윤환이 길을 트면 될 것 같아. 시민이며 언론사며 많이 몰릴 테니 군도 그리 강압적으로 우릴 막지 못할 테니까. 집으로 돌아갈 사람은 집으로 돌아가고, 은우랑 도연이는 연구소로 빠지고, 그리고 사해는 남은 사람들이 다 같이 가는 게 좋을 것 같아. 일부만 움직이면 조용히 살해당하고 은폐될 수 있어. 하지만 대규모로 움직이면 보는 눈도 있고 하니 우리가 유리해질 거야."

정윤환이 날카롭게 물었다.

"다 같이라니?"

"말 그대로야. 전교생 다."

김산의 대답에, 정윤환은 더 이상 아무 말 않고 뒤돌아섰다. 유은우는 그대로 정윤환에게 손을 잡혀 연단을 가로지르고, 묵직한 커튼이 쳐진 구석으로 끌려갔다. 정윤환은 여분의 전자 교탁 사이에 유은우를 몰아넣은 뒤 고개를 숙이고 신경질적으로 머리를 헝클었다. 유은우는 그의 어깨 너머로 학생들이 손을 번쩍번쩍 들고 의견을 개진하는 것을 바라보았다.

"야, 유은우."

그의 눈이 거칠었다.

"가긴 어딜 가? 열심히 살아남겠다고 맹세한 지 얼마나 지났다고. 나 가지고 노는 거야, 뭐야? 나랑 하는 약속은 안 지켜도 되는 거야?"

연단 구석이었지만 혹여나 다른 학생들에게 들리지 않도록, 유은우는 그에게 가까이 붙었다. 역시 입을 거의 움직이지 않고 대답했다.

"말은 바로 해. 용 연구소에 가겠다는 거지, 다른 말은 안 했어."

"그게 그거 아니야? 나 미치는 꼴 보고 싶어?"

유은우는 손등으로 제 입을 가렸다. 더욱 소리를 낮춰 빠르게 말했다.

"혁명의 상징을 내가 가져와야 해. 더 이상 재희 선배 혼자 주목받게 둘 수 없어. 후에 다 밝혀져서 모든 사람이 비난해도, 그래도 재희 선배 숨은 쉴 수 있게. 그 사람 거짓말에, 내가 할 수 있는 모든 정당성을 다 부여해 줄 거야."

"꼭 이런 식으로 안 해도 되잖아. 꼭 네가 가지 않아도 되잖아."

"정윤환, 이건 위기가 아니라 기회야."

정윤환의 손이 다가왔다. 유은우는 피하지 않았다. 그러나 그의 손은 유은우의 어깨를 잡을 듯하다가 깊은 숨을 토하며 거둬졌다. 정윤환이 억눌린 목소리로 말했다.

"그럼 차라리 내가 연구소에 갈게. 넌 애들이랑 사해로 가."

"그게 무슨 의미가 있어? 나 설계 못 하잖아. 난 아무리 뛰어 봤자 혼자 그 이상도 이하도 아니야. 하지만 넌 달라. 넌 총 한 번 쏴서 수백 명을 서포트할 수도 있고, 반대로 적에게 광범위한 공격도 가능하잖아. 나는 고작해야 물리적인 근접전이 고작이야. 이건 고민할 필요도 없는 문제야."

"그럼 내 마음은?"

정윤환이 한 발짝 다가왔다. 그가 유은우 바로 옆을 짚으며 바짝 다가왔다. 날 선 시선이 뚫어져라 유은우를 향했다.

"너 위험한 데 보내기 싫은 내 마음은? 무시해도 돼?"

"무시하는 게 아니라……."

"너 대체 나한테 왜 이래? 내가 너한테 뭐 큰 거 바라는 거 아니잖아. 키스를 해 달래, 세상을 구해 달래? 그냥 살아만 달라고. 남들처럼 적당히 몸 사리고 네 이익 챙겨 가면서 나 죽기 전에 너 먼저 죽지만 말라고. 그게 뭐가 어려워? 온디딤 하나 다룰 줄 안다고 기고만장해서 용 연구소에 보내 달라, 그것도 학교 랭킹 바닥인 1학년 하위권하고 단둘이서. 이러니 내가 안 미치고 배겨? 너 거기가 어떤 덴지 알기나 해?"

"그러는 너는."

정윤환의 눈가가 딱딱하게 굳었다. 유은우가 재차 말했다.

"그러는 너는 뭐 얼마나 길고 가늘게 살려고 나 포기 못 하는 건데?"

"······너랑 내가 같아?"

"다를 건 또 뭐야. 사람 손목 잡아끌고 여기 처박았다가 저리 처박았다가 하지 말고 저리 비켜. 나 나갈 거야. 나 하고 싶은 대로 하고, 나 가고 싶은 곳에 갈 거라고. 재희 선배였으면······."

아. 유은우는 하마터면 혀를 깨물 뻔했다. 내가 미쳤구나. 해도 이런 실수를······.

차마 정윤환을 올려다볼 용기가 나지 않았다. 이마로 느껴지는 숨은 이미 가팔랐다. 정윤환이 천천히 고개를 숙이는지 그늘이 짙어졌다. 유은우는 눈을 굴려 볼 생각도 못 하고 코앞으로 다가오는 그의 가슴팍만 뚫어져라 바라보았다. 귓가에 입술이 닿은 것처럼 뜨거웠다.

"한 번만 더 그런 식으로 내 앞에서 서재희 이름 올려 봐. 그 때는 십년지기 친구고 좋아할 자격이고 뭐고 없어. 인간이길 포기하고 너 뺏어 올 거니까."

계단 밑 창고에서 처음 마주쳤을 때 느꼈던 서늘함이었다. 그 공기를 떠올리는 것만으로도 정윤환에게 걷어차였던 손등이 화끈거렸다. 그러나 유은우는 결코 그때처럼 마냥 당할 생각이 없었다. 찌그러져 있던 용기가 팽창했다. 즉각 손을 뻗어, 막 멀어지려는 정윤환의 넥타이를 잡아챘다. 그대로 당겼다. 그가 휘청거리며 다시 유은우 옆을 짚었다. 불과 한 뼘을 두고 직시한 정윤환의 눈동자는 거친 경고와 달리 창백하게 젖어 있었다.

"너 나 좋아한다며? 그럼 나 믿어 줘야지."

넥타이를 당긴 손에 힘을 주며, 유은우가 이어 속삭였다.

"그게 사랑의 기본 아니야?"

— 도시연합 중앙학교 통신 차단은 중앙 제어 시스템 마비로 인한 일시적인 오류에 불과하므로, 도시연합은 그에 대한 빠른 복구를 약속하였습니다. 그러나 전문가들의 의견은 이와 다릅니다. 중립지대로 설정된 후에 통신망의 단절이 일어났으므로, 이는 단순히 중앙 제어 시스템의 복구로는 정상화될 수 없다는 의견이 우세합니다. 시민들의 불안이 커짐에 따라, 서재희의 정상참작을 요구하는 시위가 점점 열기를 띠고 있으며…….

김서혁은 집무실 거울을 보며 넥타이를 꽉 잡아맸다. 의자에 걸쳐 두었던 재킷을 입고 그 위로 코트를 덧걸쳤다. 코트 깃을 정리하다 문득 손을 멈추었다. 고개를 기울여 왼쪽 뺨을 거울에 비추었다. 가느다란 붉은 선. 반듯한 상처. 손끝으로 살짝 쓸어 보았다.

"대장, 차량 대기시켰습니다."

소연주가 말했다. 그녀는 집무실 입구에 서 있었다. 단추 하나까지 꼭 채워 고지식한 차림이었다.

"그리고 도시연합 중앙학교 포위는 서재희의 지시로 보입니다."

김서혁이 장갑을 끼다가 눈을 찡그렸다.

"그게 가능한가?"

"서재희가 가능케 했습니다. 전투가 벌어지던 당시 서재희는 도시연합장실을 점거했습니다. 차인호 도시연합장이 대장의 동의 없이 군을 움직일 수 있도록 우회 경로를 마련해 둔 것을 서재희가 익히 알고 이용한 것으로 보입니다. 언론에 밝히시겠다면 제가 바로 브리핑 준비하겠습니다."

김서혁은 혀를 찼다.

"총사령관이나 되어서 지휘권을 남에게 빼앗겼다고 실토하면 우스워지겠지. 그냥 둬. 그래도 명목은 학생들 보호니까."

"시민들은 군의 대처에 상당히 부정적입니다. 이대로 두면 상황이 심각해질 수 있으니 솔직하게 털어놓는 것이 좋습니다. 그리고……."

소연주가 살짝 눈을 들어 김서혁을 바라보고는 다시 눈을 내리깔았다.

"······대장이 자존심 때문에 밝히지 않고 안고 갈 거라는 걸 서재희도 알고 있을 겁니다."

김서혁은 뚜벅뚜벅 집무실을 가로질렀다. 서랍을 열었다. 주인을 잃고 몇 달을 그대로 방치한 사탕과 초콜릿, 과자가 바스락바스락 뒹굴었다. 그 사이로 은색 시계가 있었다. 고리만 채우지 않으면 지극히 평범한 시계를, 김서혁은 집어서 코트 주머니에 넣었다.

"차인호는?"

"차인호 도시연합장은 서재희와 협의 당시, 경찰로 학교를 포위하려고만 했지 절대 군을 투입할 생각은 없었던 것으로 보입니다. 적당히 경찰을 둘러 그럴듯한 상황만 만들어 놓고, 딸을 들여보내 그곳 학생들을 안정시켜서 데리고 나오면, 차예원의 지지도가 올라가고 권력을 물려주기에 좋은 기반이 될 거라고 여긴 모양입니다. 그래서 표면적으로는 딸에게 학교로 가지 말라고 하면서도 못 이기는 척 들여보낸 겁니다. 막판엔 서재희가 차인호와 차예원의 뒤통수를 차례로 후려치면서, 결국 딸과 의절한 아버지가 되고 말았지만요."

"이선규 정예군에서 박탈시키고 외곽팀으로 보내. 어디든, 확실히 좌천시켜."

소연주는 바로 대답하지 않았다. 그녀는 미간을 좁히고 눈을 깜박이며 김서혁의 지시를 곱씹는 것처럼 보였다. 그러더니 눈을 크게 뜨고 반문했다.

"네?"

김서혁은 다시 한번 거울을 보며 옷매무새를 점검했다.

"대장, 이선규가 이번 임무에서 큰 실수를 하긴 했지만 지금 상황에서 그가 빠지면……."

"빼."

소연주는 조용히 호흡을 골랐다. 그녀가 불안한 눈으로 집무실 바닥을 더듬는 것을 알면서도, 김서혁은 더 이상 아무 말도 하지 않았다. 대신 시간을 주었다. 넥타이를 조금 끌렀다가 다시 죄고, 휘황한 기장들을 하나하나 살폈다. 김서혁이 다시 눈을 들었을 때는 소연주가 평정을 되찾은 후였다. 김서혁은 의자에 걸쳐 두었던 망토를 집어 들었다. 소연주가 한 발짝 다가왔다.

"대장, 비가 많이 옵니다. 망토는 제게 주십시오. 제가 가지고 있다가 본부 도착 후 드리겠습니다. 입고 나가시면 젖습니다."

김서혁은 그제야 창을 보았다. 회색 블라인드 사이로 쏟아지는 빗줄기가 선연했다. 평소 잠에서 깨기도 전에 그날 날씨를 짐작할 정도로 기상에 예민한데, 어떻게 여태 모를 수 있었는지.

"비 오는 거 싫다."

유난히 장대비가 쏟아지던 날, 유은우가 그리 중얼거렸다.

정예군 전용 휴게실. 유은우는 창가에 의자를 끌어다 놓고 달랑 앉아 있었다. 두 팔을 창턱에 올리고, 그 위에 또 제 턱을 얹어 놓고. 누가 입혀 놓았는지 제복 셔츠 위로 하얀 니트를 덧

입고 있어 뒷모습이 웅크린 작은 토끼 같았다.

김서혁은 보고서를 들추던 손을 멈추고 등을 뒤로 젖히며 유은우의 얼굴을 살폈다. 창을 조금 열어 놓아 창틀에 비가 사정없이 튀고 있었다. 속눈썹이며 뺨이며 빗방울이 마구 튀어 젖는데도, 유은우는 눈 하나 깜박이지 않고 밖을 뚫어져라 보고 있었다. 뭐가 또 마음에 안 드는지 입이 댓 발은 나왔다.

그 옆 긴 소파에 드러누워 있던 이선규가 눈을 찡그리더니, 유연하게 발을 들어서 유은우의 등을 걷어찼다. 눈처럼 보송하게 하얀 니트에 지저분하게 발자국이 났다.

"창문 안 닫아? 비 들어오잖아!"

유은우가 잽싸게 등을 문지르며 뒤를 돌아보았다. 유은우는 분에 차 씩씩거리긴 했으나, 이선규가 발을 다시 움직여 걷어 차려는 시늉을 하자 마지못해 창문을 닫아걸었다. 그러고는 이선규를 한껏 노려본 뒤, 다시 팔뚝에 턱을 얹고 창문 밖을 바라보았다.

이선규의 머리맡에 앉아 있던 소연주가 보고 있던 소책자를 단단하게 말아 쥐었다. 곧바로 이선규의 머리를 호되게 갈기기 시작했다.

"이선규, 네가, 지금, 제정신이야? 어?"

말 마디마디마다 퍽퍽퍽 소리가 살벌하게 울렸다. 이선규가 머리를 감싸 쥐며 얼른 소연주에게서 멀어지더니 소파 끝자리에 처박혔다. 그가 몸을 움츠린 채 억울하게 외쳤다.

"자꾸 때리면 인권 위원회에 신고한다!"

"평소에 대장 그림자 밟는 것도 조심하는 주제에, 지금 감히 은우를 발로 차? 정신 안 차려?"

이선규가 질린다는 얼굴로 소연주를 보았다. 그러나 소연주가 흉기를 치켜들자, 이선규는 즉각 뒤로 돌아 소파 등받이를 짚으며 몸을 반쯤 일으켰다. 그가 고개를 쑥 빼고 창가의 유은우를 살피며 물었다.

"야, 전리품. 많이 아팠냐?"

유은우가 팔에 턱을 얹은 채 눈만 도르륵 굴려 이선규를 보았다. 싫어 죽겠다는 표정으로 이선규를 한 차례 흘겨보고는 다시 창밖으로 눈을 돌렸다. 소연주는 급기야 자리에서 일어섰다. 또다시 퍽퍽 소리와 함께 이선규의 뒤통수로 매타작이 이어졌다.

"지금, 그걸, 사과라고, 하고, 있어?"

휴게실의 다른 정예군들은, 소연주가 이선규를 패거나 말거나, 유은우가 다시 창문을 조금 열어젖히며 빗소리가 스미거나 말거나, 전혀 신경을 쓰지 않았다. 그들은 에너지 바를 먹거나, 눈을 감고 드러누워서 취약한 설계 공식을 재차 암기하거나, 부드러운 천으로 총을 닦는 데에 열중하고 있었다. 박민준을 주축으로 한 몇은 영사기에 드론을 꽂아 놓고 이틀 전 전투를 복기하고 있었다. 사뭇 진지했다. 그도 그럴 것이 지난 전투에서 박민준은 유독 힘겨워했다. 물론 모든 전투가 항상 쉽지만은 않았다. 육체적으로도 심적으로도. 그러나 이번은 좀 달랐다. 낯선 힘겨움이었다.

정윤환이 빠져서.

김서혁은 그리 생각했다. 손끝에서 보고서 끝자락이 팽팽해졌다.

임유현의 추천서만 없었어도.

정윤환을 학교에 보내지 않으려고 그리 오랫동안 심혈을 기울여 왔는데, 임유현의 추천서 한 장으로 모든 게 물거품이 되어 버렸다. 임유현이 개입하고 차인호가 지지하니 정윤환은 더는 무서울 게 없었다. 중요한 지휘를 맡기겠다는 김서혁의 회유에도 정윤환은 고집을 꺾지 않았다. 그는 그저 딱딱하게 굳은 얼굴로, 학교로 내려가 쉬고 싶다는 말만 반복했다. 남녀 가리지 않고 누구나 한 번씩 돌아볼 만한 해사한 웃음은 싹 가시고 없었다.

당연히 미심쩍었다. 정윤환이 학교로 내려가서 얻을 수 있는 이득은 없었다.

김서혁은 강경하게 나갈 수도 있었다. 정윤환을 압박해 그 속내를 캐내고, 다리를 부러뜨려 군에 주저앉힐 수도 있었다. 의원을 매수해 특례입학 규정을 바꿀 수도 있었고, 임유현에게 추천서를 철회하라고 거래를 제안할 수도 있었다.

그러나 김서혁은 정윤환의 선택을 존중하기로 했다. 정확히 말하자면, 정윤환의 서늘한 눈에서 운명을 읽었다.

결국 이렇게 되는구나. 내가 널 응용학교 졸업도 전에 군으로 데려왔건만. 그 끔찍한 학교 문턱엔 발도 들이지 않게 해 주고 싶었는데.

후보는 후보라 이건가.

김서혁은 정윤환이 내민 동의서에 서명했다.

정윤환은 그 길로 짐을 꾸려 바로 학교로 내려가 버렸다. 무언가로부터 황급히 도망치듯이. 뒤도 돌아보지 않고.

정윤환은, 드문 인재 정도가 아니라 기적에 가까웠다. 전투에서 코너에 몰리면 누구나 정윤환을 호명했다. 그리고 정윤환은 정예군의 기대를 늘 상회했다. 제1도시 교양 시민이라고는 믿을 수 없는 수준의 욕을 수시로 지껄이는 동시에 상류층 자제 특유의 오만한 낯을 하면서, 그 모든 것을 너무나 쉽게 해냈다. 모두가 알게 모르게 그에게 의지하게 된 것도 무리는 아니었다.

설계가 무너져도, 타격이 빗나가도, 정윤환이 있으니 어떻게 되겠지 하는 안이한 태도. 김서혁은 그 몹쓸 버릇이 정예군 사이에 팽배하지 않길 바랐다. 그러나 습관은 무서웠다. 특히 박민준은 정윤환의 갑작스러운 부재에 적응하지 못하고 있었다. 개개인의 스타일이 탁월하게 구축된 정예군 동료들과 달리, 박민준은 본인이 다져 놓은 토대가 약하여 주위의 영향을 많이 받았다. 정윤환과 같은 독보적인 천재는 그 존재만으로 주위를 휩쓸어 초토화하곤 했다. 박민준은 정윤환의 설계 방식을 저도 모르게 닮아 가다 예기치 못하게 기준을 잃고 방황하고 있었다. 일반 동조자라면 정윤환의 설계를 감히 따라할 시도조차 못 내겠지만, 박민준은 노력하면 몇 가지 흉내는 낼 수 있었다. 어중간한 실력은 늘 독이 된다.

김서혁은 들고 있던 펜을 툭툭 돌려 잡았다.

박민준이 정윤환의 그늘에서 스스로 빠져나오지 못한다면 정예군에서 빼야 했다. 당장 박민준을 대신할 만한 수많은 후보 리스트가 뇌리를 스치고 지나갔다.

뽀득뽀득.

김서혁은 눈을 들었다. 유은우가 유리창에 들러붙어 손가락으로 무언가 그리고 있었다. 유은우는 또 한 번, 하아, 입김을 불어 넣더니 그 위로 무언가를 덧그렸다. 뽀드득 소리가 났다. 대체 뭘 그리는 건가 싶어서, 김서혁은 눈을 가늘게 떴다. 그러나 이선규의 뒤통수에 가려 잘 보이지 않았다. 이선규는 어느새 유은우 옆에 의자를 하나 더 가져다 놓고 딱 달라붙어 있었다. 그가 비웃었다.

"진짜 못 그린다. 이게 뭐냐?"

"해님."

유은우가 당당하게 대답했다. 김서혁은 저도 모르게 고개를 기울였다. 유은우의 부드러운 머리칼과 이선규의 각 잡힌 어깨 사이로, 유리창에 어설프게 그려진 동그라미와 그 가장자리로 비죽비죽한 무언가가 보였다. 해님이라기보다는, 망한 달걀프라이처럼 보였다.

"비켜 봐. 내 그림 실력을 보여 주지."

이선규가 기세등등하게 몸을 기울였다.

"아, 싫어. 지우지 마!"

유은우가 발칵 화를 냈다. 그녀는 발로 이선규가 앉아 있는 의자를 밀어 넘어뜨리려 했으나 역부족이었다. 잘 그리지도 못한 해님 하나가 뭐라고 항의가 아주 필사적이었다. 그런 유은우의 얼굴을 왼손으로 덮어 장난스럽게 밀어내면서, 이선규는 오른 소매로 유리창을 쓱 닦아 냈다. 그러더니 후 입김을 불어 넣고, 그 김 위로 손가락을 쓱쓱 움직였다. 눈 깜짝할 사이에 우산이 탄생했다.

"비 오니까 우산 그려야지."

유은우는 이제 완전히 토라졌다. 그녀는 의자 위에서 내려온 뒤, 이선규가 같이 놀자고 붙잡는 손을 매몰차게 뿌리치고, 박민준 옆에 가서 앉았다. 박민준은 턱을 괴고 이프에 무언가를 집중해서 쓰고 있다가, 유은우가 오는 것을 보고 옆으로 비켜 앉아 자리를 비워 주었다.

"비 오는 날 주워 온 미친 새끼라고 누가 그랬나 봅니다. 원래 비 오는 날 미친년, 미친놈들이 돌아다닌다고."

김서혁은 그제야 자신이 보고서를 단 한 줄도 읽지 못했음을 깨달았다. 강지원이 탁자에 메모리를 내려놓으며 이어 말했다.

"제법 상처받은 모양이에요. 익숙해지겠지만."

김서혁은 대답 없이 메모리를 집어 이프에 끼워 넣었다. 모의 훈련 계획이 질서 정연하게 떠올랐다. 눈으로는 그것을 훑어 내리면서도 생각은 또 유은우로 흘렀다.

이제 막 총을 잡기 시작한 유은우는, 살인병기라고 불리던 과거와는 달리 눈망울이 유순했다. 그럼에도 총을 쥐여 주고 훈련실로 밀어 넣으면 누구보다 기민하게 상황을 판단했다. 군의 대부분이 그런 유은우를 두고 정제되지 않은 원석이나 다름 없다고 했으며, 적군이 만들다 만 살인병기를 즉결처분하지 않고 아군의 중앙으로 데려오는 위험을 감수한 김서혁의 결단에 감탄하기도 했다.

그러나 그런 분위기 속에서도, 여전히 유은우는 겉돌 수밖에 없었다. 몇몇은 유은우에게 조언하기도 했다. 힘없는 재능은 본인을 힘들게 할 뿐이라며, 적당히 숨기고 인권 단체의 입김을 받아 군에서 나가 버리라고. 유은우의 이마에 김서혁 이름 석 자가 버젓이 쓰여 있는데 그런 개소리를 하는 놈들이 존재하다니. 이해 못 하는 건 아니었지만, 몸은 사릴 줄 알아야 했다. 유은우에게 무슨 말을 하든, 적어도 내게 들키지는 말아야지. 그리고 군내에서 감히 총사령관의 눈과 귀를 피하기는 쉽지 않다는 것도.

당시 김서혁은 유은우에게서 압도적인 가능성과 치명적인 약점을 동시에 보고 있었다. 유은우 자체만 보면 좀 서툴러도 충성도 높은 강아지나 다름없어 걱정이 없었으나, 그 외의 모든 조건이 까다로웠다. 전례 없는 특수한 상황과 신분이 유은우를 모든 법에서 비껴가게 했다. 그 말인즉슨, 누구도 이용하기 쉽다는 뜻이었다. 김서혁은 유은우의 가능성과 약점 중 어느 것에 더 무게가 나가는지 판별할 때까지, 유은우를 꽉 잡고 절대 놓칠 생각이 없었다.

"지난주 모의 훈련에서 기상을 태풍으로 지정했다. 그랬더니 유은우의 점수가 형편없이 나왔어. 그것도 그 헛소리의 여파인가?"

　김서혁이 낮게 물었다. 대답은, 강지원 대신 소연주가 했다. 그녀는 유은우가 듣지 않도록 조용한 목소리로 빠르게 대답했다.

　"은우가 감정에 영향을 많이 받습니다. 이해하시고 인내하며 기다리셔야 합니다. 채근하면 더 불안해할 수 있습니다."

　김서혁은 펜대로 탁자를 초조하게 두드렸다. 소연주가 덧붙였다.

　"설계와 타격으로 분야가 나뉘다 보니 다들 은우를 윤환이와 많이 비교하지만, 윤환이랑은 다르지요. 윤환이는 감정의 변화에 상관없이 안정적인 프로 중의 프로고, 은우는 총 잡은 지 얼마 되지도 않았습니다. 윤환이는 어릴 때부터 개인 과외가 붙어 최상의 교육을 받았고, 은우는 대체 어떤 취급을 받았을지 상상조차……."

　"그만. 나는 습득 속도를 이야기하는 게 아니니까."

　김서혁이 펜을 탁자에 내려놓았다. 소연주는 즉각 한 걸음 물러섰다. 저만치 창가에 앉아 있던 이선규가, 김서혁을 한 번 보고, 박민준에게서 에너지 바를 얻어먹고 있는 유은우를 한 번 보고는, 의자에서 몸을 일으켰다. 이선규가 이쪽으로 가까이 오는 것에 개의치 않고 김서혁이 강지원을 향해 지시했다.

　"오후 훈련은 기상을 태풍으로 잡고, 유은우한테 신체 강화 걸어 주고 훈련실에 혼자 집어넣어. 총도 쥐여 주지 말고, 아무도 도와주지 말고, 혼자 힘으로 목적지까지 도달하도록 지켜봐."

"네, 대장. 거리는……."

강지원이 물음을 다 맺기도 전에 김서혁이 대답했다.

"15킬로미터로 잡아. 난이도는 B-3."

"무리인데요."

어느새 다가온 이선규가 불쑥 말했다. 김서혁은 그를 무시하고 강지원을 향해 말했다.

"못 빠져나오면 못 빠져나오는 대로 그냥 둬. 적어도 24시간 이내에는 나오겠지. 나오지 못하더라도 느끼는 점이 있을 테고. 본인이 지금 빗줄기 따위를 신경 쓸 처지인지 아닌지 정도는 똑똑히 알겠지."

"대장, 은우 감기 걸리는데요."

이선규가 지겹도록 조잘거렸다. 소연주가 팔꿈치로 이선규의 복부를 후려치려 했다. 이선규는 가볍게 손바닥으로 소연주의 팔꿈치를 막아 냈다. 이선규의 눈빛이 제법 진지했다. 김서혁이 말했다.

"충격 흡수 시스템은 꺼. 실제처럼 해."

이번엔 소연주가 사색이 되었다. 그녀가 쉰 목소리로 말했다.

"대장, 안 됩니다. 위험합니다. 은우 죽을 수도 있어요."

유은우는 죽지 않았다. 죽지 않았을 뿐만 아니라, 네 시간 만에 그 훈련을 성공적으로 통과했다. 큰 부상은 없었다. 그 정도 난이도라면 온갖 대형 폐기물들이 사방을 날아다녔을 텐데, 자잘한 생채기만 나고 무사히 목적지를 찍었다는 사실은 정예군들을 안도와 감격에 놓이게 했다.

　김서혁이 모의 훈련실에 도착했을 때, 유은우는 두꺼운 털 담요를 둘둘 말고 웅크리고 앉아서 김이 무럭무럭 오르는 유자차를 마시고 있었다. 머리칼은 흠뻑 젖었고, 뺨은 상기되었고, 입술은 터져 있었다. 유은우 주변에 옹기종기 모여 있던 정예 군들이 벌떡벌떡 일어나 예를 갖추었다. 초보자에게 무리한 훈련을 시켰다는 질타의 시선도 적지 않았으나, 김서혁이 알 바 아니었다.

　김서혁은 우뚝 서서 유은우가 두 손으로 머그잔을 쥐고 유자차를 마시는 모양을 말없이 지켜보았다. 소연주가 눈치 빠르게 동료들을 훈련실 밖으로 내몰았다. 눈치는 빠르나 눈치 없는 척 뻔뻔한 이선규가 유은우 옆에 끝까지 들러붙어 있었으나, 소연주의 눈총을 받고 꾸역꾸역 밖으로 나갔다. 문이 쾅 닫히자, 정적이었다. 유은우가 티스푼으로 머그잔 밑에 수북이 깔린 유자청을 건지는 소리만 달그락달그락 들렸다.

　김서혁은 제복 코트 자락을 젖히며 그 옆에 앉았다. 유은우가 티스푼으로 유자청을 가득 퍼 올리더니 김서혁에게 내밀었다. 김서혁은 순간 헛웃음이 났으나 잘 참고 고개를 저었다. 유은우는 더 권유하지 않고 그 달고 노란 것들을 제 입으로 가져갔다. 머그잔은 순식간에 비어 버렸다. 유은우는 잔을 옆에 내려놓고 담요를 여몄다. 약간 기침을 했고, 간간이 몸을 부르르 떨기도 했다. 김서혁은 유은우에게서 차가운 비 냄새와 심장 팔딱이는 온기를 느꼈다.

"나는……."

전혀 그럴 생각이 아니었으나, 김서혁은 저도 모르게 변명거리를 찾았다. 상처는 상처일 뿐 약점이 되지 않기를 바란다고, 그리 말해야겠다고 생각했다. 그러나 동시에, 그런 말을 해주면 유은우가 김서혁 자신을 의지하며 나약해질까 두렵기도 했다.

김서혁은 정말로 유은우가 잘 성장하길 바랐다. 그는 안목이 있었고, 재능 있는 누군가를 보호하고 밀어줄 만한 역량 또한 충분했다.

결국 김서혁은 입을 다물었다. 유은우는 크게 신경 쓰지 않는 것 같았다. 김서혁이 이런 식으로 유은우 앞에서 운을 뗐다가 도로 삼키는 일은 흔했으니. 이번엔 유은우가 말했다.

"할 만했어."

김서혁은 물끄러미 유은우를 바라보았다. 코가 분홍색이었다.

"생각보다 안 무서웠어. 동료들이랑 같이 비를 맞을 때는 무서웠는데, 혼자 있으니까 오히려 무섭지 않았어. 살아서 나가야 한다는 목표가 생기니까 비는 중요하지 않았어. 내가 비 오는 날 군에 발견되었다는 사실도 그렇게 특별한 일은 아니었어. 과거는 고칠 수 없지만, 미래는 바꿀 수 있으니까."

유은우가 고개를 숙여 담요에 얼굴을 마구 비벼 댔다. 담요가 금세 젖어 들었다. 이윽고 고개를 든 유은우의 이마와 뺨에 젖은 머리칼이 엉망으로 엉겨 붙어 있었다.

"태풍 오는 날, 맨몸으로 적진에서 탈출해서 15킬로미터를 달려 아군에 도착했으니까…….”

유은우가 김서혁을 바라보았다. 눈이 자랑스럽게 반짝였다.

”……앞으로 이것보다 쉬운 건 다 할 수 있어.”

그러더니 콜록 기침했다.

김서혁은 유은우가 둘둘 감고 있는 담요를 보았다. 물기를 흡수하여 축축했다. 김서혁은 손을 내밀어 유은우의 어깨에서 담요를 끌러 내렸다. 홀딱 젖어 더 새까매진 제복이 드러났다. 유은우가 몸을 바르르 한 차례 떨었다. 김서혁은 제 제복 코트를 젖히고 유은우를 끌어안은 뒤, 그 위로 다시 코트 자락을 덮었다. 유은우는 새끼 새처럼 얌전히 품에 안겨 있었다. 스산한 비 냄새가 옮아 왔다. 팔딱팔딱 심장박동도 느껴졌다. 처음 유은우를 건져 왔던 그날처럼.

유은우를 후보로 밀어붙인다면.

김서혁은 서재희와 정윤환을 생각했다. 그리고 차인호의 외동딸 차예원도. 차예원이 자격 미달이라는 건 지나가는 개도 안다.

잘 자라야 할 텐데.

김서혁이 코트 위로 유은우의 등을 쓸어내렸다.

잘 자라야 해. 견디고 버텨서 설계 난독증도 이겨 내고, 애초에 증명할 필요도 없는 존재 가치를 증명하고…….

김서혁은 유은우의 이마에 젖어 달라붙은 머리칼을 걷어 냈다. 빗물이 또르르 굴러 흰 이마를 둥글게 지나고, 감긴 속눈썹으로 맺히며 반짝거렸다.

⋯⋯나아가 예언의 한 구절이라도 스스로 비틀 수 있다면.

빗소리가 요란했다. 김서혁은 굳게 닫힌 차창 너머로, 도시
연합 본부 중앙대로를 가득 메운 수많은 시민을 보았다. 너도
나도 비닐 우비를 입고 하얀 풍선을 들고 있었다. 비가 억수처
럼 쏟아지는데도 그들은 꿈쩍도 하지 않고 자리를 지켰다. 대
신 수십만 개의 하얀 풍선들이 세찬 비를 고스란히 맞으며 부
대꼈다. 김서혁은 오전에 본 뉴스에서 시위를 '진실의 구름'이
라고 표현하는 것을 들었다.

이프가 울렸다. 김서혁은 뒷좌석에 등을 기대며 전화를 받
았다.

— 자네, 오고 있나?

"어디를 말입니까?"

— 모르는 척하긴. 자네 차가 중앙대로로 들어오는 게 뻔히
보이는데.

"연합장님 얼굴 보러 가는 건 아닙니다."

— 서재희가 자네 말을 들을 것 같나?

김서혁은 피식 웃었다. 그는 창밖을 보았다. 차가 천천히 본
부로 진입했다. 시민들은 분명히 도시연합군 차량임을 알아봄
에도 폭력적인 반응을 보이지 않았다. 그들은 도로를 점거하고
있었으나 뒤로 물러서 길을 터 주었다.

"시위가 참 성숙합니다. 쓰레기 하나 안 보이고, 난동 피우
는 사람도 없고⋯⋯."

— 그 사람들이 정말 정의 구현을 위해 거기 나갔다고 생각하나? 아닐걸. 그저 SNS에 올릴 사진이나 찍으러 간 거지. 버티면 금방 수그러들 거야. 저열하게 떼로 몰려다니기는.

"그래서 당신 딸이 학교로 돌아갔나 봅니다. 대단한 신념을 가진 딸을 둬서 참 행복하시겠습니다."

— 헛소리! 자네까지 대체 왜 이러나? 우린 이미 한배를 탔어. 임유현도 죽고 이젠 나와 자네 둘뿐이야…….

"그날 밤 이후 밖에 나오신 적 없지요? 테러가 두려우시면 경차라도 빌려 타고 차창을 이만큼만…….."

직접 얼굴을 보고 하는 대화도 아니건만, 김서혁은 엄지와 검지를 들어 한 마디 정도를 가늠해 보았다.

"……열고 어디 한번 드라이브라도 다녀오시지요. 바깥 공기 5분만 마셔도 알게 되실 겁니다. 도시연합장님이 말씀하시는 그 헛소리가 얼마나 범람하는지. 숨에 묻어나고 발에 챕니다."

— 멍청한 놈들…….

"멍청한데 아주 많습니다."

— 서재희 그 미친 새끼랑 대화하느니 내가 나을 거다. 그놈이 하는 행동엔 목적이 없어. 개인적인 이득을 취하려는 것도 아니고, 그렇다고 여태 관심도 없던 정의 구현에 갑자기 뜻이 생겼을 리도 없고. 이건 그냥 자살하기 전에 우리 엿 먹이고 가는 절차일 뿐이라고. 그런데도 자네가 이런 식으로 사사롭게 움직인다면 나도 전부 폭로할 수밖에 없다는 걸 명심해. 내일이면 중앙 제어 시스템이 복구될 거야. 하지만 중립지대까지

해제하려면 뛰어난 설계자가 필요해. 자네가 학교로 가서 정윤환을 빼 와. 군인 신분을 유예했어도 총사령관의 지시는 들을 것 아닌가. 그리고 이 모든 소란은 반란군에게 떠넘기면 그만이야. 늘 그랬던 것처럼. 용의 사체에 겨우 빌붙어 사는 이 좁은 공간에서 내란이라도 터지면 그건 어찌 수습할 건가? 많은 시민이 다칠 수 있어. 그게 두려워서 여태 낙원의 이론에 의지한 것 아닌가. 서재희가 불붙인 이 광기는 무조건 사해로 내보내야 해. 그러려면 반란군을 움직여야 하고…….

"임유현의 승인 없이는 반란군 못 씁니다. 그리고 그 권한은 지금 학생 간부들이 뿔뿔이 나눠 가지고 있고요. 연합장님은 밑천이 다 털려서 아무것도 없을지 모르겠지만, 전 남아 있습니다. 서재희는 제 말을 들을 겁니다. 그리고 연합장님도 앞으로 제게 말조심하십시오. 딸 목숨 붙어 있는 꼴 보시려면."

전화를 뚝 끊었다.

김서혁은 차에서 내리자마자 소연주에게서 망토를 건네받아 코트 위로 걸쳤다. 따라오려는 소연주를 로비에 대기시키고, 김서혁은 즉각 중앙수사부 직원의 안내를 받았다. 중앙수사부에서도 꽤 높은 직급의 명찰을 달고 있는 그는, 미리 언질을 주셨다면 서재희를 먼저 대기시켰을 거라며 김서혁이 조금이라도 불편한 기색을 비칠까 쩔쩔매었다.

면회실엔 한기가 돌았다. 날이 흐렸고, 온통 잿빛이었다. 김서혁은 차갑고 딱딱한 의자에 앉아서 서재희를 기다렸다. 코트 주머니로 손을 집어넣었다. 손끝에 차가운 금속이 만져졌다.

꺼내 보았다. 평범한 기계식 손목시계. 손 안에서 잘그락잘그
락 굴려 보았다.

찬찬히 기억을 되짚었다. 유은우가 어떤 식으로 시계판을 전
개했는지. 얼마나 빠르게 시계 침의 크기를 자유자재로 늘렸다
줄였는지. 톱니바퀴 각각의 섬세한 배열과 경이로운 회전 속도
에서 김서혁이 가르친 하나하나가 다 묻어 나왔다.

찰칵하며 시곗줄 고리가 맞물렸다. 즉각 손바닥이 화끈거렸
다. 김서혁은 반사적으로 시곗줄을 끌렀다. 시계는 바닥으로
툭 떨어지며 다시 조용해졌다. 그러나 손아귀로는 피가 흥건했
다. 그 잠깐 동안, 맹수의 발톱에 할퀴어진 듯, 상처가 깊었다.
하필이면 총 쥐는 오른손이. 김서혁은 눈을 찌푸렸다. 손아귀
에 흠뻑 고인 피를 닦아 내거나 상처를 압박해 지혈하는 대신,
김서혁은 시계를 먼저 줍기 위해 몸을 굽혔다. 멀쩡한 다른 손
을 시계를 향해 뻗었을 때였다.

찰칵.

곧고 길어 단정한 손이 순식간에 바닥의 시계를 먼저 낚아채
갔다. 말끔히 잘 닦인 구두 한 쌍, 맞춘 것처럼 길이가 딱 맞는
바짓단이 눈앞에 있었다.

빌어먹을.

김서혁은 속이 뒤틀리는 걸 느꼈다. 무슨 이유에서든. 그는
숙였던 허리를 펴고 등을 바로 해서 앉았다.

서재희가 한 손에 가볍게 시계를 쥐고 서 있었다. 김서혁이
뭐라고 운을 떼기도 전에, 서재희가 시계를 쥐지 않은 손으로

김서혁이 앉은 의자 등받이를 쥐었다. 그가 아주 부드럽게 상체를 숙였다. 아무런 표정도 없는 낯이 그늘을 드리우며 다가왔다.

서늘하게 새까만 눈.

"김서혁 총사령관님."

서재희가 김서혁의 귓가에 속삭였다.

"제 여자한테서 관심 끄십시오."

〈낙원의 이론〉 4권에서 계속